일본대중문화와 내셔널리즘

박순애 / 야마다쇼지 **편저**

지식과교양

프롤로그

대중문화와 내셔널리즘의 깊은 관계

야마다 쇼지

일본은 1990년대 초에 '잃어버린 20년'의 시대에 돌입했다. 2012년 12월 제2차 아베정권이 탄생한 이후, 정부는 디플레이션 탈피를 주장하며 대폭적인 금융완화와 엔화약세 유도, 공적자금을 투입한 주가상승을 연출해 왔다. 일부 경제지표가 호전되었지만 많은 국민들은 경기회복을 실감하지 못한 것으로 보도되고 있다.

그런 가운데 특정비밀보호법이나 안보법제 등 전전 회귀戰前回歸의 위구심을 갖게 하는 법안이 여당에 의해 차례로 강행 채결되었다. 중국을 의식한 TPP를 추진하고, 북조선의 대미 도발을 일본의 '국난'이라고 선동한 여당이 2017년 총선에 압승하는 등, 일본에서의 내셔널리즘은 확실하게 강해지고 있다. 한국과 일본처럼 지리적으로도, 문화적으로도 가깝고, 자유롭고 민주적인 체제인 양국에서조차 관계강화를 망설이는 분위기가 있다. 이는 공통의 걱정거리인 북한문제에 대해서까지 연대하지 못하는 현상을 초래하고 있다.

학술세계로 눈을 돌려보면, 일본경제의 침체가 하나의 원인이 되어 동아시아지역의 파워 밸런스의 명확한 변화에 의해, 세계의 동양학·동양언어에 대한 관심이 일본에서 중국으로 이동하고 있다. 대학에 있어서의 그러한 변화는 우선 그 분야를 희망하는 학생 수의 변화로 나타나고, 이윽고 그것이 대학조직 및 교원의 지위에 대한 검토로 이어져 해외의 일본연구자에게 직접적으로 타격을 가했다. 일본에 대해서 배우는 경제적 매력은 1980년대와 비교하면 크게 상실되었다. 그런 가운데 일본대중문화에 대해 외국 젊은이들의 높은 관심은 일본연구의 '최후의 보루'가 되었다.

필두 편자 박순애교수는 이 책의 토대가 된 공동연구회를 주재했다. 연구회가 개최된 2014년은 일본과 한국은 정치적으로 대단히 어려운 상태였다. 그러한 정치상황을 반영한 것인지 상대국에 대해 공격적인 언론이 일부 시민들 사이에 존재하고 인터넷을 통해 확산되고 있었다. 그러나 그러한 한국에서도 일본대중문화에 대한 젊은이들의 관심은 뿌리 깊은 것이 있었다. 일본에서의 한국대중문화에 대한 관심은 한 때의 한류 붐과 비교해보면 그 모습을 찾아볼 수 없지만 핵심 팬층은 정착되어 있다. 그러한 시대의 흐름 속에서, 그래도 아직 대중문화에는 시대를 좋은 방향으로 바꿀 수 있는 힘이 있을 것이라는 확신이 박순애교수와 이 연구회에 모인 연구자들에게는 있었다.

내셔널리즘에 대한 연구회를 한다면 그 단어를 어떻게 정의할 것인지에 대한 공통적 이해를 조성하는 것이 통상적인 절차일 것이다. 그러나 '일본대중문화와 내셔널리즘'연구회에서는 일부러 그러한 절차를 밟지 않고 참가 연구자 각자의 생각대로 '내셔널'과 '내셔널리즘'을 정의하고 논했다. 그 결과, 이 책에는 다양한 수준의 의식이 모두 '내셔널리즘'으로 총괄되었다.

내셔널리즘이라는 말에는 지극히 배타적, 폭력적인 국수주의도 있는가 하면, 향토애의 연장선에 있을 법한 소박한 패트리어티즘(애국주의)이라고 불릴 만한 것도 때로는 포함된다. 네이션(종종 국민으로 번역된다)은 문화 · 언어 · 역사 · 종교 등을 공유하는 그룹으로, 근대에는 그것이 스테이트(국가)를 형성한다. 동시에 스테이트는 다양한 수단으로 일체적이고 균질의 네이션을 만들려고 한다. 그러한 균질의 네이션을 만들기 위해서 스테이트가 사용하는 가장 폭력적인 수단이 대량학살이며, 가장 평화적인 수단이 대중문화일 것이다.

문화 · 언어 · 역사 · 종교 등을 공유하는 집단에서는 네이션 외에 에스닉 그룹도 있다. 20세기이후 민족분쟁의 대부분은 에스닉그룹이 네이션 스테이트(국민국가)에 의해 분단되고, 서로 다른 에스닉그룹이 공존하게 된 것에 그 원인이 있다. 한편, 대중문화에는 네이션이나 에스닉 그룹까지를 초월하여 사람과 사람을 연결시키는 힘을 지니고 있다. 근대 이후의 세계질서를 만들고 있는 네이션 스테이트의 경계를 녹이는 힘이 있기 때문에 그것을 두려워하는 권력은 대중문화를 자각적 · 무자각적으로 내셔널의 틀 속에 억지로 가두려고 한다.

내셔널의 틀 속에 회수되는 것과 내셔널리즘의 맥락에서 자신이 거론되는 것을 받아들인 사람들도, 그것을 거부하는 사람들도 있다. '일본대중문화와 내셔널리즘'연구회에서 다뤘던 것은 그러한 종류의 문제였다고 나는 이해하고 있다.

이 책의 각 논문을 읽을 때에는 민족이라는 개념의 취급 차이에 유의하지 않으면 안 된다. 민족을 내이션으로 간주할 것인가, 아니면 네이션으로부터 독립된 에스닉그룹으로 간주할 것인가에 대한 차이이다. 특히 일본문화를 대상으로 하는 경우는 그것이 균질이고 단일한 네이션의 문화인지, 아이누나 오키나와, 재일외국인 등의 다양한 에스닉 그룹이 만들어낸 문화인지의 인식의 차이로써 나타난다. 그러나 연구회에서는 개념정의를 비판하는 데 시간을 낭비하는 것을 피하고, 대신에 '대중이 즐기는 문화'의 분석을 논의의 중심에 두었다. 그것은 주어진 시간이 1년뿐이었던 연구회로서는 생산적인 연구전략이었다고 생각한다.

대중문화와 내셔널리즘이라는 것은 때로는 공범관계를 맺는다. 내셔널한 것이 대중문화를 이용할 수도 있고, 대중문화 그 자체가 내셔널한 의식을 만들어 낼 수도 있다. 당사자가 그것을 자각한 경우도 그렇지 않은 경우도 있다. 아무튼 대중문화를 향유하는 자에게는 자신의 기호가 내셔널리즘을 형성하고 있는 것을 자각하지 못하는 경우가 많다고 생각된다. 예를 들어, 애니메이션 〈걸즈 & 판처〉나 게임 〈함대컬렉션〉의 팬에게, 그것은 내셔널리즘을 조성하는 작품이라 말하여도 자신들은 단지 그 작품을 좋아하는 것일 뿐 현실의 군사에 관한 일은 생각하지 않는다고 대답할 것이다. 특히, 전자의 '성지聖地'가 된 이바라키茨城현 오아라이大洗항 일대는 전전의 테러집단이었던 '혈맹단血盟団'의 본거지 릿쇼고코쿠도立正護国堂와 지근거리다. 지역의 그런 피비린내 나는 기억에는 작품의 관계자도 팬들도 별로 관심이 없는 것 같다.

일견 정치성이 없어 보이는 대중문화는 정치성이 없는 까닭에 정치

적으로 이용 가능한 것이 된다. "모에萌え계" 미소녀가 싸우는 것만으로 그녀들이 구사하는 병기가 군국주의 시대의 것이라는 의심이 덮어져 감추어진다. 정치성이 없어 보이는 대중문화에 젊은이들이 매몰되고 현실 정치에 대한 관심을 없애고 선거에 참여하지 않게 된다면, 소선거구제하에서는 여당이 유리해 진다고 하는 '대중문화의 정치이용'도 가능하다. 축구관전에서 일장기의 페이스페인팅을 하고, '닛폰' '닛폰'이라고 계속 외치는 신체는 유사시에 국가에 이용되기 쉽다는 것이다.

대중문화가 가진 근원적인 힘, 즉 공감으로 사람들을 연결하는 힘은 국민국가가 그 내면에 담아 둘 수 없는 것이기도 하다. 대중문화는 국경을 넘어 '공감의 공동체'를 탄생시킨다. 대중문화는 내이션이나 에스닉 그룹처럼 스스로의 의지로 선택하기 어려운 속성이나, 어딘가의 국민국가에 속하지 않으면 지구인으로 살 수 없는 운명에 저항하기 위한 채널이 되기도 한다. 어떠한 사람들이 어떠한 운명에 저항하려고 하고/ 저항하는 일이 없이 대중문화에 뛰어들었는가, 라는 그러한 관점에서 이 책을 읽어 주신다면 독자 나름대로 각각의 발견이 있을 것이다.

이 책의 토대가 된 일본의 대학공동이용기관법인·국제일본문화연구센터日文研의 공동 연구회 '일본대중문화와 내셔널리즘'(대표자 박순애, 간사 야마다쇼지山田奬治)은 2014년4월부터 이듬해 3월까지 개최되었다. 위 연구회는 외국에서 활약하는 연구자가 조직한 공동연구회로서 매년 1~2건을 국제공모로 채택한 것 중 하나였다. 대표자 박순애씨는 한국 호남대학교 교수로, 공동연구회 동안은 일문연 외국인

연구원으로서 일본에 체재하면서 연구를 심화하였다. 이 책은 위 연구회의 한국어판 보고서이다. 나는 거의 이름만 간사이고 먼저 출판된 일본어판 정리에 있어서는 와세다대학 객원교수로 일문연 객원교수이기도 한 타니가와켄지谷川健司씨가 수고해 주었다. 이 자리를 빌려 감사 인사를 전한다.

서설

'일본대중문화와 내셔널리즘' 학제적 연구의 필요성

박 순 애

내셔널리즘nationalism의 행방

내셔널리즘이라고 하는 용어는 국가와 민족의 형성과정과 결부시켜 정의되어 왔다. 때문에 내셔널 아이덴티티national identity의 이해가 에스닉 아이덴티티ethnic identity를 이해하는 전제가 되었다. 그리고 일본의 신화나 국학을 제외하고 일본의 내셔널 아이덴티티의 이해는 할수 없게 된 것 같은 감이 든다. 그렇지만 내셔널리즘이란 문화현상이다. 내셔널리즘은 정치나 경제의 수단으로서 이용되는 경우는 있어도 본질적으로는 문화적 측면을 내포하고 있다.

전후 일본에서 내셔널리즘이라고 하면, 국수주의를 연상하는 경향이 강하다. 단일민족론이 대두됨에 따라 일본인의 아이덴티티와 일본문화론이 활성화되었다. 문화적 아이덴티티의 창조와 재구축을 둘러싸고 전개되는 문화내셔널리즘이 일본문화와 일본사회의 독자성이라는 관점에서 일본인론에 중점을 두고 논의되어 왔다.

전전과 전후의 '일본인론'에 대해서 다음과 같은 분석이 있다.

전전에는 '혼합민족론'이 전후에는 '단일민족론'이 각각 '민족의 전통'이라는 이름하에 정당화되어 왔다.[1] 전전의 '혼합민족론'은 제국주의 국가 일본의 식민지 확장정책의 정당화를 위해 동원되었다. 고사기古事記 · 일본서기日本書紀까지 동원하여 일본민족이 원래 '이족협화異族協和'를 잘하는 민족이라는 주장을 펼쳤다. 전후가 되자 그것이 보기 좋게 역전되어 만세일계万世一系에 의해 '단일민족'이 계속되고 있다고 하는 '새로운 역사의 날조'가 행하여졌다. 전후의 '일본인론'은 반세기에 불과했던 과거를 잊어버린 듯한 일본인의 초역사적인 '동질성' '집단 지향'을 떠받들어 버리는 결과가 되었던 것이다.[2]

내셔널리즘은 결국 국가와 민족에 대한 국민의 의식이다.

NHK여론조사 『현대일본인의 의식구조』[3]에는 일본인의 내셔널리즘 의식에 대하여 다음과 같은 항목이 있다. 국가에 대한 의식(내셔널리즘 의식)에 대해서는 일본의 국가나 일본의 전통 · 문화 · 자연 등에 대한 '애착심'과 대외적인 '우월감'이라고 하는 크게 나누어 2가지 측면에서 질문이 이루어졌다. '애착심'은 자신의 국가에 대한 귀속의식이자 정서적 일체감인 반면, 대외적인 '우월감'은 감각적 귀속의식을 기반으로 한 타국가와 타민족과의 비교우위라는 것이고 극단적인 경

---

1) 小熊英二『單一民族神話の起源─〈日本人〉の自画像の系譜』(新曜社, 1995년).
2) 上野千鶴子『ナショナリズムとジェンダー』(青土社, 1998년)17쪽.
3) 이 『현대일본인의 의식구조』는 1973년부터 5년마다 행하여져 2020년도(제9판)까지 출판되어 있다.

우는 '전전의 내셔널리즘에서 짙게 나타난 패권주의로 연결되는' 것
이다.[4] 1978년 조사에서는 자신의 국가에 대한 귀속의식이며 정서적
일체감인 '일본에 태어나길 잘했다'가 90% 이상으로 압도적으로 높
았는데 일본인의 내셔널리즘 의식은 국제적으로 비교해도 상당히 높
다.[5]

   오사와 마사치大澤眞幸는 내셔널리즘은 보수주의나 보수화와는 다른
개념이고 동일시할 수는 없다고 한 후, '내셔널리즘의 강도'를 체크하
기 위해서 '보수화'의 지표로서 「현대일본인의 의식구조」의 조사데이
터를 사용하였다. '일본은 일류국가다' '일본인은 다른 국가에 비하여
뛰어난 소질을 가지고 있다'라고 하는 항목이 모두 1983년에 최고 수
치였던 것이 그 후 계속해서 내려갔다가 2000년대 초부터 다시 오르
고 있다.[6] 오사와에 의하면 이것은 '내셔널리즘의 강도'가 미증微增하
고 있을 뿐, '1990년대부터 2000년대에 걸쳐 일본인의 의식이 급속하
게 보수화되었다고 하는 인상'을 뒷받침하는 것은 아니라는 것이다.[7]
조사결과는 확실히 80년 전후 절정을 이루고 있지만 수치는 완만히
상승해 온 것도 사실이다. 국제화라는 시대적인 환경에서 보면 상승
경향은 결코 무시할 수 없을 것이다.

---

4) NHK放送世論調査所編『現代日本人の意識構造』(NHKブックス, 1979년)128쪽.
5) 한국인의 경우는 2015년8월13일 통계청의 사회통합실태조사에 의하면 67%
   (19~29세)가 '한국인으로 자긍심이 있다'고 대답했다. 30대(64.4%), 40대(69.5%)
   와 비교해도 크게 차이는 없다. 60대(80.7%)보다는 13.7% 낮다. 2014년과 2013년
   도 그다지 변하지 않았다.
   http://go.seoul.co.kr/news/newsView.php?id=20150814012015
6) 「日本に對する自信」『現代日本人の意識構造』(NHKブックス, 2010년)110쪽.
7) 大澤眞幸『近代日本のナショナリズム』(講談社選書メチエ, 2011년), 175쪽.

또한 오사와는 21세기에 들어서서 일본인의 '내셔널리즘의 정도를 높이고 있는 것은 젊은이들이 아니라 오히려 고연령층이다'라고 강조하면서도 젊은이들의 행동에 대해서는 '어떤 만화나 에니메이션에 열광하고, 인터넷에 어떤 댓글을 쓰는지 등에 나타나는 그들의 행동을 보면, 거기에는 내셔널리즘적인 몰입을 인정하지 않을 수 없다'라고 한다.[8] 현대일본에서 보수화, 우경화가 현저하게 진행되고 있는 것은, 1990년대 초두 역사교과서를 수정하려는 움직임을 단서로 젊은이들의 우경화를 상징하는 사실로서 고바야시 요시노리小林よしのり『전쟁론』의 압도적 유행을 들고 있다.[9]

전후의 내셔널리즘이 고양되는 경과를 보면, 일본인은 우수하다라고 하는 '우월감'이 1960년대 중반 아시아 첫 동경올림픽이 성공리에 종료된 시점부터 상승하기 시작했다. 1970년대 후반의 경제력 상승뿐 아니라 국내 정치의식의 보수화 경향 등이 우월감의 침투와 관련되어 있다. '위로부터의 내셔널리즘上からのナショナリズム'은 1980년대 중반 나카소네 야스히로中曾根康弘 정권의 '전후 총결산'에 의해 표면화되었다고 볼 수 있다. 한편, '보통시민'들에 의한 '풀뿌리 내셔널리즘草の根ナショナリズム'을 보면 1990년대 초두의 역사교과서 수정운동을 추진했던 '새로운 역사교과서를 만드는 모임(새역모)'의 등장 등, '불안을 해소하고자 하는 갈망에서 내셔널리즘으로 흡수되어 가는' 현상이 일어났다[10].

---

8) 大澤, 214쪽.
9) 大澤, 172~3쪽.
10) 小熊英二『〈癒し〉のナショナリズム』(慶應義塾大學出版會, 2003년)9쪽.

국제화 시대의 역설paradox

이러한 상황의 배경에는 냉전체제의 종언과 국제화globalization가 있다. 국제화의 기점을 근대에서 찾을 수도 있지만[11] 협의의 국제화는 냉전체제 종언 이후 국제질서의 재편에 따른 지구적 상호의존의 필요성이 높아진 1990년대의 신자유주의 대두와 정보화의 진전이 그 배경일 것이다. 국제화라는 용어는 하나의 캐치프레이즈가 되기는 했지만 그 내실은 반드시 명시적인 것은 아니다. 1990년대 초두 일본에서는 여러 국제적 활동 및 국제지향의 움직임이 활발해짐에 따라 정치경제 영역에 있어서도 국제화가 필수항목으로 등장하게 되었다.

일본에 있어서 1990년대는 쇼와昭和시대의 종언, 국제공헌, 경제 저성장이라는 키워드로 수렴되는 시기이기도 하다. 국제적으로는 냉전이 종결된 1990년대 초두에 걸프전쟁이 발발하자 일본의 국제공헌이 요구되는 사태가 되었다. 일본의 국제적 역할의 다각적인 모색 속에서 '국제공헌'은 군사적 용어로 사용되게 되었다. 그리고 1991년에 자위대 페르시아만 파견이 행해졌고, 92년에는 PKO협력법안(국제평화협력법)이 성립되었다. 이것이 지금에 와서 아베정권의 집단적 자위권 문제에까지 확대되었다. 한편, 일본국내적으로는 쇼와시대의 종언이 가져온 황국사관과 역사수정문제가 부상하였고 경제적으로는 버블이 붕괴되어 저성장시대로 진입하게 되었다. 이것이 일본사회의 변화, 또는 '보수화'라고 할 수 있는 내셔널리즘의 심화를 가져온 결과가

---

11) 正村俊之『グローバリゼーション』(有斐閣, 2009년)

되었다.

이러한 21세기에 있어서, 글로벌리제이션과 로컬리제이션이 동시에 진행되는 속에서 현저해져가는 일본의 내셔널리즘 행방을 규명할 수 있는 대상으로 대중문화가 유용하다고 하는 인식에서 이 책을 편찬하게 되었다. 일본사회 및 대중의 가치관과 생활상의 변화를 가장 직접적으로 반영하는 분야가 대중문화라고 생각하기 때문이다.

일본대중문화 ─ 일본인의 가치관의 반영

이 책을 구성하는 논문의 공통되는 테마는 대중문화이다. 근대에서 현대까지의 일본대중문화에 대하여 다양한 시각으로 분석한다. 대중문화를 시계열적으로 분석함으로써 많은 사회적 변화와 대중적 가치관의 변화가 연동하고 있는 것을 알 수 있을 것이다. 일본대중문화의 콘텐츠에 표출된 내셔널리즘의 여러 양상을 파악하는 것, 콘텐츠가 대중에게 수용되는 과정에서의 내셔널리즘의 현재적顯在的 파장을 검출하는 것, 콘텐츠 그 자체에 내셔널리즘이 어떻게 투영되어 있는가 등을 탐색하는 것을 통하여 일본대중문화를 단지 콘텐츠로만 취급하는 것이 아니라 학문적 접근을 통해 표상학, 문화사, 미디어사, 역사학, 정치학, 사상사, 나아가 미학, 사회학, 인류학과 문학 등을 넘나드는 학제적 연구의 필요성을 제시하고자 한다.

* * * * *

대중문화는 지금은 매스컬처, 파퓰러컬처, 서브컬처 등으로 다양하게 불리어진다. 이들 용어의 탄생과 시대적인 변천이 엄밀한 정의를 곤란하게 만든다. 20세기 이래 대중사회를 맞이하면서 대중문화의 위상은 변화를 계속해 왔다. 대중화된 사회가 성숙한 시민사회를 가져왔고 하이컬처의 대중화가 진행되면서 하이컬처와 파퓰러컬처의 경계도 시대에 따라 변화하여 애매해졌다. 현대라고 하는 대중사회에 있어서 다양한 문화에 쉽게 접하고 즐길 수 있다고 하는 것은 결국 문화라고 하는 것의 대부분이 대중문화의 범주에 존재하고 있다고 말할 수 있을 것이다.

일정한 교양과 경제력을 요구했던 예전의 하이컬처가 지식의 대중화, 즉 고도의 전문적 지식의 대중화에 의해 매스컬처화 되었다는 것이다. 대중화되었다고 해서 질이 떨어졌다거나 수준이 낮아지는 것을 의미하는 것은 결코 아니다. 나아가 감상이나 즐기기 위한 지식이 필요하지 않고 감상적感傷的으로 즐길 수 있는 일반대중이 널리 애호하는 문화도 — 마이너 영역으로 규정되어지는 분야는 별도로 하더라도 — 대중문화의 영역으로 묶을 수 있을 것이다. 지금은 '쿨 재팬'을 대표하는 만화나 애니메이션이 그 좋은 예라고 할 수 있다. 1960년대까지는 마이너영역으로 치부되었고 그 이후에도 '오타쿠 문화'라고 불리었던 만화나 애니메이션 등 지식인이 그 영향을 간과할 수 없는, 연구대상으로서의 의의를 적극적으로 평가하게 된 대중문화가 그 좋은 예일 것이다.

| 목차 |

1부
전통문화/문학

제1장
다도茶の湯문화의 정치성
다도문화를 대중문화로 취급하는 것의 정치성

다니카와 켄지

차의 철학은 세간에서 일반적으로 말하고 있는 단순한 심미적주의가 아니다. 그것은 윤리와 종교로 연결되어 인간과 자연에 관한 우리의 모든 견해를 표현하고 있기 때문이다. 그것은 위생학이다. 청결을 강하게 설유하기 때문에. 그것은 경제학이다. 복잡사치보다는 오히려 단순함 속에 위안을 정의하고 있는 까닭에. 그것은 다도의 모든 신봉자를 취미의 귀족으로 만듦으로써 동양 민주주의의 참 정신을 나타내고 있다.

오카쿠라 덴신岡倉天心『차의 책』[1]

이 만화(애니메이션)를 좋아한다고 말했더니 "○○씨는 우익이야?"라는 말을 들었습니다. 아무래도 일본문화와 일본풍에 관심을 가지면 우익으로 인정되는 것 같습니다.(애니메이션〈효게모노〉에 대한 인터넷 댓글에서)[2]

---

1) 岡倉天心著, 桶谷秀昭譯『茶の本(英文收錄)』, 講談社學術文庫, 1994년, pp.13-14
2) http://tvanimedouga.blog93.fc2.com/blog-entry-10606.html 최종확인 3/2/2015

들어가며

찻물茶の湯이라는 것이 전국시대 일본에서 독특한 발전을 이루어 '다도茶の湯문화'로 일컬을 만큼 높은 경지에 도달 한 것은 아마도 이론의 여지가 없을 것이고 센노 리큐千利休와 그 제자 후루타 오리베古田織部 등에 의하여 그것이 '다도茶道'라는 일종의 철학('도道'란 'way of life'의 뜻)으로까지 승화된 것 또한 일반적으로 이해되고 있는 것이라고 생각된다. 그 공통의 이해형성에 큰 의미를 갖게 된 것은 20세기 초두 오카쿠라 덴신岡倉天心에 의한 정보발신이었을 것이다.

그렇다면 일본에서 독특한 발전을 이룬 '문화'에 강한 관심을 갖는다고 하는 것은 내셔널리스틱한 감정의 발로라고 불려질만한 것일까? 인터넷 상에서 활발하게 발언을 반복하는 이른바 '네트우요(인터넷 우익)'들이 배타적 내셔널리즘에 빠지기 쉽다는 것은 최근 이슈가 되고 있는 주제로서 많은 연구의 대상이 되고 있지만, 실제로 2013년 영화〈리큐에게 물어라利休にたずねよ〉가 공개되었을 때, 이 작품이 '한국에 우호적인 반일영화'로서 많은 '네트우요'의 비난의 대상이 되었던 기억이 아직 생생하다.[3] 이 작품은 센노 리큐가 생애를 통해서 사모해 온 여성이 '고려의 여자'라는 것이 거부반응을 일으킨 것이라고 추측할 수 있지만 그 배경에는 일본에서 독특한 발전을 이룬 '문화'의 뿌리가 한반도라면 내셔널(국민) 감정과 정합성을 유지하기 어렵다는 사정이 있다는 것일 것이다.

본인은 다도 원래의 뿌리가 한반도에 있다는 것은 자명한 이치로

---

3) http://blog.livedoor.jp/aoba_f/archives/35773387.html 최종확인3/2/2015

생각되지만, 여기에서는 그 증명이나 역사학적 고찰을 할 생각은 없고 오히려 포퓰러컬처에 표상되어진 '다도문화'를 이야기하는 것이 적지 않은 정치적 의미를 갖는다고 하는 사실 그 자체에 주목하고 싶다.

오다 노부나가織田信長 · 도요토미 히데요시豊臣秀吉 · 도쿠가와 이에야스德川家康에 의한 천하통일 이야기는 일본인 사이에서 오랫동안 사랑받아 왔고 그 세 사람과 동시대에 살았던 센노 리큐와 후루타 오리베들의 이야기에 대해서 오늘날까지 이어지는 일본의 '다도문화'의 시조로서 널리 알려져 있다. 히데요시로부터 할복의 명을 받은 리큐, 이에야스로부터 할복의 명을 받은 오리베들의 이야기는 예전에는 단순히 당대의 권력자와 대립한 문화인의 비극으로만 그려지는 경향이 있었지만 지금에 와서는 오히려 다도 그 자체가 그 시대의 정치의 중심이며 리큐도 오리베도 다도를 통해서 권력을 수중에 넣은 인물들로 취급되는 경향이 높아진 것으로 보인다. 이러한 '다도문화의 정치성'으로서의 인식이 강해진 배경으로 영화, TV드라마, TV애니메이션 등 포퓰러컬처에 있어서 리큐나 오리베의 표상이 보다 정치적인 것으로 이동하여 왔다라고 하는 영향이 적지 않게 존재하는 것은 아닐까.

한편 그러한 포퓰러컬처는 그 자체가 '쿨한' 현재일본의 컬처로 간주되어짐과 동시에, 이들 콘텐츠에 그려지는 일본의 이미지는 해외로 수출하는 데 적합한 일본 오리지널 전통문화로서의 '일본적인 것'과의 친화성이 높은 것으로 간주되어, '다도문화'를 포함한 일본 전통문화를 다룬 콘텐츠는 어느 정도 의도적인 선택으로서 국가의 문화정책에 의하여 뒷받침되어 왔을지도 모른다. 그렇다고 하면 포퓰러컬처에 있어서 '다도문화'를 취급하는 것 자체가 정치성을 띤 것이라고 말할 수 있지 않을까? 이상이 이 논고의 전제가 되는 사고방식이지만, 우선 영상작품을 축으로 포퓰러컬처에 있어서 '다도문화'의 표상이 보다 정치적인 것으로 이동해왔다고 하는 가설을 검증 할 필요가 있다.

1. 영상작품에 있어서의 '다도문화' 표상

일본에서 오락으로서의 영상작품이 제작되기 시작한 20세기 초부터 부분적이기는 하지만 '다도문화'를 다룬 작품의 수는 방대할 것이다. '다도문화'가 성립한 아즈치 모모야마安土桃山시대로 좁혀보더라도 노부나가·히데요시·이에야스에 의한 천하통일의 과정을 다룬 작품은 상당수에 이를 것으로 보인다. 하지만 단순히 등장인물 중 하나로 센노 리큐와 후루타 오리베가 나올 뿐만이 아니라 그들이 스토리의 커다란 중량감을 갖는 작품이라고 하면 전후 70년 동안에 극장용 장편 영화작품, NHK대하드라마, TV애니메이션 작품을 포함하여 아마 다음 10작품 정도일 것이다.

덧붙여서, NHK대하드라마에 관해서는 전국시대를 다룬 작품은 1965년의 〈다이코키太閤記〉부터 2017년 〈여자 성주城主 나오토라直虎〉까지로 18작품이지만 이들 중 영상이 일부밖에 저장되어 있지 않은 〈다이코키〉를 제외하고, 필자는 모든 작품과 모든 에피소드를 방송시 또는 비디오나 DVD를 통해 확인했다. 바꿔 말하면, 내용 확인은 할 수 없지만 신국극新国劇의 중진 시마다 쇼고島田正吾가 리큐를 연기하는 〈다이코키〉(원작은 요시카와 에이지吉川英治『신서 다이코키新書太閤記』)가 본래 여기에 포함되어야 할 작품내용이었어야 하는 가능성

은 충분히 있다. 극장용 장편영화 작품에 관해서는 일본문화청의 '일본영화 정보시스템', 일반사단법인 일본영화 제작자연맹인 '영연映連, 영화연맹 데이터베이스' 외 인터넷상의 각종 데이터베이스를 이용하여 원작이 있는 것을 중심으로 작품을 표시하여 비디오나 DVD 등을 통해 내용 확인이 가능한 것은 모두 확인했지만 '일본영화 정보시스템' '영연 데이터베이스'라고 하더라도 개별 작품의 내용에 대해서는 잡지 『키네마 순보キネマ旬報』의 작품소개 문장 등에 의거하였으며, 때문에 그것이 필히 정확한 것이라고 한정지을 수 없는 형편이다. 따라서 여기서 분석 대상으로 한 6작품(10작품 중 극장용 장편영화) 이외에도 센노 리큐와 후루타 오리베를 주요 등장인물로 묘사한 작품이 있다는 가능성은 부정할 수 없다. 우선 10작품에 대한 기본데이터(제작년도, 제작 및 배급, 원작, 각본, 감독, 배역)를 정리해 본다.

① 〈お吟さま〉(にんじんくらぶ・松竹,1962年)原作:今東光,脚本:成澤昌茂,監督:田中絹代,主演:仲代達矢(高山右近),中村鴈治郎(千利休),有馬稲子(お吟さま),瀧澤修(豊臣秀吉)

② 〈黄金の日日〉(NHK大河ドラマ,1978年)原作:城山三郎,脚本:市川森一,長坂秀佳,監督:宮澤俊樹,高橋康夫他,主演:市川染五郎(呂宋助左衛門),栗原小卷(美緒),緒形拳(豊臣秀吉),鹿賀丈史(高山右近),鶴田浩二(千利休)

③ 〈お吟さま〉(宝塚映画・東宝,1978年)原作:今東光,脚本:依田義賢,監督:熊井啓,主演:志村喬(千利休),中野良子(お吟さま),三船敏郎(豊臣秀吉),中村吉右衛門(高山右近)

④ 〈利休〉(勅使河原プロ・松竹,1989年)原作:野上彌生子,脚本:赤瀬川原平,勅使河原宏,監督:勅使河原宏,主演:三国連太郎(千利休),山崎努

(豊臣秀吉),井川比佐志(山上宗二),三田佳子(りき)

⑤ 〈千利休 本覺坊遺文〉(西友・東宝,1989年)原作：井上靖,脚本：依田義賢,監督：熊井啓,主演：奧田瑛二(本覺坊),三船敏郎(千利休),芦田伸介(太閤秀吉),加藤剛(古田織部),上條恒彦(山上宗二)

⑥ 〈豪姬〉(勅使河原プロ・松竹,1992年)原作：富士正晴,脚本：赤瀬川原平,勅使河原宏,監督：勅使河原宏,主演：仲代達矢(古田織部),宮澤りえ(豪姬),笈田勝弘(豊臣秀吉),井川比佐志(德川家康)

⑦ 〈秀吉〉(NHK大河ドラマ,1996年)原作：堺屋太一,脚本：竹山洋,監督：黛りんたろう,佐藤幹夫他,主演：竹中直人(豊臣秀吉),澤口靖子(おね),渡哲也(織田信長),仲代達矢(千宗易)

⑧ 〈江～姬たちの戦国〉(NHK大河ドラマ,2011年)原作・脚本：田渕久美子,監督：伊勢田雅也他,主演：上野樹里(江),宮澤りえ(茶々),岸谷五郎(豊臣秀吉),北大路欣也(德川家康),古澤巖(古田織部),石坂浩二(千利休)

⑨ 〈へうげもの〉(NHK BS,2011年)原作：山田芳裕,監督：高田昌宏,黑川智之etc,聲の主演：大倉孝二(古田織部),田中信夫(千利休)

⑩ 〈利休にたずねよ〉(東映,2013年)原作：山本兼一(第11話より「原案」),脚本：小松江里子,監督：田中光敏,主演：市川海老藏(千利休),大森南朋(豊臣秀吉),市川團十郎(武野紹鷗),川野直輝(山上宗二),伊勢谷友介(織田信長),クララ(高麗の女)

다음은 위의 각 작품에 대해서 그 작품 속에서 센노 리큐와 후루타 오리베 등의 주인공이 어떻게 그려졌는가라는 점을 중심으로 간단하게 정리해 본다.

① 〈오긴사마お吟さま〉는 나오키상直木賞을 수상한 곤 도코今東光의
『오긴사마』(1956)를 영화화한 작품. 이야기의 중심내용은 오긴과 다
카야마 우콘의 이룰 수 없는 사랑에 대한 것으로 리큐는 어디까지나
조연이지만 리큐는 히데요시에 대해 소극적이지만 비판적인 입장을
보이고 있으며, 또한 주인공인 오긴을 첩으로 보내도록 강요한 미츠
나리(즉 히데요시)에 대해서는 리큐 자신도 할복을 각오로 딱 잘라 거
절한다. 리큐의 묘사방법의 특징은 히데요시에 대해 적극적으로 반항
적인 태도를 취하지는 않지만 자신의 미의식인 '와비侘び'에 대해서는
타협하지 않고, 히데요시와 요도기미淀君가 황금다실에 대한 소감을
물어도 신중하게 단어를 고르면서도 자신이 지향하는 '와비'의 가치
관과는 맞지 않다는 것을 감추려고 하지 않는다는 것. 어디까지나 자
신이 지키고 싶은 것에 대해 목숨을 바치려한 비극적 인물이라고 하
는 묘사 방법이다.

② 〈황금의 나날黄金の日々〉은 역사적 사실에 기반한 사카이의 상인
으로 루송으로 건너간 후 귀국했다고 알려진 수수께끼 같은 인물 나
야 스케자에몬納屋助左衛門을 주인공으로 한 대하드라마. 리큐는 같은
사카이의 나야슈納屋衆의 하나인 센케千家 출신의 상인 센 소에키千宗易
로서 스케자에몬이 경애하는 인물이라는 설정으로 그리고 스케자에
몬과 히데요시를 이어주는 인물로 그려진다. 사카이의 상인을 주인
공으로 한 드라마인 만큼 리큐의 역할이 과거 어느 대하드라마보다
도 크다. 특히 스케자에몬의 제안을 수락하고 허술한 루송 항아리를
명기名器로 둔갑시켜 엄청난 가격으로 히데요시에게 파는 등, 정치적
으로 약삭빠른 책략가로서의 리큐 상을 처음으로 제시한 작품이라고

할 수 있다. 감수를 맡은 쿠와타 다다치카桑田忠親는 전전부터 리큐 연구의 일인자이고, 쿠와타 사관에 대해서 리큐를 신성화하지 않고 자유롭게 논할 필요성이 지적되기도 했지만, 여기서는 리큐 배역에 츠루타 코지鶴田浩二라는 거물 중의 거물인 배우를 캐스팅한 것만 보아도 명백하듯이 쿠와타 사관을 기반으로 하여 히데요시 못지않은 큰 인물로 리큐상像을 묘사하고 있다.

③ 〈오긴사마〉 1962년 버전과 같은 곤 도코의 원작을 기반으로 하고 있지만, 적어도 프레스 시트상의 톱 빌링이 리큐역의 시무라 다카시志村喬라는 것으로도 알 수 있듯이 쿠마이 케이熊井啓監督감독은 타이틀 롤인 오긴의 슬픈 사랑보다도 리큐와 히데요시와의 피할 수 없는 대립이야말로 주된 관심을 기울이고 있다. 다카야마 우콘高山右近은 크리스찬 다이묘로서의 고난이 그려졌을 뿐이다. 리큐와 야마노우에 소지山上宗二가 조선출병에 반대하는 것은 휴머니즘적인 관점과 히데요시의 노인성 망상을 간하기 위한 것임이 명확하다. 마지막에는 히데요시에 대한 화를 풀길이 없는 기분으로 리큐는 죽음을 각오하고 히데요시에게 꽃을 내던지는 의지를 보이지만, 결국은 '권력에 굴복하여 죽을 수밖에 없는 예술가의 비애'의 단계를 벗어나지 못한다. 시무라 다카시의 리큐는 남아있는 리큐의 초상화와 꼭 닮아서 도를 닦은 사람의 중후함이 있으며 1962년 버전의 간지로鴈治郎보다 출연 빈도나 볼거리도 많다.

④ 〈리큐利休〉는 노가미 야에코野上彌生子의 베스트셀러 소설 『히데

요시와 리큐秀吉と利休』(1964)를 원작으로 전위예술가로서 또한 꽃꽂이의 소게츠류草月流 3대 종가로서 활약하고 있던 데시가하라 히로시勅使河原宏가 17년 만에 감독 작품으로 도전한 것. 미쿠니 렌타로三国連太郎가 절제된 연기로 연기한 리큐와 야마자키 츠토무山崎努에 의해 과도하게 데포르메déformer된 히데요시와의 숨막히는 대결이 주제이다. 호소카와 모리히로細川護熙, 민주당, 79대 수상 구마모토현熊本県 지사(당시)가 오다 우라쿠사이織田有樂齋역으로 게스트로 출연하거나, 오모테센케表千家, 우라센케裏千家, 무샤코지센케武者小路千家가 후원하는 등 화제작 제작에 만전의 태세로 임한 작품이라고 할 수 있다. 이시다 미쓰나리石田三成에 의한 중상모략의 형태를 취하고 있기는 하여도 히데요시에 의한 조선출병朝鮮出兵, 唐御陣에 대한 비판적인 태도야말로 리큐가 할복에 이르게 된 결정적 요인이라는 입장을 취하고 있는 것이 특징이다. 동시에 또한 모두의 나팔꽃을 한 송이만 남기고 나머지를 모두 따 버리는 에피소드에서 보여지는 극단적인 미의식과 히데요시의 요구에 따라 황금다실도 만들어 낸 스케일이 큰 인물로 리큐 상像을 제시하고 있다. 리큐가 권력자 히데요시와 대립하는 것을 마치 스스로 원하는 것처럼 그려진 것은 NHK대하드라마 〈황금의 나날黃金の日日〉에 이어 극영화로는 처음일 것이다.

⑤ 〈센노 리큐 혼카쿠보 유문千利休 本覺坊遺文〉은 젊은 날에 『리큐의 죽음利休の死』을 쓴 이노우에 야스시井上靖의 만년의 작품 『센노 리큐 혼카쿠보 유문』(1981)을 바탕으로 한 것이다. 살아남은 자 = 오다 우라쿠사이織田有樂齋와 혼카쿠보本覺坊의 교류를 통해서 리

큐의 죽음의 진상, 그리고 소지宗二, 리큐, 오리베織部의 와비차侘茶를 완성시켜 영혼의 재생에 필요한 적극적 죽음을 맹세한 동지로서의 모습을 분명히 하고 있다. 본 작품은 '센노 리큐 400년 원기千利休四百年遠忌 특별작품'으로 쇼치쿠松竹의 〈리큐〉와 함께 오모테센케, 우라센케, 무샤코지센케의 후원을 받아, 쇼치쿠의 〈리큐〉 공개 3주후에 공개되었다. 구마이 케이熊井啓 감독으로서는『오긴사마』에서 그리지 못했던 리큐의 내면탐구에의 재도전이라고 할 수 있다. 리큐 사사賜死의 진상을 혼카쿠보(리큐 말년의 제자)와 오다 우라쿠사이의 대화를 통해서 추구하는 수수께끼 풀기형식으로 되어있는데, 리큐·소지·오리베 세 명의 '할복 클럽'이라고 부를만한 동지의 유대를 그리고 있는 것이 특징적이다. 일시적 감정에서 내린 리큐에 대한 할복명령을 취소하려고 하는 히데요시에 대해 단지 의지를 관철할 것이 아니라 할복에 의해서 권력자를 극복하겠다고 하는 강한 의지를 보인 리큐상이 그려졌다.

⑥ 〈고히메豪姫〉는 후지 마사하루富士正晴의『민들레의 노래たんぽぽの歌』(1961)를 토대로 리큐의 후계자가 된 후루타 오리베古田織部의 반골의 삶을 그리고 있지만, 데시가하라 히로시勅使河原宏가 전작 〈리큐〉의 스텝들을 재결집해서 그 속편을 만든 것이다. 다양한 국보급 도자기를 실제 사용한 촬영은 〈효게모노へうげもの〉의 프로토타입prototype이라고도 할 수 있다. 리큐는 모두冒頭에 할복 후의 머리밖에 등장하지 않고, 다카야마 우콘高山右近은 두 편의 〈오긴사마〉와 마찬가지로 크리스찬으로서의 고뇌만 그려진다. 그만큼 오리베의 색다른 미의식에 대한 집착과 죽음에 대한 갈망이

특히 눈에 띈다. 리큐가 그려진 영화에 비해 제자인 후루타 오리베를 그린 영화는 거의 없고, 적어도 전후에는 〈센노 리큐 혼카쿠보 유문〉에 이어 두 번째이고 주인공으로 그려진 것은 이 작품이 처음일 것이다. 영화에서 이미 다카야마 우콘을 연기했던 나카다이 타츠야仲代達矢는 그 후 대하드라마 〈히데요시〉에서 리큐 역을 맡게 되는데 이 작품에서는 자신의 창조정신을 관철하기 위해 일부러 이에야스를 자극하여 스스로 사사의 길을 택하기라도 한 것처럼 과격한 오리베상을 제시했다. 또한 이 작품은 고기사도古儀茶道 야부노우치류藪內流의 종가가 후원하고 있다.

⑦ 〈히데요시〉는 사카이야 다이치堺屋太一의 『히데요시 꿈을 초월한 남자秀吉 夢を越えた男』(1996), 『도요토미 히데나가 - 어느 보좌역의 생애豊臣秀長 ある補佐役の生涯』(1985), 『귀신과 사람과 ~ 노부나가와 미츠히데鬼と人と~信長と光秀』(1989)의 3권의 저작을 기반으로 한 히데요시 일대기이지만, 나카다이 타츠야를 배치한 캐스팅에서 보더라도 리큐는 노부나가信長와 함께 이 작품의 가장 중요한 인물로 취급하고 있다. 역대 대하드라마 중에서도 시청률이 높고 영향력도 컸다. 타케나카 나오토竹中直人는 2014년 대하드라마 〈군사 간베에軍師官兵衛〉에서 다시금 히데요시를 연기했지만 이 작품에서 이부 마사토伊武雅刀가 연기한 리큐의 역할은 그다지 크지 않았다. 이 작품에서의 리큐상은 연기했던 나카다이 타츠야에 의하면 '상인, 다인, 예술가, 책략가로 폭넓은 리큐'[4], 다도 지

---

4) 『NHK大河ドラマ・ストーリー 秀吉』後篇, NHK出版, 1996년, p.45

도자 스즈키 소타쿠鈴木宗卓에 의하면 '독창적이고 존엄함과 인간
적 매력을 충분히 갖춘 인물5)'이라는 것인데 이에야스가 미츠히
데에게 반란을 부추긴다는 것을 알면서도 자신의 야심 때문에 일
부러 정관靜觀하는 냉혹함, 정치적 약삭빠름으로 히데요시와 동
생 고이치로 히데나가小一郞秀長가 가져온 사금砂金을 "다도에도
돈이 듭니다"라며 받아 넣는 상인적 탐욕까지도 보인다.

⑧ 〈고~ 공주들의 전국江~姬たちの戰国〉은 제1회 신초 라즈베리상新潮
ラズベリー賞, 최저 드라마상으로 선정되는 등 근년 대하드라마 중
에서는 드물게 악명 높은 작품으로 시대 고증의 무시 등이 그 요
인이라고 생각된다. 다만, 리큐에 관해서는 대하드라마의 단골
중진으로 이시자카 코지石坂浩二를 배치하고 히어로 고江의 최적
의 조언자로서 흔들리지 않고 높은 곳에서 전체를 바라볼 줄 아
는 인물로 묘사하고 있다. 리큐는 노부나가와는 간담상조肝胆相照
하는 관계였지만 히데요시에 대해서는 항상 시니컬하게 보고 있
는 인물이라는 조형造形이다. 이시자카 코지 왈曰 '할복을 명받았
을 때도 "결국 너는 내가 생각하는 것을 이해하지 못했구나"라는
마음으로 죽음을 받아 들였다6)'라는 해석. 덧붙여 말하자면, 후루
타 오리베도 대하드라마에서는 처음으로 고만고만한 역할로 등
장했고, 저명한 바이올리니스트의 후루사와 이와오古澤巖가 연기
하는 등 이색적인 캐스팅이었다.

---

5) 『NHK大河ドラマ·ストーリー 秀吉』前篇, NHK出版, 1996년, p.13
6) 『NHK大河ドラマ·ストーリー 江~姬たちの戰国』前篇, NHK出版, 2011년, p.52

⑨ 〈효게모노へうげもの〉는 구와타 다다치카桑田忠親의 『후루타 오리베』(1968)를 만화화한 작품이다. 만화버전에서도 애니메이션버전에서도 매회 '이 이야기는 픽션이로소이다この物語はフィクションにて候'라고 언급하고는 있지만, 대담한 가설이 있는 한편, 등장인물이나 명품 등의 디테일은 이 시대를 다룬 과거의 다양한 만화작품보다 역사적 사실에 충실하다. 애니메이션버전은 리큐의 할복까지(만화버전 단행본으로 말하면 제8권까지)로 이야기가 끝났기 때문에 이야기 전체가 '오리베의 성장 이야기'인 동시에 '오리베의 눈으로 본 리큐의 이야기'이기도 하다. 마지막은 할복을 명받은 리큐의 가이샤쿠닌介錯人, 할복하는 자의 목을 베어주는 사람으로 히데요시에 의해 오리베가 지명되고 오리베는 스승의 목을 베어줌으로서 다도계 1인자의 후계자가 된다. 리큐의 대한 묘사방법은 매우 특징적이며, 히데요시와 공모하여 스스로의 와비차 천하를 위해 아케치 미쓰히데明智光秀를 부추겨 반란을 일으키게 하여 주군 오다 노부나가를 묻어 없애버리려는 음모의 장본인이다. 또한 다도의 자리를 이용하여 다이묘를 회유하여 자신의 야망에 동조하는 자와 그렇지 않은 자와 선을 긋는 등 지극히 정치적으로 행동한다. 체구 자체의 엄청난 크기 (『남방록南方錄』에 의하면, 실제로 리큐는 거구였다)[7]와 더불어 자신의 미의식을 완성시키기 위해서는 수단을 가리지 않는 시커먼 욕망덩어리인 인물이라는 묘사방법이다. 한편, 주인공인 오리베는 제목인 '효게모노'란 오다 노부나가가 후루타 사스케古田佐介(후일 오리베)를 평가하

---

7) 西山松之助校注『南方錄』, 岩波文庫, 1986년, p.237(滅後, 二七).

여 '효게타야츠瓢げた奴(까부는 놈/장난스런 놈)'라고 불렀다는 점에서 그의 캐릭터를 나타내는 형용으로 물욕이라는 번뇌에 농락당하는 미워할 수 없는 인물로 조형되어 있다. 만화버전에서는 점차 리큐와는 다른 의미로 스키數奇, 다도를 즐김에 있어서 큰 인물로 변모를 달성하고 마지막은 역사적 사실대로 이에야스에 의해 할복을 명받지만 스키를 부정하는 이에야스를 최후에 웃게 만드는데 성공하고 그는 죽음으로 이에야스를 이긴다. 더욱이 만화버전은 2018년 1월 발매의 제25권으로 완결됐지만 2018년 3월 현재, 그 실사화 기획이 진행 중이라고 한다.

⑩ 〈리큐에게 물어라利休にたずねよ〉는 나오키상을 받은 야마모토 켄이치山本兼一의 원작을 바탕으로 오모테센케, 우라센케, 무샤코지센케의 협력, 이토엔伊藤園의 후원, 인기 있는 젊은 가부키 배우歌舞伎役者 이치카와 에비조市川海老藏가 리큐로 그려진 화제작이다. 권력자 히데요시에 의한 사사를 갈망하는 듯한 리큐의 마음속에 젊은 날에 동반자살하려고 했다가 실패하고 자신만 살아남은 아픈 추억을 간직하고 있다고 하는 낭만적인 해석을 하고 있다. 리큐의 묘사방법에 대해서는 이야기의 초점은 젊은 날의 리큐와 고려에서 팔려 온 여자 클라라クララ와의 사랑에 맞춰져 있지만 '미美는 내가 결정할 일'이라고 단언하는 자의식이 강한 리큐상을 제시하고 있다. 리큐의 마음에는 항상 젊은 날의 고려 여인의 모습이 살아 숨 쉬고 있어 그것이 미美를 추구해 온 리큐의 동기부여가 되기도 했다. 오긴お吟이 아닌 딸 오산おさん을 탐내는 히데요시에 대해서도 거절하는 것은 리큐의 아내 소온宗恩이고 자살

을 선택한 것은 오산 자신이다.

　이상의 10개 작품에 관해서 그 시계열적인 변화가 인정된다고 할
수 있을지에 대한 여부를 자의적이라고 하는 비판을 피하지 않고 언
급하는 것은 어렵겠지만 그렇더라도 개인의 감각적 문제로 치부해버
리는 것이 아니라 개개의 작품에서 채용하고 있는 입장, 구체적인 묘
사의 차이라고 하는 부분을 비교함으로써 어느 정도는 시계열적인 변
화를 파악할 수 있을 것이다.

　먼저 리큐에 관해서인데 NHK대하드라마〈황금의 나날〉〈히데요
시〉의 2작품을 획으로 각각 그 전과 후와는 묘사하는 방법이 변화해
온 것처럼 보인다. 3시기의 묘사방법을 간략하게 정리하면 표1과 같
다.

[표 1] 영상작품에 있어서의 리큐상의 이미지 변화와 주요작품

제1기 (1962년~1978년)	제2기 (1978년~1989년)	제3기 (1992년~2011년)
'와비佗び'의 미의식에 목숨을 바친 비극적인 인물로서의 리큐	권력자 히데요시와의 대립을 스스로 원하는 것처럼 보이는 리큐	자신의 야망을 위해 한없는 음모 계책에 애쓰는 책략가 리큐
주요 작품 ①〈오긴사마お吟さま〉 ③〈오긴사마お吟さま〉	주요 작품 ②〈황금의 나날黃金の日々〉 ④〈리큐利休〉 ⑤〈센노 리큐 혼각보 유문千利休 本覺坊遺文〉	주요 작품 ⑦〈히데요시秀吉〉 ⑨『효게모노へうげもの』

　정치적인 인물, 즉 스스로의 목적을 위해 정치적으로 처신하는 인

물인가 아닌가라고 하는 기준으로 생각하면 당연히 제1기보다 제2기,
제2기보다 제3기의 묘사방법이 더 정치적이라고 할 수 있는 셈이고,
기본적으로는 시계열적인 변화의 경향으로 파악할 수 있다고 생각할
수 있지만 주의하지 않으면 안 될 것은 최근의 2작품 즉 ⑧ 〈고~공주
들의 전국〉과 ⑩ 〈리큐에게 물어라〉에 대해서는, 거기에 그려진 리큐
상이 오히려 각각 제2기, 제1기와 가깝다는 점이다. 그것은 즉 시대마
다의 전체 경향은 점차 리큐상의 이미지가 보다 정치적인 것으로 변
화하는 경향은 있지만, 다른 한편으로 그것은 각 작품 나름이기도 하
고, 시대에 역행하는 고전적인 묘사방법을 택하는 경우도 여전히 존
재한다고 이해해도 지장이 없을 것 같다.

　한편, 후루타 오리베의 묘사방법에 관해서 말하면, 오리베를 다룬
영상 작품의 수가 절대적으로 적기 때문에, 경향이라고 할 만한 것을
분석하기에는 어려움이 있지만 리큐의 경우 제2기에 제작된 ⑥ 〈고히
메〉에서의 오리베는 같은 시기에 만들어진 ② 〈황금의 나날〉 ④ 〈리
큐〉 ⑤ 〈센노리큐 혼카쿠보 유문〉의 리큐 이미지와 거의 동일한 묘사
방법(권력자 이에야스와의 대립을 스스로 원하는 것처럼 보이는 오리
베)이며, 또한 리큐의 경우 제3기에 제작된 ⑨ 〈효게모노〉의 주인공
으로서의 오리베 또한 리큐와 막상막하인 책략가로 그려짐으로서 위
에서 언급한 리큐상의 시계열적인 변화는 그대로 후루타 오리베상의
시계열적인 변화라고도 말할 수 있으며, 나아가 '다도문화'에 대한 묘
사방법의 시계열적인 변화와 바꿔놓을 수 있을 것이다.

　따라서 가설로 제시한 파퓰러컬쳐에 있어서 '다도문화'의 표상이 점
차 정치적인 것으로 이동해 왔다라고 하는 가설은 적어도 영상작품에
있어서는 타당하다고 할 수 있을 것이다. 그렇지만 이 절에서 검증한

영상작품이라고 하는 것은 그 모두가 원작으로서의 소설 (⑨ 〈효게모노〉만 구와타 다다치카桑田忠親의 『후루타 오리베古田織部』의 만화화한 작품이 원작)을 바탕으로 제작된 것이고, 원작소설과의 관계성 및 학술적인 출판물에 있어서 '다도문화'에 대해 이해하는 방법이라는 것이 영상작품으로서 반영된 결과라고도 생각할 수 있다. 그래서 다음 절에서는 그 출판물들의 시계열적인 변화를 확인하고자 한다.

2. 영상작품과 그 원작, 영상작품과 만화작품과의 관계

『리큐대사전利休大事典』(1989년, 淡交社)에 수록되어 있는 구마쿠라 이사오熊倉功夫「센노 리큐 연구의 흐름千利休研究の歩み」 등의 선행연구를 참조하여 영상 작품의 기본이 된 원작소설과 학술적인 출판물에서의 리큐 이미지, 그리고 '다도문화'에 대해 이해하는 방법을 부감俯瞰하기 위해서 20세기 이후의 시계열적 변화를 정리해 보면 표2 '다도문화 / 리큐 관련 연구서 · 소설 · 영화 · 대하드라마 · 만화 연표'[8] 등으로 정리할 수 있는데, 여기서 우선 알 수 있는 것은 처음에 등장하는 작품으로서 리큐와 '다도문화'를 널리 해외에 소개한 오카쿠라 텐신의 『차의 책』에 있어서 이미 앞 절에서 살펴 본 바와 같이 영상작품에 나타난 리큐 이미지의 기본적인 형태가 나타나 있다는 점이다. 구체적으

---

8) 熊倉功夫「〈参考文献解題〉千利休研究の歩み」(千宗左他監修『千利休事典』淡交社, 1989년, pp.757-762),「主要参考文献」(同, pp.801-807),「さまざまに描かれたキャラクタ『利休』」(木村宗慎監修, ペン編集部編『penBOOKS千利休の功罪』阪急コミュニケ ションズ,2009년, pp.116-121) 등을 참고하여 필자가 작성했다.

로는 텐신은 리큐와 히데요시의 관계에 대해 다음과 같이 기술하고 있다.

> 리큐와 타이코 히데요시太閤秀吉의 우이友誼는 오래고 이 위대한 무장이 다인茶人에 대한 존경의 마음도 두터웠다. (중략) 리큐는 비굴한 간신이 아니었기 때문에 그의 거친 기질의 비호자에게 종종 이의를 주장하는 용기가 있었다. 한 때에 타이코太閤와 리큐 사이에 생긴 냉랭한 관계를 틈타 리큐의 적들은 리큐가 타이코를 독살하려고 하는 음모에 가담하고 있다고 하면서 비난했다. 리큐가 끓인 녹색 음료의 그릇 속에 치명적인 독을 넣고 타이코에게 마시게 하려고 한다는 말이 몰래 히데요시의 귀에 들어갔다. 히데요시에게 의심을 사는 것만으로도 즉시 사형을 집행하기에 충분한 근거가 되었다.[9]

여기에 그려진 리큐의 이미지는 권력자＝히데요시에게 의견을 제시할 기개를 지녔음에도 결국은 중상모략에 의해 죽음에 내몰리게 되고 자신의 예술에 목숨을 바친 인물이라는 점에서 앞에서 소개 한 영상작품으로 말하자면 제1기 ③〈오긴사마〉의 시무라 다카시志村喬가 연기한 리큐에 가깝지만 그 후에도 이러한 이미지에 대해 새로운 리큐 이미지, 새로운 '다도문화' 이미지를 제시하는 형태로 연구(특히 리큐 연구)가 계속 제시되어 왔던 것이다. 그리고 표 2에서는 지금까지 전전 1940년경, 전후 1956년경의 두 시기에 크게 리큐 연구의 붐이 일었던 사실, 그 연구의 붐과 호응하는 형태로 소설 등에서도 '다도문화' 또는 리큐를 다룬 작품이 각 시기에 등장하고 있는 것을 알 수 있다.

---

9) 岡倉天心著, 桶谷秀昭譯『茶の本(英文收錄)』 p.95

[표 2] 다도문화 / 리큐 관련 연구서 · 소설 · 영화 · 대하드라마 · 만화 연표

1906年	岡倉天心『The Book of Tea』NYフォックス・ダフィールド社
1929年	岡倉天心『茶の本』日本語翻訳版刊行
1935年	創元社『茶道』全集15巻刊行開始 第一回配本が茶人編(二)「千利休」
1940年	利休居士三百五十年遠忌法要が大徳寺にて大々的に挙行される ⇒ この前後に、竹内尉『千利休』、西堀一三『千利休』、桑田忠親 『千利休』など数多くの利休研究書が刊行され、利休を神聖視す る茶道界に対して実証的研究が進む 海音寺潮五郎『茶道太閤記』朝日新聞社 ⇒ 娘を差し出せと迫る秀吉に対して「(利得のため)娘を売るは恥 ずべき事」と断固としてはねつける利休像を提示
1942年	井上友一郎『千利休』大観堂
1956年	淡交社『茶道古典全集』全12巻刊行開始。 ⇒ これに呼応して、小宮豊隆『茶と利休』、唐木順三『千利休』、 芳賀幸四郎『千利休』などの利休研究書が再び多く刊行される今 東光『お吟さま』淡交社(直木賞受賞) ⇒ 利休の娘お吟と高山右近の悲恋と、お吟を欲する秀吉に対し て自刃・切腹の受け入れによって抗議の意思表示を示す父娘。
1957年	松本清張『千利休』新潮社(『小説日本芸術』所収)
1959年	井上靖『利休の死』筑摩書房『新選現代日本文学全集』第21巻所収)
1961年	富士正晴『たんぽぽの歌』河出書房新社
1962年	①田中絹代監督『お吟さま』にんじんくらぶ・松竹(6月3日)
1964年	野上彌生子『秀吉と利休』中央公論社
1968年	桑田忠親『古田織部』徳間書店
1971年	村井康彦『千利休』日本放送出版協会 ⇒ 権威としての桑田忠親の利休書状の業績を批判(利休右筆鳴 海問題)し、利休を神聖化せず自由に論じる必要性を指摘
1976年	山崎正和『木像磔刑』河出書房新社
1978年	②NHK大河ドラマ『黄金の日日』(桑田忠親監修) ③熊井啓監督『お吟さま』宝塚映画・東宝(6月3日)

1980年	三浦綾子『千利休とその妻たち』主婦の友社
1981年	井上靖『本覚坊遺文』講談社(日本文学大賞受賞)
1989年	④勅使河原宏監督『利休』勅使河原プロ・松竹(9月15日)
	⑤熊井啓監督『千利休 本覚坊遺文』西友・東宝(10月7日)
	田中彬原作・清水庵画『千利休 R・I・K・Y・U』辰巳出版
1990年	隆慶一郎原作・原哲夫画『花の慶次―雲のかなたに』集英社
	⇒ 利休と秀吉は勅使河原『利休』の三国連太郎、山崎努を流用
1992年	⑥勅使河原宏監督『豪姫』勅使河原プロ・松竹
1996年	⑦NHK大河ドラマ『秀吉』(茶道指導・鈴木宗卓表千家教授)
1998年	里中満智子原作・村野守美画『古田織部―乱世を駆け抜けた生涯』岐阜県によるPR刊行物として日本語版・英語版刊行
2004年	清原なつの『千利休』本の雑誌社。
2005年	山田芳裕『へうげもの』連載開始(講談社『モーニング』8月18日~)
2006年	山本兼一『利休にたずねよ』連載開始(PHP研究所『歴史街道』2006年7月号~2008年6月号)
2008年	山本兼一『利休にたずねよ』PHP研究所(直木賞受賞)
	西崎泰正・工藤かずや『闘茶大名 利休七哲』リイド社
2010年	桑田忠親『古田織部』の新装改訂版『へうげもの 古田織部伝――数寄の天下を獲った武将』ダイヤモンド社
2011年	⑧NHK大河ドラマ『江～姫たちの戦国』(歴史考証・小和田和男)
	⑨テレビアニメ版『へうげもの』放送開始(NHK BSプレミアム。2012年1・26まで)全39話
	早川光原作・連打一人画『私は利休』連載開始(集英社『ジャンプ改』~2013年11月号で打ち切り)
2012年	早川光原作・連打一人画『私は利休』集英社。全4巻。
	黒鉄ヒロシ『新・信長記』(信長遊び人の巻・天の巻・地の巻) PHP研究所
2013年	⑩田中光敏監督『利休にたずねよ』東映京都撮影所・東映
	山本兼一原作・RIN画『コミック 利休にたずねよ』PHP研究所

다음은 소설의 형태로 제시된 리큐 이미지 또는 '다도문화' 이미지가 영화 · 대하드라마 · 애니메이션 등 파퓰러컬처(영상미디어)로 형태를 바꾸어 매스 오디언스(관중)에게 제시될 때까지의 시간적 경과(시간차)에 대해서 살펴 보고자 한다. 왜냐하면 영상을 전문으로 하는 필자의 입장에서 보면 순수문학이든 대중소설이든 문학의 형태로 제시되었을 때의 이미지와 그것이 영상작품화 되어 제시되었을 때의 이미지와는 사람들의 이미지 공유에서 압도적으로 후자의 영향력이 더 강할 것이고 영상에 의한 시각적 이미지로 제시된 시기 이후가 보다 보편적인 이미지로 수용될 가능성이 높을 것으로 생각되기 때문이다. 표 3은 영상화 작품의 원작 간행연도와 영화제작연도와의 시간차를 정리한 것이다.

[표3] 다도문화 / 리큐 관련 영상화 작품의 원작간행 연도와 영화제작 연도와의 시간차

원작 (발행연도)	영상화 작품 (제작연도)	시간차
곤 토코今東光 『오긴사마お吟さま』 (1956)	① 다나카 기누요田中絹代 감독 〈오긴사마お吟さま〉(1962) ③ 쿠마이 게이熊井啓 감독 〈오긴사마お吟さま〉(1978)	6년 22년
후지 마사하루富士正晴 『민들레의 노래 たんぽぽの歌』(1961)	⑥ 데시가하라 히로시勅使河原宏 감독 〈고히메豪姬〉(1992)	31년
노가미 야에코野上彌生子 『히데요시와 리큐秀吉と利 休』(1964)	④ 데시가하라 히로시감독勅使河原宏監督 〈리큐利休〉(1989)	25년

쿠와타 다다치카桑田忠親 『후루타 오리베古田織部』 (1968)	만화버전 〈효게모노へうげもの〉(2005) ⑨ TV 애니메이션 판 〈효게모노へうげもの〉(2011)	37년 43년
시로야마 사부로城山三郎 『황금의 나날黃金の日日』 (1978)	② NHK 대하 드라마 〈황금의 나날黃金の日日〉(1978)	동시
이노우에 야스시井上靖 『혼카쿠보 유문本覺坊遺 文』(1981)	⑤ 구마이 게이熊井啓 감독 〈센노 리큐 혼카쿠보 유문千利休 本覺坊 遺文〉(1989)	8년
사카이야 타이치堺屋太一 『도요토미 히데 나가 어 느 보좌역의 생애豊臣秀長 ある補佐役の生涯』(1985)	⑦ NHK대하드라마 〈히데요시秀吉〉 (1996)	11년
『귀신과 사람과 노부나가 와 미츠히데 と人と~信長と 光秀~』(1989)		7년
『히데요시 꿈을 넘은 남 자』(1996)		동년
야마모토 켄이치山本兼一 『리큐에게 물어라 利休にたずねよ』(2008)	⑩ 다나카 미츠토시田中光敏 감독 〈리큐에게 물어라利休にたずねよ〉 (2013)	6년

　표 3에서 알 수 있듯이 원작소설 간행연도와 영화제작 연도와는 수
년 내에 영상화되는 경우도 있지만 상당한 확률로 20년 이상의 긴 시
간차가 존재한다 (⑨『효게모노』는 소설이 아닌 학술서가 원작이다).
이 시간차가 갖는 의미에 대해서는 물론 경우에 따라 다르겠지만 영
화의 제작 준비에 시간이 걸린다는 물리적 이유라기보다는 제작자로
서 영화작가들의 측에서 기회가 무르익을 때까지 걸리는 시간이라고

생각하는 것이 합리적일 것이다.

정리해 보면, 우선은 학술적인 연구서로 제시되는 새로운 리큐 이 미지 또는 '다도문화' 이미지(그것들은 기본적으로 신성시되어 있던 리큐를 재검토하는 방향으로 제시되고 있다)라는 작품으로 촉발되는 형태로 소설이 발표되고 그것들을 더욱 시간을 들여 숙성된 형태로 시각적 이미지로서 제시되는 것이 영화나 TV드라마 등의 파퓰러 컬 처다 라고 하는 것이 될 것이다. 덧붙여서 ②『황금의 나날』(1978)의 경우는 대하드라마로서 제작 이야기가 먼저 있었고, NHK측의 스텝과 원작자 시로야마 사부로城山三郎 각본 이치카와 신이치市川森一와의 합 의로 프롯을 탄탄히 하여 실제로 시로야마 사부로 원작 소설로 집필 하는 과정과 이치카와 신이치가 드라마의 대본을 쓰는 프로세스가 동 시에 진행된 보기 드문 케이스이다.[10]

또한 학술연구서, 소설, 영상작품의 3자간의 상호관계라는 관점에 서 말하자면 ②『황금의 나날』에서 '다도문화'의 대표적 연구자인 쿠 와타 다다치카桑田忠親『센노리큐』(1940)『후루타 오리베』(1968)가 감 수를 맡은 점이 눈길을 끈다. 즉, '연구 ⇔ 소설 ⇔ 영상 매체'의 3자가 상호 보완적인 관계라는 점이 적어도 이 케이스에 관해서는 분명히 인정된다고 하는 것이다. 쿠와타 다다치카가 저술한 학술서『후루타 오리베』(1968)가〈효게모노〉만화버전의 원작인 점을 포함하여 새롭 게 제시된 이미지의 전파/확산이라는 관점에서 매우 중요한 포인트일 것이다.

---

10) 市川森一「未知への航海」(『NHK大河ドラマ・ストーリー黃金の日日』日本放送出版協會,1978년), p.84

나아가 영화나 TV드라마와 같이 시각적 매체인 만화에 있어서 '다도문화'를 다룬 작품이 발표되는 타이밍을 영화나 TV드라마와 비교해 볼 필요도 있다고 생각된다. 표 4는 다도문화 / 리큐 관련 영상화 작품의 제작연도와 주요 만화작품의 발표연도와의 관계를 정리 한 것이다.

[표 4] 다도문화 / 리큐 관련 영상화 작품의 제작연도와 주요 만화작품 발표연도

영상화 작품 (제작년도)	제작연도/ 발표연도	주요 만화 작품 (발표연도)
④ 데시가하라 히로시勅使河原宏 감독『리큐利休』(9 · 15)	1989	
⑤ 구마이 게이井熊啓 감독『센노 리큐 혼카쿠보 유문千利休本覺坊遺文』(10.7)	1989 1989	다나카 아키라田中彬 원작 · 시미즈 안淸水庵 그림『센노 리큐千利休 R · I · K · Y · U』辰巳出版 (11 · 15)
	1990	류 게이치로隆慶一郎 원작 · 하라 테츠오原哲夫 그림『꽃의 케이지 ~구름의 저편으로~花の慶次―雲のかなたに』集英社
⑦NHK 대하 드라마『히데요시秀吉』(1.7 ~)	1996	
	1998	사토나카 마치코里中滿智子 원작 · 무라노 모리미村野守美 그림『후루타 오리베 - 난세를 앞지른 생애古田織部―亂世を驅け拔けた生涯』기후현岐阜縣(6월)
	2004	淸原なつの『千利休』本の雜誌社 (12 · 25) 기요하라 나츠노淸原なつの『센노 리큐千利休』本の雜誌社(12 · 25)

	2005		야마다 요시히로山田芳裕『효게모노へうげもの』연재시작 講談社 (8·18~)
			니시자키 다이세西崎泰正·쿠도 카즈야工藤かずや『도차다이묘 리큐 시치테츠闘茶大名 利休七哲』リイド社(5.30)
	2008		
⑧NHK대하드라마『고~ 공주들의 전국江~姫たちの戦国』(1.9 ~)	2011		
⑨ TV애니메이션판『효게모노 へうげもの』(4.7 ~)	2011	2011	하야카와 히카리早川光 원작 렌다 히토리連打一人 그림『나는 리큐(私は利休』연재 개시 集英社 (6.10 ~)
		2012	구로가네 히로시黒鐵ヒロシ『신·노부나가 기新·信長記』(노부나가 방탕아 권·하늘의 권·지역의 권信長遊び 人の卷 天の卷 地の卷) PHP 연구소 (10.4 ~)
⑩ 다나카 미추토시田中光敏 감독『리큐에게 물어라利休にたずねよ』(12:7)	2013	2013	야마모토 켄이치山本兼一 원작 RIN 그림『코믹 리큐에게 물어라 コミック 利休にたずねよ』PHP 연구소 (12·9)

　양자의 관계성에 대해서는 샘플 수가 적어서 직접적인 관련성이 유의미하다고까지는 말할 수 없지만 기본적으로 만화작품은 영화·대하드라마 등 영상매체에서 다루어져 붐을 일으킨 것을 계기로 출판되는 경우가 많음을 엿볼 수 있다. 알기 쉬운 예를 든다면 예를 들어, ④〈리큐〉(1989)에 있어서 야마자키 츠토무山崎努가 역할한 히데요시와 미쿠니 렌타로가 역할한 리큐의 캐스팅은 그 높은 완성도 때문에 다

음해부터 연재가 개시된 만화작품 〈꽃 게이지花の慶次 구름의 저편에雲のかなたに〉(류 게이치로降慶一郎 원작·하라 테츠오原哲夫 그림)에 있어서 캐스팅으로 유용流用되었고 〈꽃 게이지 구름 저편에〉에서의 히데요시상, 리큐상은 그대로 야마자키 츠토무와 미쿠니 렌타로의 시각적 이미지로서 사용되고 있다.[11] 결국 만화작품이라는 매체는 영상미디어에서 새롭게 제시된 이미지를 더욱 강화시켜 결정화結晶化 하는 역할을 맡고 있는 것을 미루어 짐작하는 것이다.

3. 파퓰러 컬처가 '다도문화'를 취급하는 것의 정치성

'다도문화'를 취급해 온 영화, TV드라마, 만화, TV애니메이션 등의 시각적인 파퓰러 컬처는 한때 신성시되었던 리큐 이미지를, 다도를 통해 정치에 강한 영향력을 가진 인물로 또는 책략가로서 권력 자체를 지향하는 인물로서 덧씌워져 왔다. 그것은 결국, '다도문화의 정치성'이라는 관점에의 일반의 인식을 높이는 데 기여해 온 점이라고 해도 될 것이다.

그러면 모두의 질문으로 돌아가서 '다도문화'라고 하는 일본 전통문화를 다룬 파퓰러 컬처 콘텐츠라는 것이 '쿨한' 현재 일본의 컬처로 간주되는 동시에 작품의 배경으로서 그려지는 '다도문화'의 이미지가 해외로 수출되는 데 알맞은 전통문화로서의 '일본적인 것'과의 친

---

11) 『花の慶次 雲のかなたに』에 있어서의 히데요시, 리큐의 조형은 명백히 山崎努, 三国連太郎를 모델로 하고 있다.

화성이 높은 것으로 간주되어 어느 정도 의도적인 선택으로서 국가의 문화정책에 의해 혜택을 받았을 가능성에 대해서 검토하고자 한다.

제1절에서 소개한 영상매체에서 '다도문화'를 다룬 주요작품 중 다도계(界) 또는 국가 등으로부터 어떠한 공적인 지원을 받고 있는 사례는 다음의 다섯 작품에 관해서 아래와 같은 사실이 판명되었다.

③ 〈오긴사마お吟さま〉(다카라즈카宝塚 영화 · 토호東宝, 1978년)는 우라센케의 이구치 가이센井口海仙 종장宗匠이 다도 감수를 맡고 있으며 오모테센케 종가의 차남 센 마사카즈千政和와 함께 영화에 특별 출연하고 있다. 또한 문부성 선정 작품이다.

④ 〈리큐利休〉(데시가하라 프로勅使河原プロ · 쇼치쿠松竹 1989)는 오모테센케 · 우라센케 · 무샤코지센케가 후원하고 있으며, 극중 수많은 국가의 중요문화재의 다기茶器와 병풍, 족자 등이 소품으로 제공되고 있다. 문화재청 우수 영화제작 장려금 수상작품이다.

⑤ 〈센노 리큐 혼카쿠보 유문千利休 本覺坊遺文〉(세유西友 · 토호東宝, 1989)도 오모테센케 · 우라센케 · 무샤코지센케가 후원하고 있으며 문부성 선정 작품, 문화재청 우수 영화제작 장려금 수상작품이다.

⑥ 〈고히메豪姫〉(데시가하라 프로 쇼치쿠 1992)는 고의식古儀式 다도 야부우치류藪內流 종가의 후원, 초월회草月會의 협력을 얻고 있으며 극중 수많은 국가 중요문화재의 다기와 병풍, 족자 등이 소품으로 제공되었다.

⑩ 〈리큐에게 물어라利休にたずねよ〉(토에이東映 2013)는 오모테센케 · 우라센케 · 무샤코지센케가 후원하고 있으며, 국가의 문화예술진흥기금의 지원을 받았다.

다도계 구체적으로는 오모테센케 · 우라센케 · 무샤코지센케 같은 문중이 감수라든가 후원이라든가 하는 형태로 영화제작에 협력한다는 것의 의미는 영화제작자 측에서 보면 영화의 퀄리티에 대한 정통성Authenticity의 승인을 받는다는 의미와 함께 그들을 끌어들임으로써 그 종가제도에 의해 뒷받침된 영화예매권의 매입을 기대할 수 있다는 것과 다름없고 출자자에 대해서 출자액에 상응하는 수익을 환원해 가는데 있어서 당연히 뒤쫓아 가야만 할 가능성이라고 할 수 있다. 하지만 동시에 이 다도계와의 제휴에 의한 정통성의 추구가 예를 들어 ④ 〈리큐〉나 ⑥ 〈고히메〉처럼 영화에서 국가의 중요 문화재인 다기 등의 사용으로 인해 열매로서 결실을 맺을 때 해외로 수출하는 데 적합한 전통문화로서 국가가 지원하는 '일본적인 것'과의 친화성이 높아지는 것도 당연한 이치일 것이다.

물론 문부성 선정 작품이라는 인증을 받거나 제작자금 그 자체가 문화재청 우수 영화제작 장려금이나 예술문화진흥기금이라는 국가의 지원을 받거나하면 역시 국가의 후원을 받는 콘텐츠로서 국가가 해외에 어필하는 '일본적인 것'으로 인정받는 것과 동등한 가치를 지니게 되는 것이다.

이들 중 국가나 해외의 공식적인 상을 수상하는 등의 인증을 받은 작품으로는 적어도 다음 4작품이 있다.

③ 〈오긴사마お吟さま〉: 몬트리올 세계영화제 개막작

④ 〈리큐利休〉: 문화재청 예술작품상, 예술선장選奬문부대신상(영화부문 =데시가하라 히로시勅使河原宏감독), 몬트리올 세계영화제 예술공헌상, 베를린 국제영화제포럼 연맹상.

⑤ 〈센노리큐 혼카쿠보 유문千利休 本覺坊遺文〉: 베네치아 국제영화제 은사자상 · 감독상 (구마이 게이熊井啓 감독), 시카고 영화제 은상.

⑩ 〈리큐에게 물어라利休にたずねよ〉: 몬트리올 세계영화제 예술공헌상.

그리고 ⑨ 〈효게모노へうげもの〉(NHK BS 2011)의 원작 (제11화부터 원안原案)인 야마다 요시히로山田芳裕의 만화작품도 14회 데즈카 오사무 문화상手塚治虫文化賞 만화상 수상작이며 제13회 문화재청 미디어예술제 만화부문 우수상을 수상했다.

'다도문화'를 다룬 파퓰러 컬처의 콘텐츠가, 국가가 해외에 대해 어필할 수 있는 '일본적인 것'으로 인정되어 국가의 공적지원을 받는 것이 영화제작자들에게 국내외에서의 공적인 상의 수상으로 이어지기 쉽게 되고, 또한 수익의 증가로 결부될 것이 기대되는 후원이라고 인식되는 것은 틀림없다고 하여, 그러면 그것이 국가의 문화정책에 있어서 어느 정도 의도적인 선택으로서 후원받아 왔다고 할 수 있는지의 여부가 문제가 된다.

국가의 대외 문화정책의 역사를 열어보면 예를 들어 1930년에 설치된 국제관광국이 일본의 PR을 위해 제작한 영화 가운데 〈다도〉가 있고, 그러한 문화영화는 민간국제문화진흥회가 제작한 영화 등과 함께 예를 들어 1939년 뉴욕 만국박람회, 샌프란시스코 만국박람회 등에서 '일본적인 것'의 상징으로서 특설 스크린으로 상영되어 온 것은 말할 것도 없다.[12]

현재 국가문화정책 방침에 관해 공적 견해를 확인하여 보자면 예를 들어 내각 관방 · 지적재산전략추진사무국이 공표하고 있는 콘텐츠전

---

12) 山本佐惠『戰時下の万博と「日本」の表象』, 森話社, 2012년, pp.106-119 및 pp.285-286에 게재되어 있는「ニューヨーク · サンフランシスコ万博出品映画リスト(国際観光局)」

문조사회 일본브랜드 워킹그룹 보고서『일본브랜드 전략 추진 — 매력 있는 일본을 세계로 발신』(2004)에 다음과 같이 기록되어 있다.

(2)일본의 음식, 지역브랜드, 패션 등의 라이프 스타일 비지니스는 해외전개의 잠재력은 있지만 지금까지는 어느 쪽이냐 하면 국내시장을 중심으로 고려되어 왔고 해외시장에 대한 관심이 희박했다. 앞으로는 적극적인 해외 전개와 그에 필요한 환경 정비가 요구되어지고 있다.

(3)라이프 스타일 비즈니스의 해외 전개는 각각이 단발로 이루어지고 있고 일본 전체로서의 브랜드는 형성되어 있지 않다. 따라서 일본브랜드 구축을 위해서는, 음식, 지역브랜드 및 패션이 상호 연계하고 나아가서는 관광이나 콘텐츠사업과도 연계하면서 전략적으로 정보를 발신하여 해외 전개를 도모하고 일본브랜드를 확립 강화가 요구되어지고 있다.[13]

이를 바탕으로 구체적인 '일본 브랜드'로서 '일본 식문화'가 상정되어 있지만 그 제언 속에는 '종합적인 식육'으로서 '식육은 요리와 식자재뿐만 아니라 식기나 장식, 접대, 식사예절 등 음식의 배경에 있는 문화와 역사를 포함하여 종합적으로 행하는 것이 중요하다'라고 되어 있으며,[14] 카이세키 요리懷石料理의 뿌리이자 접대문화 자체인 '다도문화'도 또한 이러한 사고와 친화성이 높은 것은 아닌지 미루어 짐작할

13) 內閣官房 · 知的財産戰略本部 · コンテンツ專門調査會 · 日本ブランド ワーキング・グループ『日本ブランド戰略の推進－魅力ある日本を世界に発信』(2004)p.3 http://www.kantei.go.jp/jp/singi/titeki2/tyousakai/contents/houkoku/050225hontai.pdf
14) 상동, p.6

수 있다.

또한 국가가 영화나 애니메이션, 만화 등의 시각적 매체를 중심으로 한 콘텐츠 비지니스를 진흥시키는 것을 국가전략으로 세우고 이른바 '쿨 재팬'정책을 추진한 사실에 대해서는 재차 확인할 필요도 없다고 생각되지만 확실히 하기 위해서 지적재산전략본부 · 콘텐츠전문조사회가 정리한 보고서『콘텐츠사업진흥정책 ─ 소프트파워 시대의 국가전략』(2004)에 실린 기술을 살펴보고자 한다.

> 영화, 음악, 애니메이션, 게임소프트와 같은 일본 '콘텐츠'는 국제상을 수상하거나 캐릭터의 세계적인 인기 등을 통해 대체로 높은 평가를 얻고 있으며, 일본의 이미지를 'COOL JAPAN (쿨 재팬, 멋있는 일본)'으로 크게 변화시키기 시작했다. (중략) 여러 외국과의 경쟁에서 승리함과 동시에 일본문화의 발신을 통해 해외에서 일본의 이해증진을 지향하기 위해서는 이들 법적대응 (저자 주, 2004년에 성립한 '콘텐츠의 창조, 보호 및 활용 촉진에 관한 법률안')을 비롯해 콘텐츠사업의 진흥을 국가전략의 기둥으로서 명확히 하고 그것을 위해 발본적인 시책을 신속하고 적극적으로 전개해야한다.[15]

이러한 국가가 국가전략의 기둥으로 추진하는 콘텐츠사업의 대표적 형태인 영화, 애니메이션 등에서 다루어야 할 테마로서 역시 국가가 '콘텐츠사업과도 연계시키면서 전략적으로 정보발신'해 나가는 것

---

15) 內閣官房 · 知的財産戦略本部 · コンテンツ專門調査會報告書『コンテンツビジネス振興政策── ソフトパワー時代の国家戦略』(2004) pp.2-3
   http://www.kantei.go.jp/jp/singi/titeki2/tyousakai/contents/houkoku/040409
   houkoku.pdf

을 상정하고 있는 테마의 하나로서의 '일본 식문화'의 연장선상에 있
는 '다도문화'가 다루어질 경우 개개의 작품내용을 음미하여 일본문
화를 발신하는데 국가가 지원하기에 적합한 내용인지 아닌지 검토해
나갈 필요가 있다고 하는 전제를 세운다면 당연히 어느 정도 의도적
인 선택에 의하여 국가의 문화정책으로서 후원하기 쉽다고 생각하는
것이 당연할 것이다.

그렇지만 제1절에서 살펴본 10개 작품에서 그것이 '다도문화'를 다
룬다는 이유로 국가의 지원을 선택적으로 얻게 되었다는 구체적인 확
증을 얻기는 실제로 어렵다. 국가에 의한 영화작품에 대한 제작자금
의 원조제도인 예술문화진흥기금의 운영위원을 2009년부터 2014년
까지 근무한 필자의 경험으로 보더라도 지원해야 할 작품을 선택하는
데 있어서 각 위원의 의견을 집약한 다음 전체의 균형을 고려한 후 조
정하여 정해지는 것이 실태이고 특정 테마를 갖고 있는 작품을 우선
적으로 취급한다고 하는 것은 적어도 형식상으로는 존재하지 않기 때
문이다.

시각을 조금 바꾸면 다도계 자체도 이러한 국가의 입장과 그것을
비즈니스에 잘 이용하고자 하는 콘텐츠산업 측에 대하여 적극적으로
관계를 맺음으로서 자신들의 입장을 보다 확고히 해나가려고 하는 방
침을 택하고 있다고는 볼 수 없을까.

제1절에서 다룬 10개 작품 중의 첫 번째 작품 즉 ① 〈오긴사마〉가
제작되고 7년 후 1969년 우라센케 제15대 종가 센 소시츠千宗室종장宗
匠이 담교회淡交會[16] 제33회 총회 석상에서 산하에 있는 다도 지도자들

---

16) 다도 여러 유파 중 최대 규모의 유파인 우라센케의 전국 통일의 동문 조직으로 정

에 대해 언급한 내용을 부외비(部外秘) 책자로 정리한 『호운사이 센 소시츠 종장술鵬雲齋千宗室宗匠述 쇼와44년(1969년)도 지도방침』에서는 다음과 같은 다도계의 방침이 서술되어 있다.

다인茶人은 정치에 관여하면 안 된다와 같은 것은 없습니다. 오히려 정치, 경제 모두를 포함해서 다인이라는 것이 한 잔의 차를 가지고 세상을 정화해 가는, 동動을 향해 정靜을 가지고 맞서 나간다고 하는 것이야말로 저는 리큐대거사利休大居士의 진정한 화경청적和敬淸寂의 의미가 아닐까 생각합니다. (중략) 그 화경청적이 일변으로 실행되게 하기 위해서는 우리들 스스로가 정치적 자세를 바르게 취해야 하지 않을까, 이미 바로 잡아야 하는 사태에 와 있는 것은 아닐까요.

그러한 까닭에 현시점에 있어서 우리들은 더욱 앞으로 정치적인 면에 있어서도 정치정책상에 있어서도 우리들의 조직이 전력을 다해 돌진해가는 태세도 조금씩 정돈해 나가야하지 않으면 안 된다고 생각합니다.[17]

우라센케 제15대종가 호운사이 센 소시츠裏千家第十五代家元鵬雲齋千宗室 종장은 다도의 이미지 제고를 위해 스스로 적극적으로 TV나 잡지 등 미디어에 등장하여 잘 알려져 있지만 오모테센케나 무샤코지센케를 포함하여 현대의 다도계가 영화나 애니메이션 등의 시각적 미디어에 협력하는 자세를 보이는 것도 그 연장선상이라고 생각해도 좋을

식 명칭은 「사단법인 다도 우라센케 담교사(社団法人茶道裏千家淡交社)」이다. 또한 '鵬雲齋千宗室宗匠'는 초대 리큐로부터 제15대 당주이다.

17) 社団法人茶道裏千家淡交社總本部發行『鵬雲齋千宗室宗匠述 昭和四十四年度指導方針』(1969년), pp.47-48

것이다.

사실 ③ 〈오긴사마〉에서는 이구치 가이센井口海仙/우라센케가 다도 감수를 맡아 센마사가즈千政和/ 오모테센케와 함께 각각 츠다 소규津田宗及와 호소카와 다다오키細川忠興역에 캐스팅 되어있고 〈히데요시〉(1996)에서는 스즈키 소타쿠 (오모테센케) 아키야마 소와秋山宗和/우라센케가, 또한 동일하게 ⑧ 〈고~공주들의 전국〉(2011)에서는 오자와 소세이小澤宗誠/우라센케가 다도지도를 맡는 등 '다도문화'를 다루고 있는 파퓰러 컬처는 현대 다도계와 긴밀하게 연계하면서 제작되고 있는 것은 틀림없을 것이다.

마치며

이 논문에서는 일본의 '다도문화"로서의 센노리큐, 후루타 오리베 등의 이야기가, 단지 당시의 권력자와 대립한 문화인의 비극으로만 다루려는 경향이 있었던 예전의 이미지에서 오히려 다도 그 자체가 그 시대의 정치중심이었고 리큐도 오리베도 다도를 통해서 권력을 수중에 넣은 사람들로 그려지는 경향이 높아져왔다고 하는 변화, 즉 '다도 문화의 정치성'에 대한 인식이 강화된 배경으로서 영화, TV드라마, TV애니메이션 등의 파퓰러 컬처에 있어서의 표상이 보다 정치적인 것으로 이동해 온 영향을 고찰하고 그 가설이 정확했다고 하는 것을 어느 정도 검증할 수 있었다.

한편 그러한 파퓰러 컬처에 있어서 '다도문화'를 다루는 것 자체가 해외로 수출되기에 적합한 일본의 오리지널 전통문화로서의 '일본적인 것'과의 친화성이 높은 것으로서 적극적으로 국가의 문화정책으로 후원받기 쉬워진다면 그것은 정치성을 띤 것이라고 할 수 있지 않을까, 라고 하는 관점에서 약간의 고찰을 시도했다.

이 '다도문화를 파퓰러 컬처로 취급한다는 것의 정치성'에 대해서는 '다도문화'를 취급한다는 것 자체에 의해 공적인 지원을 받기 쉽다는 것을 증명하는 것은 현실적으로 어려운 것이지만 정통성Authenticity의 보증을 탐내는 파퓰러 컬처의 제작자 측이나, 이에 적극적으로 협력하는 자세를 보여줌으로써 스스로의 입장을 보다 확고한 것으로 해 나갈 방침을 채택한 다도계 측이 그러한 인과관계에 대해서 자각적이라고 하는 점에서 이미 정치적이다 라고 하는 점은 나타났다고 생각한다.

그렇지만 아직 시론에 불과하다. 인과 관계를 보다 명확하게 제시해 가기 위해 방법론의 개발을 포함하여 향후 더욱 조사에 의해 고찰을 심화시키고자 한다.

제2장
미야기 미치오宮城道雄의
서민적 내셔널리즘

신 창 호

1. 미야기 미치오宮城道雄의 서민적 내셔널리즘의 서장

　1909년(메이지42)10월26일 아침, 중국 북부의 하얼빈 역에서 수발의 총성이 울려 퍼졌다. 일본의 초대 내각총리에 취임하고 조선통감부의 초대통감을 4년간 역임한 추밀원의장 이토 히로부미伊藤博文가 하얼빈역내에서 울린 총탄에 맞아 쓰러졌다. 한국의 독립운동가 안중근의사에 의해 69살의 나이에 죽고 말았던 것이다.[1] 이토 히로부미는 죽기 수개월 전, 인천의 아사오카淺岡라는 요리집에서 16살 맹인소년이 뜯는 오코토箏(일본식 가야금)를 흥미롭게 듣고 있었다. 그 때 들었던 곡은 눈이 보이지 않는 소년이 14살 때 작곡한 〈미즈노 헨타이水の変態〉[2]라는 곡이었다. 어린 소년이 이국의 땅인 조선에서 처음 작곡한

1) 上垣外憲一『暗殺・伊藤博文』(筑摩新書, 2000년)pp.7-11
2) 千葉潤之介・優子『音に生きる』(講談社, 1992년)pp.34-37

곡이기도 했다. 이토 히로부미는 소년이 연주하는 악기의 음색과 그
의 작곡 재능을 칭찬하면서 소년에게 만주 하얼빈에서 귀국할 때 동
경으로 데리고 가서 음악 공부를 할 수 있도록 하겠다는 약속을 했다.[3]
맹인으로 가난한 생활 속에서 어른들에게 오코토를 가르치며 생활하
던 소년은 동경으로 돌아가 정식으로 음악을 배울 수 있게 된다는 꿈
을 수개월 간 그려가며 이토 히로부미를 기다리고 있었다. 그러나 눈
이 보이지 않는 이 소년의 꿈은 무상하게도 나라의 국권을 되찾으려
는 내셔널리스트의 총탄에 의해 한 순간에 사라지고 말았다. 한편, 소
년이 품었던 꿈이 현실적으로 이루어졌다면 과연 소년은 어떤 인생을
보냈을까하는 생각을 해 보기도 한다.

그러한 꿈을 꾸었던 소년의 이름은 스가 미치오管道雄다.[4] 이 맹인소
년은 이국의 땅 조선에서 어른들을 상대로 샤미센三味線 · 오코토 · 샤
꾸하치尺八를 가르치며 일가의 생계를 도맡아 꾸려가고 있었다. 미치
오는 1894년 효고현 코베兵庫縣 神戶에서 태어나 메이지明治, 타이쇼大
正, 쇼와昭和시대를 전통음악의 세계 속에서 살았다.

스가 미치오가 일본의 전통 악기인 오코토나 샤미센을 배우게 된
계기는 유아기에 겪은 눈병이 악화되어 8살 때 거의 실명을 하였기 때
문에 에도江戶시대의 맹인남성들의 전업專業이었던 오코토를 이 눈 먼

---

3) 松本剛『浜木綿の歌』(文化總合出版, 1972년)의 pp.76-82를 보면, 伊藤博文와 미야
기 미치오의 만남에 대해 구체적으로 알 수 있다. 기타, 千葉潤之介편저『新編 春の
海』(岩波文庫, 2002년)의 pp.229-230와 千葉潤之介 · 優子『音に生きる』(講談社,
1992년)의 pp.38-40 참조 하길 바란다.
4) 미야기 미치오의 관한 자료 · 년표 · 작곡 년표를 비롯해, 그의 생애와 년대별의 사
건은, 주로 1957년의 三笠書房『宮城道雄全集』(제1권, 제2권, 제3권), 1962년 東京
美術의『定本宮城道雄全集』(상 · 하권), 1979년 邦樂社『この人なり宮城道雄傳』및
『宮城會會報』를 중심으로 참조하고 있다.

소년에게 배우도록 한 것은 조모 미네ミネ의 생각에 따른 것이었다.[5] 눈이 보이지 않는 소년 미치오의 장래를 걱정한 할머니가 전통음악의 세계로 이끌었던 것이다.

1902년 스가 미치오는 코베에서 2대 나카지마 켄교中島檢校의 문하생으로 입문하여 전통음악邦樂을 배우게 되었다. 전통음악의 세계에 입문한지 얼마 되지 않았을 무렵, 식민지 조선에서 일하고 있던 아버지가 부상을 당해 스가 미치오는 아버지와 가족들의 생계를 위해 인천으로 가게 되었다.

스가 미치오는 1907년 13살의 어린나이로 조선으로 건너가 23살 때까지 오코토·샤미센을 가르쳤다. 그 10년간 스가 미치오는 조선에서 제일가는 오코토 연주가가 되었다.[6] 스가 미치오는 20살이 되던 해에 가족들의 생계를 위해 미야기宮城라는 성씨인 연상의 미망인과 결혼을 하게 된다. 스가 미치오는 미야기가宮城家 여성과의 결혼을 통하여 메이지시대의 폐번廢藩으로 후대를 이을 수 없게 된 미야기가의 재건을 위한다는 명분으로 미야기가의 양자로 들어간 것이다.[7] 이렇게 하여 미야기 미치오가 탄생하게 되었다.

그 후 전통음악가 미야기 미치오는 죽을 때까지 서구화의 물결에 점점 쇠퇴되어 가는 일본 전통음악의 대중화를 위하여 새로운 미디어를 이용해 음악활동을 하기도 하고 새로운 악기를 개발하기도 했다. 미야기 미치오는 1956년 오오사카행 야간열차 은하銀河에서 추락사고

5) 『宮城社史宮城會史』(邦樂社, 2005년) pp.6-7.
6) 千葉潤之介·優子『音に生きる』(講談社, 1992년)pp.301~134.
7) 松本剛『浜木綿の歌』(文化總合出版, 1972년) pp.99~132에는, 미야기 미치오가 결혼을 하게 되어 스가(管)라는 성에서 미야기(宮城)로 바뀌게 된 경위가 자세히 기재되어 있다.

로 사망하게 된다.

그가 태어난 1894년은 청일전쟁이 일어난 해이고 1905년에는 러일전쟁이, 1910년에는 한일합방이, 그 후로도 계속된 제1차 세계대전(1914~1918년), 만주사변(1931년), 제2차 세계대전(1939~1945년) 등 미야기 미치오는 전시기 일본전통음악과 함께 살았다. 근대화의 물결에 휩쓸려 급속히 진행되는 서양화와 문명개화에 의해 일본의 전통음악은 쇠퇴의 길로 들어섰고 전통음악을 지키기 위한 활동의 중심에 서 있던 인물로 무엇보다도 일본의 대중미디어 발전사와 관련된 주요 인물과의 접점 속에 반드시 등장하는 인물이기도 하다. 미야기 미치오는 일본의 전통음악을 대표하는 인물로서 '현대방악의 아버지現代邦樂の父', '방악의 아버지邦樂の父', '성악聖樂'이라고 불리는 존재이다. 그가 작곡한 〈하루노 우미春の海〉라는 곡은 일본인이라면 누구나 한 번쯤은 들어 본 적이 있는 곡이다. 특히 정월이 되면 많은 사람들이 모이는 장소에서 흘러나오는 대표적인 전통음악이다. 현재 일본의 초등학교에서 실시하고 있는 전통음악 교육으로 대표되는 인물이기도 하다.

본 논고에서는 이러한 일본의 전통음악을 대표하는 미야기 미치오를 일본의 대중적인 문화성과 내셔널리즘을 관련시켜 고찰하고자 한다. 일본뿐만 아니라 국제적 정세가 격렬하게 변화하던 시기에 일본의 대중문화와 내셔널리즘이 어떠한 관계를 가지고 있었는지, 그 당시 새로운 미디어인으로서 등장해 대중의 지지를 얻고 있었던 미야기 미치오를 서민으로 설정, 그가 소유하고 있는 내셔널리즘의 성격을 '서민적 내셔널리즘'으로 규정하고자 한다.

우선, 서민庶民[8] 이란 어떠한 존재인가에 대해서 논하지 않으면 안 된다. 하지만 지금 현재 서민에 관한 명확한 개념은 없다. 이와나미 서점岩波書店이 발행하는 사전 고지엔廣辭苑[9]을 펼쳐보면 거기에는 ① 백성. 인민. ② 귀족들에 비해 평범한 사람들. 세상 일반의 사람들. 평민. 대중이라고 적혀 있다. 또한 소학관小學館의 일본국어대사전을 보면,[10] ① 일반의 민중. 인민. ② 귀족들에 비해, 신분이 보통인 사람들을 평민이라고 규정하고 있다. 평범사平凡社의 세계대백화사전의 서민이라는 항목을 보면,[11] 서庶란 여러 가지라는 의미이고 중서衆庶, 백성百姓도 서민과 같은 의미라고 한다.

이렇게 서민이라는 의미는 명확하게 정해진 말이나 존재가 아니다. 산업사회의 비조직적 존재로서의 대중과 일본의 민속학에서 사용되는 전통적인 생활양식, 고유문화를 유지하는 사람들을 말하는 상민常民과도 다른 존재이다. 따라서 서민이라는 존재는 일반 민중을 지칭하는 말이다. 말하자면 '서민'이란, 신분, 직함, 재산, 정치적 지위와는 별로 인연이 없이 평범한 생활을 하는 사람들을 지칭하는 것이라 할 수 있다.

본 논고에서는 서민이란 시민, 인민, 민중이 역사적 규정 하에 스스로의 정치성이나 계급성을 의식하는 존재들과는 거리가 먼 서민을 정치적 피지배자로 국가의 관리 대상으로 설정하는 바이다. 사회를 구성하는 대부분의 일반인으로 국민, 신민, 인민, 또는 시민, 소비자라는

---

8) 大津隆文 「庶民」とは何か」『ファイナンス : 大藏省公報 = The finance』8(7), 1972 년
9) 『廣辭苑』第六版(岩波書店, 2008년)
10) 『日本国語大辭典』(小學館, 1974년)
11) 『世界大百科事典』(平凡社, 2007년)p.126

존재를 의미한다.[12] 이 서민에 대해 관리官吏 라는 정치적 지배자가 서민을 관리하는 대립적인 존재로 등장한다.

　이러한 전제하에 미야기 미치오는 부나 권력과 관련이 없는 집안의 출신으로 사회적 지위를 얻은 존재라 할 수 있다. 미야기 미치오宮城道雄는 힘든 시대적 상황 속에서도 자신이 추구한 음악을 대중미디어를 통해 전통음악의 대중화를 실현함으로서 대중들의 지지를 얻은 인물이다. 그런 의미에서 미야기 미치오라는 인물은 유니크한 존재이기도 하다. 하지만 본고에서는 미야기 미치오의 '서민적 내셔널리즘'은 정치적 리더로서의 지각에 의한 것이 아닌 보통 서민적 감각의 표출이며 의도적이고 정치적 의식에 의한 것이 아니다. 전통음악의 작곡가이고 연주가이며 새로운 악기의 발명가, 교육자라는 성격을 가지고 있는 미야기 미치오라는 인물의 고찰을 통하여 일본의 대중문화와 내셔널리즘에 관한 새로운 일면을 들여다볼 수 있을 것이다.

2. 선구적인 레코드 미디어인ㅅ 미야기 미치오

　메이지 · 다이쇼 · 쇼와시대 전기까지의 대중미디어라고 하면 메이지기에 들어 보급되기 시작한 레코드를 필두로 일본의 전 국토를 하나로 묶은 라디오 방송, 프로파간다의 역할을 한 영화를 들 수 있다. 그 당시 눈이 보이지 않았던 미야기 미치오는 이 모든 미디어의 여명

---

12) 大久保孝治「淸水幾太郎における「庶民」のゆくえ」(『社會學年誌』48, 2007년) pp.108-112

기를 접하며 그 속에서 활약했던 보기 드문 인물 중의 한 사람이다. 미
야기 미치오는 일본의 미디어사에서 활약을 한 사람으로 빼놓을 수
없는 크게 평가받아 마땅한 인물이다. 하지만 유감스럽게도 아직까지
일본 미디어사에서는 그다지 높은 평가를 받고 있지 않다. 미야기 미
치오라는 인물을 대중미디어인으로서 평가하기 위해 그의 발자취를
일본의 대중미디어 역사 속에서 검증해 보도록 하겠다.

　우선 먼저 미야기 미치오의 레코드제작에 관해서 논해보자. 미야
기 미치오는 일본의 전통음악계의 그 누구보다도 이른 시기에 레코드
제작에 관계를 가진 선구적인 미디어인이라고 할 수 있다. 미야기 미
치오는 정규적인 학교교육이나 음악교육을 받아 본 적이 없는 사람이
다. 하지만 그의 참신한 발상을 바탕으로 혁신적인 음악을 작곡해 레
코드를 만드는데 성공했다. 그 성공의 배경에는 서양의 레코드를 통
해 독학으로 배운 서양음악이 큰 영향을 주었다. 정식으로 교육을 받
지 못한 미야기 미치오의 선생은 레코드 그 자체였던 것이다.

　특히 그가 소년기에 체류했던 조선에는 전통음악을 가르쳐 줄 스승
이 없어 독학으로 음악공부를 해야만 했던 상황이었다. 그 당시 그가
살고 있던 주변에는 그리스인이 경영한 일회상회日希商會라는 외국담
배 가게가 있었다. 그 담배 가게에서 흘러나오는 레코드 소리에 매료
되어 서양음악에 몰두하게 되었다.[13] 미야기 미치오의 수필인 '레코드
잡화'レコード雑話[14]에는 레코드에 관한 일화가 다음과 같이 쓰여 있다.

---

13) 野川美惠子「1920-1950 ニッポン空白の洋學史(6) 雄弁な「空白の時代」--宮城道
　　雄と新日本音樂」(『レコード芸術50(6), 音樂之友社, 2001년) p.346
14) 宮城道雄『春の海』(ダヴィット社, 1956년) pp.62-68 및 『心の調べ』(河出書房,
　　2006년) pp.70-73

　　"내가 제일 자신의 즐거움으로 삼았던 것은 레코드를 듣는 것이었
다.[15]"

　　이렇게 레코드를 좋아했던 미야기 미치오는 전쟁 중의 피난지正東開
에서도 사람들에게 도움을 청해 동경자택에 있는 레코드를 운반해서
들을 정도로 좋아했다. 미야기 미치오의 사후 유품을 정리했던『이 사
람이다 미야기 미치오この人なり宮城道雄伝』의 저자인 깃카와 에이시吉川英
史에 의하면 전화戰火로 상당히 많은 레코드를 잃어 버렸는데도 불구하
고 1200장의 레코드를 가지고 있었다고 한다. 그 중 1000장이 서양음
악의 레코드였다.[16] 오늘날 우리들이 알고 있는 고명한 오코토 연주자
이자 전통음악의 작곡가였던 미야기 미치오가 얼마나 많은 서양음악
을 즐겨 듣고 공부했는지를 알 수 있는 증거이기도 하다.
　　미야기 미치오의 음악은 메이지 중기이후부터 대중의 미디어로서
보급 확산된 레코드라는 매체가 없었다면 그가 높은 지명도를 얻는
것은 불가능한 일이었다고 할 수 있다. 미야기 미치오의 음악세계가
응축된 레코드가 처음부터 높게 평가받지 못하고 팔리지 않았다면 성
악聖樂이라고 불러진 미야기 미치오의 존재는 없었을 것이다. 이러한
성악을 탄생시킨 배경에는 1905년 러일전쟁 이후 급속히 성장해 일본
의 대중미디어가 된 레코드의 위력이었다고 할 수 있다. 대중화된다
는 것, 문화로서 정착한다는 것은 우연일 수도 있겠지만 눈이 보이지
않는 미야기 미치오의 전통음악의 대중화와 현대화를 위한 정열과 노

---

15)『宮城道雄全集』3(三笠書房, 1957년) pp.192-195참조.
16) 吉川英史「現代邦樂の父宮城道雄に及ぼした洋樂の影響」(『武藏野音樂大學研究紀
　　要』6, 武藏野音樂大學研究部, 1972년) p.25

력의 결과이다.

　미야기 미치오가 레코드를 제작하게 된 동기와 경과에 대해서는
『이 사람이다, 미야기 미치오전この人なり宮城道雄伝』의 '레코드가 된 미
야기 곡レコードになった宮城曲'[17]을 보면 많은 참고가 된다. 일본에서 제
일 먼저 설립된 레코드 회사는 일미축음기상회日米畜音器商會였다.[18] 일
미축음기상회는 1909년10월에 자본금 10만엔으로 가나가와현神奈川
県에 설립되었고 일미축음기상회가 설립된 해에 미야기 미치오는 그
의 처녀작인 미즈노 헨타이水の変態를 레코딩하였다. 초기의 일미축음
기상회는 미국에서 제작된 제품을 일본에서 판매하는 상사였다. 이듬
해 1910년10월에 회사명을 주식회사 일본축음기상회日畜로 바꾼 후
레코드를 제작하였다.

[그림1] 일축日畜 〈닛뽀노 혼ニッポノホン〉의 독수리마크 레코드

　일축日畜은 상표를 독수리 마크로 하고 레코드를 제작하였다(그림
1). 미야기 미치오가 이 레코드 회사에서 레코드를 제작하게 된 것에

---

17) 吉川英史『この人なり宮城道雄伝』(邦樂社, 1990년) pp.298-306
18) 倉田喜弘『日本レコード文化史』(東京書籍, 1979년) pp.110-112

는 1916년에 입사한 신입 사원 모리가키 지로森垣二郎, 당시 30살의 힘이
컸다. 미야기 미치오는 조선으로 건너가 처음으로 작곡하고 이토 히
로부미의 앞에서 연주를 해 동경에 데려가겠다는 꿈같은 약속을 받았
던 〈미즈노 헨타이水の変態〉를 1918년 일축에서 닛뽀노혼ニッポノホン의
두 장(4면)에 녹음하였다.[19] 무명의 음악가와 신입사원에 의한 이 레
코드제작은 가히 모험적이었다고 할 수 있다. 일축의 모리가키는 상
사로부터 상당한 불평을 들었다고 한다. 하지만 이러한 압력에도 굴
하지 않고 모리가키는 정면으로 대항하면서 미야기 미치오의 음악 세
계, 새로운 전통 음악의 가능성을 중시하며 레코드를 제작하였다. 그
후에도 모리가키는 미야기 미치오가 작곡한 〈아키노 시라베秋の調べ〉,
〈베니 소우비紅そうび〉 등을 레코드로 만들었다.

무명이었던 신일본 음악인 미야기 미치오가 취입한 레코드는 당시
백 명 이상의 회원을 보유하고 있던 고전보존회에 판매가 안정적으로
이루어져 그의 예술의 보급과 발전은 물론 음악제작에도 전념할 수
있었다. 모리가키 지로는 미야기 미치오에게 연주료와 작곡료를 합
쳐 백 원을 사례하기도 했다. 1921년에는 〈신일본 음악 · 축음기 레코
드 · 미야기 미치오 작품집新日本音樂 · 蓄音機レコード · 宮城道雄作品集〉이라는
타이틀로 예술레코드사가 발행소가 되어 미야기 미치오의 신곡이 발
매되었다.

극빈한 생활이 계속되었던 미야기 미치오의 생활이 좋아지게 된 것
도 레코드 제작 덕분이었다. 미야기 기요코宮城喜代子, 1905-1991의 회

---

19) 中井孟「復刻版宮城道雄大全集の補遺編にていて」(『宮城會會報』105, 1975년)
    p.66

상록을 보면 미야기 미치오가 작곡한 곡이 대량으로 레코드화 된 것
이 1920년 이후이고 그 후 가난한 생활도 끝나게 되었다. 특히, 〈신일
본 음악 · 축음기 레코드 · 미야기 미치오 작품집〉의 레코드의 광고가
1922년에 오오사카 나카노시마中之島의 중앙공회당에서 열린 '신일본
음악 대연주회新日本音樂大演奏會'의 공연목록에 실리게 된다.[20] 미야기
미치오의 음악은 신일본음악이라 불렸고 1924년에는 샤꾸하치尺八연
주가 요시다 세이후吉田晴風, 891-1950와 함께 〈사쿠라 변주곡櫻変奏曲〉,
〈타니마노 스이샤谷間の水車〉라는 곡을 레코드로 제작 판매하였다.[21]

미야기 미치오를 대중미디어인으로 인도한 모리가키는 1923년에
일축을 퇴사하고 1927년(쇼와2)에 일본빅터축음기주식회사日本ビク
ター蓄音機株式會社를 설립했다. 같은 해 9월 미야기 미치오는 절친한 친
구인 요시다 세이후吉田清風와 함께 빅터의 전속예술인이 되었다. 빅터
의 전속예술인이 된 미야기 미치오는 죽을 때까지 100곡 이상을 취입
했다. 그 중의 70% 이상이 미야기 미치오가 새롭게 작곡한 음악들이
었고 나머지는 이쿠타류生田流의 고전곡이었다.[22] 빅터의 전속 미야기
미치오가 작곡한 작품이 차례차례 SP레코드standard playing record로 발매
되어 일본은 물론 세계적으로 판매되었다. 대중매체 레코드는 미야기
미치오라는 이름을 일본만이 아니라 세계로 알리는 매체였던 것이다.

미야기 미치오의 많은 곡 중에서도 특히 〈하루노 우미春の海〉는 유
명한 곡이다. 이 곡은 1930년(쇼와5) 궁중 신년음악회의 천황이 내는
과제곡의 칙제勅題인 '우미베노 이와海辺の巖'와 연관해서 1929년12월

20) 吉川英史『この人なり宮城道雄伝』(邦樂社, 1990년) pp.208-306
21) 倉田喜弘『日本レコード文化史』(東京書籍, 1979년) p.258
22) 吉川英史『この人なり宮城道雄伝』(邦樂社, 1990년) p.416

에 작곡한 곡이다.[23] 사실 이 〈하루노 우미〉라는 곡은 미야기 미치오를 대표하는 음악은 아니었다. 전통음악을 중시하던 음악계에서 거친 비난을 받은 곡이었다. 그러나 이 〈하루노 우미〉라는 곡을 1932년 일본을 방문한 프랑스의 여성 바이올리니스트 루네 · 슈메Renée Chemet, 1887-1977가 샤꾸하치의 파트를 바이올린으로 편곡하여[24] 미야기 미치오와 함께 5월31일 히비야 공회당日比谷公會堂에서 연주 발표하여 새롭게 주목을 받게 되었다. 미야기 미치오는 전통적 음악계에서는 거친 비난을 받고 있었지만 서양음악계 그것도 해외에서 온 연주가로부터 높은 평가를 받게 되면서 일본인들에게 다시금 일본의 음악으로 받아들여지게 된 것이다.

루네 · 슈메와 미야기 미치오는 연주회를 마치고 6월에 일본에서 레코드를 제작하고 1932년에 일본, 미국, 영국의 빅터에서 빨간레코드赤盤로 발매하여 세계적인 호평을 받았다.[25] 이 레코드에는 〈하루노 우미春の海〉를 비롯해 미야기 미치오의 대표곡인 〈고려의 봄高麗の春〉, 〈화원花園〉과 고전곡인 〈유카오夕顔〉, 〈잔월殘月〉)이 수록되어 있다. 대중미디어 레코드를 매개로 미야기 미치오의 음악은 일본뿐만이 아니라 국제적으로 알려지게 되었고 대중들의 음악가로 인정받게 되었다.

---

23) 「春の海」에 관한 해설 및 보충 설명에 대해서는, 吉川英史 『宮城道雄作品解説全書』(邦樂社, 1979년) pp.427-435, 『宮城道雄全集』(제2권) pp.241-248을 참조하기 바란다.

24) 小野衛 『宮城道雄の音樂』(音樂之友社, 1987년)pp.178-185

25) 『宮城道雄全集』(제1권, 三笠書房, 1957년)p.242

[그림 2] 노이즈SP아카이브 미야기 미치오 1 하루노우미 春の海

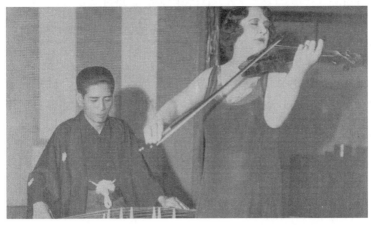

[그림 3] 미야기의 자택에서 하루노우미 春の海를 합주하는 미야기 미치오와 루네

3. 라디오의 인기인, 미야기 미치오

제1차 세계대전 중에 무선은 통신병기로 급속히 발전했고 전쟁이 끝나자 그 기술은 라디오에 이용되었다. 일본에서는 1915년 무선통신법無線電信法[26]이 공포되고 10년 후 1925년3월1일 9시30분에 사단법인 동경방송국社団法人東京放送局 JOAK, 현재 NHK제1라디오방송 동경이 동경의 시바우라 동경고등공예학교東京高等工芸學校, 현재의 치바대학 공학부에서 첫 시험방송을 했다.[27] 현재, 일본에서는 시험방송일을 기념해 방송기념일로 정하고 있다.

1925년3월22일 임시 방송소에서 라디오방송이 시작되었고 아나운서 교다 다케오京田武男가 첫 시험방송에서 첫 마디 "아~아~들리십니까"가 유명한 일화로 알려져 있다. 이 시험방송으로부터 4개월이 지난 7월12일, 아타고야마愛宕山 동경방송국AK에서 본방송이 시작되었다. 같은 해 6월1일에는 오오사카 방송국JOBK이, 7월12일에는 나고야 방송국JOCK이 차례 차례로 개국하였다. 동경방송국에 이 두 방송국을 합쳐 지금의 NHK일본방송협회: NIPPON HOSO KYOKAI가 되었다. 1939년 우치사이와이쵸內幸町의 방송회관으로 이전하기까지 14년간 아타고야마東京都港區에서 라디오방송이 계속되었다.[28]

동경시내에 있는 아타고야마는 새로운 미디어 발신지로서의 역할을 다하였고,[29] 방송국 출연자들은 친밀감 있게 야마山라고 불렀다.

---

26) .http://ja.wikipedia.org/wiki/%E7%84%A1%E7%B7%9A%E9%9B%BB%E4%BF%A1%E6%B3%95 [2015/04/09 확인]

27) 山口正道「放送文化賞の賞狀 その1」(『宮城會會報』119, 1981년) pp.60-61

28) 吉川英史『この人なり宮城道雄傳』(邦樂社, 1990년) pp.369-377

29) https://www.nhk.or.jp/museum/event/210042701.html [2014/10/19 확인]

라디오방송국 개국 당시 1925년 동경방송국의 청취계약수수신허가수는 3500세대였다.[30] 7개월 후에는 10만 세대를 돌파하여 131,373세대에 이르렀다. 다른 지역에서도 마찬가지로 청취자 수는 빠른 속도로 늘어 오사카가 47,942세대, 나고야는 14,290세대가 되었다. 3년 후 1927년의 청취자수는 동경이 236,213세대, 오오사카(BK) 87,552세대, 나고야CK 48,543세대였다. 나아가 구마모토熊本, 히로시마廣島, 센다이仙台, 삿뽀로札幌의 4국이 개국하여 라디오 네트워크가 구축되었고 라디오 음파가 일본열도를 둘러싸게 되었다.[31] 또한, 1932년에는 학교방송도 시작하게 되었다[32]. 이렇게 단시간에 라디오는 급속히 보급되었고 미디어로서 일본인들의 일상생활 속에서 없어서는 안 되는 대중미디어가 되었다.

일본의 라디오방송국 개국시부터 참가한 미야기 미치오는 라디오의 보급과 대중화에 큰 공헌을 했다. 또한 대중미디어 라디오의 보급과 함께 새로운 전통음악을 하는 연주가 미야기 미치오의 이름을 전국적으로 알리고 그의 지명도를 높이는 찬스이기도 하였다. 1920년 11월에 신일본음악新日本音樂을 창립하였던 미야기 미치오는 1925년3월1일 동경방송국社團法人東京放送局의 시험방송에 출연한 대중미디어 라디오의 선봉적인 존재였다. 또 시험방송에는 음악가 야마다 코사구山田耕筰, 우타자와부시哥澤節의 우타자와 토라우에몽哥澤寅右衛門, 킨코류샤꾸하치琴古流尺八 연주가이면서 미야기 미치오의 절친한 친구 요시다 세이후吉田晴風 등이 참가했다. 이 멤버들 사이에서 미야기 미치

30) 佐藤卓己『現代メディア史』(岩波書店, 2003년) pp.165-169참조.
31) 少年少女「戰爭への道」(『日本の歷史』19, 小學館, 1983년) p.8
32) 少年少女「戰爭への道」(『日本の歷史』19, 小學館, 1983년) pp.114-115

오는 라디오 시험방송에 적극적으로 참가하는 것을 꺼렸다고 한다.
그 이유에 대해서 미야기 미치오는 이렇게 말한다.

"열심히 라디오에서 오코토箏를 뜯고 있어도 듣고 있는 사람들 중에
는 화장실에 들어가 있다든지 방바닥에 드러누워 듣고 있다든지 이렇
게 생각하면 싫기도 하고", 또 다른 이유는 시험방송을 통해서는 라디
오에서는 사실상 미야기 미치오의 연주가 들리지 않았기 때문이다.[33]

이런 미야기 미치오를 초기 라디오방송에 참가하도록 이끈 사람이
친구인 요시다 세이후吉田晴風였다. 미야기 미치오와 요시다 세이후는
조선에서 만났는데 요시다 세이후는 미야기 미치오의 예술성 넘치는
음악을 이해해 주고 인정하는 최고의 파트너이면서 새롭고 참신한 미
야기 미치오의 음악세계를 대중들에게 보급시킨 장본인이라고 할 수
있다.

라디오 시험방송 첫 날 출연한 미야기 미치오와 요시다 세이후는
〈록구단六段〉과 〈치도리千鳥〉를 연주하고 있었다.[34] 이 기념비적인 라
디오 시험방송 첫 날은 정치가이자 동경방송국의 초대 총재 고토 신
페後藤新平의 인사로 시작해서 야마다 코사구 지휘의 심포니, 우타자와
토라우에몽의 우타자와부시哥澤節 등이었다. 물론 이 시험방송은 두
말 할 필요도 없는 한 판 승부의 생방송이었다.

결국 미야기 미치오는 시험방송 이후도 계속해서 라디오 출연을 하
게 된다. 점차적으로 미야기 미치오의 명성은 높아져 갔고 일본의 대
중문화를 견인하는 라디오 미디어인의 한사람으로 등장하게 된다. 라

---

33) 山口正道「放送文化賞の賞狀 その1」(『宮城會會報』119, 1981년)p.62, 吉川英史
『この人なり宮城道雄傳』pp.371-372
34) 宮城喜代子『箏一筋に』(文園社, 2002) p.55

디오 출연을 계속하게 된 미야기 미치오는 일본의 전통적인 고전음악
뿐만이 아니라 자신이 작곡한 곡을 연주하기도 하였다. 또한 다양한
교환방송과 국제방송에도 출연하고 1930년11월3일에는 '메이지절
일미 라디오 교환방송明治節日米交換放送'에도 출연했으며 12월25일 '일
미 라디오 교환방송日米ラジオ交換放送'에서도 연주를 하였다.

미야기 미치오는 라디오 출연 중에 자신이 작곡한 동곡童曲[35]을 연
주하기도 하였다. 동곡이란, 일본의 전통악기에 맞추어 어린이가 노래
하는 것으로 당시 미야기 미치오는 많은 동곡을 작곡한 대표적인 작
곡가이기도 하다. 1930년9월8일 미야기 미치오는 라디오방송을 통해
동곡강습회童曲講習會를 하였다. 이 동곡강습회가 청취자들에게 많은
인기를 얻게 되어 1932년1월23일부터 매주 토요일 오후2시반부터 3
시까지 30분간 동경방송국에서 '오코토노 케이코お琴のおけいこ'[36]라는
강습회를 6개월간 방송하게 된다. 이 두 번째 라디오 강습회에서는 교
과서로 악보를 사용하여 동곡童曲, 소곡小曲, 가곡歌曲의 순으로 가르쳤
다. 이 후에도 미야기 미치오는 1937년1월13일부터 2월26일까지 방
송쟁곡강습放送箏曲講習을 주2회 방송했다. 또한 1941년 6월7일에 또다
시 방송쟁곡강습을 주1회 총 7주에 걸쳐 방송했다.[37] 3회에 걸쳐 미야
기 미치오의 라디오 전통음악 강습회가 방송된 것을 보면 미야기 미
치오가 많은 청중들로부터 인기를 얻고 있었다는 것을 확인할 수가

---

35) 「童曲」에 관해서 千葉潤之介가 『「作曲家」宮城道雄』(音樂之友社, 1992년)
 pp.142-146에 자세히 기술하고 있다.

36) 미야기 미치오는 「お箏のおけいこ」 방송 강습회에 대해서, 1922(昭和7)년1월에
 잡지 『三曲』에 게재하고 있다. 이들의 내용을 藤田俊一의 딸이 『宮城道雄芸談』
 (2008년)에 정리했다.

37) 山口正道 「放送文化賞の賞狀」(『宮城會會報』120, 1981년) pp.32-38참조.

있다. 미야기 미치오는 대중미디어 라디오를 이용해 일본의 전통음악 보급 활동과 교육활동을 한 선구적인 존재가 되었다. 일본의 국영방송 NHK개국시기부터 시작한 라디오를 통한 음악활동 외에도 NHK 위촉에 의한 작곡활동도 점차적으로 늘어났다.

이렇게 전국적으로 유명해진 미야기 미치오의 음악활동은, 레코드 제작이나 라디오방송 외에서도 볼 수가 있다. 1929년에 무대음악 가리테이모訶梨帝母를 만들고 신일본음악과 신무용을 융합하는 작업도 하였다.[38] 영화음악 분야로의 진출은 조금 늦은 편이지만 1935년 JO 기획의 〈가구야 히메かぐや姫〉, 1938년 도호영화東宝映画, 東京의 〈도주로의 연영藤十郎の戀映〉, 1939년 〈롯파노 호오지로센세이ロッパの頰白先生〉, 1939년에는 대일본아동영화협회의 〈도모기치토 우마友吉と馬〉를, 1942년은 쇼치구松竹의 〈스미다카와すみだ川〉 등의 영화음악을 담당 제작하였다.[39]

연극음악에서는 1946년 이치카와 엔노스케市川猿之介 극단의 〈보탄토로오牡丹燈籠〉와 〈센히메노 사카자키千姫の阪崎〉의 두 개의 교겐狂言에 반주음악 형식의 신작을 제공하고 있다.[40] 대중미디어 라디오뿐만 아니라 예술가로서 전국적으로 유명해진 미야기 미치오의 음악활동이 평가되어 1949년 3월 22일에는 일본방송협회NHK의 제1회 방송문화상[41]의 수상자로 선정되어 높은 평가를 받게 되었다.

---

38) 山口正道「宮城道雄と舞台音樂の仕事」(『宮城會會報』211, 1981년) pp.37-43참조.
39) 일본영화 데이터 베이스 「宮城道雄」에서 http://www.jmdb.ne.jp/person/p0082210.htm [2014/09/12 확인]
40) 藤田節子『宮城道雄芸談』(文芸社, 2008년) pp.283-284
41) 山口正道「放送文化賞の賞狀」(『宮城會會報』120, 1981년) p.32

[그림 4] 초기의 라디오방송 모습. 왼쪽부터 도잔류의 나까오 도잔, 미야기 미치오, 미야기 기요코

4. 미야기 미치오가 작곡한 곡과 내셔널리즘

　미야기 미치오가 생애에 얼마나 많은 곡을 작곡했는가에 대해서는 여러 설이 있지만 정확하게 몇 곡을 작곡했는지는 알 수가 없다. 일설에 의하면 700에서 800곡을 작곡했다는 설과 350곡 정도라는 설도 있다. 미국의 클라이스라Chrysler재펜의 오피셜 사이트의 웹광고 '일본을 바꾼 영웅들'[42]의 특집에서는 미야기 미치오가 420곡을 작곡했다고 소개한다. 1961년에 판매된 Victor Music Book의 미야기 미치오 걸작선 '쟁과 인생箏と人生'에서는 미야기 미치오의 작곡 연표에 쟁곡箏曲, 합주곡合奏曲, 가곡歌曲, 동곡童曲, 영화음악을 포함해 총 작곡 수

---

42) http://chrysler.co.jp/history/ [2014/08/24 확인]

를 346[43]곡이라고 하고 있다. 한편, 미야기 기요코宮城喜代子는 미야기 미치오가 쓴 곡이 600에서 700곡이라고도 하고 있다.[44] 미야기 미치오가 작곡한 곡이 이렇게 불확실한 이유에는 목록에 들어 있기는 하지만 악보가 분실되어 현존하지 않는 곡이 상당 수 있기 때문이다. 미야기 미치오가 쓴 곡이 소멸한 가장 큰 이유는 1945년3월 미국의 동경공습으로 미야기 미치오가 살고 있던 동경집이 화재 피해를 입었고[45] 그 화재로 인해 점자点字로 쓴 원보를 비롯한 관련 음악의 자료가 다 타버렸기 때문이기도 하다.[46] 이 전쟁 피해로 현재까지도 천재 작곡가라고 불리우는 미야기 미치오가 얼마나 많은 곡을 작곡했는지 모르는 불명확한 상황이 되었다.[47]

미야기 미치오가 본격적으로 작곡을 시작한 것은 조선에서 살고 있던 1910년 이후부터이다. 당시 미야기 미치오의 집에서 동거하던 벗 후지타 토난藤田斗南, 地歌쟁곡 연구가이 눈이 보이지 않는 미야기 미치오에게 시나 소설을 읽어 주었다. 미야기 미치오는 친구가 들려준 내용을 점자로 써서 나중에 그것을 주제로 곡을 만들기 시작했다. 예를 들면 〈하루노 요春の夜〉, 〈하츠 우구이스初鴬〉, 〈미야코 오토리都踊〉라는 미야기 미치오를 대표하는 유명한 곡들이 이렇게 작곡되었다.[48]

또한 미야기 미치오는 동요시인으로 유명한 구즈하라 시게루葛原し

43) 宮城道雄傑作選『箏と人生』(Victor MUSIC BOOK, 1961년) p.21

44) 宮城喜代子『箏一筋に』(文園社, 2002년) p.24

45) 吉川英史『この人なり宮城道雄伝』(邦樂社, 1990년) p.668

46) 小野衛『宮城道雄の音樂』(音樂之友社, 1987년) p.14

47) 현재 미야기 미치오에 관련된 서적에 게제되어 있는 곡을 세어보면 422곡에 달한다.

48) 吉川英史·上參鄕祐康著『宮城道雄作品解說全書』(邦樂社, 1979년) p.452

げる의 시를 빌어 작곡한 동곡[49]이 백 여곡이나 된다. 미야기 미치오와
구즈하라 시게루 콤비의 동곡만들기는 1919년 〈봄의 비春の雨〉로 시작
되었다. 미야기와 구즈하라 두 사람은 쇼와 초기, 일본의 고전적 음악
세계에 합창곡을 만들지 못한 것을 아쉬워하며 새로운 분야의 개척을
궁리 의논해 왔다. 그 최초 시험작이 1928년 만든 〈화원花園〉이란 곡
이다. 이런 참신한 곡을 작곡한 미야기 미치오가 주목을 받게 되었고
미야기 미치오는 같은 음악을 추구하는 친구들과 신일본음악[50]의 깃
발을 올리게 되었다. 이 새로운 음악세계로의 도전이 대중들에게 인
정받게 되었고 미야기 미치오의 지명도는 점점 높아 갔다. 400곡 이상
의 많은 곡을 작곡한 것은 미야기 미치오가 새로운 음악 장르에 적극
적으로 도전한 결과이기도 하다.

　한편, 미야기 미치오가 작곡한 곡 중에는 일본의 정치정세가 반영
된 곡도 적지 않다. 미야기 미치오의 곡에는 천황계와 관련된 곡이나
만주국과 관련된 곡, 전쟁과 관련된 곡이 있다.[51]

　우선, 천황계와 관련된 작품에는 1923년에 만든 〈비雨〉라는 곡이 있
다. 이 곡은 동곡으로 창덕궁 덕혜옹주德惠翁主가 쓴 시에 곡을 붙인 것
이다. 1923년 관동대지진 직후 미야기 미치오는 대지진의 혼란을 피
해 동경에서 옛 배움의 터였던 경성으로 왔다. 경성에서 약 1개월간의

---

49) 「童曲」이란 아동의 연주 또는 감상을 목적으로 만들어진 「童謠」와 거의 같은 의미
　를 가진 곡인데 明治·大正·昭和 초기에 만들어진 일본 특유의 箏曲이다. 1928
　년에 미야기 미치오는 「私の童曲及歌謠曲に就て」에서 구체적으로 논하고 있다.
　藤田節子『宮城道雄芸談』(2008년)에 전문이 게재되어 있다.
50) 「新日本音樂」이라 명명한 것은, 조선 체제중 만난 벗 吉田晴風에 의한 것이고, 미
　야기 미치오는 그다지 새로운 도전을 꾀하고 있던 것은 아니다.
51) 미야기 미치오의 곡에 관한 해설은 吉川英史·上參鄕祐康『宮城道雄作品解説全
　書』(邦樂社, 1979)를 참조하기 바란다.

피난생활을 하면서 공연회나 강습회를 개최했다. 그 때 작곡한 곡이
〈비〉, 〈벌蜂〉이라는 두 곡의 동곡이다. 〈벌〉이라는 곡은 군대의 나팔소
리 선율을 이용하여 군대 기분을 내고 있다.[52] 〈비〉라는 시를 쓴 창덕
궁 덕혜옹주는 대한제국 마지막 황제 순종의 여동생으로 경성의 히노
데 소학교 5학년 재학 중이었다. 창덕궁 덕혜옹주는 일본어로 많은 시
를 써 조선의 '스미미야사마澄宮さま'라고 불리었다.

  1924년에는 천황계의 스미미야澄宮, 미가사미야三笠宮작사의 동곡
〈청산의 지青山の池〉를 작곡하고 이후 1926년에는 〈풍년만삭어대만세
豊年万作御代万歳〉, 소헌황태후昭憲皇太后가 작사한 가곡 〈이가호세以歌護
世〉를 만들기도 하였다. 1928년에는 삼부합주의 기미가요 변주곡君が
代変奏曲[53], 작사가 불명의 합창합주곡 〈천녀무곡天女舞曲〉, 1928년에는
오케스트라와 〈협주곡월천악변주곡越天樂変奏曲〉, 이중주인 〈오늘의 즐
거움今日の喜び〉 등 황실과 관련된 곡을 작곡했다.

  1934년에는 미야기 미치오가 근무하고 있던 동경음악학교에서 쇼
와천황의 결혼10주년과 황태자의 탄생을 축하하는 음악회가 개최되
어 미야기 미치오는 황태자의 탄생축하가로 타가노 타쯔히코高野辰之
가 작사한 사시소우 히카리さし添う光[54]에 곡을 붙이기도 했다. 이 곡은
음악의 파가 다른 야마다류山田流의 나카노시마 킨이치中能島欣一 교수
와 이례적인 합주를 하여 일본 전통음악에 새로운 시도를 한 곡이 되
었다. 또한 사꾸라이죠櫻居女작사의 미요노 이와이御代の祝い 등 천황계

---

52) 吉川英史『宮城道雄作品解説全書』(邦樂社, 1990년) p.389
53) 「宮城社百周年記念(全国演奏會)」팸플릿에 곡의 상세한 해설이 게재되어 있다.
54) 宮城喜代子『箏一筋に』(文園社, 2002년) pp.122-126참조.

와 관련된 작품을 만들기도 하였다.[55]

다음으로 만주와 관련된 곡으로는 1936년에 합주곡 〈만주조滿州調〉[56]를 들 수가 있다. 만주국은 1931년 '만주사변滿州事變'의 결과 다음 해인 1932년에 중국 동북부와 내몽골을 주 영역으로 건설된 일본의 괴뢰국가傀儡国家였다. 당시는 일본정부의 장려를 바탕으로 신천지인 만주에서 성공하려는 기운이 일고 있었고 일본국내에서도 대륙에 대한 관심이 퍼지고 있었다. 그런 시기에 미야기 미치오가 쓴 곡이기도 하다.

미야기 미치오의 음악세계와 내셔널리즘이 크게 연관되기 시작한 것은 역시 제2차 세계대전 중이었다고 할 수 있다. 1937년9월쯤부터 작곡되기 시작한 〈애국진행곡愛国行進曲〉, 〈환영가歡迎歌〉, 토기 젠마루土岐善磨 작사의 〈항주만 적전상륙杭州湾敵前上陸〉, 〈신원의 아침神苑の朝〉, 국민가요로 사토하루오佐藤春夫가 작사한 〈송별가送別歌〉, 구즈하라 시게루葛原しげる작사에 합창합주곡인 〈고센바노 츠기古戦場の月〉 등 전황이 깊어감에 따라서 가사나 곡조에도 변화를 보이고 있다.

특히, 사토하루오佐藤春夫가 작사한 〈송별가〉는 총후의 여성들의 기개意氣를 노래한 곡으로 여성들이 부르는 곡이라는 점에서 오코토의 곡으로 쓰게 되었다. 이 〈송별가〉는 AK의 위촉으로 사토하루오佐藤春夫가 글을 쓰고 미야기 미치오가 곡을 붙인 시국작품 제1호였다. 이 노래는 1937년10월4일부터 9일까지 정오뉴스 전 국민가요시간国民歌謠の時間에 매일 방송되었다.[57] 이후 전쟁이 끝날 때까지 미야기 미치오

---

55) 吉川英史・上參鄕祐康著『宮城道雄作品解説全書』(邦樂社, 1979년) p.266
56) 「宮城社百周年記念(全国演奏會)」팸플릿에서
57) 吉川英史『この人なり宮城道雄伝』(邦樂社, 1990년) p.609

는 시국적인 곡을 쓰게 되었다.

1938년에는 〈가치도끼かちどき〉, 〈아침빛이 드는 섬의 노래朝日さす島の曲〉, 〈멋있는 나라すてきなお国〉, 〈야스쿠니신사靖国神社〉, 〈빛나는 대지輝く大地〉를 작곡하였고 1939년에는 〈황후궁의 노래皇后宮御歌〉, 〈동아의 여명東亞の黎明〉, 〈일본 창세의 곡日本創世の曲)〉, 〈군인가족, 전사자, 상병군인을 위한 어가3수 황후어가 皇后御歌〉 등을 계속 작곡했다.

1940년에는 〈기원2천6백찬가紀元二千六百讚歌〉, 〈축전쟁협주곡祝典箏協奏 曲〉, 〈기앵축寄櫻祝〉을 시작으로 〈국민진군가国民進軍歌〉, 〈총후의 여성銃後の女性〉, 〈다이와의 봄大和の春〉 등을 작곡했다. 그 중에서도 〈국민진군가〉는 10월8일 도쿄 다카라즈카극장東京宝塚劇場에서 개최된 총후봉공예능대회銃後奉公芸能大會를 위해 동경일일신문(매일신문 전신)과 오사카일일신문이 공모하고 군사보호원이 선정한 가곡을 편곡한 곡이었다. 〈총후의 여성〉은 구즈하라 시게루葛原しげる가 쓴 시에 곡을 붙여 10월10일 간다神田 히토츠바시강당一ツ橋講堂에서 열린 총후 봉공 3곡 신작 발표 연주회銃後奉公三曲新作發表演奏會에서 발표되었다.[58]

1941년에는 〈희망의 아침希望の朝〉, 〈방인의 노래防人の歌〉, 〈도공단련刀工鍛鍊〉을, 1943년에는 〈대동화락大東和樂〉을, 1944년에는 〈몸뻬모습もんぺ姿〉 등을 작곡하였다.[59] 1945년에는 피난 생활로 인해 작곡, 연주활동은 하지 않았다.

제2차 세계대전 중 미야기 미치오의 작곡활동과 연주활동은 전의

---

58) 吉川英史『この人なり宮城道雄伝』(邦樂社, 1990년) pp.628-635참조

59) Anne Elizabeth 저 富山朋美외 역「宮城道雄—現代箏曲の父 : その生涯,業績と革新,改革をなし得た環境」(『音樂文化敎育學紀要』18, 廣島大學敎育學部, 2006년) p.136

를 고양시키고 국가를 위해서 자발적이라기보다는 국가의 명령에 따라 만들어진 곡이었다고 할 수 있다. 그런 이유로 애국적 감정을 표현한 가사에 곡을 붙여 국가주의를 주제로 한 작품을 쓰게 되었다. 이것은 미야기 미치오의 개인적인 심정이라기보다는 그 당시의 시국을 반영한 측면이라고 할 수 있다.

5. 전간기 미야기 미치오의 '위문연주 · 공연활동'

제1차 세계대전(1914-1918)에 참전하고 있던 일본의 세태에 대해서 미야기 기요코宮城喜代子는 이렇게 말하고 있다

　당시 동경은 매우 활기가 있었지만 동시에 인플레이션이 심해 서민들의 생활은 대단히 어려웠고 편한 것이 없었다. 일부 특수特需 벼락부자를 제외하면 모두 비슷한 살림살이였다.[60]

이처럼 서민들의 어려운 생활이 전혀 개선되지도 않은 상황 속 1931년의 만주사변이 계기가 되어 일본사회는 또 다시 전쟁분위기에 휩싸이게 된다. 이런 분위기 속에서 미야기 미치오의 음악활동도 순수한 연주활동에서 점차 내셔널리즘의 성격이 강한 활동으로 변해간다. 1934년3월1일, 히비야 공회당日比谷公會堂에서 열린 일만협회日滿協會주최의 만주국 건국1주년 기념 음악회에서 연주를 한다.

---

60) 宮城喜代子『箏一筋に』(文園社, 2002년) p.15

1937년7월7일 중일전쟁日華事變 발발 이후, 점점 전시 색채가 진해지고 일본 전체를 물들이게 된다. 이런 상황에서도 눈이 보이지 않는 44살의 미야기 미치오는 대중미디어를 통해 지명도가 높아진 음악가가 되어 5월25일 고등관6등의 동경음악학교東京音樂學校. 현재의 동경예술대학의 교수로 임명된다. 미야기 미치오는 사회적 지위와 위엄을 갖추게 되었고 일본의 전통음악 세계에서도 확실한 지위를 확보하게 되었다. 이런 미야기 미치오에게는 더 많은 사회적 공헌과 책임이 요구된 것은 당연한 것인지도 모른다.

같은 해 9월12일 미야기 미치오는 하마마츠 공회당浜松公會堂에서 열린 3곡대회三曲大會에 참가한다. 이 3곡대회는 국방헌금을 호소하는 성격을 띤 연주회였다. 잡지『삼곡三曲』9월호에는 '휼병자금 모집에 대해서恤兵資金募集に就いて', '황군위문 헌금자금 모집皇軍慰問獻金資金募集'이라는 광고가 실려 있었고 또한 10월11일 연주회는 위문헌금慰問獻金, 출정가족위문出征家族慰問이라는 명칭이었다.[61] 이렇게 일본 전통음악계의 연주회도 당시의 시국적 세태를 반영한 형태로 개최 되었다.[62]

미야기 미치오는 무보수로 순회 위문연주회巡回慰問演奏會를 많이 하

---

61) 吉川英史『この人なり宮城道雄伝』(邦樂社, 1979년) p.609

62) 2014년4월에 발표된 福田千繪「雜誌『三曲』にみられる十五年戰爭期の邦樂演奏會」(人文科學硏究』 No.10, pp.57~67 March 2014)에 당시의 방악계가 어떠한 활동을 하고 있었는가에 대하여 잡지『三曲』을 세밀히 조사해 면밀한 고찰을 하고 있다. 전쟁·전간기의 방악계 전체상을 파악하기 위한 논문이기 땜누에 미야기 미치오에 관한 언급은 「委囑による新作曲」이란 절에서의 신진(新進) 宮城道雄라는 한군데에 그치고 있으며 미야기 미치오의 활동을 소개하지 않았다.
http://teapot.lib.ocha.ac.jp/ocha/bitstream/10083/54906/1/05+%E7%A6%8F%E7%94%B0.pd [2014/09/10취득 확인]

게 되었다.[63] 순회 위문연주회의 시작은 1938년 개설된 후생성厚生省의 의뢰에 의한 것이었다. 이 순회 위문의 목적은 전쟁 부상병이 있는 각지의 군인병원을 순회하는 것이다. 그 당시 레코드라든가 라디오를 통해 대중적인 지명도와 인기를 얻고 있는 음악가로서 만이 아니라 눈에 장애를 갖고 있다는 점이 부상병들을 위문하는데 적절한 대상이었다는 것이다. 동년 4월에는 국가총동원법이 가결되고 일본은 전시체제에 돌입한다.

미야기 미치오의 구체적인 위문활동 내용은 다음과 같다. 후생성의 의뢰에 따른 제1차 위문은 동경 주변의 육군병원을 순회하는 것이었다. 우시코메牛込에 위치한 동경군의학교병원은 미야기 미치오가 살고 있던 집 근처의 군인병원으로 1938년3월28일 이곳을 시작으로 위문활동이 펼쳐졌다. 다음날 29일은 동경제1육군병원으로, 30일은 치바현 사구라佐倉로, 4월4일은 이즈반도伊豆半島로 갔으며, 4월9일에는 나라시노習志野의 육군병원으로 가서 위문활동을 하였다.[64]

미야기 미치오가 3월30일에 방문한 치바 육군병원에서의 위문강연의 속기가 '나의 체험私の体験'으로 남아있다. 그 일부를 낭독수필집 『꿈의 모습夢の姿』에서 인용한다.

나는 내가 태어나서부터 지금까지 부자유한 생활을 하고 있기 때문에 이번 사변으로 실명한 사람이나 다리가 불편해진 분들에 대해서 다른 사람들보다도 더 느낄 수 있기 때문에 한번 각 병원을 개인적으로 방문하여 이것저것 편하게 말하고 싶다고 생각하고 있을 때에 병원에

63) 宮城喜代子『箏一筋に』(文園社, 2002년) pp.144-148참조
64) 吉川英史『この人なり宮城道雄伝』(邦楽社, 1979년) p.612

가서 무언가 말하지 않겠느냐는 청이 들어와서 즉시 받아들였습니다.
(중략)

눈이 보이는 사람은 갑자기 정전이 되면 성냥이 어디 있나? 양초는
어디 있냐며 소란을 피웁니다. (중략)

익숙해지면 귀로 들어도 무엇이든지 알게 됩니다. 눈이 보이지 않게
되어 오히려 다른 사람의 마음을, 누군가의 소설에도 나옵니다만 비상
하게 더 잘 알게 됩니다. 그 사람의 목소리로 마음을 읽을 수 있게 됩니
다.[65]

미야기 미치오는 유머러스한 말재주로 어두운 병원의 분위기와 부
상병들을 밝게 했다고 한다. 그는 익살스러운 말 사이사이에 장애를
갖고 있는 사람으로서 체험한 교훈을 삽입하는 것을 잊지 않았다고
한다. 미야기 미치오의 제2차 위문여행은 1938년6월 관서지방에서
시작되었다. 6월13일은 시가현의 오츠大津에서, 14일은 교토에서, 오
사카의 사카이시堺市, 가네오카金岡에서 위문활동을 하였다. 위문 활동
의 장소는 육군병원과 적십자병원이었다.

이 제2차 위문여행에서는 고향 효고현兵庫県의 가까운 곳까지 갔지
만 위문은 못하였다. 마침 『효고공론兵庫公論』의 기자가 효고현 출신인
미야기 미치오에게 제3육군병원의 위문활동을 하면서 고향 효고현은
아직 한 번도 오지 않았으니 효고현에서 출정한 사람들을 위해 꼭 위
문방문을 해 주길 바란다는 말에 너무나 기뻐서 그 부탁을 받아들였

---

65) 宮城道雄 『夢の姿』(那珂書店, 1941년) pp.323-350을 참조하기 바라며, 「夢の姿」
〈上〉『朗讀 · 宮 城道雄遺筆集』⑦(アポロン社, 1991년)의 카세트테이프를 참조할
수 있다.

다.[66] 이런 장면은 미야기 미치오의 향토애를 엿볼 수 있다. 이후에도 미야기 미치오는 가나자와金澤, 홋카이도의 아사히가와旭川지역 등에서 순회 위문연주회를 하였다.[67]

1939년7월17일부터 7월27일까지도 각지의 육군병원을 순회하며 강연과 공연활동을 하였고 8월1일에 동경 기요스미공원淸澄庭園에서 열린 부상병위문 연주회에 출연했다. 9월 제2차 세계대전이 발발하여 미야기 미치오의 위문활동은 점점 더 많아지게 되었다.

위문활동 하는 사이에도 일본정부가 주최하는 큰 이벤트에도 참석하지 않으면 안 되었다. 1940년에는 일본이 긴 역사를 가진 위대한 나라라는 점을 국내외에 알리기 위해 관민일체가 되어 열린 '황기2천6백년기념예술제皇紀二千六百年記念芸術祭'[68]에도 참가했다. 미야기 미치오는 이 예술제의 집행위원으로 '신일본음악' 부문을 담당했다. 이 예술제를 위해 미야기 미치오는 〈기앵축寄櫻祝〉과 축전 〈쟁협주곡祝典箏協奏曲〉을 작곡 연주했다.[69] 이 예술제에서의 서양음악 부문을 담당한 사람이 야마다 코사꾸山田耕筰였다.

1941년12월8일에 일본이 미국과 영국에 선전포고를 하였고 그 와중에도 미야기 미치오의 위문활동은 계속되었다. 1942년10월3일 군사보호원軍事保護院의 위촉으로 야마구찌현山口県 주변으로 연주여행을

66) 「縣人の慰問」『定本宮城道雄全集』하권 (東京美術, 1962년) p.63 및 『宮城道雄全集』제1권(三笠書房, 1957년) pp.249-252 참조.
67) 宮城喜代子『箏一筋に』(文園社, 2002년) p.144
68) http://binder.gozaru.jp/213-kinenjigyougaiyou.htm [2015/04/10취득 확인]
69) 宮崎刀史紀「皇紀二千六百年記念芸術祭に關する一考察」이라는 논문에 이 예술제에 관한 개요가 상세히 논하여져 있다.
https://dspace.wul.waseda.ac.jp/dspace/bitstream/2065/26748/1/033.pdf
[2015/04/18취득 확인]

가게 되었다. 도꾸야마德山, 야마구찌山口, 시모노세끼下關에서 유가족과 상이군인을 초대한 연주회를 하였다.

미야기 미치오는 위문강연회나 공연에서 신체적인 결함이 있는 장애인으로서 같은 경우에 처하게 된 사람이나 그러한 사람들의 가족을 위해 진심으로 위문을 했다. 이러한 위문은 미야기 미치오가 아니면 할 수 없는 일이었다. 눈이 보이지 않는 미야기 미치오의 연주와 강연은 전쟁으로 부상당한 부상병 특히 실명을 한 군인들에게는 효과적인 위문이 되었다. 두 눈이 보이지 않는 위대한 예술가가 있다는 것을 그들에서 보여 주는 것이 이 순회위문의 목적이었던 것이다.

미야기 미치오는 위문공연을 들으러 온 사람들이 나라를 위해 전쟁터에 가서 부상을 당하고 돌아 온 사람들이고 그들을 위해서 눈이 보이지 않는 사람으로서의 생활과 경험담을 중심으로 강연을 하였다. 또한, 미야기 미치오는 절대로 잘난척 하는 사람의 시선이 아니라 같은 입장에 처한 사람으로서의 말을 전하였던 것이다. 그것도 유머있고 재미있게 강연을 하였다. 이런 위문강연회를 통해서 대중들 앞에서 말하는 기회도 늘어 미야기 미치오의 화술은 점점 더 윤이 났다. 그 전부터 대중미디어였던 라디오 생방송 경험에서 갈고 닦았던 미야기 미치오의 독자적인 매력을 가진 화법이 많은 사람들에게 사랑을 받았다.

하지만 전황이 점점 악화되자 1944년4월에 일본국내에서는 오락을 규제하기 위한 예능기예자 전국통제芸能技芸者全国統制[70]가 실시되고 군함헌납이나 협회관련의 연주회가 중지되었다. 그로 인하여 미야기 미

---

70) 福田千繪의 논문이나 「芸術統制」에 관해서는 法政大學大原社會問題研究 WEB 참조
http://oohara.mt.tama.hosei.ac.jp/rn/senji2/rnsenji2-194.html [2015/03/18 확인]

치오의 위문활동도 10월27일 열린 군인원호를 위한 신작 발표회가 마지막이 되었고 미야기 미치오도 미국의 B29공습을 피해 12월1일에 하야마葉山에 있는 별장으로 피난을 하게 되었다. 미국의 공습은 점점 확대되어 갔고 미야기 미치오는 몇 번이나 피난지를 바꾸어야만 했다.[71] 이 전쟁으로 인해 미야기 미치오의 집과 귀중한 음악자료, 레코드, 그가 새롭게 고안해 만든 81줄의 코토箏들이 공습으로 전부 없어지고 말았다. 미야기 미치오는 피난지에서 무서운 비행기 폭음을 견디어가면서 전쟁이 끝나는 날만을 기다리고 있었다.

6. 결론을 대신하여
- 비행기 폭음에 놀라 떨고 있던 미야기 미치오의 서민적 내셔널리즘-

미야기 미치오는 비록 눈이 보이지 않았지만 음악을 배웠고 그 과정에서 많은 소리를 구별할 수 있는 뛰어난 청각 능력을 가지고 있던 사람이었다. 그가 소리를 구별 해 내는 능력에 관한 일화는 많이 남아 있고 그의 탁월한 청각은 그 당시의 음악 관계자나 제자들 사이에서 유명하였다. 이러한 그의 특출한 청각은 제2차 세계대전 때에 한 밤중 멀리서 들려오는 비행기 소리로 그 비행기의 종류를 구별했다고 한다.

위와 같은 내용에 관해 조사한 요시카와 에이지吉川英士에 의하면 실제로 미야기 미치오 일화를 전시중의 초등학교에서 어린이들에게 내

---

71) 千葉潤之介·優子,『音に生きる』(講談社, 1992년) pp.224-233참조

셔널리즘을 고양시키기 위한 교재로 사용했다.[72]

　　당시의 초등학생은 군사적인 목적으로 음감교육을 받았다. 오르간이나 피아노에서 나오는 화음을 듣고 구별하기도 하고 비행기의 폭음을 듣고 그 기종을 맞추는 것이다. 그런데 동경의 첫 공습으로부터 1년이 지난 1943년쯤 사이타마현埼玉縣 우라와시浦和市에 있는 한 초등학교의 음감 교육시간에 음악선생이 학생들에게 다음과 같이 이야기를 시작했다.

　　'동경에 미야기 미치오라는 눈이 보이지 않는 굉장히 유명한 오코토お琴의 선생님이 있습니다. 동경에 처음 공습이 있었던 날, 이 미야기 미치오라는 선생님이 비행기 소리를 듣고 "오늘 비행기 소리는 평소에 듣던 소리와는 다른 것 같다"고 했다고 합니다.

　　그의 제자들이 하늘을 보며 "선생님, 평소와 별로 다르지 않은데요"라고 전했지만, 그 직후에 공습경보가 울리고 미국비행기라는 것을 알았다고 합니다. 이렇게 눈이 보이지 않는 오코토お琴 선생님은 소리를 듣기만 해도 일본 비행기가 아니라는 것을 알았던 것입니다.

　　물론, 음악교사는 "그러니까 제군들도 소리 훈련을 하도록"이라며 말을 끝맺었다.'

　어쨌든 미야기 미치오의 명성은 초등학교까지도 알려졌다는 사실과 함께 그의 뛰어난 청각을 내셔널리즘과 엮은 내용의 일화로 흥미로운 부분이라고 할 수 있다. 전시하 그 당시 학교교육의 현장에서 어린이들에게 내셔널리즘을 육성하기 위해 미야기 미치오를 이용했다

---

72)『この人なり宮城道雄傳』의「飛行機と雷」pp.640-654에서

는 일화의 예에서도 서민적이라는 느낌을 갖게 된다. 하지만 미야기 미치오 본인은 타고났다고 할 정도로 어렸을 때부터 천둥소리가 너무나 싫어서 천둥소리가 나면 귀를 막고 도망다녔다고 한다. 미야기 미치오는 전쟁 중에 날아다니는 비행기의 폭음소리가 무서워서 어떻게 할 줄 몰랐다고 말하고 있다. 요컨대 미야기 미치오는 천둥소리와 비행기의 폭음소리를 제일 싫어했다고 한다.[73]

이렇게 무서운 전쟁이 끝나자 미야기 미치오의 음악활동은 또다시 미디어를 통해, 연주회를 통해, 교육의 현장에서 시작되었다. 앞에서 서술한 내용이지만 지금까지의 음악활동이 인정되어 1950년3월에 일본방송협회의 제1회 '방송문화상'[74]을 수상하였다. 이 제1회 방송문화상을 같이 수상한 사람 중에는 일본의 서양음악을 대표하는 음악가 야마다 코사쿠山田耕筰도 있었다[75].

미야기 미치오는 일본의 '고전음악의 아버지邦樂の父'라 불리고, 야마다 코사쿠는 '서양음악의 아버지洋樂の父'라 불린다. 이 두 사람은 함께 라디오의 시험방송에 참가하였고 일본 대중미디어의 발전에 큰 공헌을 한 사람들이다. 하지만, 미야기 미치오의 경우는 전간기의 위문활동을 비롯한 그의 음악활동이 별다른 비판을 받지 않고 미디어에 복귀하였다. 이에 반해 야마다 코사쿠는 전간기의 음악활동에 대하여 일부 미디어에서 전쟁범죄인(전범론 대상)이라는 비판을 받게 되었다. 이런 차이점은 어디에서 나왔을까? 라고 하면, 그것은 미야기 미

---

73) 三笠書房『宮城道雄全集』제1권의 에 미야기 미치오의 수필 「雷鳴」에 상세히 적혀 있다(pp.26-28)

74) 「放送文化賞」은 NHK가 매년 방송기념일에 방송사업의 발전과 방송문화 향상에 공적이 있는 사람에게 수여하는 상으로 1949년에 제정되었다.

75) 山田耕筰『自伝 若き日の狂時曲』(日本図書センター, 1999년)

치오의 음악 활동이 '서민적 내셔널리즘'에 의한 것이기 때문이라고
할 수 있다.

여기서 잠깐 야마다 코사쿠라는 서양음악가에 대해서 언급하도록
하겠다. 1886년에 태어난 야마다 코사쿠는 미야기 미치오 보다도 8
살이나 많지만 같은 시대적 운명을 걸어 온 사람이다. 하지만 근본적
으로 미야기 미치오와는 다른 사회적 지위를 갖고 있었다. 동경 혼고
本郷에서 아버지가 기독교 전도사이자 의사인 가정에서 태어났다. 무
엇보다도 야마다 코사쿠는 정규 교육과정을 거쳐 해외유학 경험도 있
는 지식인 중의 지식인이라고 할 수 있는 인물이다. 1925년에 일본에
서 처음으로 일본교향악단을 창단했고 1930년대에는 확고부동한 명
성과 음악계의 지위도 얻고 있었다.[76] 1942년에는 제국예술원의 회원
이기도 했다. 전쟁 중인 1944년에는 일본음악문화협회장을 역임하고
음악계 내외의 권력을 장악하는 입장이었다. 그리고 미야기 미치오가
밤 열차에서 떨어져 사망한 1956년에 문화훈장을 수상했다.[77]

야마다 코사쿠는 전쟁 중 다방면에 걸쳐 음악활동을 하였고 전시기
에 작곡한 전시작품이 55곡이나 되며 특별단체 노래와 전시적인 가
곡의 총수는 510곡이나 된다.[78] 그 뿐만 아니라 야마다 코사쿠는 전쟁
에 관련된 가사를 써 그 가사에 자기 자신의 곡을 붙이기까지 했다. 한
편 미야기 미치오도 많은 곡을 만들었지만 작사를 하고 곡을 만든 것
은 거의 없었다. 처음으로 가사를 쓰고 곡을 만든 것이 1950년에 만든

---

76) 中村洪介「山田耕筰の諸相 戰中・戰後の評価(山田耕筰沒後30年特殊)」(『音樂芸
   術』53(8) 1995년)
77) 『日本人の自伝19 橫山大觀・三宅克己・山田耕筰』(平凡社, 1982년)
78) 後藤暢子『山田耕筰』(ミネルヴァ書房, 2014년) pp.394-395

〈하마유浜木綿〉이며 이 곡이 마지막 유작이기도 한다.

이처럼 야마다 코사쿠와 미야기 미치오는 음악 장르만이 아니라 사회적인 활동 범위도 크게 달랐던 것이다. 야마다 코사꾸에 대한 전범론戰犯論은 일본의 근대음악사상史上 가장 뛰어난 서양음악가였고,[79] 음악계의 대가로 군림한 존재로서의 비판이었다고 할 수 있다.[80]

미야기 미치오의 내셔널리즘을 서민적이라 하는 것은 권력에 복종한 것이었고 선동적인 행위를 동반한 음악활동을 하지 않았기 때문이라고 할 수 있다. 이에 반해 야마다 코사쿠의 내셔널리즘은 관리官吏적이고 지휘자적인 입장에 서서 선동적인 음악활동을 하였다. 그러한 연유로 미야기 미치오와 달리 야마다 고사쿠는 전후의 전쟁책임에 관한 논쟁이 나왔다고 할 수 있다.[81]

미야기 미치오의 위문공연에서 무엇보다도 상징적인 것은 무대 위에 서있는 그의 복장이다. 그는 1940년11월1일에 발표된 국민복령国民服令에 따라 국민복을 입었다. 한편 야마다 코사쿠는 군복을 입고, 칼을 차고, 군가를 작곡하고 있었던 것이다. 미야기 미치오의 내셔널리즘은 전통적인 가치의식 속에 매몰된 사람들이 갖는 '서민적인 내셔널리즘'이라고 할 수 있을 것이다.

---

79) 秋岡陽「1920~50ニッポン空白の洋學史(1)山田耕筰‐日本音樂史の鏡像」(『レコード芸術』50(1)音樂之友社, 2001년)
80) 外山国彦「樂壇の大御所‧山田耕筰」(『音樂之友』10(4) 1952년)
81) 森脇佐喜子『山田耕筰さん, あなたたちに戰爭責任はないのですか』(梨の木舎, 1994년), 中曾根松衛「音樂界戰後50年の步み＝人と事件の示唆するもの─第1回＝山根銀二VS山田耕筰"戰犯論"をめくって」(『音樂現代』26(8)1996년), 淺岡弘和「山田耕筰が戰犯だって？‐‐東京文化會館三善晃の"犯罪"」(『正論』(344), 2001년) 등이 山田耕筰의 전쟁 책임의 유무에 관해서 언급하고 있다.

부록 : 미야기 미치오의 생애 연표

1894년明治29		효고현 코베, 산노미야 료류지에서 태어남. 8월 청일전쟁 돌발
1895년明治30	1세	제1차 한일협약
1902년明治35	8세	실명한 후, 2대 나카시마 검교에 입문
1904년明治37	11세	3대째 나카시마 검교에 입문
1905년明治38	12세	면허개전皆伝,예명을 나카시마 미치오로 올림 2월, 러일전쟁 발생 8월, 제2차 한일협약체결 9월, 러 강화조약 12월, 한국통감부 설치, 이토 히로부미 한국 통감에 취임
1907년明治40	14세	9월,조선으로 건너감. 인천에서 오코토琴와 샤쿠하찌 尺八를 가르킴, 처녀작 미즈노 헨타이水の変態 작곡
1909년明治42	16세	7월14일,이토 히로부미 앞에서 미즈노 헨타이 연주 10월,이토 히로부미 암살당함
1910년明治43	17세	8월,한일합병
1912년明治45	19세	검교가 되다
1913년大正2	20세	喜多仲子와 결혼
1914년大正3	21세	8월,제1차 세계대전에 참전
1915년大正4	22세	처의 성인 미야기로 성을 바꾸고 미야기 미치오로 개명
1916년大正5	23세	동경으로 이주
1917년大正6	24세	吉村貞子와 재혼
1919년大正8	25세	제1회 작품발표회 (도쿄혼고 중앙회관)
1920년大正9	26세	신일본 음악 대연주회에서 작품 발표
1922년大正12	28세	9월1일,관동대지진, 조선으로 피난
1929년昭和14	36세	하로노 우미春の海 작곡
1930년昭和5	37세	동경음악학교 강사
1931년昭和6	38세	동경맹학교 강사

1932년昭和7	39세	3월, 만주국 건국선언
1935년昭和10	42세	첫 수필집 비의 염불雨の念拂 출판
1936년昭和11	43세	7월, 일화사변 발생
1938년昭和13	45세	동경음악학교 교수, 국가총동원법 가결
1941년昭和16	47세	12월, 영미에 대하여 선전, 태평양전쟁 시작
1944년昭和19	50세	11월, B29 동경 첫 공습
1945년昭和20	51세	동경 대공습으로 동경신주꾸 나카쵸 집이 탐 8월15일 무조건 항복, 태평양 전쟁 끝남.
1950년昭和25	56세	NHK제1회 방송문화상 수상
1956년昭和31	62세	6월25일 연주를 위해 오사카로 향하던 중 동해선 카리야 역에서 전락, 서거

제3장

나카라이 토스이半井桃水
『조선에 부는 모래바람胡砂吹く風』과 조선
- 대중성의 행방 -

전미성

들어가며

나카라이 토스이半井桃水[1)] 『조선에 부는 모래바람胡砂吹く風』은 1891
년10월2일부터 1892년4월8일까지 『도쿄아사히신문』에 연재되었다

---

1) 나카라이 도스이(1861.1.12~1926.11.21)는 메이지, 다이쇼 시대에 걸쳐 활약한 대
표적인 대중소설가이다. 나가사키현 쓰시마시 이즈하라마치(長崎縣對馬市嚴原町
中村584番地)에서 출생했고 이름은 레쓰(洌), 아명은 센타로(泉太郎)이다. 나카라
이 가문은 쓰시만 번에 소속되어 있었고 대대로 의사로 종사해왔다. 감수성이 풍부
했던 나카라이는 아버지가 근무하던 부산에서 소년기를 보낸 후, 일본으로 돌아와
도쿄 영문학학원에서 공부했다. 1881년에는 아사히신문 기자의 신분으로 한국에
건너가, 그 다음 해에는 한국의 고전 「춘향전」을 세계 최초로 번역하여 아사히신문
에 연재했다. 1889년부터 본격적으로 소설을 신문에 연재하기 시작했고, 연간 500
회 이상을 게재한 해도 있다. 히구치 이치요가 소설 창작 지도를 받기 위해 도스이
를 찾은 것은 1891년이며, 같은 해 도스이의 대표작인「조선에 부는 모래바람(胡砂
吹く風)」이 신문에 연재되었다. 1983년「조선에 부는 모래바람」을 단행본으로 발간
한 서적에는 이치요의 서가(序歌)가 머리말에 올려져 있다. 1904년에는 종군기자
로 러일전쟁에 참전했고, 전후에는 나카라이 후반의 대표작 「덴구회람(天狗廻狀)」
을 신문에 연재했다(https://tsushima-tosui.com/tosui.html 나카라이 도스이관).

(전150회). 조선을 소설의 무대로 하고 일본인 아버지와 한국인 어머니를 둔 인물이 주인공이다. 선행연구는 작가 나카라이 토스이의 조선경험에 착안하여, 아마도 당시 신문기자나 문학가들 중에서는 어느 인물보다 조선통이며 조선어를 유창하게 했다는 점에 주목한다. 그리고 『조선에 부는 모래바람』에 나타난 토스이의 조선인식이나 정치적 견해의 분석을 중심으로 하는 실증적이고 상세한 연구 성과를 들고 있다.

이 연구는 『조선에 부는 모래바람』의 소설구조 그 자체에 초점을 맞춰 고찰하고자 한다. 우선은 신문연재소설로서 인기를 떨치고 많은 독자획득에 성공한[2] 그 대중성의 소재所在를 고찰하는 것에서부터 시작하고자 한다.

1. 실용성과 오락성

『조선에 부는 모래바람』의 본문에는 당시의 신문소설에 이미 널리 퍼져있던 '후리가나'가 달려 있으면서 평이한 문체가 사용되었다[3]. 읽는데 있어서 문턱이 높지 않았던 점이 우선 대중성 획득으로 연결된 것은 분명하지만, 내용 등 그 외의 측면에서도 고찰해 가도록 한다.

명치20년대 중반(1890년대 초반) 조선에 대한 정계의 관심은 점점 높아지지만 일반서민에게는 아직 정보가 많지 않았고 이미지는 고정

---

2) 塚田滿江『半井桃水硏究 全』(黑田しのぶ, 丸の內出版(發賣), 1986년), 148쪽
3) 土屋礼子『大衆紙の源流―明治期小新聞の硏究』(世界思想社, 2002년 12월), 특히 「第三章 小新聞の文体と言語空間」을 참조하기 바란다.

되어 있지 않았다. 『조선에 부는 모래바람』은 이러한 배경 속에서 발표되었고, 당시의 독자에게는 상당히 신선하게 받아들여졌을 것이다. 신문에 종종 등장하는 '조선'이라는 나라의 사회와 문화의 모습을 엿볼 수 있었기 때문이다. 그날그날의 연재 끝에 종종 '부기付記함'이라는 주를 달아, 조선의 사회제도부터 의식주의 생활문화나 관습까지 여러 분야에 걸친 보충설명이 이루어졌다. 그 위에 연재에는 대형 '삽화'가 게재되어 시각적으로도 이해를 촉진했다. 토스이는 이 삽화에 대해서도 집착을 보여 삽화의 전거典據가 되는 사진이나 그림을 언급하거나,[4] 또한 삽화가 잘못됐을 때에는 즉시 정정하는 등, 정보전달자로서 의식하고 있었음을 엿볼 수 있다. 또한 소설 본문에서도 조선의 여러 지역이 무대로서 등장한다. 남쪽의 양산, 부산에서 시작하여 한양(지금의 서울)[5]은 물론이고, 수원·광주 등 서울의 근교에서 중부지방의 충청도, 그리고 북쪽은 평양에 이르기까지 여러 지역이 등장하고 명승지 소개도 있다. 이렇게 신기한 정보를 제공한다고 하는 실용성을 가지고 있었던 것이다.

---

4) 「胡砂吹く風(はしがき)桃水痴史」라고 해서 1891(메이지24)년 10월1일자 「東京朝日新聞」에 게재되었다. 그 종반에 「記者桃水畵に疎く畵師年英實地を知らず唯韓人の寫眞數葉を得之と小池正直氏の雞林醫事(非賣品)鈴木信仁氏の朝鮮紀聞等に畵く所の衣冠器具を參看して毎回の挿畵を作る故に往々實際と違ふ事もあるべし」라고 삽화의 전거(典據)가 명기되었다. 草薙聰志「半井桃水 小説記者の時代7ヒーローは朝鮮を目指す」(「朝日總研リポート」185, 2005년10월)에「はしがき」의 분석이 있다. 또한, 이「はしがき」에도 삽화가 함께 게재되어 조선 왕조의 당상관(殿上人) 입궐시의 옷차림이 그려져 있다. 이문화를 전하는데 있어서 시각적 정보의 유효성에 토스이가 의식적이었다는 것이 나타난다.
5) 『胡砂吹く風』에서는 조선 시대의 수도 '한양'(현재의 서울)을 '한양' '경성' 두 가지로 불렀고, 후반에는 후자 쪽이 빈출하지만 본고에서는 '한양'으로 표기한다. 또한 '조선인' '한인'에 대해서도 양쪽 모두 사용하고 있지만 '조선인'으로 통일한다.

『조선에 부는 모래바람』의 인기의 이유로 엔터테인먼트성도 빠뜨릴 수 없다. 주인공 임정원林正元은 뛰어난 신체능력을 소유하여 유술柔術, 유도의 전신과 스모相撲에도 강하다. 한편으로 재치나 전략에도 능하고, 외모까지 빼어난 인물, 이른바 무협소설[6]의 주인공으로서 조형造形되어져 있다. 이 완벽한 주인공 임정원이 신체적으로도 권력으로도 힘을 가진 강적과 승부한다. 적은 철저하게 나쁜 존재이고, 정원은 절대적 정의이다. 적의 간계에 빠져 몇 번이나 위기에 빠지지만 마지막은 악을 처벌해 간다. 악을 처벌하는 방식에도 패턴이 있고, 예를 들어 적을 쓰러뜨려 여성을 구출한다고 하는 형태를 들 수 있을 것이다. 뛰어난 인물이 극단적으로 악랄한 강적과 승부하여 최후에는 반드시 승리를 거둔다는 권선징악적인 형태를 즐길 수 있도록 한 점에서도 대중성을 찾아볼 수 있다.

연재소설이면서 장편소설인 까닭인지(단행본의 경우, 전편과 후편을 합쳐서 718쪽) 후반에 전개시키려고 해서 써넣은 인물과 에피소드가 그대로 없어져버리는 경우도 있지만[7] 장르가 변한 점(자세한 내용은 후술)을 고려하면, 구성면에서도 최소한의 상호관련성은 확보되어 있다. 예를 들어 임정원이 산적의 소굴인 영취산으로 일부러 들어가

---

6) 복수, 전쟁, 파란만장한 인생과 비현실적인 능력 등을 다룬 작품, 예를 들면 『水滸伝』이나 『南總里見八犬伝』등을 염두에 두고 있다. 全円子「半井桃水の政治小説の意義」(「韓日軍事文化研究」9 2010년)등 선행 연구에서 이미 이 소설들과의 유사점을 들어「伝奇小説」적이라고 지적하고 있다. 본 연구에서는 전쟁과 성패의 이미지가 강한「武侠小説」이라는 명칭을 사용하기로 한다.

7) 예를 들어, 춘사령의 동생이 김주명을 습격한 인물이라는 에피소드나, 일본의 무관인 쿠리모토, 총에 맞은 정원을 간호해 준 외국인, 어린 정원을 돌봐 준 코지마 등의 등장인물은 그 후의 이야기 전개에는 관계하지 않는다.

는 부분을 예로 들 수 있다. 제1부[8]의 절정이었던 복수가 끝나고 은인의 딸인 향란香蘭도 구해낸 임정원은 일본으로 한번 귀국하여 도쿄유학遊學과 유럽으로의 유학을 거쳐 다시 조선으로 들어간다. 정원이 조선으로 입국한 이유는 자신의 정치적 신념을 이루고자 하는 생각 때문인 까닭에 이 산적부분은 사족에 불과하고, 직접 한양에 가서 일본당 사람들과 교류하는 것에서부터 제2부를 시작하는 것이 구성상 정리된 것 같이 여겨진다. 일부러 자진해서 산적의 소굴로 들어가는 이유도 소설논리상 납득할만한 것은 마련되어 있지 않아서 위화감이 든다. 그럼에도 이 장면은 앞으로 새로운 만남(일본당)과 함께 지금까지의 인간관계(유수부劉守簿와 청양靑楊)가 함께 전개되어 양자를 잇기까지 한다. 또한 산적 퇴치라는 무협소설적 고조를 한 번 더 제공하면서 소설 속의 존재의의도 가지고 있다. 이상에서 확인한 것처럼 『조선에 부는 모래바람』의 대중성은 이국에 대한 정보의 신선함, 유용함과 함께 엔터테인먼트로서의 즐거움이라는 두 가지 측면이 어우러져 완성된 것이라고 할 수 있다.

그런데 소설을 읽어가다 보면 돌연 조선의 역사적 사건에 대한 기술이 빈출한다. 이전까지도 실제 사건이 언급되기도 했지만 정치보고서가 끝없이 길게 계속되는 것은 아니었다. 그것이 조선과 조선을 둘러싼 각국 간의 실제의 정치상황이 다루어지게 되고, 특히 88회 이후는 임오군란(1882년)과 갑신정변(1884년)이라는 역사적 사실이 중심이 되고 있다. 이 점에 관해서는 '정치소설'화하고 있다고 거의 모든

---

8) 선행 연구에서도 『조선에 부는 모래바람』을 몇 가지의 시기로 구분하고 있지만, 본 연구에서는 제1회~50회, 51회~87회, 88회~150회로 구분하여 1부, 2부, 3부로 한다.

선행연구가 지적하고 있다. 이후 제94회 부분부터는 실재 정치인들 (이름은 약간 변경됨)이 계속 등장하고 있는 속에서 정원이 등장하고 정치에 참여하여 조선의 정치상황을 바꾸어 간다. 그리고 제99회 이후는 무협소설과 정치소설이 뒤섞인 형태가 된다. 여기까지 무협소설의 영웅이었던 정원의 인물상에 정치소설의 재자가인才子佳人의 이미지가 한층 덧붙여졌다고 할 수 있다. 정원의 도쿄에서의 면학, 서구에의 유학경험, 그리고 유창한 영어, 국제정치에 대한 전망 등이 인물상의 이미지를 변화시키고 있다. 『조선에 부는 모래바람』의 실용적이고 오락적인 대중성은 조선을 둘러싼 정치와 사회정세를 기술한 정치소설과 복수·모험·파란만장한 삶을 체험시키는 무협소설이라는 2가지 형태(혹은 그 양자의 혼효混淆)로 만들어졌다. 예를 들면 구사나기 사토시草薙聰志는 다음과 같이 기술하고 있다.

> 조선의 근대를 떠들썩하게 했던 많은 사건들을 평이하게 소개하고 통속적 조선 안내도 겸하고 있다. 단지, 이야기의 구조와 인물배치의 골격은 지금까지의 토스이소설의 작법대로이다.
> (쿠사나기 사토시 「나카라이 토스이 소설기자의 시대 7. 영웅은 조선을 노린다」[9])

'통속적 조선안내'와 '그동안의 토스이 소설의 작법'이 『조선에 부는 모래바람』에 동시에 나타난다고 하는 지적이다. 그렇다면 이 양자의 균형은 어떻게 되어 있는 것일까. 외국이라는 조선을 어디까지 의

---

9) 草薙, 각주4 논문. 「半井桃水 小說記者の時代7 ヒーローは朝鮮を目指す」(「朝日總研リポート」185, 2005년10월).

식시킬지에 대한 점은 상당히 어려운 부분이었을 것이다. 너무 의식하게 하면 위화감이나 반감이 이야기의 재미를 저해할 것이고, 전혀 의식하지 않도록 진행시키면 조선을 무대로 한 의미도 신선함도 없을 것이다. 신문소설인 만큼 소설의 인기로 직결되는 중요한 문제였을 것이다. 그 균형을 토스이는 다음과 같은 방법으로 처리했다. 앞에서 언급한 부기나 삽화, 혹은 지명이나 인명, 정치상황을 통해서 조선임을 독자에게 인식시키면서도 쿠사나기가 지적하고 있는 것처럼 이야기 구조는 '그 때까지의 토스이 작법'을 사용하여 조선임을 의식시키지 않는, 오히려 의식하지 못하도록 했다. 독자가 소설 속 모험의 세계로 들어갔을 때, 등장인물들은 그 세계에 있어서 선인, 악인이라고 하는 기호로 읽혀진다. 이 인물은 조선인이고, 그리고 그 때문에 이러한 (특정)행동을 하고 있다라고는 의식하지 않는다. 과도한 이화(異化)가 읽어가는 행위를 방해하지 않도록 만들어져 있다.

『조선에 부는 모래바람』 속에서 무협소설적인 부분에서도 정치소설적인 부분에서도 혹은 양자의 혼효에서도, 어느 경우에서도 선택되지 않았던 소재, 남녀 간의 연애에 대해서 간단히 언급해 두고자 한다. 임정원은 여성에 관해서 완전히 무관심했고, 궁중여성들로부터 사모하는 마음과 동경의 시선을 받는 것을 오히려 역겨워했다. 이러한 경향은 특정 관계에 있는 여성, 예를 들어 아내가 된 향란香蘭, 잠시 동안이었지만 결혼이야기까지 있었던 청양靑楊에 대해서도 마찬가지였다.

(그의) 한러韓露밀약사건이 중지될 무렵부터 근기近畿 각지에 화적이 나타나 몹시 창궐하여 봉수산烽燧山 정상에 연기가 끊이지 않았다. 세상이 매우 어지러운 가운데 501년의 봄을 맞이하지만 정원은 방계芳桂

의 소원을 무시하지 못하고 이가웅李嘉雄을 비롯한 춘사령春使令 한길
준韓吉俊의 추천도 있고 하여 결국 황도길일黃道吉日을 택하여 김향란金
香蘭과 경사스럽게도 결혼식을 올렸다.

(「조선에 부는 모래바람」제100회)

　이렇게 향란과 정원과의 결혼은 정원들이 정치활동을 하는 사이에
전후 아무 맥락도 없이 돌연 한마디로 설명된다. 결혼까지의 경위나
결혼이후의 생활에 관해서도 한마디도 언급되지 않는다. 다만 방계
(향란의 어머니)의 소원이고 이가웅 등의 권유가 있었기 때문에 결혼
했다고만 되어 있다. 또한 갑신정변 후 일본당의 동지라는 이유로 정
원이 쫓기고 있을 때도 함께 도망가는 것이 불가능하다면 함께 죽는
것이 낫다고 울고 매달리는 향란을 '나는 아직 목숨이 아깝다'고 뿌리
쳐 버렸다. 꼭 돌아오겠다는 상투적 문구 하나 남기지 않았던 인물이
다. 청양에 대해서도 마찬가지이다. 과혹한 인생을 살면서도 정원에
대한 마음이 한결같았던 청양은 자신의 목숨을 던져 정원의 생명을
구한다. 게다가 그녀는 산적으로부터 정원의 어머니 유품을 되찾아주
고 암살계획을 사전에 가르쳐주는 등, 이미 한 차례 정원을 위기에서
구한 적이 있다. 그럼에도 불구하고 자기대신에 독을 마셔 경련을 일
으키고 피를 토하는 청양을 정원은 그 자리에 내버려둔다. 그녀를 모
른 척 할 필요가 있었다고는 하더라도 집에 돌아가서 창백해 질 뿐이
라고 하는 전혀 납득할 수 없는 행동이다. 이것은 신념을 관철하려는
남자를 경애하고 자신의 사랑에 응답이 없더라도 한결같이 생각하는
정치소설에서의 여성들의 하나의 패턴의 답습이라고 할 수 있다.『조
선에 부는 모래바람』에서 '여자'의 역할이란 적의 악을 표상하여 주인

공의 무협적인 강인함을 증명하기 위한 '약한' 존재이며, 정치활동에 일조했을 때, 예를 들어 청양이 정원 대신 독을 마시고 향란이 산성까지 밀서를 가져다줄 수 있었던 때에만 열녀로써 간신히 이야기의 주된 줄거리로 첨가할 수 있었다.

　정원의 인물상에서 '연애'가 완전히 사상捨象되고 있는 점을 지적했지만, 흥미롭게도 연애뿐만 아니라 또 다른 감정, 예를 들면 남자끼리의 의리나 은인에 대한 친애親愛 등도 정원에게는 찾아볼 수 없다. 감정은 거의 묘사되지 않고, 신념만으로 만들어져있다. 예를 들어, 어머니의 원수를 갚은 후 정원은 바로 일본으로 귀국해 버린다. 은인인 김주명에게 작별 인사는커녕 전언도 없고, 괘념했다는 등의 기술조차 없다. 또한 유일무이한 동지이자 처음부터 끝까지 자신을 인정해 준 이가웅에 대해서도 우정 같은 감정은 그려지지 않았다. 은혜에는 보답하고 동지와 행동을 같이 하지만, 거기에 '정情'은 일체 개입시키지 않는 인물, 신념만이 구현화具現化된 인물, 그것이 정원이다.

2. 장르의 혼재가 만들어내는 것
—사실과 픽션의 미분화未分化

『조선에 부는 모래바람』은 장르의 공존이라는 방법이 사용되어 대중성 획득으로 결부되어졌음을 고찰해 왔다. 그런데 이 공존은 결과적으로 허구와 역사적 사실의 혼효를 초래한다는 점에 주목하고 싶다. 무협소설에 정치보고서가 서로 섞이는 순간, 문제가 발생한다. 실제 정치상황에 픽션의 임정원이 참입하여 활동함으로서 허실이 뒤섞

여, 이른바 하나의 새로운 허구의 세계가 구축된다. 그리고 그곳에 공
헌하는 것으로 '부기付記함'의 존재를 거론하고자 한다. 앞에서 언급한
바와 같이 '부기함'은 독자에게 조선에 관한 정보를 제공하지만 그 정
보성은 본문(부기가 아닌 부분)에 관해서도 그 내용을 사실이라고 믿
게 하는 장치가 되고 허실을 유야무야 만드는 역할을 담당한다. 동시
대의 신문소설이나 동서고금의 역사소설에서도 마찬가지이지만 어디
서부터 어디까지가 허구인지가 알 수 없다. 역사적 사실이 현격하게
많이 기술되는 제88회 이후에는 정원이 정치에 참여하면서 역사적 사
실은 종종 다른 내용으로 수정되어져 있다. 허구의 인물인 정원이 참
여했다고 하는 사실에 그치지 않고 실재 인물이나 실제 사건이 바꾸
어져있다.

　구체적인 예를 들어 확인해 보자. 하나는 『조선에 부는 모래바람』에
서는 '임정원' '국왕' '국부군国父君'은 동지이며, 러시아에 의존하는 부
패한 민씨의 '외척당'을 박멸시켜 승리한다. 참고로 호칭 · 명명命名인
데 대원군은 소설에서 '국부군', 민씨 일파는 그들이 왕비측 즉 외척이
기 때문에 '외척당'이라고 소설에서 불리고 있다. 정원을 중심으로 '국
왕' '국부군'이 3자가 동지가 되어 있지만, 역사적 사실에서는 갑신정
변 이후 대원군은 국왕 고종을 폐위시키고 장남의 국왕 옹립을 도모
하는 등 고종의 친부였지만 정적이기도 했다[10]. 같은 맥락에서 국왕은
왕비 민비 및 민씨 일족과 기본적으로는 같이하고, 『조선에 부는 모래
바람』에서처럼 삼자(세사람)가 동지인 것도, 그리고 그들이 민씨 일
파와 적대 관계인 것도(대원군 제외) 현실과는 전혀 다른 있을 수 없

10) 한국사사전편찬회 편 『한국근현대사사전 1860~1990』(가람기획, 1990)

는 도식이다.

둘째는 갑신정변과 일본당을 들어보자. 소설에서는 '김송균金松筠'(김옥균이 모델)과 '박정효朴貞孝'(박영효가 모델)가 갑신정변에서 사대당事大党을 무너뜨리지만 국왕에 대해서는 경호했다고 『조선에 부는 모래바람』은 설명한다. 그러나 사실은 김옥균과 박영효는 국왕에게 생명의 위험은 가하지 않았지만 정권을 전복시켜 명백하게 쿠데타를 일으킨 것이다. 국왕을 제압하는 것이 중요하고 경호 따위는 있을 수 없다. 결말부에는 '김송균', '박정효'가 쿠데타의 죄를 눈물로 참회하고, 국왕이 그들을 흔쾌히 용서하는 장면이 있다. 정원의 중재와 강한 추거推擧가 있었기 때문이고, 용서받는 일본당 소속의 두 사람은 민씨 타도 최후 투쟁에 참가하여 국왕을 수호하는 임무를 맡을 수 있었다. 반역을 일으킨 주군을 위해 싸우고 그리고 주군은 반역의 죄를 용서한다고 하는 대단히 부자연스러운 내용으로 변경되어 있다. 역사적 사실과 다른 점은 그밖에도 많지만 이런 부분들을 통해 『조선에 부는 모래바람』의 역사 바꿔치기의 방향성이 명확해진다. 실존인물을 명확하게 방불케 하는 이름을 붙임으로써 리얼리티를 만들어, 그 인물들과 함께 정원이 정치활동을 펼친다. 국왕·국부군·그리고 일본당도 조선의 근대화와 자주독립을 위해 일치단결해서 외척당과 싸운다. 그리고 그것은 동맹국 일본(정원)의 리드에 따른다. 허실혼효의 방법으로 창작된 픽션의 방향성은 정원의 말을 빌리자면 '한청일 3국의 일치협화'이다.

3. '한청일 3국의 일치협화'

정원이 말하는 한청일 3국의 일치협화를 당시의 실제 정론과 비교해 보자.

'····· 조선공사公使와 같은 자는 친임관위親任官位의 인물을 가지고 이에 임명하고, 그리하여 더욱 일본이 조선에 뜻이 없음을 나타내고, 이와 동시에 은연히 중국支那을 응원하여 의연하게 조선으로써 중국의 보호국을 만들면, 하나는 일본의 외환을 없애 내치에 전념하도록 할 수 있고, 둘은 더욱 중국과 결탁하는 단서를 여는 것으로 인해, 향후 러시아, 영국, 프랑스 등이 동양을 웅시雄視하려는 것을 막고, 동양의 명운을 더욱더 견고하게 하여 서방과 서로 대치하여 조금도 양보하지 않고, 동양의 위무威武를 천하에 떨치는데 이르다'

이러한 청일 제휴를 위해서는 오히려 조선에 있어서는 청나라에 일보 양보하여 일본은 조선에 타의他意가 없는 것을 보여 주고, 일본정부 내에서도 지위가 높은 인물을 조선 공사로 보내서 청나라, 조선과의 외교에 실수가 없도록 해야 한다는 논리이다. (가미가이토 켄이치上垣外憲一『어느 명치인의 조선관 - 나카라이 토스이와 조일朝日관계』[11] 260쪽)

가미가이토上垣外론은 『조선에 부는 모래바람』이 연재중인 『도쿄아사히신문』에 게재된 1892(메이지25)년3월8일자 사설을 거론하며

---

11) 上垣内憲一『ある明治人の朝鮮観──半井桃水と日朝関係』(筑摩書房、1996년11월), 종장 260쪽.

『조선에 부는 모래바람』에 나타난 나카라이 토스이의 정치상황에 대한 인식과 비교 검토하고 있다. 이 사설에서 나타내고 있는, 청나라와의 관계를 중요시하는 점, 또한 '조선에 뜻이 없음을 나타내고'의 어구 등에서 『조선에 부는 모래바람』 임정원의 '한청일 3국의 일치협화'와의 유사성을 간파할 수 있을 것이다. 그런데 양자는 하나 결정적으로 다른 점이 있다. 그것은 다름 아닌 '야심 없음'이 향하는 끝이다.

> 조선을 잘 도울 수 있는 나라는 좋은 이웃 일본뿐이고, 일본이 조선에 대해 야심이 없다는 것은 지금은 러시아도 알고 청나라도 알고 조선 자신도 잘 알고 있다.　　　　　　(「조선에 부는 모래바람」제127회)

여기에서 '야심'이란 〈식민지화를 계획하는 야심〉일 것이다. 정원의 '한청일 3국의 일치협화'는 조선의 자주독립을 가지고 화합한다고 하는 것이지만, 아사히신문 사설의 '뜻이 없음'은 조선을 포기하고 청에게 넘겨줌으로써 청과 우호관계·동맹관계를 구축하고자 한 것이다. 따라서 정원의 주장은 '한청일'삼국의 협화이지만, 아사히신문 사설은 '청일'양국의 협화이며 조선을 포기하고 청과 함께 하는 쪽이 득책이라고 주장했다. 그에 따라서 '내치에 전념' 할 수 있다고 하고 있다. 이 사설의 사고방식은 가미가이토론이 소개하는 또 하나의 반응과 비교할 수 있다.

> 마쓰카타 마사요시松方正義 내각은 적극주의를 표방하고, 특히 해군관계의 경비를 확대하는 형태의 예산안을 메이지 24년(1891년)11월에 열린 제2의회에 제출했으나, 해군관계의 신규 군함건조비 또한 해군소관의 예산이었던 제강소의 예산도 의회에 의해 모두 삭감되었다.(중략)

　이 정부 예산에 있어서 군사비의 대폭확장이 조선반도를 청나라에
대항하여 충분히 제압할 수 있는 군비를 상정한 것이었기 때문에, 이
예산을 인정할 것인지 인정하지 않을 것인지는, 즉 일본이 조선반도에
군사적으로 진출할 것인가 안할 것인가를 결정하는 것이다.

(가미가이토, 앞의 책, 256쪽)

　마츠카타내각의 방침에 반대하여 예산심의에서 일부러 군사예산을
크게 삭감한 의회의 판단에는 사실 여러 이해관계가 얽혀 있겠지만
어쨌든, 결론적으로는 군사비 확장보다 중요하고 시급한 과제가 있다
는 판단이었을 것이다. 의회는 조선의 획득을 그다지 중요하게 생각
하지 않았다고 할 수 있다. 조선점유를 우선시하지 않은 점에 관해서
만 말하자면 앞에서 본 사설과 같다.

　이러한 국회결의나 신문의 주장을 통해서 당시 조선을 둘러싼 정
론의 다양성을 엿볼 수 있지만, 예산안을 제출한 마츠카타내각을 비
롯하여 군벌의 맹렬한 반발 때문에 이 시기 조선에 대한 야심을 명확
하게 표출하고 있는 세력이 확실히 존재했고, 그런 경향을 증폭시키
고 있는 것이 부각된다.『조선에 부는 모래바람』연재 2년 후, 청일전
쟁 그리고 러일전쟁과 식민지화라는 머지않아 벌어질 한일관계를 차
치하더라도 하나의 방향성은 분명하다. 이미 1876(메이지 9)년 강화
도조약부터 갑신정변과 한성조약 (1884) 나아가 천진조약天津條約,1885
에 의하여, 그 때까지의 청의 우월권을 없애고 조선에 대한 청과 동등
한 입장으로 인정하도록 한 것은 동아시아에 있어서의 일본의 위상을
상대적으로 올렸다는 것을 의미한다. 이 흐름은『조선에 부는 모래바
람』연재시기인 1891-2(명치24~25)년까지 착착 진행되었다. 토스이

는 이러한 역사적 사실을 소설의 소재로써『조선에 부는 모래바람』에서 다루었기 때문에 당연히 잘 알고 있었을 것이다. 그럼에도 불구하고 소설에는 "야심 없음"이며, 청뿐만 아니라 조선을 넣은 3국의 일치협화를 주장하는 주인공이 등장하고 있다.

임정원의 '한청일 3국의 일치협화'가 실제 정치상황과는 다른 점을 지적해 왔지만, 실은 소설 속의 논리에도 문제가 있다. 처음부터『조선에 부는 모래바람』은 야심이 없는 일치협화에 수렴되는 내용이었을까 라는 것이다. 구체적으로 확인해 보도록 하자. 우선 첫째로 정원 자신이 전반과 후반에서 태도를 크게 바꾼 점을 예로 들고 싶다. 소설에서는 '내(필자 주 : 정원)가 아버지의 벗이며 나도 대단한 신세를 졌다'라고 하는 설정으로 사이고 다카모리西鄕隆盛가 언급되었다. 이름도 전혀 변경하지 않았다. 사이고는 일본으로 귀국한 정원에게 학비를 대고 도쿄에서 공부하게 한다.

> 부산에서도 일본을 '오랑캐에 지배당한'나라라고 경시하는 글이 있었고, 그것이 '완민頑民의 소위'이 아니라 '정부의 행문行文'이라는 깃을 알게 된 정원은 '이 나라가 원기를 잃고, 오늘날 풍속이 심한 괴란에 이르게 된 것은 오히려 일본의 병사의 위세를 빌려 일대세척을 실시하는 것 외에 다른 성공의 수단이 없다'라고 생각하여 '아버지의 벗'사이고 다카모리에게 서신을 보낸다. 이것이 정한론征韓論의 발단이 됐다고 암시하고 있는 것이다. '전쟁이 일어나면 나는 일본군에 입적하여 팔도를 석권하겠다'며 골똘히 생각한 정원이었지만(후략)
>
> (쿠사나기, 앞의 책, 139쪽)

쿠사나기는 정원이 정벌의 대상으로 조선을 취급한 장면을 지적한다. 일본에 의한 조선내정 간섭에 대해 조선인뿐만 아니라 조선정부도 일본을 비방하기에 이르고 정원은 조선을 일본이 정벌해야 할 대상으로 취급하고, 전쟁이 나면 일본군으로 참가한다고 말하고 있다. 이것은 '한청일 3국의 일치 협화'라는 주장과는 상당한 거리가 있다.

소설 속 논리적으로 모순된 점은 이외에도 있다. 그것은 '청'의 형상이다. 『조선에 부는 모래바람』에는 조선에 대한 비판과 비난뿐 아니라 청에 대한 부정적인 표현도 다수 존재한다. 그리고 그 대부분은 정원에 의해 발설되는 말, 또는 마음속으로 하는 말이다. 모멸어 수준부터 사회와 국가의 정책에 이르기까지 다양하지만 가장 현저한 것은 전근대성과 국제정세에 대해 무지하다는 비판이다. 하지만 소설의 결말부에서는 돌연 동맹국·동지가 되어 소설 속에서 청은 '비난의 대상'에서 '동지'로까지 진폭振幅을 보인다. 전반부에 비해 후반부 특히 갑신정변이 끝난 무렵부터 청에 대한 언급은 줄어들고 따라서 비판의 수도 줄어든다. 그럼에도 결말에서의 이하 기술은 당돌한 감을 부인할 수 없다.

> 며칠 후 러시아 군대는 외척당 구원을 위해 당국에 들어오려고 했으나, 육지는 북관에서 중국군에 막혔고, 바닷가는 세 항구 모두 일본 함대의 깃발을 마주하게 되어 위력을 발휘하지 못하고 어느 쪽도 퇴각했다.　　　　　　　　　　　　　　　(「조선에 부는 모래바람」 제150회)

지금까지 일본이 조선에 대해 야심을 가지고 있다고 생각하는 것은 오해였으며 그 오해가 풀렸기 때문에 동양의 협력을 통해서 서양에 대항하는 동지가 되었다고 하면서 '청'은 돌연 동맹국으로 규정된다. 이 앞뒤가 맞지 않는 억지가 '동맹국'에게는 커다란 위화감이 남을 뿐이다.

이상에서 확인한 것처럼 최종회에서 '한청일 3국의 일치협화'는 향후의 방향성·신념으로서 제시되었지만, 너무나 표변했기 때문에 소설 속에서 모순이 생기고, 소설 전全편에 있어서의 일관성은 현저하게 잃어버리게 된다. 일종의 슬로건으로 내걸고 있는 감이 있다.

당돌하고 모순된 듯한 위화감이 정원의 '한청일 3국의 일치협화'에 있는 한편으로 이 소설에서 전혀 흔들리지 않고 일관되게 그려지고 있다는 점에 주목하고 싶다. 그리고 그것은 지금까지 고찰해온 결말의 한청일 협화라는 주장으로 연결된다.『조선에 부는 모래바람』에 흔들리지 않고 일관되게 그려졌던 것은 민씨 외척당과 정鄭형제의 악랄함이다. 완벽한 악으로 각색되어 앞에서 서술한 바와 같이 권력적으로도 전략적으로도 상당한 강적이다. 소설에서는 '외척당'이라고 불리운 민씨일파는, 역사적 사실에서는 갑신정변까지는 사대事大당이라고 불리며 친청정책을 채택하였다. 정변 후는 청과 일본의 관계에 긴장감을 느껴 친러親露정책으로 방향을 바꾸었다. 그런데『조선에 부는 모래바람』에서는 청에 의존하는 '사대당'이란 빈번히 '척화斥和'만 주장하는 완고하고 고루한 생각의 '고집당'이었으며, 그들이 후에 친러정책을 취한 '외척당' 즉 민씨 일파와 동일시된 것은 사상捨象된다. 민씨 외척세력(외척당)의 다양한 측면과 변천은 작품에서는 다루지 않는다. 또한 소설에서는 민씨 일파의 인물을 여러 명 등장시키지 않고 딱 한 사람 '민영신閔泳信'만을 등장시켜 민씨 일족의 대표로 세우고 있다. 이런 것들에는 민씨 일파 조형에 대한 단순화 수법을 확인할 수 있다. 이와 관련된 예를 하나 더 들어보자.

조선과 러시아가 밀약을 맺도록 교섭이 진행되고 있을 때에, 성립 직전에 저지된 것은 『조선에 부는 모래바람』에서는 국부군国父君이 청나라의 원세개袁世凱에게 전하고, 한편으로 정원이 각국 공사의 여론을 조성하는 등, 두 사람의 노력인 것으로 되어 있다. 그러나 실제로 원세개에게 밀고한 사람은 민씨 일족인 민영익閔泳翊이다. 러시아 접근정책을 취하고 있었지만 이 밀약에 대해서는 부정적이었다[12]. 같은 파벌이라도 정책을 둘러싸고 결정적으로 다른 견해와 이해관계가 있기 때문이라고 추측되지만 『조선에 부는 모래바람』에서는 앞에서 말한 허와 실이 혼효된 방법으로 조선과 러시아 밀약을 써넣으면서도 내용을 변경시키고 있다. 그리고 사실은 이런 점은 『조선에 부는 모래바람』의 근본적인 주제에 관련된다. 소설에 의해서 단순화된 민씨 '외척당'은 정원들의 〈정의〉에 의해서는 허락될 수 없는 〈악〉 그 자체이다. 그리고 그 〈악〉인 외척당은 러시아와 같은 패가 되었다. 즉, 외척당 = 악, 외척당 = 러시아, 따라서 러시아 = 악이라는 도식이 그려지고 있는 것이다. 이 도식을 저해하는 사실은 모두 삭제된다. 수구파·사대당이라고 불리며 친청親淸정책을 예전에는 취했던 사실이나, 러시아와의 관계에 의문을 품은 인물이 등장하는 등의 복잡한 상황과 변천을 불필요한 것으로 보고 모두 삭제하고 단순한 악의 이미지를 창작해 갔던 셈이다.

〈악〉의 민씨는 결말부에서 마침내 정원 등에 의해 처벌된다. 민씨가 러시아와 동일시되었을 때, 이 소설이 지향하는 진정한 권선징악

---

12) 『한국근현대사사전 한국사사전편찬위원회 편 1860~1990』

이 분명해진다. 그것은 악의 러시아로부터 조선을 구하는, 즉 일본에 의한 러시아의 처벌이라는 것이다. 그리고 민씨가 〈악〉이라는 것은 『조선에 부는 모래바람』에 민씨가 등장한 이후 조금도 흔들림 없이 일관되고 명쾌하게 그려졌다는 것이다. 이러한 일관성은 정원의 「한청일 3국의 일치협화」라는 주장이 당돌하다는 점과 비교된다. 임정원이 소리높이 주장한 '한청일 3국 일치협화'라는 것은 일본은 조선에 대해 '야심'이 없다는, 일견 현실의 일본의 전략과는 다른 판타지·이상론으로 보인다. 하지만 이야기에서 일관되고 명확하게 묘사되는 것은 러시아를 악과 동일시함으로써 획득하게 되는 러시아 견제의 필요성이다. 즉, 소설의 주제는 근본적으로는 동시대의 정치의 흐름과 합치하는 것이다. 러시아는 일본에게 위협이었고, 러시아가 조선과 함께하는 것은 어떻게 해서라도 저지하지 않으면 안 된다고 하는 동시대의 국제정치관이다. '한청일 3국의 일치협화'에 있어서 한청일의 협력은 그 자체가 목표인 것이 아니라 러시아를 견제할 수 있는 하나의 구체적인 방법으로 제시되고 있다. 그 때문에 소설 속 논리의 모순이나 위화감이 나타나고 있는 것이다.

4. '조선'이라는 소재의 행방

조선이라는 소재를 다루는 방법과 관련해서 임정원이 일본인 아버지, 조선인 어머니를 둔 더블(혼혈)이라는 설정에 대해 언급하고자 한다. 정원은 더블이지만 '일본인'이라는 확고한 정체성을 갖는다.

유감스럽게도 몸은 일본민적民籍이어서 나에게 타국의 관직을 임명 받고 지위를 얻는 것은 공고히 국헌国憲이 허락되지 않는 점으로 그렇 다고 태생을 밝히면 장래 일을 하는 데 있어서 여러 장애가 생길 것은 의심할 여지가 없다.   (「조선에 부는 모래바람」 제106회)

정원에게 있어서 조선은 '타국'이며, '태생'은 '일본의 민적民籍'즉 일본인이다. 어머니는 조선인이지만 자신은 일본인이라는 것이다. 조선인의 피가 흐르고 있다고 의식하고, 그래서 그것이 어떤 행동의 이유로 이어지는 일은 전무하다. 유학 후에 한국행을 택한 것도 정치적 판단이었고, 출생과는 무관하다. 더블이라는 설정이 기능한 점은 정원이 조선어를 원어민처럼 말하고, 조선인인 척을 하고 정치활동을 할 수 있는 것, 조선의 정세를 잘 안다는 것에 그친다. 조선의 정치를 개혁하는 주체가 '일본인'이 아니고, '일본인이면서 조선인이기도 한 인물'이라면, 그야말로 '야심'이 없는 한청일 협화를 명확하게 내세울 수 있을 것이다. 그러나 정원은 객관적으로는 '일본인이면서 조선인이기도 한 인물'이면서 자의식으로서는 '일본인'이기 때문에, 한청일 3국의 일치협화에 '조선인이기도 하다'라는 플러스알파의 공헌은 할 수 없다. 조선이라는 소재를 다루면서 한청일의 협화를 주장하지만 그것이 본질적인 테마가 아니라는 것의 방증이라고 할 수 있다.

또한 한청일 3국의 일치협화가 『조선에 부는 모래바람』의 근본적인 주제가 될 수 없는 이유를 한 가지 더 지적하고자 한다. 결론부터 말하자면 그것은 이 소설이 본질적으로 임정원 한사람에 대한 이야기라는 점이다. 정원, 일본당의 이가웅, 국부군, 조선국왕은『조선에 부는 모래바람』에서 조선 정치개혁의 주된 동지로 설정되어 있다. 하지만 이 등장인물들의 정치개혁에서의 존재감이 희박하다는 것이다. 정원이 대활약을 하고 있을 때, 예를 들어 이강웅이 개혁이나 민씨타도를 위해 무엇을 했는지에 대한 이야기가 없고, 있다고 하더라도 분량은 매우 짧고 그리고 지엽적인 내용뿐이다. 민씨일족을 증오하는 국부군은 화제가 민씨에 이르게 되면 격노해서 예사로이 여기지 못하는 '병'이 도져, 정계에서 주장하거나 실천하는 내용은 정원의 충고나 지시 그대로이다. 그리고 조선국왕의 묘사방법도 마찬가지이다. 한마디로 말하면 국왕은 너무나도 무력하게 형상화되었다. 외척당이 말하는 대로 시키는 대로, 오른팔로 알려진 정원에 대한 공격을 민씨에게 상소되면 허락하고, 신하들에 의한 반역계획을 알고 있어도 슬픔에 눈물만 흘릴 뿐이었다. 판단은 옳아도 실행할 힘이 전혀 없다. 개혁에 있어서 정원과 동등한 리더십을 가지고, 그 두 사람의 존재가 협력하는 설정이라면 한일협화라는 주장은 설득력을 가졌을 것이다. 그러나 조선의 정치개혁은 홀로 정원의 지휘와 실천(전쟁에 승리하여 정적을 처벌함)에 의한 것이다. 정원의 리드가 절대적이었다고 해도, 가령 다른 개혁파 동지들과의 연대가 전면에 드러났다면 소설전체의 이미지도 변화하여 한청일3국의 일치협화가 주제로 부각되었지만, 『조선에 부는 모래바람』은 그러한 이야기로는 되어 있지 않았다. 어느 쪽인가 하면 동지들은 정원을 인정하고 친애와 의리를 표하지만, 앞에서 말한 바와 같이 정원의 인물상에는 동료의식을 포함해 감정표현 전반이 극도로 사상捨象되어 있다. 영웅으로써의 정원을 부상시키기 위해서는 다른 인물을 압도하는 유능함이 필요하며, 돌출되지 않으면 안 된다. 조선에서 활동하면서도 조선 사람들과 마음을 나누는 등, 진정한 의미에서의 한일협화는 없고, 그들의 관계는 근대-전근대, 우-열, 지도-

추종밖에 없었던 것이다.

그런데 소설의 제목인『조선에 부는 모래바람』인데, 사전을 펼쳐 보면 호사胡砂는 '몽골 지방의 사막' '중국, 새외塞外 (만리장성 밖 : 인용자 주)의 호국 사막. 또는 그 사진砂塵' 이라는 뜻이다. 조선을 무대로 하고 있음에도 불구하고, 바람은 중국 대륙에서 불고 있다. '호胡'는 중국의 깊숙한 곳까지 이미지 시켜서, 소설은 독자를 단숨에 대륙까지 데리고 간다. 훗날 대외정책까지 정확하게 내다보고 명명命名한 것은 아닐지라도 토스이의 의도는 차치하더라도 소설의 제목은 일본이 조선뿐만 아니라 중국대륙까지 손을 뻗고 있는 이미지를 환기시킨다. 『조선에 부는 모래바람』의 주제는 러시아 견제, 그리고 세계로 확장해 가는 일본이다. 소설에 있어서 조선이라는 무대의 의미는 '전근대적' 인 국가의 개혁을 성공시킴으로써, 일본이 세계로 확장해 갈 수 있는 능력을 확인한 장소라는 점으로 귀착해 버렸다는 것이다.

마치며
—『조선에 부는 모래바람』의 메이지적 입신출세

이 논문의 전반부분에서『조선에 부는 모래바람』의 대중성에 대해서 실용성과 오락성을 겸비한 점, 또한 이야기 내용을 규제한 점 등을 논했지만 여기에서 대중성 획득의 또 하나의 요인으로서 이 소설이 단순히 권선징악에 그치지 않고 입신출세 이야기라는 점을 지적하고자 한다. 수양아들로 보내어진 정원이었지만 자신이 가진 재주와 노력으로 보신전쟁戊辰戰爭에서 공을 세우고 동경과 서양으로 유학했다.

조선으로 다시 건너갔을 때는 이가웅을 만날 수조차 없는 입장이었지만, 그 정치적 신념과 기략을 인정받아 교제를 허락받았다고 생각했는데 순식간에 이가웅의 정치적 브레인이 되었고 나아가 국부군의 신뢰를 얻어, 마침내 국왕의 오른팔까지 되었다. 대마도 어부의 수양아들로 자란 인물이 자신의 힘으로 최종적으로 국왕의 최고 고문에까지 올랐다고 하는 통쾌한 입신출세 이야기이다. 제국대학을 졸업해서 관료가 된다거나, 또는 사업을 통해서 큰 자산가가 되는 것과는 달리, 메이지의 또 다른 출세 형태이다. 그 형태의 특징은 전쟁과의 관련이다. 정원의 출세는 보신전쟁에서 시작하여 소설의 결말에서 민씨를 이길 때까지 정벌·전공戰功에 의한 것이다. 그리고 이런 형태의 입신출세는 소설연재 종료 2년 후의 청일전쟁, 그리고 그로부터 10년 후의 러일전쟁에서 서민병사가 출정을 통해서 영웅이 된다는 출세패턴으로 이어지는 것이라고 할 수 있다.[13] 징병제가 시행되고 국민은 병사로써 훈련과 군대를 경험하기 시작했다. 이러한 사회상황에서 전투를 통해서 출세라는 것이 더 가깝고 구체적인 호기심을 품게 하는 한 요인이 되었다는 점을 확인해 두고자 한다.

---

13) 서민용사와 출세에 관해서는 졸론(전미성)「転倒された軍国美談—広津柳浪「七騎落」論」(『日本研究』44, 2011년9월)를 참조하기 바란다.

2부
표상/애니메이션

제4장
동경올림픽대회 이벤트로서의
빨강과 흰색의 색채
- 엠블럼(심벌마크)과 블레이저가 환기喚起시킨 내셔널리즘 -

다케우치 유키에

들어가며

전쟁은 끝났다, 전쟁 중에 있었던 일은 잊어버리고 싶다, 그렇지만 우리는 자신이 일본인이라는 사실도 함께 잊어버린 건 아닐까요?

7대양의 바다로 향하는 상선대商船隊도 부활하고, 내년의 헬싱키 올림픽 대회에는 일본도 참가할 수 있게 되었습니다. 돛대 높게 해풍을 가르고, 북유럽 하늘 높이 기미가요君ヶ代 음률에 따라 휘날리는 일장기를 연상해봅시다. 여러분, 다시 한 번 일장기를 되돌아보고 우리들 마음의 깃발로 합시다.[1]

잡지 『소녀세계少女世界』 1951년 2월호에 게재된 「거리의 일장기」라는 기사이다. 『소녀세계』는 소녀소설이나 기모노와 양장스타일집이

---

1) 「街に日の丸」『少女世界』4-3, 1951년 2월호, 富国出版社, 156쪽.

게재된 10대 소녀대상 잡지이다. 이 기사에는 전쟁에 대한 거부감이 그대로 '일장기'에 대한 기피로 이어져 있었던 패전 후의 일본의 대중 의식이 반영되어져 있다. 그리고 동시에 대일평화조약이 조인되기 직전인 1951년 초라고 하는 시기에 다시 한 번 '일장기'에 대한 애착을 불러일으키고자 하는 미디어의 의식도 반영하고 있다.

그해 9월, 샌프란시스코 강화회의에서 평화조약이 체결되었다. 그것을 기념하여 킹 레코드KING RECORDS는 〈일장기 곡音頭〉을 발매했다. 그밖에도 〈강화곡講和音頭〉, 〈평화의 춤〉이라는 곡이 테이치크Teichiku Redords 등에서 발매되면서 거리에는 독립국으로서 재출발하는 기쁨이 확산되었다. 그러나 『소녀세계』를 보는 한, 그렇다고 하더라도 예전처럼 '일장기'의 의장意匠을 편안하게 느끼거나 게양하려고 하는 기운은 일지 않았던 것 같다.

평화조약은 이듬해 1952년4월28일에 발효되어 일본은 연합군의 점령으로부터 독립한다. 『소녀세계』의 기사에 있는 헬싱키 올림픽에 참가가 결정된 그해 5월9일, 도쿄도지사 야스이 세이이치로安井誠一郞는 제17회 올림픽 유치를 표명한다. 제17회는 로마로 정해졌지만, 도쿄는 차기 유치를 목표로 정했고, 1959년5월26일 IOC뮌헨총회에서 18회 대회는 도쿄로 결정된 것이다.

결정된 이듬해 1960년 2월, 올림픽도쿄대회를 위한 '디자인 간담회'가 발족되고, 6월 이 회의에서 올림픽도쿄대회의 심벌마크가 결정되었다. 이것이 가메쿠라 유사쿠龜倉雄策가 직접 만든, 누가 봐도 '일장기'를 상기시키고 빨강과 흰색의 내셔널 컬러를 강하게 각인시키는 디자인이었다[그림1]. '다시 한 번 일장기를 되돌아보고 우리들 마음의 깃발로'라고 쓰인 1951년으로부터 9년후 이다.

[그림 1] 동경올림픽 엠블럼 원화(가메쿠라 유시쿠 1960년6월, 『동경올림픽 1964 디자인 프로젝트』 전도록, 동경국립근대미술관, 2013년

일본인은 이 9년 동안 '일장기'에 따라다녔던 전쟁이미지를 불식했던 것일까? 또는, 가메쿠라의 심벌마크가 대중에게 '일장기', 그리고 '빨강과 흰색의 색채'에 대한 민족정체성을 부활시키는 계기가 되었던 것일까?

이 논고에서는 패전 후 일본인의 내셔널리즘의 부흥을 일장기와 이것에 유래하는 빨강과 흰색의 디자인에 대하여 사회와 사람들의 반응을 더듬어 가면서 추적해보고자 한다. 1964년의 올림픽이 하나의 획을 그은 것은 분명하지만, 그렇다면 그 사이 일본인은 일장기와 빨강과 흰색의 색채에 대해 어떻게 대치되어 왔던 것일까? 일장기와 도쿄대회의 심벌마크 디자인이나 그것을 상기시키는 빨강과 흰색의 색채는 어떠한 타이밍으로, 어떠한 장면에서 사람들에게 받아들여졌던 것일까?

1. 점령기부터 1950년대의 '일장기'에 대한 의식

GHQ의 점령정책은 당초 일장기 게양을 허가제로 하여 자유롭게 게양하는 것을 금지했다. '(1945년)9월23일 "추계황령제秋季皇靈祭"에서는 국기를 게양하지 않았다. 당시에는 축제일, 국경일 및 기념일에는 모든 가정이 일장기를 게양했었는데, 그것이 금지되어 한 집도 예외 없이 모든 집이 게양하지 않았다. 그것은 완벽한 변신이었고, 전쟁에 패해 점령된다는 것이 이런 거구나라고 어린마음에도 실감했을 정도였다. 요즘 말로 표현한다면, 구체적인만큼 일본인으로서의 아이덴티티를 붕괴시키기 위해서는 매우 유효한 점령정책의 하나였다.[2]

이 수기가 표현한대로 패전직후의 일본인에게 있어서 '일장기'는 내셔널 아이덴티티의 붕괴를 상징하는 존재였다. 그로부터 약 4년 후, 점령기 종료직전인 1949년1월1일에 GHQ는 정책을 전환하여 '국기의 무제한 게양허가에 관한 총 사령부 각서'를 공표. 일본국민은 자유롭게 '일장기'를 게양할 수 있게 되었다. 그러나 국민의 반응은 다음과 같았다.

> 총사령부의 무제한 사용허가에도 불구하고 국민축제일인 '성년의 날'에도 거리에 휘날린 국기의 늠름한 모습. 그것을 겨냥한 판매인 것 같았지만……산처럼 쌓인 일장기 앞에서 국기 장수는 '아직 한 개도 안 팔렸어요'라며 긴 한숨 (「팔리지 않는 일장기」『일본경제신문』 1949년 1월18일)

국기를 게양하지 않는 까닭은 — '옆집에서 내걸지 않기 때문에 혼자만 내거는 것이 어쩐지 이상하고, 또 귀찮기도 하다' …… '국기를 게양하면 사람들이 군국주의자처럼 생각하기 때문에 게양하지 않는다' …… '패전 후, 국기 같은 것은 매력이 없어졌다', '아들이 억류로부터 풀려날 때까지는 국기를 보는 것도 싫어서…' …… '누구도 국기를 게양하라고 하지 않고, 게양하지 않아도 아무도 이의를 제기하지 않으니

---

2) 稲田健二『佐世保─小国民の目に映った戦前・戦中・戦後』(高木書房, 2006년)163-164쪽.

까' (「깃발이 없음 27%」『아사히신문』1950년 2월 27일)

이것은 '일장기'에 대한 관심을 묻는 아사히신문의 전국여론조사[3]에 응답한 '국기를 걸지 않는 이유'이다. 이 기사는 일장기를 게양하는 비율에 대해서는 다음과 같이 정리하고 있다.

> '일장기'를 가지고 있다고 대답한 사람에게만 질문해 보았다······ '게양하지 않는다'고 단호하게 답한 사람이 43%, '게양할 때도 있고, 게양하지 않을 때도 있다'가 27%, '게양한다'의 응답은 30%였다. ······ 국기를 가지고 있으면서 게양하지 않는 사람과, 국기를 가지고 있지 않고 게양하지 않는 사람을 합치면 59%가 된다. 또한 '게양할 때도 있고, 게양하지 않을 때도 있다'와 같은 경우도 있기 때문에 70~80%는 게양하지 않는다는 결과가 된다.

이러한 기사와 모두에서 언급한 『소녀세계』를 종합해보면, 1950년대 전반의 일반인들에게 있어서는 '일장기'는 군국주의를 상기시키는 반갑지 않은 의장意匠이었다는 것을 알 수 있다. 거리에 많은 '일장기'가 휘날리는 광경은 부활하지 않았다. 그리고 그 후부터 수년후 1950년 후반이 되어서도 일반잡지에 다음과 같은 기술을 여기저기 볼 수 있다.

---

3) 朝日新聞世論調査「『日の丸』への關心 旗持たぬ27% 持ってても4割は揚げない」(『朝日新聞』1950년 2월 27일). 이 여론조사는 전국에 3500의 조사표를 배부하여 88%의 유효회답을 얻었다고 한다.

반대의견 중에는 '일장기와 기미가요가 전쟁 중 더럽혀진 역사를 생각나게 한다'는 내용이 있습니다. 어리석다고 생각하는 사람이 있을지 모르겠지만, 남편이나 아이를 전쟁에서 잃은 사람 중에는 진심으로 기뻐할 수 없는 사람도 있다는 사실만은 주의했으면 싶습니다.[4]

군국주의, 국수주의, 침략주의의 심벌이 된 우리의 '일장기' 국기는 질색이다라는 목소리도 있다. 이것 또한 지극히 당연하다. 전쟁 중이나 전후에 태어난 사람은 별도로, '일장기'를 보고 그 전쟁의 비참함을 떠올리지 않을 사람은 없을 것이다.[5]

게재된 곳은 『주부와 생활』, 『주간산케이』, 모두 1958년이다. 이 시기에 도덕교육이 재개되어 문부성이 초·중학교의 의식에 일장기·국기게양 장려를 이라고 발언한 것에서 이러한 논의가 시작됐지만, 논의를 살펴보면 일장기=군국주의라는 인상이 불식되지 않고, 저항감도 여전한 상황임을 확실히 알 수 있다. 즉, 점령기가 끝나고 거의 10년이 경과한 1958년이 되어도 대중에게는 일장기=군국주의라는 인상이 계속 남아있었다. '일장기'의 의장意匠을 일반 사람들이 내놓고 일본의 상징, 심벌이라고 이해하기에는 아직 큰 거리가 있었던 것이다.

---

4) 小松啓太「日の丸·君が代と教育」(『主婦と生活』1958년11월호)318쪽.
5) 「日本のトレードマーク『日の丸』揭揚復活をめぐって」(『週刊サンケイ』1958년10월12일호,扶桑社)31-32쪽.

2. 도쿄올림픽 사전광고와 대중의식의 고조

(1) 올림픽 도쿄대회 심벌마크의 결정과 그 후

그런데 『주간산케이』에 일장기는 '침략주의의 심벌'이라고 쓰인 것이 1958년10월. 앞에서 기술한 것처럼 그로부터 1년 반 후인 1960년 6월, 도쿄올림픽 심벌마크에 '일장기'를 떠올리는 디자인이 선택되었다. 가시마 타카시加島卓에 의하면 마크의 선택에 있어서는 '일본적인 것을 가미한 국제성이 있는 것, 그리고 쓸데없는 장식은 배제하고 필요하면서 충분한 디자인'이라는 방침이 정해져 있었다고 한다.[6] 이 방침 하에 선택된 가메쿠라 유사쿠龜倉雄策에 의한 지극히 모던한 이 디자인은 제1호 포스터로서도 인쇄된다. 이것들은 그 후 어떠한 장면에서 일반 사람들의 눈에 뜨이게 되는 것일까?

올림픽 종료 후, 1966년에 작성된 올림픽 조직위원회의 사후 보고서는 이 마크에 대해서 '특히 일본 국기의 간결하고 힘찬 디자인은 제1호 포스터에 의해 재인식 되었다고 한다. 대회까지 10만부를 제작 배포했다'라고 쓰고 있다. 또한 제1호 포스터는 '각 토도후켄都道府県, 시市, 체육협회, 공공건물 외 신문, 무역, 관광, 상사, 은행 등[7]의 공공시

---

6) 加島卓『オリンピック・デザイン・マーケティング エンブレム問題からオープンデザインへ』(河出書房新社, 2017년)31쪽. 加島에 의하면 이 방침은 『TOKYO OLYMPICS OFFICIAL SOUVENIR』(電通, 1964년)141쪽에 기재되어 있다.

7) 「公式ポスターの作製と配布」(『第十8回オリンピック競技大會公式報告書』上卷, オリンピック東京大會組織委員會). 도쿄올림픽 대회의 포스터는 이 제1호 이후 매년 1장씩 발표되어 1964년까지 4장이 작성되었다. 모두 龜倉雄策에 의한 디자인. 2~4호는 올림픽 포스터로는 처음으로 사진이 사용된 모더니즘 표현으로 전후 일본 포스터 표현의 전환점이 되었다. 상세는 졸서 『近代廣告の誕生―ポスターが

설에 배포되기도 하여, 아마도 이러한 시설에 붙여져서 대중의 눈에 띄었을 것이다. 그러나 그것들은 실제로 1960년 시점에서 '올림픽 도쿄대회의 심벌'로서 대중의 기억에 각인되었을까. 사람들은 이 시점에서 가메쿠라의 '일본 국기의 간결하고 힘찬 디자인'을 보고, 거기에서 내셔널·아이덴티티의 부활을 느꼈을까.

그런데 누가 보아도 일장기 이미지인 이 마크에 대해서 가메쿠라 자신은 '이것은 일장기라고 생각해도 좋지만, 사실은 태양이라는 의식이 강하다'[8]라면서 어딘가 애매한 발언을 남기고 있다. 가메쿠라의 분명치 않은 발언에는 확실히 일장기라고 단호히 말할 수 없었던 당시의 '일장기'기피 분위기가 느껴진다. 이 문장의 전후에는 올림픽 1호 포스터에 대해서 우익단체로부터 올림픽 조직위원회에 국기에 대한 모독이라는 항의가 쏟아졌다는 에피소드도 쓰여 있어서 1960년 시점에서 '일장기'의 미묘한 입지를 말해주고 있다.

여기서 잠시 시간을 건너뛰어 심벌마크 제정 3년 후, 1963년12월 시점의 상황으로 눈을 돌려보자. 올림픽 개최까지 1년도 남지 않은 이 시기에, 광고 선전의 전문가인 덴츠 플래닝 센터電通プランニングセンター의 주간主幹을 맡고 있던 고타니 마사카즈小谷正一라는 인물이 좌담회에서 다음과 같은 발언을 했다. 화제의 중심은 '올림픽 마크'를 어떻게 하면 광고에 사용할 수 있을지에 대한 것이다.

ニューメディアだった頃』(青土社, 2011년)참조.
8) 龜倉雄策「日の丸オリンピック」(『デザイン十話 7』毎日新聞, 1966년7월26일). 龜倉도 기사에 세상의 일장기에 대한 기피감을「분명히 그 일장기를 보면 전쟁이 생각나서 싫다고 한 사람도 있다」고 썼다. 디자인의 의도에 대해서는「오륜마크와 빨간 큰 동그라미의 균형에 신선한 감각을 담고 싶었다. 그것을 통해서 일장기도 모던 디자인이 될 수 있다고 생각했다」라고도 말했다.

올림픽 마크라는 것은 국제적인 것이고, …… 더럽히거나 권위를 해치거나 하는 것은, 이것은 광고계에서도 충분히 삼가해야하고, 그 각오는 되어 있다고 생각합니다. 그러나 현실적으로 올림픽을 주제로 한 광고활동이라면 표장標章을 꼭 넣고 싶어진다. 더욱이 표장은 전면적으로 상업활동에 사용하면 안 된다고 정해 놓는다면 사용할 사람은 없다고 생각합니다. …… 도쿄올림픽에 협력하여 분위기를 끌어올리는 의사표시로, 뭔가 도쿄올림픽의 그러한 상징으로서, 예들 들어 그것이 꽃이라도 좋고, 무엇이든 좋다, 협찬마크만 있다면 모두가 사용할 것이라고 생각한다.[9]

이에 대해서 올림픽 도쿄대회 조직위원회 사무국 참사參事를 맡았던 마츠자와 잇가쿠松澤一鶴가 이렇게 답하고 있다.

도쿄대회의 뭔가 별도의 표장이 있어서 좀 더 마음 편히 사용할 수 있는 것은 없는지에 대한 이야기인데, 도쿄올림픽 대회를 위한 표장은 만들어져 있습니다. (중략) 이미 3년 전에 만든 것이 있습니다. 즉, 일장기가 위에 달려 있고, 아래에 오륜기와 TOKYO, 1964년이 들어간 것입니다. 포스터로도 만들었습니다만, 그 자체가 도쿄대회의 문장紋章인 것입니다.[10]

놀랍게도 덴츠에 소속된 이른바 광고전문가의 대표인물이, 개최 1

9) 電通プランニングセンター主幹 小谷正一의 발언. 「座談會 東京オリンピックに關連して〈廣告・宣伝のキャンペーン〉を企画する人のために—諸種の制約と注意点—」(『宣伝會議』10-12호,1963년12월호, 久保田宣伝研究所)12-13쪽.
10) 松澤一鶴의 발언. 주9의 座談會(『宣伝會議』13쪽.

년전의 12월이라는 시기에 가메쿠라의 심벌마크를 도쿄올림픽의 심벌마크로서 인식하지 않은 것이다. 이 대화는 이 시점에서 동 마크의 침투정도의 저조를 말해주고 있다. 대담에 부록된 올림픽에 관련 가두 네온사인의 사례에서도 '올림픽 마크'만 사용되고 도쿄대회의 심벌마크는 사용되지 않았고[그림2], 개최 전년 말까지 심벌마크가 광고물에서 협찬마크로서 사용되는 일이 없었다. 「1963년경, 올림픽 1년전」[11]을 묘사한 스튜디오 지브리의 영화 「고쿠리코 언덕에서コクリコ坂から」에는 뒷골목이나 길모퉁이에 가메쿠라의 1호 포스터가 붙여진 장면이 몇 번 그려지고 있지만[그림3], 앞에서 기술한 덴츠의 주간 고타니의 발언을 고려하면 이 포스터가 1963년 거리를 장식할 기회는 그렇게 많지는 않았다고 생각된다.[12]

[그림 2] 네온사인의 사례(『宣伝會議』10-12, 1963년 12월호)

---

11) 宮崎駿「企画のための覺書『コクリコ坂から』について」『コクリコ坂から』(スタジオジブリ, 德間書店, 2011년)19쪽
12) 필자가 확인할 수 있었던 1963년 말까지 존재한 대회마크를 사용한 큰 야외장식은 1962년 하네다공항의 사인보드와 도쿄대회 홍보지에 게재된 1963년 말의 「세말경기에 활기찬 백화점 정면에 게양된 도쿄올림픽대회의 포스터」 사진뿐이다.

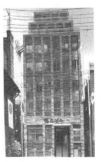

[그림 3] 가메쿠라 1호 포스터가 붙여진 사례

(2) 1963년, 1년전의 저조한 올림픽 분위기

그러면 1963년 시점에서 대중의 올림픽에 대한 의식은 어떠했던 것일까? 올림픽의 성공을 아는 우리에게는 의외지만, 그 해 초 각 신문은 하나같이 국민의 올림픽 분위기의 저조를 문제시한 기사를 게재하였다.

앞으로 21개월, 올림픽 관계자의 눈은 핏발이 서있다. (중략) 제일의 문제점은 관계자에게만 맡겨둔 국민의 무관심이다. (중략) 사회 압력의 결여, 일반대중의 무관심을 증명하고 있다. 지금은 포스터라도 붙이고 적당히 얼버무리고 (중략) 와 같은, 일부 올림픽 관계자의 생각에 어떤 시정이 필요할 것이다. 지난해 말, 화제가 되었던 올림픽 관계 공사 진행률의 지연보다도, 국민들의 받아들이는 방식에 보다 많은 문제가 존재하고 있다.[13]

신임 회장의 취임에 즈음하여 잊지 말아야할 것은, 올림픽 분위기의 고조와 일본선수단의 강화일 것이다. 대회개최가 결정되고 나서 저조

---

13) 「オリンピック 盛り上がらぬ世論 試練の年63年」(讀賣新聞, 1963년 1월 6일)

하다고 지적되어 온 일반국민의 올림픽에 대한 관심은, 대회를 1년 앞
두고 있음에도 불구하고, 전혀 분위기가 고조되지 않고 있다. ……이른
바 올림픽 분위기의 고양高揚은 신임 회장의 최대 임무이다.[14]

이러한 상황에 위기감을 느낀 정부는 1963년2월17일 총리실에 올
림픽 기운을 고조시키기 위한 국민운동 '올림픽 국민운동 추진 연락
회의'를 설치한다. 이 운동의 목적에는 '올림픽 정신의 함양'과 더불어
'국기·국가의 존중과 일본인의 품위 유지'가 거론되었다. '국기'는 일
부러 '존중'을, 이라고 지시받은 존재였던 것이다.

마이니치신문은 6월19일 사설에서 시설이나 도로의 정비도 시급하
지만 '그것 못지않게 국민이 도쿄대회의 의의를 충분히 이해하고, 이
대회에 적극적으로 협력하는 의사와 태도를 양성할 필요가 있다. (중
략) 정부가 이번에 "올림픽 국민운동 추진 연락회의"를 총리부에 설
치한 것도 이러한 견지에 선 것'이라고 쓰여 있다.[15] 6월 시점에서도
여전히 대중은 냉정한 상태로, 어떻게든 '대회에 적극적으로 협력하
는 의사와 태도를 양성'해야 한다는 우려를 갖도록 하는 상황이었던
것이다.

이 회의의 선도先導로 1963년 후반에는 다양한 올림픽 사전행사가
열리고, 올림픽 관련 제작물도 만들어졌다. 모금 씰, 우표, 메달, 담배,
바펜, 그림엽서 등이다. 이 가운데 심벌마크가 박힌 것은 포스터 축쇄
판 그림엽서와 담배PEACE 패키지, 바펜 등으로 한정된다.[16] 많다고는

---

14) 「安川組織委員長に期待する(社説)」(朝日新聞, 1963년2월5일)
15) 「五輪国民運動に期待する(社説)」(毎日新聞, 1963년6월19일)
16) 국내해외용 도쿄올림픽대회 회보지의 표지에는 마크가 사용되었는데 이것을 일

할 수 없을 정도의 노출이었다.

(3) 도쿄올림픽 당해년 — 대중의 고조와 일장기

드디어 올림픽 당해년인 1964년, 대중의 올림픽에 대한 기대감은 변화되었을까? 심벌마크는 확산되었을까?

대중의 올림픽에 대한 관심에 대해서 NHK방송 여론조사 기관이 1964년 6월, 개최 직전, 개최 중, 개최 이후로 나눠 앙케이트 조사를 실시했고, 이것들을 통괄한 보고서를 1967년에 발행하였다. 보고서는 사람들의 사전 관심에 대해서 '결론적으로 말하면, 끝까지 국민의 목표로서, 올림픽이 사람들에게 명확한 형태로 자리잡지는 못했다. "올림픽은 좋지만 나와는 아무런 상관이 없다"라는 질문에 찬성한 사람은 1964년 6월에도 47% 있었다'[17]고 결론지었다.

같은 6월 조사에서 '이번 올림픽은 일본의 부흥과 실력을 여러 외국에 보여주는데 큰 의미를 갖는다'에는 91.9%, '올림픽의 개최국이 된다는 것은 그 나라의 최대 명예이다'에는 85%가 찬성하고 있기 때문에, 이 조사기관의 결론은 다소 일방적인 총괄이라고 생각된다. 그렇지만 '요즘 어떤 일에 가장 관심을 갖고 있는가'라는 질문에, 도쿄거주자 중에서도 올림픽이라고 답한 사람은 2.2%로 낮게 나타난 것을 보면, 확실히 6월 시점에서 대중의 의식은 아직 자신들의 일처럼 올림픽을 인식하고 있지 못하고 있고, 기대감도 주목도도 그렇게 높지 않았

반인이 보는 기회는 적었다.

17) NHK放送世論調査所『東京オリンピック』(NHK放送世論調査所, 1967년) 20-21쪽, 143쪽.

다고 할 수 있다.

한편, 1964년4월28일 일본올림픽위원회의 올림픽표장위원회는 '도쿄올림픽대회 마크사용 환영장식 매체물의 디자인 기준'을 제정하고 있다. 여기에는 도쿄대회 마크가 들어간 장식물의 디자인 기준이 자세하게 규정되어 있고[그림4], 그리고 이 '기준에 의한 범위 내에서 사용할 경우에 한해서 승인을 필요로 하지 않는다'[18]라고 하는 과감한 시책이 표명되었다.[19] 이것은 앞에서 언급한 1963년12월 시점에서의, 전문가인 광고업계인들 조차 심벌마크의 존재를 인식하고 있지 못했던 상황을 타개할 방책이었을 것이다.

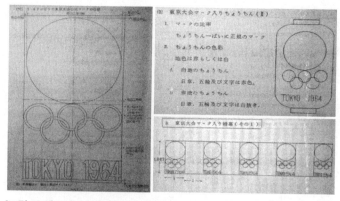

[그림 4] 마크의 크기나 여백이 상세하게 정해진 디자인 기준(1964년4월28일 제정, 『올림픽 동경대회 마크 사용환경 장식 매체물의 디자인 기준』)

---

18) 「オリンピック東京大會マーク使用歡迎裝飾媒体物のデザイン基準」(日本オリンピック委員會オリンピック標章委員會, 1964년4월28일). 규정대로 사용하면 허가는 불필요했지만 상업적 용도로의 이용을 제한하기 위해 '제출함에 있어서 설치자명과 제공자명, 상품명 등의 표시는 허가되지 않는다'라고 했다.

19) 오륜마크는 JOC와 올림픽 도쿄대회조직위원회(OOC)의 사전 승인이 필요했다.

그러나 우리가 주목해야 할 것은, 위 기준이 도쿄대회 마크를 사용한 장식물의 「사용이 허락된 기간은 10월1일부터 10월25일까지의 기간」으로 정한 점이다. 디자인의 기준은 4월 발행이었지만, 이것은 장식물을 제작판매하려는 업자를 대상으로 사전에 제정하려는 의도가 있었기 때문으로, 제작된 것을 거리 장식에 사용하는 것은 10월부터로 제한되어 있었다. 9월 1일 발행된 『상업계商業界』에는 다음과 같이 기술되어 있는 것으로 보아, 이 규칙은 어느 정도 지켜진 것 같다.

올림픽의 장식은 참가자나 외국인을 환영하는 것이 목적이기 때문에 너무 일찍부터 장식을 시작하는 것은 바람직하지 않다. 주최자 측에서는 10월 1일부터 (종료는 같은 달 25일) 일제히 행하길 바라고 있기 때문에, 이에 협력해야 한다.[20]

그렇다고는 하더라도 『상업계』의 기사에는 가메쿠라의 포스터를 배경으로 장식한 백화점이나 은행 내부 장식의 사진이 게재되어 있고 [그림5], 이 잡지 발행시점에 공공시설에 있어서 올림픽 분위기를 북돋기 위해 장식되었던 것은 확실하다.[21] 그러나 도쿄대회 마크를 사용한 옥외의 대대적인 환영장식이나 많은 마크가 거리에 넘쳐나는 광경을 마주하게 된 것은 올림픽 개최가 코앞인 개회식 열흘 전이었던 것이다.

---

20) 成瀬義一「商店で使えるオリンピックの裝飾TOKYO1964」(『商業界』17-11, 商業界, 1939년10월1일발행)9쪽
21) 『商業界』17-11에는 4월에 제정된「オリンピック東京大會マーク使用歡迎裝飾媒體物のデザイン基準」규정도가 게재되어 있다.

[그림 5] 백화점, 은행의 윈도우. 공식 포스터가 사용되고 있다. 『商業界』17-11, 1964년10월1일

그런데 일본 국내의 올림픽에 대한 기대감과 거리 분위기는 환영장식을 하기도 전에 9월에 갑자기 크게 고조된다. 주요 신문3사의 올림픽 관련 기사 수의 추이가 이것을 말해 주고 있다. 8월에는 미미하게 증가했던 올림픽 관련 기사 수가, 신문3사 모두 9월이 되면서 급상승하고 있다[그림6]. 이들 대부분은 성화 봉송에 관한 보도였다.

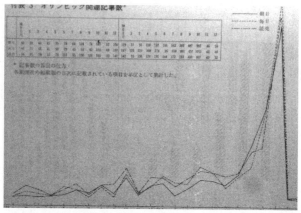

[그림 6] 『朝日新聞』, 『毎日新聞』, 『読売新聞』의 올림픽 관련 기사수 추이(NHK방송 여론조사소 『동경올림픽』)

앞의 앙케이트를 실시한 NHK조사기관은 이 현상에 대해서 '전국 성화 봉송이라는 발상은 도쿄올림픽에 관한 각종 행사 가운데 가장 훌륭한 것이다', '사람들은 성화 봉송을 따라가면서 매우 자연스럽게 개회식으로까지 유인되었다. 개회식의 텔레비전 중계가 그만큼 인기를 모았던 배경에는 이러한 비밀이 숨겨져 있었다.'[22]라고 표현하면서 열광하는 모습을 보도하고 있다. 그리고 자신들의 앙케이트 조사와 이 상황을 종합하여, 그때까지 저조했던 올림픽 분위기는 9월7일에 오키나와에 성화가 도착한 것이 '사람들의 올림픽에 대한 기대나 관심을……급속하게 한층 극적으로 끌어올리는 원동력으로서 작용하여'[23] 급격하게 고조되었다고 결론지었다. 실제로 조사기관의 10월3일 조사에서는 올림픽에 관심을 갖고 있다고 답한 도쿄 거주자 83.8%라고 하는 높은 수치를 보이고 있다. 대중은 개최 한 달 전 막판에 갑자기 올림픽에 대한 '열광'으로 전환한 것이다.

3개의 코스로 일본을 순회한 성화 봉송의 정경을 보면, 작은 사이즈의 일장기를 흔드는 사람들의 모습이 인상적이다[그림7]. 가메쿠라의 심벌마크도 주자의 가슴에 작게 달려 있었다. 지방의 열광을 묘사함에 있어서도 곳곳에 일장기와 도쿄대회 마크의 존재가 보인다.

3만 명이 관공서 앞에 몰려들었다. 성화가 빨갛게 타오른다. 170만 주민이 오랫동안 기다리던 감격의 순간이다. 팡파르가 평화의 도래를 알리기라도 하듯이 한층 더 높게 울려 퍼졌다. 이어서 기미가요 제창과 함께 국기게양, 다음으로 오륜기가 스르르 올라갔다. 평화로워 졌기 때

---

22) NHK放送世論調査所 앞의 책, 57쪽, 60쪽.
23) NHK放送世論調査所 앞의 책, 48쪽.

문이야말로, 환영자들은 타오르는 성화 앞에서 서로 평화를 약속이라
도 하듯이 조용히 깃발을 올려다보고 있었다.[24]

고조된 올림픽 분위 '올림픽 성화를 맞이하는 주민의 모임' 열리다(9
월6일 · 도치기栃木 회관에서) (중략) 요코가와橫川 지사로부터 봉송주
자 대표 노나카 가쓰야野中克也 선수에게 유니폼 증정.[25]

[그림 7] 성화 릴레이에 히노마루 깃발을 흔드는 사람들(오키
나와 『週刊明星』 1964년9월27일)

도치기栃木에서의 기사에 첨부된 대회장 사진의 단상에는 올림픽 심
벌마크가 크게 확대되어 게재되어 있었다[그림8]. 그것은 전쟁중에
일장기를 배경으로 한 학교 등의 식전행사모습과 똑같았다. 일장기와
일장기 이미지의 심벌마크는 성화 봉송이 견인한 올림픽 분위기의 고
조에 힘입어 기피감을 벗고 드디어 대중에게 확산되어 갔던 것이다.

---

24) 『山陽新聞』1964년9월22일
25) 栃木縣敎育委員會事務局「『オリンピック聖火を迎える縣民のつどい』開かる」(『敎
   育月報』10월호,栃木縣敎育委員會事務局調査課, 1964년10월)1쪽

[그림 8] 단상에 엠블럼이 커다랗게 걸린 성화 환영 식전 회장(토치기 현 교육위원회 사무국 『敎育日報』 1964년 10월호

3. 동경올림픽 공식 블레이저Blazer의 존재

(1) 빨강과 흰색의 공식 블레이저의 제작 경과

올림픽에 대한 기대는 개최 한 달도 채 남지 않은 9월에 성화 봉송이 국내를 순회함과 동시에 급상승했다. 그리고 그 전까지는 별로 주목받지 못한 존재였던 도쿄대회 심벌마크와 일장기 이미지도 성화 봉송에 대한 열광과 함께 급격히 대중의 기억에 각인되어 갔던 것이다.

정작 성화 릴레이가 개시된 9월이라는 타이밍에서, 내셔널 컬러로서의 '빨강과 흰색'을 대중에게 각인시킨 또 하나의 존재가 있었다. 그것은 개회식 및 폐막식에서 일본선수단이 착용한 빨강과 흰색의 블레이저 수트이다.

그런데 1963년10월3일, 일본선거단의 블레이저 수트 제작을 담당했던 테일러 단체[26]의 주최로, 도쿄도東京都 체육관에서 '도쿄 올림픽 블레이저 퍼레이드'라는 행사가 행하여졌다.이 시점에서는 아직 정해지지 않았던 블레이저 디자인에 참고를 제공할 목적으로 열렸던 이벤트였지만, 흥미 깊은 것은 거기에서 제안된 블레이저 색깔은 '일본에서 예로부터 내려오는 연지, 감색, 녹색, 보라색, 남색 등 8가지 색을 도입한 남녀 선수단의 블레이저 코트'였다.[27] 이를 통해서 알 수 있듯이, 일본 내셔널 컬러에 대한 사회적 인식이 필히 '빨강과 흰색'이 아니었다.

수개월 후 1964년3월2일, 빨강과 흰색의 블레이저 수트가 복장 소위원회에서 내정되어, 3월11일에 국립경기장에서 열렸던 콘테스트 후에 JOC상임위원회에서 정식으로 승인되었다. 빨간 블레이저에 흰 바지와 흰 스커트 수트의 빨강과 흰색의 색채는 도쿄올림픽에서 처음으로 채용된 것이었다.

복식연구가 안조히사코安城壽子에 의하면, 도쿄대회의 블레이저 제작자 모치즈키 야스유키望月靖之는 멜버른 대회에서도 빨강과 흰색의 내셔널컬러의 블레이저 수트를 제안했고, 로마대회에서도 빨간색 바탕에 흰색 선을 두른 블레이저를 제안했다고 한다. 그러나 모두 각하되었다.[28] 멜버른대회에서 선택된 디자인은 상의가 감색, 하의가 회색, 로마대회는 상하모두 흰색으로 '일장기를 본떠서 넥타이는 빨간색 바탕에 흰색 사선이 2줄, 재킷도 넥타이와 같은 색 테이프로 테두

---

26) 이벤트를 주최한 도쿄스포츠웨어클럽과 오사카스포츠웨어클럽의 공동조직이 다음절에 나오는 블레이저 수트 제작을 담당한 재팬 스포츠웨어클럽. 모두 동서의 동네 양복점들이 조직한 단체.
27) 「日本古來の色で…東京五輪ブレザーパレード」(朝日新聞, 1963년10월3일)
28) 安藤壽子「オリンピック日本選手団公式服装赤白上下の周辺」(『デザイン理論』65, 意匠學會, 2014년)106-107쪽

리가 둘러'[29]'졌다. '일장기를 연관시키'긴 했지만 멀리서 보면 흰색으로 보인다. 로마대회 선수단의 일본선수의 입장행진에서 빨강과 흰색의 이미지가 환기되는 일은 없었다.

이렇게 1956년과 1960년의 시점에서는 상의 빨강, 하의 순백이라는 디자인은 받아들여지지 않았다. 빨강과 흰색의 색채는 1964년이 되어 3번째 제안에서 겨우 채용이 이루어졌다. 이러한 블레이저 색채결정에 우여곡절에서도 패전 이후 십수년 동안 빨강과 흰색이 내셔널리즘과 결부되는 것에 대해 긍정하지 않았던 일본인의 의식이 엿보인다.

그렇다면 도쿄대회에서의 빨강과 흰색의 블레이저 결정을 미디어는 어떻게 취급하고 대중에게 확산시켰을까? 아사히신문은 3월 내정 다음날에 '블레이저는 남녀 모두 새빨강으로 내정 5륜 일본선수단'이

[그림 9] 『朝日新聞』 1964년 3월 12일

라고 문자로만 된 기사를 게재했고, 12월에는 착용한 남녀의 사진을 첨부하여 보도하였다[그림9]. 흑백사진이었지만 타이틀에 '이것이 올림픽 블레이저 코트, 빨강과 흰색, 화려한 색채'라고 쓰였고, 본문에서는 '식전용式典用 블레이저는 일장기를 상징하는 빨강과 흰색의 투톤'[30]이라고 해설했다.

그러나 그 후, 미디어가 빨강과 흰색의 블레이저를 평판하기 시작한 것은 역

---

29) 「白地に赤のフチ イキな五輪の制服」(毎日新聞, 1960년 3월 19일)
30) 「これが五輪のブレザーコート」(朝日新聞, 1964년 3월 12일)

시 반년 후인 9월부터였다. 예를 들면, 9월초 매장에 진열된 여성 패션지 『장원裝苑』 10월호에는 '블레이저 이야기'라는 올림픽 선수단의 블레이저에 관한 읽을거리가 게재되었다.[31] 여기에 따르면 전후 처음으로 일본이 참가한 헬싱키대회의 준비기간 중에 치치부노미야秩父宮가 '선수 제군이 외국에 가서 창피를 당하지 않도록 복장만은 제대로 갖추게 하고 싶다'라고 발언한 것이 계기가 되어, 선수식전용 블레이저를 JSCJapan sports wear club가 조정·제안하게 되었다고 한다.[32]

그 기사는 이어서 동경대회의 블레이저의 의미를 다음과 같이 해설한다.

> 이번 블레이저의 화제는 "빨강"을 대담하게 채용한 것……올림픽에 등장하는 각국의 블레이저는 그 나라의 내셔널컬러가 있어서 그것을 선택하는 경우가 많고, 그것은 또한 그 나라의 국기색과 일치하는 경우가 많다. 그 비율은 70% 정도입니다. 일본의 국기가 전 세계 어디와도 비교할 수 없는 아름다움을 지닌 것은 누구나가 인정하는 것으로, 이 아름다움을 블레이저로 한다는 것은 오랫동안 관계자들의 염원이었던 것입니다.[33]

> 일본선수단용 블레이저의 제작에도 활약한 모치즈키 야스유키(望月靖之)씨는 블레이저 본래의 모습은 눈에는 보이지 않는 부분에 있는 것이라고 강조하고 있습니다. 블레이저는 옛날 무사의 갑주(갑옷과 투구)과 같다. 이것이 모치즈키씨의 생각. 조금 클래식하게 말하자면, 이것은 입는 사람의 혼을 비추고, 어떤 때는 혼 그 자체라는 것입니다.[34]

---

31) 동 잡지의 판권장에 있는 발간일은 10월 1일이지만 국회도서관이 수령한 날짜가 8월 28일이며, 일반 매장에도 9월초부터 진열되어 있었다고 추정된다.
32) 헬싱키대회 때의 블레이저는 코발트 블루이었다.
33) 「ブレザー物語」(『裝苑』1—10, 1964년 10월호(9월 1일 발매), 文化出版局) 237쪽.

블레이저가 입는 사람의 혼을 비추고, 전투에 임하는 갑옷과 같은 것이라고 쓴 「블레이저 이야기」. 그 갑주로 도쿄올림픽에서 처음으로 '관계자가 염원했던', '빨강과 흰색'이 채택되었던 것이다.

『장원』은 여성의 하이패션을 다루는 양재洋裁전문잡지이다. 이 호의 권두 컬러특집에는 최첨단 모드로서 다양한 블레이저 수트가 제안되었고, 본문에는 그 패턴이 게재되어 있다. 그 중에서도 빨간 블레이저는 한층 눈길을 끈다[그림10]. 그 당시 'VAN' 브랜드가 블레이저의 유행을 견인했지만 『장원』의 제안은 'VAN'이 추진한 기성복이 아닌 자체제작 또는 오더메이드이다. 다음 장에서 언급하겠지만, 일본선수단의 빨강과 흰색의 블레이저는 모두 선수의 체격에 맞춘 오더메이드였다. 『장원』은 그 흐름을 받아 고급옷감으로 빨강과 흰색의 색체를 적용한 블레이저를 제안했다.

[그림 10] '올림픽 성화를 찾아서, 블레이저 차림'(권두 그라비아 『裝苑』1964년10월호)

---

34) 앞의 책(주 33), 236쪽.

잡지에서 블레이저에 주목하는 것은, 그밖에도 예를 들면, 어린이 잡지 『요이코(착한 아이)』(9월1일 발매)[35]의 부모용 페이지에도 빨간 블레이저를 어린이에게 입힌 '블레이저 코트를 입고 올림픽을'이라는 기사가 있다[그림11]. 9월에 들어서 '빨간 블레이저'가 하이패션에서 아동복까지 하나같이 올림픽을 기대하는 기호로서 이용되어졌다는 것을 알 수 있다.

그런데 이러한 '빨간 블레이저'의 시각메시지를 확산시킨 것은 이들 신문이나 잡지매체의 보도만은 아니었다.

[그림 11] '블레이저 코트로 올림픽을'(『よいこ』, 1964년10월호)

---

35) 『よいこ』(1964년10월호, 9월1일발매, 小學館)

(2)올림픽 개최 1개월 전에 거리를 물들인 빨간 블레이저

공식블레이저의 옷감 제작을 담당한 대동모직大同毛織(현 다이도 리미티드)은 '국위선양의 다시없는 기회로서 최고의 블레이저를 보여주고 싶다'[36]라고 하는 패기로, 행진에 빛나는 빨간색을 내는 것에 고심했다. '옷감생산에 있어서 무지로 많은 샘플을 무려 3천점이나 시작試作했다'라는 통상적으로는 생각할 수 없는 검토를 행했다. 또한 블레이저가 수납된 상자에도 대단히 공을 들였다. 하얀 목재로 된 겉 상자에는 일장기가 디자인되어 있고, 속 상자는 전면 금색, 이것을 열면 얇은 종이에 싸여진 블레이저가 들어가 있다. 게다가 이 얇은 종이에는 '건투를 빕니다'라는 문자가 청가되어 있었다[그림 12]. 마치 무운장구武運長久를 비는 것처럼 말이다. 블레이저와 마찬가지로 상자제작에도 일장기 이미지와 내셔널리즘을 정면으로 표상하고 있다고 할 수 있다.

[그림 12] 블레이저 수납용 겉 상자와 속 상자(東京 吉岡株式会社 소장)

관계자의 열정을 담은 블레이저는 9월에 들어서자 일본의 각 도시의 쇼윈도에 실물로 전시되면서 선을 보였다. 다이도 리미티드에 남아있는 자료사진에는 블레이저와 함께 '올림픽 개최까지 앞으로 30

---

36) 당시 대동모직(大同毛織) 사장, 栗原勝一의 발언. 『日纖ジャーナル』1964年10月号(日本纖維新聞社, 68쪽). 옷감생산을 위한 견본작성의 설명도 본 기사를 인용.

일'이라고 쓰인 푯말이 찍혀있는 것으로 보아, 이 전시는 9월10일경
에는 시작되었던 것으로 생각된다. 도쿄대회 심벌마크를 사용한 옥외
환영장식보다도 약 한 달 정도 일찍, 빨강과 흰색의 블레이저 전시가
거리를 올림픽 분위기로 견인했던 것이다.

블레이저 수트의 실물전시에는 2가지 루트가 있었다. 하나는 북해
도에서 규슈까지 전국 백화점의 쇼윈도, 그리고 또 하나는 모치즈키
가 회장을 맡고 있던 JSC에 가맹된 도쿄와 오사카의 양복점의 매장쇼
윈도였다.

백화점 루트는 대형매장을 망라하고 있고 도쿄는 이세탄伊勢丹이나
미츠코시三越, 케이한신京阪神, 가고시마는 야마가타야山形屋 등 17개
소.37) 고베 다이마루의 쇼윈도에는 선수단의 블레이저를 본뜬 어린이
용 빨간 블레이저가 전시되어 있었고[그림13], 잡지에서도 보았던 '올
림픽을 기대하는 기호로서의 빨간 블레이저'의 확산을 느끼게 한다.
오사카 미츠코시의 전시에는 '도쿄올림픽에 착용할 선수와 임원들의
유니폼, 간사이 첫 공개, 특별출품 도쿄올림픽 조직위원회'라는 푯말
이 마네킹 앞에 놓여 있어서 블레이저의 실물전시가 조직위원회의 기
획이었음을 알 수 있다. 그리고 그것이 패션전시라는 의미를 넘어 뉴
스매체로서 기능하고 있었다는 것도 느끼게 한다.

---

37) 다이도 리미티드 경영기획부가 소장하는 전시사진에서는 札幌 : 今井(삿포로:이
마이), 東京 : 伊勢丹,銀座三越,日本橋越,小田急,オリエンタル中村,丸榮(도쿄:이
세탄, 긴자미츠코시, 니혼바시 미츠코시, 오다큐, 오리엔탈 나카무라, 마루에), 名
古屋 : 名鐵(나고야:메이테츠), 大阪 : 三越,阪急,阪神,高島屋,大丸(오사카:미쓰코
시, 한큐, 한신, 다카시마야, 다이마루), 京都 : 高島屋,大丸(교토: 다카시마야, 다
이마루), 神戶:大丸(코베: 다이마루), 鹿兒島:山形屋(가고시마: 야마가타야) 등 17
점의 전시를 확인할 수 있다.

[그림 13] 어린이용 빨간블레이저 전시(神手大丸백화점, 다이도리미티드 소장)

[그림 14] 전국의 백화점 블레이저 전시(다이도레미티드 소장)

　이들 백화점 전시의 배경에 도쿄대회 심벌마크가 크게 사용된 것에
도 주목하고자 한다[그림14]. 더군다나 색체가 금이다. 이것은 블레이
저의 적백이 빛나도록 배려했던 것일 것이다. 전국의 백화점은 각각
다른 소재로 만들어지긴 했지만 금으로 된 계단 모양의 배경판 중앙
에 금채의 심벌마크를 배치하는 디스플레이는 거의 공통적이었다. 쇼
윈도를 멀리서 보면 마치 '일장기를 이미지한 금빛 병풍' 앞에 빨강과

흰색의 수트를 걸친 선수가 조명을 받아 빛나고 있는 것처럼 보인다. 내셔널리즘을 전면에 내세운 효과적인 무대연출이었다고 할 수 있다.

또 하나의 전시 루트는 도쿄와 오사카의 양복점들로 구성된 JSC의 각 매장 쇼윈도이다. 도쿄와 오사카로 한정되지만 그 점포수는 58개소. JSC는 올림픽 도쿄대회 선수단의 블레이저 슈트를 '한 사람 한 사람의 체형에 맞춰서 만드는 주문복 봉제'에 의해 제작되었다. 그 '봉제를 맡은 각 양복점의 쇼윈도에 각 점포에서 제작한 블레이저 코트가 장식되었다'[38]는 것이다. 다이도 리미티드에는 빨강과 흰색의 블레이저 수트를, 각자의 매장의 쇼윈도에 장식한 58개점의 사진이 남아있다[그림15].

[그림 15] 테일러 각점의 블레이저 전시(다이도레미티드 소장)

각 점포가 각자의 생각대로 취향을 공들인 쇼윈도. 몇몇 매장에서는 가메쿠라의 제1호~제4호의 포스터가 배경으로 꾸며졌다. 역대 올

---

38) 다이도 리미티드 사내 문서, 동 사 자료실기재 메모「このアルバムの寫眞説明」 1979년11월1일.

림픽 포스터의 축소판을 게시한 곳도 있다. 어느 쇼윈도도 모두 조명 아래에서 빨강과 흰색으로 빛나는 블레이저 수트가 돋보이도록 공을 들인 전시장식이다. 2곳뿐이지만 여성의 스커트 수트를 전시한 매장 도 있다.

거의 모든 매장에 사용되었던 전시 소품이 있는데, 이것들은 아마 JSC가 제작하고 배포한 것으로 보인다. 올림 픽까지 앞으로 ○일이라고 쓰인 입팻 말, '제18회 도쿄올림픽 대회 일본선수 단 블레이저 코트'라고 블레이저에 붙 여진 명찰. 만국기가 세워진 받침대. 그리고 JSC의 이름이 인쇄된 포스터이 다[그림16]. 이 JSC의 포스터에는 일장 기의 빨간 동그라미가 디자인되어 있 고, 다음과 같은 문장이 쓰여 있다.

[그림 16] 윈도우에 붙여진 오리지 널 포스터((다이도레미티드 소장)

> 세기의 제전을 맞이하여
> 하늘 높이 펄럭이는 일장기
> 이 국기를 상징한 붉은색 블레이저 코트
> 재킷의 빨간색은
> 불꽃처럼 타오르는 정열을
> 바지의 흰색은
> 흰 눈처럼 때 묻지 않은 청결을[39]

39) ポスターの赤丸の中には白抜きで「日本代表選手団に榮光あれ と 惜しみなく 限

빨강뿐만 아니라 흰색에 대한 생각도 담겨 있는 이 문장에서는, 블레이저 슈트를 '일장기'와 내셔널리즘을 환기시키는 기호로서 제시한 제작자 측의 명확한 의도가 느껴진다. 그리고 이것을 보는 대중이 화창한 '평화제전의 전시'에 게양된 일장기와 빨강과 흰색의 색채에 '군국주의'를 느끼지는 않았을 것이 분명하다. 올림픽 개최 1개월 전에 빨강과 흰색의 블레이저 슈트는 성화 봉송의 열광과 함께 올림픽을 광고하는 시각매체가 되어 전국주요도시의 중심가에 있는 백화점과 동서東西의 양복점들의 쇼윈도를 빛나게 했다. 거리에 도쿄대회 마크를 사용한 환영장식이 꾸며지기도 전에 블레이저는 패션전시라는 의미를 넘어 거리를 지나는 사람들의 올림픽 분위기를 북돋는 매체로서 기능했다. 그리고 거기에 붙여진 포스터에서 보여지는 당당한 '일장기 찬가'에는 일장기가 안고 있는 전쟁의 암울한 이미지는 전혀 남아있지 않았다. 1950년대 후반이 되어서도 잡자기사나 블레이저 색깔 선택에서 엿볼 수 있었던 빨강과 흰색의 색체와 일장기에 대한 기피감은 이때에 와서 완전히 사라진 것이다.

(3) 입장행진을 '관람하는' 미디어 체험

개회식 전날인 1964년10월9일의 아사히신문은 '의상이 꽃피는 개회식'이라는 제목의 특집을 짜서 각 국가의 개회식 패션을 소개했다. 일본의 블레이저에 대해서 '일장기의 색을 선택한 일본선수단'이라고 쓴 이 특집에 하나모리 야스지花森安治가 칼럼을 썼다.

りなく **聲援**をおくりましょう」

개회식 복장은 이른바 축제 가마를 메는 의상 또한 무대의상……그 큰 스터디움에 줄지어 서서, 팡파르가 울리고, 국기가 펄럭이고, 많은 관중의 소리가 울려 퍼지는 가운데 가장 효과적으로 보이는 복장이 바람직하다……제일 중요한 것은 '색상'이다……이번에는 그 색이 집단을 이룬다. 한데 뭉쳐 눈에 비치는 색깔……빨강과 흰색으로 된 일본 팀의 복장은 대단히 좋지 않습니까. 주최국답게 조금은 "기쁜 듯"하고, 단순하고 아름다운 국기와도 잘 어울린다. 원하건 데 '빨게서 창피하다'면서 부끄러워하지 말고, 당당하게 가슴을 펴고, 발을 쭉 뻗고 걸으면 좋겠다. 등을 구부리고 행진하거나 한다면 모처럼의 차림 옷이 웁니다.[40]

빨강과 흰색의 블레이저 슈트가 지금까지 없었던 색채이고 선수들이 조금 부끄럽지 않을까 하는 걱정이 있었다. 한편으로 하나모리는 그것이 집단으로 행진하는 효과는 크고, 국기와 더불어 일본의 내셔널리즘 부흥으로의 강한 메시지가 될 것이라고 한발 앞서 날카롭게 시사하고 있었다.

그런데 하나모리는 이 칼럼을 '컬러텔레비전으로라도 화려한 의상 무리를 바라보시겠습니까?'라고 마무리하고 있다. 그러나 하나모리는 어떻든 일반 대중은 실제로 입장행진을 컬러로 볼 수 있었을까?

개회식의 시청률은 앞에서 언급한 NHK조사에서는 실시간 시청자 81%, 당일 저녁의 재방송을 합치면 95%였다고 한다.[41] 그렇지만

40) 花森安治「大事なのは『色』」(「衣装の花咲く開會式 東京五輪」 기사중記事中, 朝日新聞, 1964년10월9일).
41) NHK放送世論調査所「東京オリンピックにたいする意見と行動調査」(『東京オリンピック』NHK放送世論調査所)193쪽. 1964년11월4—6일 실시한 조사, 질문7 도

올림픽이 끝나고 2년 후인 1966년에도 컬러텔레비전 보급률은 겨우 0.3%에 불과했다.[42] 텔레비전의 컬러 방송은 1960년 9월 10일에 시작되었고, 도쿄올림픽이 컬러텔레비전 보급의 기폭제가 될 거라고 생각했지만, 공무원 월급 1만 엔 시대에 컬러텔레비전은 50만 엔이나 했던 것이다.

개회식은 컬러 방송으로 송신되었지만, 개회식의 빨강과 흰색의 선수단 입장행진을 실제로 컬러로 본 대중은 극히 적었을 것이다.[43] 물론 개회식을 실제로 관람한 사람은 더욱 적었다. 대부분의 사람들은 흑백TV로 개막식을 본 것이다.

빨강과 흰색의 블레이저가 입장행진 마지막에 나타났다는 기억은, 아나운서의 실황이나, 예를 들면, '"일장기"를 선두로 빨간 재킷, 흰 바지의 유니폼도 선명하게, 당당히 입장행진을 하는 일본선수단'[44]이라고 쓰여 있는 신문기사의 설명문, 나중에 잡지 그라비아에 실린 컬러 정보[그림17], 혹은 길모퉁이의 쇼윈도에서 실물로 봤던 가상의 기억이었다. 그러나 그것이 가상적인 시각체험이었다고 하더라도 사람들의 마음에는 블레이저 수트의 빨강과 흰색의 색채, 빨강과 흰색의 일장기 이미지의 도쿄대회 마크가 내셔널리즘의 고양高揚과 함께 선명하게 남게 된 것이다.

쿄거주자의 회답 수치.
42) 「媒体普及率」(『経済白書』1966년). 흑백TV 보급률은 94.4%.
43) 컬러방송은 1960년 9월 10일에 개시되었는데 NHK 컬러 프로는 하루에 약 1시간으로 도쿄대회에서는 개·폐막식, 레슬링, 배구, 체조, 유도 등 8경기만 컬러방송. 또한 컬러방송은 올림픽 개최 시점에는 아직 전국에서 볼 수는 없었다.
44) 「号外」(朝日新聞 1964년 10월 10일)

[그림 17] 입장 행진의 컬러 보도 사진(『週刊サンケイ』1964년10월26일호)

마치며

성화의 전국순회를 통해 국민들 사이에 일종의 일체감이 조성되었다. 성화 봉송을 발판삼아 더욱 높게 점프하는 계기를 만든 텔레비전의 (개회식)실황중계는 모든 사람들을 하나의 초점으로 집중시켰던 것이다.[45]

---

45) 앞의 책, NHK放送世論調査所, 62쪽.

올림픽 도쿄대회가 일본의 대중에게 패전으로부터의 자국의 완전한 재기를 인상지운 이벤트였던 것은 이미 많은 논자가 언급하고 있다. 특히, 도쿄대회의 개회식 관람은 거의 모든 일본인이 동시에 텔레비전 중계를 본다고 하는 획기적인 미디어체험이었고, 이 시각체험이 내셔널리즘의 부흥에 크게 작용된 것도 체험자에게 있어서는 자명한 사실일 것이다. 이 논고는 그러한 미디어 이벤트를 체험한 일본대중의 내셔널 아이덴티티의 부활에 빨강과 흰색의 색채와 일장기 이미지가 어떻게 작용했는지를 검증했다.

일장기와 빨강과 흰색의 색채에 달라붙어 있었던 군국주의 이미지, 50년대 후반이 되어도 여전히 불식되지 않았던 그것은 올림픽 도쿄대회의 개최가 결정된 1959년에 바로 사라진 것은 아니었다. 일장기 이미지의 도쿄대회 마크가 결정된 1960년에도 여전히 크게 변하지는 않았다. 의외로 올림픽 1년 전인 1963년까지 올림픽은 고조되지 못하고, 대중의 기대치는 낮았고, 도쿄대회 마크도 침투되지 않았다. 오늘날 도쿄올림픽 디자인 작업을 회고하는 우리들은, 입장권이나 프로그램, 또는 올림픽 경기장이나 환영장식에서 효과적으로 사용된 심벌마크가 뛰어나고 강렬한 까닭에 심벌마크는 1960년에 제정된 이후 4년간 곳곳에서 대중의 눈에 띄게 되어 일장기 이미지와 함께 대중에게 확산되어 갔다고 하는 착각을 하게 된다. 그러나 실제로는, 적어도 1963년 말까지는 이 명쾌한 빨강·흰색의 상징이 일반대중의 눈에 뜨일 기회가 많지 않았고, 실내 공공시설에서 눈에 들어오는 정도였던 것이다.

올림픽에 대한 기대는 개최가 한 달 앞으로 임박한 9월이 되어서 '성화가 전국을 순회라는 것을 통해' 급속도로 고조되었다. 이 기운을

타고 일장기의 평화의 이미지와 도쿄대회의 심벌마크는 대중에게 확산되어 갔다. 또한 이와 동시기에 거리에는 빨강과 흰색의 색체로 제작된 일본선수단의 블레이저 수트가 대대적으로 장식되면서 대중의 내셔널리즘을 자극하는 시각체험이 되었다. 이런 것들이 맞물려 일본 대중의 일장기와 빨강과 흰색의 색채에 대한 의식은 완전히 바뀌게 되었다. 이러한 상차림으로 도쿄올림픽은 개막되었다.

99%의 일본인은 개회식의 입장행진을 흑백텔레비전 중계로 봤다. 그러나 기억에는 빨강과 흰색이 선명하게 남아있다. 빨강과 흰색의 색채는 이 때, 일본의 내셔널컬러로서 선명하게 부활했던 것이다.

제5장

'문화권文化圈'으로서의 〈걸즈 앤 판처〉

─서브컬처를 둘러싼 산관민産官民의 '내셔널'적 야합─

스도우 노리코

들어가며

본 연구에서는 2012년 방송 이후, 일부 열광적인 인기를 누렸던 TV 애니메이션 〈걸즈 앤 판처ガールズ&パンツァー〉[1](이하, 〈걸판ガルパン〉)을 대상으로 한다. 이 작품을 둘러싼 산관민産官民 각각의 의도와 동향을 검증해 가면서 작품의 표상분석과 동시대 역사를 오버랩 시키면서 어느 행위자에게도 명확한 정치적 이데올로기가 존재하지 않음에도 불구하고 '내셔널'적 방향으로 수렴해 가는 상황을 소비문화가 형성되는 '문화권'이라는 개념으로 분석한다. 〈걸판〉에는 제작에 참여한 복수의 미디어 기업 외에 작품의 무대가 된 이바라키현茨城県 오아라이초大洗町 지역상점가 등이 크게 관련되어 있고, 전차전戰車戰이 스토리

---

1) 〈GIRLS und PANZER〉 전차를 이용한 무술 '전차도(戰車道)'. 전국대회에서 우승하여 폐교위기의 학교를 구하려는 소녀들의 이야기를 줄거리로 함.

의 주를 이루고 있다는 점에서 자위대도 관여하고 있다.

〈걸판〉을 다룬 선행연구에 관해서는 애니메이션 작품의 '성지순례'라고 하는 주로 경제효과 관점에서의 마을재생사업이나 콘텐츠 투어리즘을 논하는 관광사회학이나 도시미디어론적 연구가 압도적으로 많고, 이 연구와 같은 문화정치학적 접근에 의한 연구는 거의 존재하지 않는다. 이러한 연구경향은 〈걸판〉에 '전차'라는 무기가 다수 등장하는 강한 정치성을 고려하면 이상하리만큼 의외라고 생각된다. 그렇지만 이 연구는 〈걸판〉이라는 작품이 현실사회에서 전개되는 '내셔널적 구조'에 주목하고는 있지만, '전차=전쟁=우익=내셔널리즘'이라는 단순한 비판에 동의하는 것은 아니다. 더구나, 〈걸판〉과 같은 작품의 팬이 그대로 '네토우요(인터넷상의 우익)'라고 불리는 집단에 속할 것이라고도 생각하지 않는다. 따라서 이 연구에서 사용하는 '내셔널'은 국민주의 · 국가주의 · 민족주의와 같은 강한 이데올로기와 지향성을 갖는 '내셔널리즘'과는 달리, 순종 그리고 열의가 있는 전체주의적 경향을 어딘가 지니고 있는 것이며 결과적으로 형성된 국가권력에 편승한 내셔널한 분위기를 의미한다.[2]

2014년4월23일에 실시한 오아라이초 상공회의소와 상점의 인터뷰를 포함한 현지 조사[3] 분석을 포함하여 파퓰러문화가 '내셔널화'에 친

---

2) 須藤遙子『自衛隊協力映画『今日もわれ大空にあり』から『名探偵コナン』まで』(大月書店,2013년)에서 제시한「ジコチュー · ナショナリズム」, 또는 香山リカ『ぷちナショナリズム症候群——若者たちのニッポン主義』(中公新書ラクレ, 2002년)에서 제시된「ぷちナショナリズム」라고 하는 개념에 가까운 부분은 있지만 〈걸판〉에서 보여지는 현상은「ニッポン」조차 구가하고 있지 않기 때문에 양자와는 다르다.

3) 현지조사를 비롯하여 이바라키현내에서의 동향에 대해서는 川澄敏雄씨에게 많은 도움을 받았다. 이 자리를 빌어서 감사의 마음을 전한다.

화적인 메커니즘을 〈걸판〉을 통해 고찰하는 것이 이 연구의 목적이다.

1. 작품의 개요

〈걸판〉은 2012년10월부터 동경메트로폴리탄 텔레비전(TOKYO MX)에서 방송된 애니메이션으로 전 12화, 총편집 2화, 그리고 2014년7월25일에 발매된 오리지널 비디오 애니메이션(OVA) 1편이 있다. 2015년11월에는 〈걸판 극장판〉, 2017년12월에는 〈걸판 최종장最終章 제1화〉가 공개되었다.[4] 스토리 세계를 조금씩 내놓음으로서 팬이 다양하게 이야기를 부풀려 즐길 수 있는 여지가 남아 있어 제작하는 측에서 보면 전혀 비용을 들이지 않고 소비만 촉진된다고 하는 상당히 이익률이 높은 비즈니스가 되었다.

제작에는 반다이 비주얼, 란티스, 하쿠호도博報堂 DY미디어 파트너즈, 쇼게이트, 무빅, 큐테크가 참입하고 있어 방송 전부터 선행 코미컬라이즈comicalize, マンガ化[5]하는 등, 전형적인 미디어믹스 전략을 폈다.

---

4) 〈걸즈 앤 판처 극장판〉은 근 2년에 걸친 경이적 장기 흥행이 되어 2017년8월 현재 흥행수입 25억엔의 히트를 쳤다. 2017년12월9일에 공개된 『걸즈 앤 판처 최종장 제1화』는 상영시간 47분, 감상요금이 일률 1200엔이라는 변칙 형태에도 2018년1월17일까지 누계동원이 42만5,236명, 누계흥행수입이 5억2,618만엔으로 호조를 보였다. animate Times HP 2017/8/16記事.
  https://www.animatetimes.com/news/details.php?id=1502849214,アニメーションビジネス・ジャーナル2018年1月20日付ニュースhttp://animationbusiness.info/archives/4766(2018年3月11日 최종 조회)
5) '코미컬라이즈(コミカライズ)'란 애니메이션, 게임, 라이트 노벨 등을 만화화하는 것을 가리키는 일본식 영어. '선행 코미컬라이즈'는 광고를 목적으로 주요 제품 이전에 만화화하여 주지를 꾀하는 미디어 상법이다. 〈걸판〉의 경우는 2012년7월부터

상공회조사에 의하면 미디어회사의 반다이비쥬얼이 스토리를 포함한 프로젝트 전체를 기획하고 사전에 오아라이초大洗町에 대한 조사나 스토리에의 등장허가 등의 사전교섭을 진행하여 후술하는 바와 같이 현재는 상점 등의 저작권도 관리하고 있다고 한다.

스토리는 전차를 사용한 무도武道 '전차도戰車道'가 다도茶道나 꽃꽂이華道처럼 야마토나데시코大和撫子의 소양으로 여겨진다는 설정으로, 여고생들이 전차로 싸운다고 하는 내용이다. 어디까지나 경기이기 때문에 서로 죽이는 것은 아니고 헬멧도 착용하지 않은 채 서로 총을 쏴도 거의 상처도 입지 않는다고 하는 철저한 판타지이다. 등장하는 여고생들은 높은 목소리와 눈과 눈 사이가 조금 떨어진 듯한 커다란 눈동자를 가진 유아적 외모로 미니스커트를 입고 종종 안짱다리 포즈를 취해서 남성시청자에게 교태를 부리는 이른바 '모에萌え 캐릭터'이다.

그 한편으로, 1945년8월15일까지 설계, 시작試作된 차량과 부품을 사용해야 한다고 하는 '전차도'의 규정에 따라 제2차세계대전기의 세계 각국의 전차가 3DCG기술을 사용하여 밀리터리 팬도 감탄시킬 만큼 정밀하게 그려서 〈걸판〉 특유의 '모에+밀리터리'라는 세계가 성립하고 있다. 또한, 오아라이 여자학원이라는 가공의 고등학교에 다니는 주인공들이 살고 전차전의 무대가 되는 오아라이의 거리도 CG로 충실하게 재현함으로써 다음 절에서 설명하게 될 마을재생町おこし에 크게 공헌하고 있다.

『코믹 플래퍼』, 같은 해 8월부터 외전(外伝)이 『월간 코믹 얼라이브』에서 연재되고 있다.

2. 오아라이초大洗町의 마을재생

오아라이초는 이바라키현 중앙에 위치해 태평양에 면해 있는 소규모 지방자치단체이다. 연안어업이 성하고 여름에는 해수욕 방문객으로 활기차고 겨울에는 지역명물 아귀가 잡힌다. 도카이무라東海村와 나란히 원자력 관련 시설이 많고 1963년에 이미 일본원자력연구소를 유치한 원자력마을이기도 하다. 마을은 일반사단법인 일본원자력산업협회의 회원이 되어 있고,[6] 오아라이초 시민헌장에는 '우리들은 이 바다를 열고 원자의 불을 키우며 물과 녹음을 사랑하는 건강하고 밝은 오아라이초 주민이다'라고 쓰여 있다. 2011년3월11일에 일어났던 동일본대지진 때에는 최대 4.2미터의 쓰나미가 관측되었고, 방제무선防災無線시스템의 공으로 쓰나미에 의한 사망자는 발생하지 않았지만 마을은 상당한 피해를 입었다. 게다가 후쿠시마 제1원전사고의 영향으로 연간 500만 명이 넘었던 관광객이 격감했다.

〈걸판〉을 사용한 마을재생에는 이 쓰나미와 원전사고로부터 부흥하고자 하는 의미가 첫 번째로 담겨져 있다. 〈걸판〉의 프로듀서 반다이비주얼의 스기야마기요시杉山潔씨는 쓰쿠바대학 출신으로 현재도 이바라키현에 거주하고 있으며 〈미소녀와 전차〉라는 컨셉의 작품을 기획하던 중에 지진이 발생하여 '애니메이션으로 피해지역을 응원할 수 없을까'라는 생각과 결부시켜 어린 시절에 해수욕하러 왔던 오아라이를 무대로 하게 되었다고 한다.[7] 취재에 의하면, 부흥으로 이어질

---

6) 一般社団法人日本原子力産業協會HP「會員名簿」
   http://www.jaif.or.jp/about/member/list/(2015년5월6일 최종조회)
7) 「常陽リビング」HP「町民と育てたご当地アニメ」2014년7월14일 기사

수 있다면 뭐든지 협력하겠다는 점주들의 생각과도 일치되어 그 결과
로서 〈걸판〉을 사용한 마을재생은 대성공을 계속 거두고 있다.

오아라이에서 개최된 대규모 이벤트에는 특산물인 아귀의 쓰루시
기리呆るし切り, 아귀 배를 가르는 요리법를 중심으로 매년 겨울 개최되어 온
아귀축제, 그리고 동일본대지진으로부터의 부흥을 목적으로 상공회
청년부가 2012년3월부터 개시된 가이라쿠海樂페스티발, 두 가지가 있
다. 어느 쪽도 지역주민들 중심의 수제 이벤트이다. 그 상황에서 빠른
변화를 보인 것이 방송직후인 2012년11월에 개최된 제16회 아귀축제
이다. 그 때부터 〈걸판〉 관련 이벤트와 동시개최가 되었는데 이미 종
래의 방문자 수의 2, 3배에 가까운 6만 명이 방문하여 지역주민과 제
작스텝을 놀라게 했다. 근년에는 3월의 가이라쿠페스티발에 8만 명,
11월의 아귀축제에는 13만 명이 꾸준히 방문하고 있다.

표1 〈걸판〉 방송 이후의 오아라이초에서의 이벤트 방문객수

년도		이벤트	방문객수	
2012	10월			〈걸판〉 방송시작
	11월	제16회 아귀あんこう축제	약6만 명	〈걸판〉관련 이벤트 동시개최 시작
2013	3월	제 2회 가이라쿠 페스티발	약5만 명	
	11월	제17회 아귀축제	약10만 명	
2014	3월	제 3회 가이라쿠 페스티발	약 5만 명	
	11월	제18회 아귀축제	약10만 명	

http://www.joyoliving.co.jp/topics/201407/tpc1407020.html 및 水野博介「「アニ
メの聖地巡礼」諸事例(2)」埼玉大學紀要(敎養學部)第50卷第1号, 2014년, p.170.

2015	3월	제 4회 가이라쿠 페스티발	약 5만 명	
	11월	제19회 아귀축제	약10만 명	
2016	3월	제 5회 가이라쿠 페스티발	약 8만 명	
	11월	제20회 아귀축제	약13만 명	
2017	3월	제 6회 가이라쿠 페스티발	약 8만 명	
	11월	제21회 아귀축제	약13만 명	
2018	3월	제 7회 가이라쿠 페스티발	약 5만 명	

※오아라이초의 2015년 2월 현재의 추계인구는 약1만7천 명

노무라종합연구소野村總合研究所의 분석에 의하면, 이 성공의 비결은 4개의 D에 기인한다. 즉, 후술하겠지만 마을 전체가 〈걸판〉스토리에 몰입(철저=Deepness), 오아라이초의 주요 장소를 모두 망라한 극중 설정(회유=Detour), 끊이지 않는 관련 이벤트(계속=Durability), 현지 상점가와 팬들과의 교류(대화=Dialogue)이다.[8] 방송개시 이후, 평일 에 50에서 100명, 주말에는 500명의 팬이 마을을 방문한다고 한다.[9] 더욱 주말에 이벤트가 있으면 비가 많이 오더라도 1000명 정도가 모 이고[10], 〈걸판〉 목적의 관광객에 의한 경제효과가 연간 7억 엔 이상이 라고 추산되고 있다.[11] 성공한다면 수십억 엔이라는 '애니메이션 마을

---

8) 野村總合研究所HP 'NRI Public Management Review'「地域におけるコンテンツ 主導型觀光の現狀と今後の展望―大洗の「ガルパン」聖地巡礼に見る成功モデル ―」pp.2-4. http://www.nri.com/~/media/PDF/jp/opinion/teiki/region/2014/ ck20140602.pdf(2015년5월6일 최종조회)
9)「朝日新聞デジタル」2013년3월22일자「ガルパン等身大パネルが待ってるよ 茨 城・大洗」. http://www.asahi.com/area/ibaraki/articles/TKY201303210366. html(2015년5월7일 최종조회)
10) 주6 HP「町民と育てたご当地アニメ」
11) 주7 HP,p.4.

재생'의 다른 예로는 2007년 방송 후 3년간, 추정 22억 엔[12]의 경제효과를 냈다는 사이타마埼玉현 구키久喜시(당시 명칭 와시미야초鷲宮町)가 무대가 된 〈라키☆스타〉(원작:요시미즈 가가미美水かがみ), 연간 21억 엔의 경제효과가 있다고 하는 기후岐阜현 다카야마高山시가 무대가 된 2012년에 방송한 〈빙과氷菓〉(원작:요네자와 호노부米澤穗信)가 있다.[13]

이하, 2014년 4월 23일에 실시한 현지조사를 바탕으로 〈걸즈 앤 판처〉라는 작품이 이바라키현이나 오아라이초에서 어떻게 전개되어 있는지를 간단히 정리한다.

(1) JR오아라이역

JR오아라이역 구내에 있는 관광안내소는 '〈걸판〉 안내소'라고 부르는 것이 더 어울릴 것 같다. 캐릭터 상품, 관련 상품, 포스터 등은 물론 벽에 빼곡하게 붙어있는 호텔이나 상점 등의 손글씨 광고에는 그 대부분에 〈걸판〉의 캐릭터가 그려져 있다(그림1). 안내소에서는 〈걸판〉의 스토리 세계를 즐기기 위한 거리산책 지도를 배포하고 있고 직원도 상당히 스토리를 잘 알고 있어서 〈걸판〉을 목적으로 방문했다는

---

12) 「週プレNEWS」「当たれば數十億円「アニメ町おこし」成功するのはどこだ？」2012년4월11일자
   http://wpb.shueisha.co.jp/2012/04/11/10799/(2015년5월7일 최종조회)
13) 「ローカルニュースの旅」2012년8월2일자「アニメ「氷菓」縣経濟効果21億円か舞台の高山にファン-岐阜新聞Web」
   http://blog.livedoor.jp/pahoo/archives/65571121.html(2015년5월7일 최종조회).

것을 알게 되자 호의적으로 정중하게 설명을 해 주었다.

[그림 1] 오아라이역大洗驛 관광안내소의 모습(사진은 필자촬영)

2015년4월 현재, 이 거리산책 지도는 지역주민 남성에 의해 제작된 보다 자세한 '오아라이 시가전 공략지도大洗市街戰攻略地図'로 버전업되었고 오아라이 관광협회 홈페이지에서 누구라도 다운로드할 수 있게 되어 있다[14]. 지도를 보면 어떤 장면의 장소가 실제로 어디에 있는지, 작품의 컷과 함께 확인할 수 있다.

벽에는 오아라이초가 발행한 주인공의 주민표도 붙어 있었다(그림 2). 2013년도에 2개월 기간한정으로 오아라이초 주민센터가 발행해서 일반인에게 판매한 것으로 정규 주민표와 같은 용지에 인쇄되어 있었고 수입은 정규 주민등록표 발행의 약 1년6개월분인 500만 엔 가까운 금액이라고 한다.[15] 리바이벌 기획으로서 2015년4월부터 3개월간 한정으로 같은 형태의 발행이 이루어졌으며, 이것 또한 큰 수익이

---

14) 大洗觀光協會HP「ガールズ＆パンツァー」特設ページ
http://www.oarai-info.jp/girls-und-panzer/(2015년4월19日 최종조회).
15) 각주7 HP, p.3.

되었다.[16)]

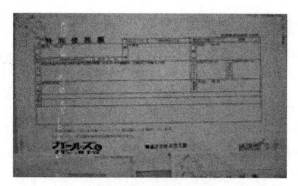

[그림 2] 〈걸판〉 주인공의 주민표

(2) 오아라이초 상공회

취재시, 마을재생의 중심적인 역할을 담당하고 있는 상공회 입구
에 들어가자마자 〈걸판〉의 메인캐릭터의 등신대 패널이 세워져 있었
다. 이것은 다음 절에서 기술하는 상점가에 놓인 패널과 같은 것이다.
실내에는 일본술이나 특산물 과자 등 〈걸판〉을 사용한 현지 주민들의
콜라보 상품들이 책상위에 많이 진열되어 있었고 상공회가 독자적으
로 상품화한 스티커나 캔뱃지 등도 판매되고 있었다(그림3, 4). 스티
커는 작품 안에서 오아라이여자학원이 '전차도戰車道전국대회'에서 우

---

16) 大洗町HP　http://www.town.oarai.lg.jp/~jyumin/kurasi/info-1982-2_3.
html(2015년5월6日일 최종조회). 두 번째 기획은 두 달을 넘은 시점에서 발행부
수가 1만건을 돌파. 현縣내는 물론, 홋카이도에서 큐슈, 대만과 홍콩에서도 팬들
이 방문했다. 신청 건수의 제한이 없기 때문에 작품의 설정대로 주소가 기재된 메
인 캐릭터 5명의 특별주민표를 모두 신청하는 경우가 대부분이며 그 중에는 혼자
100장을 신청한 팬도 있었다고 한다 (2013년 6월8일자 『茨城新聞』).

승한 것을 기념한 것이다. 상점가에서도 많은 가게들이 '오아라이 여
자학원 우승 축하'라는 깃발을 장식하고 있었다. 캔뱃지에 써진 '감밧
빼がんばっぺ'는 이바라키현의 사투리로 지진과 원전재해로부터의 부
흥슬로건이다. 상공회의 직원들도 〈걸판〉에 대해 기쁘게 이야기하고
스토리나 캐릭터에 대해서도 상당히 자세히 알고 있었다.

[그림 3] 오아라이초 상공회大洗町商工會의 모습

[그림 4] 상공회 제작 스티커와 캔 배지缶バッジ

(3) 상점가

'카이라쿠 페스티벌 2013'으로 실시된 〈걸판〉 거리 숨바꼭질'이라
는 마을상공회 청년부기획에 의한 등장인물 54명의 등신대 패널은 오
아라이역에서 동쪽에 있는 상점가를 중심으로 각 매장에 1개씩, 2018
년3월 현재도 계속해서 전시되어 있다. 마찬가지로 그 성공을 바탕으

로 '거리 속 전차 총집결'이라고 칭하며 오아라이역에서 남쪽에 있는 상점가를 중심으로 작품에 등장하는 전차의 패널이 한 대씩 배치되었다. 팬들은 이 2개의 기획에서 어떤 캐릭터(전차)의 패널이 어디에 배치되었는지 표시된 안내도[17]를 보면서 오아라이 거리를 산책할 수 있게 되어 있다. 상공회의 이야기로는 팬들이 그것을 고지식하게 모두 돌고 간다는 것이다. 이러한 기획의 성공은 오아라이라고 하는 거리가 크지도 작지도 않아서 산책하기에 적당한 사이즈라는 것이 다행히 좋은 결과를 가져왔다고 할 수 있을 것이다.

현지취재에서는 캐릭터 패널을 설치한 매장을 몇 군데 방문했다. 어느 상점의 여성은 자신의 매장 캐릭터를 「××짱ちゃん」이라며 애정을 담아 불렀는데 그 캐릭터가 메인이 아니라 서브캐릭터이기 때문에 '생일이 없다'고 불만을 토로했다. 메인캐릭터는 생일이 있고 그것을 설치한 가게는 그 날이 되면 팬이 많이 몰려와서 성대하게 생일파티를 열어준다는데 그 여성은 그것이 부럽다는 것이다. 그래도 팬이 그린 일러스트나 그 캐릭터 성우가 사인한 색종이가 매장 한쪽에 빼곡히 장식되어 있었다.

다른 쌀가게에는 팬이 직접 만들어서 가져왔다는 매장 명함이 공식 명함과 함께 놓여 있었다(그림5). 또한, 그 지역에서 생산된 쌀을 작은 주머니에 담아서 〈걸판〉캐릭터 스티커를 붙여 가볍게 구입할 수 있는 선물로 판매하는 등 본업을 살릴 수 있는 노력도 볼 수 있었다(그림6).

---

17) 주13 HP「걸즈 & 판트」특설 페이지에서 다운로드가 가능하다. (2015년4월19일 최종조회).

[그림 5] 오아라이초 상점내의 모습과 명함
　　　　　　　　　　　　　　　　　　[그림 6] 〈걸판〉의 스티커
　　　　　　　　　　　　　　　　　　가 붙여진 특산품 쌀

그 밖에 작품에 등장한 음식이나 메뉴를 충실하게 재현해서 판매하는 가게나 팬들의 교류장소로 기능하는 매장들도 있다. '마을에 전국의 남성팬이 몰려오기'도 하고 '덕분에 매출이 30% 올랐다'라며 불경기로 영업을 하지 않았던 가게의 부활에 활짝 웃는 매장도 있다[18]. 취재에 의하면 〈걸판〉을 목적으로 오아라이를 방문하는 팬은 아주 드물게 커플이 있기도 하지만 99%가 20대, 30대 남성이라는 것이다. 모든 상점들이 즐기면서 다양한 아이디어를 내서 팬심을 사로잡고 팬도 상점도 모두가 만족하고 있는 것이 오아라이의 큰 특징이다. 국내, 국외 각지에서도 팬들이 찾아오고 있으며 50번, 100번씩 오아라이를 찾는 단골도 적지 않다는 것이다. 그들은 〈걸판〉을 통해 지역 상점가 사람들과 교류를 증진시키고 자주적으로 청소봉사를 기획하는 등 '매너가 좋다'며 상당히 평판이 좋다. 나아가서는 오아라이에 오게 되면서 히

키코모리引きこもり, 은둔형 외톨이를 고쳤다는 팬이나 오아라이가 너무 좋
아서 이주한 사람도 나오기 시작했다고 한다. 지역 어르신이 트위터
를 통해서 팬들과 소통하는 예도 있다고 하고 〈걸즈 앤 판처〉라는 픽
션이 현실에 가져온 영향은 경제효과만으로는 어림할 수 없을 정도로
크다고 할 수 있겠다.

(4) 이바라기현茨城県내

[그림 7] 이바라기茨城 공
항의 편의점 앞의 패널

〈걸판〉을 사용한 캠페인은 오아라이초에
그치지 않고 이바라기현 전체로 퍼져있다.

우선, 이바라기 공항 터미널 내에 있는 편
의점 '산크스'에는 제복을 입은 〈걸판〉캐릭
터의 패널이 놓여있다(그림7). 작품 속에서
도 이 캐릭터는 산크스에서 아르바이트를 하
고 있는 설정으로 제복을 입은 장면이 몇 장
면 있다. 따라서 관동지구의 서클K산크스를
중심으로 하여 지금까지 몇 번이나 〈걸판〉과
연계시킨 캠페인을 실시되어 왔다. 공항의
편의점에서도 관련 상품이 토산품으로 나열
되어 있다. 2014년12월부터는 이바라기공항
캠페인으로서 공항이 있는 오미타마시小美玉
市 출신이라는 설정의 다른 서브캠페인이 클
로즈업되어 목소리를 담당한 성우에 의해 관내 안내가 흘러나오고 있
다.[19]

　2014년에는 '걸즈 앤 판처 제작위원회'가 이바라키현 미토水戶시를
홈타운으로 하는 J2(일본프로축구 2부리그)에 소속해 있는 축구클럽
미토 홀리호크의 스폰서가 되었고 2015년부터는 선수의 정식 유니폼
에 〈걸판〉의 일러스트가 들어가 있다. 지금까지 콜라보 상품을 비롯
해 경기장에서 〈걸판〉의 음악을 틀거나 대형 화면으로 애니메이션 영
상을 내보내는 등의 기획이 진행되어 왔다[20]. 또한, 미토 홀리호크와
마찬가지로 애니메이션을 캠페인으로 사용하고 있는 J2리그 팀인 도
쿄 베르디(『아마기 브릴리언트 파크甘城ブリリアントパーク』와 콜라보)와
FC기후岐阜(『농림』과 콜라보)가 협력하여 상호 클럽이 경기할 때, 애
니메이션과 축구의 콜라보 매치를 개최하는 '애니 축구!!'라는 프로젝
트도 계속해서 실시되고 있다.[21]
　나아가 지자체인 이바라키현도 〈걸판〉에 깊게 관여하고 있다. 우선
이바라키현이 운영하는 지역인터넷 텔레비전 '이바키라TV'에서 〈걸
판〉이 방송되었다[22]. 2012년10월이라는 시점이 '이바키라TV'의 개
국이 〈걸판〉의 방송시작이 우연히 일치했기 때문이기도 하다. 또한,
2013년9월8일 이바라키현 지사 선거 때에는 투표율 향상 캠페인에

---

19) 茨城空港HP 2014年12月5日付お知らせ「茨城空港の館內アナウンスをガルパン
　　聲優さんの聲ではじめます!(12月6日~)」
　　http://www.ibaraki-airport.net/news/post-6394.htm(2015년5월6일 최종 조회)
20) 「ねとらぼ」2015년01월23일자
　　http://nlab.itmedia.co.jp/nl/articles/1501/23/news099.html(2015년5월10일 최
　　종조회)
21) Twitter에는 「#アニサカ」해시 태그가 있다.
　　https://twitter.com/search?q=%23%E3%82%A2%E3%83%8B%E3%82%B5%E3
　　%82%AB&src=typd(2018년3월18일 최종조회).
22) ガルパン取材班『ガルパンの秘密』(廣済堂出版,2014년)pp.154~158.

〈걸판〉이 사용되었다. '투표소에 가면 받을 수 있는 티슈에 〈걸판〉 일러스트를 넣거나, "선거하러 갑시다"라는 선거공보 차량의 홍보메시지를 니시즈미 미호西住みほ 역할을 했던 후치가미 마이渕上舞가 맡아주었다'고 한다.[23] 이러한 활동에 항의한 전일본 연금자조합 이바라키현 본부의 질문서에 대한 이바라키현 선거관리위원회의 답변서[24]에 의하면 계발물품으로 포켓티슈 9만개, 탁상용 깃발 100개, 성우에 의한 투표를 권장하는 계발테이프 174개와 CD 73장이 제작되어 약92만 엔이 편성되었다. 덧붙이자면 이 질문서에는 〈걸판〉을 '파괴와 살육의 게임을 전개하는 내용'이라는 분명한 오해가 포함됐지만 〈걸판〉이 '파괴와 살육의 게임이 아님'에도 불구하고 강한 정치성이 있다는 것에 대해 다음 장에서 확인하고자 한다.

3. '모에' + 밀리터리

최근에는 '모에萌え'와 밀리터리를 결합한 이른바 '모에미리'라고 불리는 작품이 인기이다. 앞에서 언급한 스기야마 프로듀서는 ' "여자아이와 메카"는 애니메이션의 왕도이지만, 전차戰車와의 조합은 지금까지 없었던 것도 행운이었다'[25]라고 말하고 있다.

무기 등의 메카와 미소녀가 합체한 형태인 '메카소녀'로 불리는 장르

---

23) 주22書,p.160.
24) 질문서는 2013년8월30일자, 답변서는 동년 9월20일자.
25) 『中日新聞』2013년5월23일자「模型王国の挑戦 静岡ホビーショー編(上)「ガルパン」旋風」. http://www.chunichi.co.jp/article/shizuoka/economy/special/list/2013/CK2013052302000261.html(2015년5월6일 최종조회).

에 속하는 작품 중 하나인 〈스트라이크윗치즈〉(이하, 스토판)는 대전
大戰 중의 공군무기를 모티브로 하고 있으며 2005년부터 만화연재가
시작된 이후, 라이트노벨light novel, 일본식 합성어로 오락 소설 장르의 하나이나
TV애니메이션, OVA 등 다양한 미디어전개를 하고 있다.

〈걸판〉과 마찬가지로 인기가 있는 브라우저 게임〈함대 콜렉션〉(이
하, 칸艦코레)은 '구일본군의 구축함이나 경순양함, 중순양함을 의인
화한 〈함대소녀(칸 무스)〉들로 함대를 편성, 육성, 강화하면서 무적의
연합함대를 목표로 하는 육성育成시뮬레이션 게임'[26]으로 2013년4월
23일에 서비스 개시, 2015년1월부터 3월까지 TV애니메이션 버전이
방송되어 2016년11월26일에는 극장판〈칸 코레〉가 공개되었다.

〈걸판〉의 캐릭터 디자인의 원안을 담당한 시마다 후미카네島田フミ
カネ는 〈스토판〉과 〈칸 코레〉 두 작품에도 관련하고 있다. 2014년부
터 간행되기 시작한 만화 〈시덴카이의 마키紫電改のマキ〉는 제목 그대
로 대일본제국 해군의 전투기가 모티브이다. 이 작품의 작가인 노가
미 타케시野上武志도 〈걸판〉의 원안에 협력했으며 〈걸판〉보다 선행하
여 2007년부터 〈세일러복과 중전차重戰車〉라고 하는 만화시리즈를 간
행했었다.

이상의 어느 작품들도 여성캐릭터의 '모에' 요소가 바탕이 되어 있
고, 작품의 양념으로 정밀하게 그려진 병기나 기계, 리얼한 전투장면
이나 치밀한 전술, 동료끼리의 팀워크나 우정 등이 그려져 있다. 〈걸
판〉의 경우는 '잔혹한 작품은 만들고 싶지 않다'는 스텝들의 생각 때

26) 「艦隊これくしょん -艦これ- 攻略 Wiki」HP
    http://wikiwiki.jp/kancolle/(2015년5월11일 최종조회).

문에 전차도라는 동아리활동(스포츠)으로 하자는 아이디어가 생겼다고 한다.[27] '잔혹'하지 않다라고 하는 것은 앞에서 기술한 것처럼 아무도 죽지 않고 거의 상처조차 나지 않는다는 것을 의미하고 앞에서 언급한 작품 모두에 대한 공통적 설정이기도 하다. 전차든 전투기이든 전함이든 아무리 리얼하게 싸워도 미소녀들은 '절대 죽지 않는'다.[28]

그리고 또 하나 중요한 공통사항은 스토리에 남성이 등장하지 않는다는 것이다. 어떤 작품이든 여고생이 많이 등장하는데 그녀들의 일상생활에서는 남성이 완벽할 정도로 제거되어 있다. 따라서 그녀들은 절대 연애하지 않는다. 도에이 애니메이션東映アニメーション에서 면밀한 마케팅을 행하면서 수많은 히트작을 작업해 온 세키 히로미關弘美 프로듀서에 의하면, 이러한 애니메이션에 남성이 등장하지 않는 것은 타깃인 젊은 남성들이 작품 속에 남성캐릭터가 등장하는 것을 싫어하기 때문이라고 하는 '비지니스상의 판단'이라고 한다.

여아용 애니메이션에서는 여성주인공이 어렴풋이 연정을 품은 듯한 남성캐릭터가 등장하는 것이 기본이지만, 청년대상 심야 애니메이션에서는 설정이 완전히 달라진다. 실제로 스토판에서 캐릭터 중 한 사람이 과거에 연애했던 남성캐릭터를 등장시켰더니 팬으로부터 상당한 불평을 샀다고 한다. 말하자면 캐릭터와 연애할 권리는 팬이 독점해야만 하는 것이다. 몇몇의 스테레오 타입의 여성상의 외모, 패션, 성격 등을 조합해서 다양하게 만들어낸 여성캐릭터들 중에서 취향에

---

27) 각주6 HP『町民と育てたご当地アニメ』.

28) 물론 '메카 소녀'작품 모두가 부상도 없이 절대 죽지 않는 설정이라고 하는 것은 아니다. 예를 들어, 타카하시 신(高橋しん) 원작 '최종 병기 그녀'(『最終兵器彼女』)등은 꽤 처참한 내용이다.

맞는 한 사람과 의사연애를 하도록 하는 구조는 1994년에 고나미에서 발매된 '도키메키 메모리얼'로 대표되는 연애 시뮬레이션 게임이나 연애금지로 유명한 AKB48이라는 아이돌 시스템에도 공통이다[29]. 이렇게 〈걸판〉이 청년을 대상으로 한 '모에' 작품의 정형定型을 따르면서 근소한 차별화로 소비자의 마음을 사로잡도록 제작된 치밀한 '상품'인 것은 명백하다.

나아가 '모에밀리' 작품인 〈걸판〉은 '모에' 시장뿐 아니라 '밀리터리' 시장에도 잠식하여 거기에서도 확실하게 수익을 올리고 있다. 예를 들면, 종래의 '모에'하고는 선을 긋고 있던 밀리터리 모형 분야에 〈걸판〉이나 〈칸코레〉에 등장한 전차나 전함을 찾는 팬이 유입되었고, 더불어 2013년에 공개된 미야자키 하야오宮崎駿 감독의 애니메이션 작품 〈바람이 분다風立ちぬ〉, 마찬가지로 같은 해 공개됐던 야마자키 다카시山崎貴 감독의 〈영원의 제로永遠の0〉에 의한 레이센零戦, 零式艦上戦闘機 붐이 일기도 해서 침체되어 있던 스케일 모델 업계가 '"육해공陸海空"에서 큰 인기를 모았다'[30]고 보도되었다. 또한, 2013년 12월 29일부터 31일까지 도쿄 빅사이트에서 개최된 '코믹마켓 85'에 6번째 출전한 가도카와角川 서점은 가도카와그룹이 전개하고 있는 〈칸코레〉와 〈스토판〉에 더하여 상품 전개를 개시한 〈걸판〉을 포함해서 '육·해·

---

29) '도키메키 메모리얼'에 관한 지적은 컬럼비아대학 미술사 박사과정의 양욱(楊昱)에 의한다. 참고로 이 게임은 「心跳回憶」(대만에서는 「純愛手札」)의 명칭으로 중국어권에서도 히트했다.

30) 『中日新聞』2013년 10월 17일자 「模型王国の挑戦 静岡ホビーショー編(下)続『ガルパン』旋風」
http://www.chunichi.co.jp/article/shizuoka/economy/special/list/2013/CK2013101702000200.html(2015년 5월 위11일 최종조회).

공'을 완전히 제패했다고 선언했다.[31] 그 위에 '리얼 육·해·공'이라고 할 수 있는 자위대도 또한 〈걸판〉에 협력함과 동시에 자신들의 홍보를 전개하고 있다.

4. 자위대의 협력

〈걸판〉에는 육상자위대의 최신 하이테크 국산전차인 一〇(히토마루)식 전차에 탔던 여성자위관이 교관으로 등장한다. 〈소생하는 하늘 よみがえる空 "RESCUE WINGS"〉외에 전투기나 잠수함이 등장하는 몇몇 애니메이션 작품과 〈AIR BASE SERIES〉라는 항공자위대의 다큐멘터리 비디오 시리즈를 오랫동안 작업해 온 스기야마杉山 프로듀서에게는 이미 자위대에 파이프가 있었다. 〈걸판〉제작에 있어서는 쯔치우라土浦 무기학교를 방문하여 전차주행중의 차량 내부의 진동, 소리, 회화를 체감하기 위해서 스텝 10명 정도를 교대로 태웠다고 하는데 이러한 '특별대우'를 위한 교섭술에서는 '계속 자위대와 관련된 작업을 해왔던 나에게는 일일지장一日之長'이라고 스기야마는 확언했다.[32]

이바라키현에는 자위대 지방협력본부, 육상자위대의 가츠다勝田주둔지, 츠치우라 주둔지, 가스미가우라霞ヶ浦 주둔지, 아사히朝日 분둔지, 고가古河 주둔지, 항공자위대의 햐쿠리百里 기지가 배치되어 있어

31) 角川書店HP, ニュースリリース2013년12월5일자
   http://www.kadokawa.co.jp/company/release/detail.html?id=201320
   00402(2015년5월11일 최종조회).
32) 각주22 책, pp.30~35.

원래 자위대와 관계가 깊은 지역이다. 따라서 현縣 내의 마라톤 대회
나 각종 이벤트 때에는 홍보 부스가 세워지기도 하고 주둔지에서 불
꽃축제가 연례행사로 개최되기도 한다.

　오아라이에서의 자위대홍보에는 '해양사상의 계몽이나 계발'을 행
하는 기간으로 '오아라이 바다월간海の月間'이 설정되었고, '함정공개
in 오아라이'라는 타이틀로 해상자위대의 함정이 해수욕장 개장시기
에 매년 파견된다.[33] 이 함정 공개 자체는 전국의 해상자위대에서 행
해지고 있기 때문에 오아라이만의 이벤트는 아니다. 그러나 오아라이
에서는 〈걸판〉과의 콜라보에 의해서 이벤트 규모가 확대되었고 전시
되는 자위대의 장비 또한 육상자위대나 항공자위대를 끌어드린 형태
로 증가하고 있다(표2).

[표2] 오아라이초에서 개최된 이벤트와 자위대의 협력

	개최된 이벤트	자위대의 협력
2013년3월	제2회 가이라쿠 페스티벌	74식 전차, 자민당 이시바 시게루石破茂간사장의 비디오 메시지
2013년7월	바다월간 이벤트, 함정 공개 in 오아라이 & 오아라이 해수욕장 개장 카니발	훈련 지원함 '덴류', 10식 전차, 96식 장륜장갑차, 96식 물가지뢰 부설장치
2014년7월	바다 월간이벤트 함정공개 in 오아라이	다용도 지원함 '엔슈' 패트리엇 발사시스템 PAC-3, 96식 장륜장갑차, 87식 정찰경계차, 경장갑기동차, 구급차, 정찰바이크

---

33) 각주22 책, p.173.

2015년7월	바다 월간이벤트 함정공개 in 오아라이	호위함 '지쿠마', 94식 물가지뢰 부설장치, 그 외 2014년 전시와 같은 병기
2016년7월	바다 월간이벤트 함정공개 in 오아라이	2015년 전시무기 외에 미사일 운반차, 7톤 트랙터, 10톤 견인차 등
2017년7월	바다 월간이벤트 함정공개 in 오아라이	호위함 '사와기리', '아사유키'외 패트리엇 발사시스템 PAC-3을 제외하고 2014년 전시와 거의 같은 병기

〈걸판〉과 자위대와의 협력은 방송개시부터 약 반년 후인 2013년3월에 개최된 제2회 가이라쿠 페스티발부터 시작되었다. 이때는 '전차를 가지고 와서 전시할 수는 없을까?'라는 요청이 오아라이초로부터 가츠다 주둔지 쪽에 있었다고 한다.[34] 방송이 시작된 직후, 제16회 아귀축제에서 〈걸판〉효과를 실감한 오아라이초의 아이디어였다.

당초는 이바라기 지역의 홍보담당자도 어렵다고 생각했지만 결국은 74식 전차의 전시가 실현되었다. 그 다음 2013년7월의 '함정 공개 in 오아라이'는 지진에 의한 쓰나미의 영향을 받은 오아라이항의 완전 복구를 축하하는 '오아라이 해수욕장 개장 카니발'과 동시에 개최되었다. 이 이벤트에서는 항해체험을 실시한 훈련 지원함 '텐류'의 1일 함장을 〈걸판〉의 성우에게 부탁할 수 없는지 이바라기지역 쪽에서 오아라이 관계자에게 타진해 왔다.

게다가 히토마루식(一〇式) 최첨단 전차를 전시하는 것은 운송이나 경비면에서 거의 불가능한 일이지만 육상자위대 막료감부幕僚監部 홍보실을 비롯하여 각부서의 협력으로 '오아라이의 기적'으로서 실현

---

34) 각주21 책, pp.176~177.

되어 매스컴에서도 여러 곳에서 화제가 되었다. 2014년7월 '함정공개 in 오아라이'에서는 전시된 장갑차의 주위 등에는 캐릭터 패널이 도처에 설치되었으며 입장객들에게는 〈걸판〉 캐릭터가 그려진 부채가 배부되었다.

[그림8] 자위대 '모에' 포스터(왼쪽부터 2010년도 德島지역, 2013년 香川지역, 2016년도 神奈川지역)

이러한 대대적인 〈걸판〉 얼굴에는 최근 자위대 홍보에 있어서 모에 캐릭터의 유행이 배경에 있다. 도쿠시마德島지역이 2010년도에 처음으로 모에 캐릭터를 포스터에 기용한 후 자위대원 모집이 일임된 각 지역이 다투어 같은 포스터를 제작하게 되었다(그림 8).[35] 3년에 한 번 실시되는 내각부의 '자위대와 방위문제' 여론조사에 있어서 '자위대에 대한 인상'을 묻는 질문에서는 '좋은 인상을 가지고 있다'고 답한 비율이 89.8%라는 높은 수치를 보이고 있고,[36] 모에 캐릭터의 채용을 포함한 자위대 홍보의 소프트화에 의해 자위대의 이미지는 최근 확실

---

35) 『東京新聞』2014년7월11일자 조간 28면, 「自衛隊募集に萌えキャラ續々」.
36) 內閣府大臣官房政府廣報室「平成29年度自衛隊・防衛問題に關する世論調査」
https://survey.gov-online.go.jp/h29/h29-bouei/2-2.html(2018년3월18일 최종 조회). 지난 2014년도에 '좋은 인상을 가지고 있다'가 92.2 %로 과거 최고였다.

히 좋아지고 있다.

이 요인에는 1995년 한신 · 아와지阪神淡路 대지진, 2004년 니가타현 추에츠新潟県中越 지진, 2011년 동일본 대지진, 2016년 구마모토 지진 등에서의 재해활동의 실적을 우선 들 수 있을 것이다. 위험지역에서의 인명구조 등에 진력하는 모습은 크게 보도되어 사람들에게 강한 인상을 남기고 창설이후 뿌리 깊었던 자위대에 대한 국민의 저항감은 거의 사라졌다고 할 수 있다. 그렇다고 하더라도 안보법제의 강행채결 등에 의해 정작 홍보목적이었던 자위관의 응모 수는 감소하고 있고[37] 높은 호감도가 그대로 응모로 직결되지는 않았다.

시즈오카현 고텐바시御殿場市 히가시후지東富士연습장에서는 육상자위대의 일반 공개연습 후지총합화력연습總火演이 매년 실시된다. 2013년8월 총화연에는 6000명의 관람석에 약11만 명이 응모했고 그 대부분은 〈걸판〉 팬이라고 보도되었다.[38] 2017년8월에 개최된 총화연의 응모 총수는 15만361통, 당선배율 약 29배[39]로 자위대 이벤트의 인기는 최근 계속 상승중이다. 〈걸판〉의 팬들 입장에서도 자위대에 의한 홍보 편승은 크게 환영하고 있는 것 같다.

---

37) しんぶん赤旗2016년7월25일자「自衛官応募 3年連續減 戦争法强行の影響も 人的基盤を自ら壞す」
　　http://www.jcp.or.jp/akahata/aik16/2016-07-25/2016072501_03_1.html(2018년3월18일 최종조회).

38) ロイター「訂正：アングル：「永遠の0」に萌えアニメ,自衛隊が柔らか路線で廣報强化」2014년11월4일자.
　　http://jp.reuters.com/article/JPNKorea/idJPKBN0IO03120141104(2015년5월10일 최종열람).

39) 東スポweb 2017년08월29일자「自衛隊「總火演」の目玉は離島奪回」
　　https://www.tokyo-sports.co.jp/nonsec/social/747570/(2018년3월18일 최종조회).

5. 〈걸판〉이 형성한 '문화권'과 그 동원력

이상, 〈걸판〉을 둘러싼 '산(애니메이션산업), 관(오아라이초, 이바라기현, 자위대), 민(오아라이의 상점가, 팬)' 3자가 '트리플 윈'이라고 할 만큼 성공을 거둔 것에 대해 확인해 봤다. 이 절에서는 그 성공을 뒷받침한 문화동원의 메카니즘과 그 정치성에 초점을 맞추고자 한다.

오츠카 에이지大塚英志는 '시스템(=커다란 이야기)' 중 '하나의 단편인 일회 분의 드라마나 하나의 단편으로서의 〈모노モノ〉를 보여주면서 소비'하는 것을 '스토리 소비'라고 칭하고[40] 거기서 발동되는 '창작이라는 소비 형식'의 존재를 제시하고 '단편적인 정보를 제공되는, 그러나 스토리의 전체상은 제시되지 않는, 그곳에서 수용자 측은 스토리의 전체상을 상상=창조해 간다'라고 지적했다[41]. 또한, 아즈마 히로키東浩紀는 오츠카론을 바탕으로 '코믹, 애니메이션, 게임, 소설, 일러스트, 트레이딩 카드, 피겨(도형), 그 외 다양한 작품이나 상품의 심층에 있는 것은 이제는 결코 이야기에 그치지 않는다'라고 하며 '단순히 작품(작은 이야기)을 소비하는 것도 그 배후에 있는 세계관(커다란 이야기)을 소비하는 것도 나아가서는 설정이나 캐릭터(커다란 비非스토리)를 소비하는 것도 아닌 더 깊숙한 곳에 있는 보다 광대한 오타쿠계 문화전체를 소비하는 것'을 '데이터베이스 소비'라고 명명했다.[42] 예

---

40) 大塚英志『定本物語消費論』(角川文庫, 2001년)p.14.

41) 大塚英志『物語消滅論——キャラクター化する「私」, イデオロギー化する「物語」』 (角川oneテーマ21,2004年)pp.27-28, '스토리 소비'에 관한 상세한 논은 각주 37 자료.

42) 東浩紀『動物化するポストモダン オタクから見た日本社會』(講談社現代新書, 2001년)pp.76-78.

를 들면, 〈걸판〉을 비롯한 일련의 '모에밀리' 작품에서는 짧은 스커트
의 세일러 복장을 한 여고생들이 주인공으로 나오는데 이것은 이른바
'미소녀 게임'이라고 일컫는 장르에도 공통되며 아즈마론에 따르면
'세일러 복장의 여고생'은 '오타쿠계 문화'의 '데이터베이스'를 구성하
는 주요 요소 중 하나라고 말 할 수 있을 것이다. 어쨌든 〈걸판〉 독특
한 고조는 고작 10수화 밖에 안 되는 불완전한 이야기를 수용자가 보
완해 가는 '스토리 소비'든지 현재 오타쿠문화 안에서 유행중인 '모에
미리'라는 '데이터베이스 소비' 든지 산관민이 경쟁하듯 열광하고 작
품의 세계관을 바탕으로 상상=창조하면서 실재의 오아라이초를 '〈걸
판〉 마을'로 변모시켰다는 사실이다.

20대, 30대 남성이 중심인 〈걸판〉의 팬은 태어났을 때에는 이미 충
분히 성숙한 소비문화세계가 내면화되어 자라난 세대이고 그 중에서
도 특히 상품의 구입이나 정보(데이터) 수집에 열의를 쏟는 '오타쿠'
층이다. 마에지마 사토시前島賢에 의하면 '오타쿠들이 즐기는 요소 중
어디까지나 일부인 "미소녀" "모에"는 밀레니엄세대에 이르자 극단적
으로 커다란 가치를 갖게 되어 오타쿠인 것이 미소녀에게 마음을 빼
앗기는 것과 거의 등가等価로 연결되게 되었'[43]지만 그 의미에서도 〈걸
판〉팬은 틀림없이 '오타쿠'의 범주이다. 이러한 '오타쿠'는 원래 〈걸
판〉의 타깃층이기 때문에 그들이 작품에 열중하는 것은 당연하다고
할 수 있다.

그러나 주목해야 할 점은 소비문화의 특징인 '기호의 부여'에 의한
물품판매에조차 거의 무관했던 현지 상점가의 사람들이 캐릭터 사용

---

43) 前島賢『セカイ系とは何か』(星海社文庫, 2014년)p.14.

등의 '기호' 부여보다 앞서서 '스토리'의 상상=창조에까지 단숨에 유
입되었다는 점이다. 이 현상은 애니메이션의 '성지'가 된 지역에서 어
느 정도 공통된 점이기도 하지만 관민일체가 되어 〈걸판〉의 마을'로
변모하려고 하는 활발한 움직임, 현으로의 확산, 자위대의 협력 등 오
아라이의 상황에서는 특이한 점이 있었다. 그리고 이 일련의 움직임
은 민감하게 제작자 측에 반영되어 새로운 상업전개로 이어진다. 이
렇게 〈걸판〉이라고 하는 작품의 소비에 의해서 새로운 소비대상이 창
출되고, 그것을 소비함으로써 또 다른 새로운 소비가 창출 된다…그
연결고리가 인구 1만 7천 명의 기타간토北關東의 작은 마을에서 5년이
넘도록 계속되고 있는 것이다. 이 연구에서는 소비에 의한 이러한 문
화 활동이 실체적으로 지역 안에서 전개됨으로서 〈걸판〉은 더 이상
단순한 애니메이션 작품이 아니라 하나의 '문화권'을 형성하고 있다
고 받아들이고자 한다.

'문화권'이 존재한다는 것은 거기에 경계가 있고 포섭과 배제가 작
동하는 것을 의미한다. 또한 이 〈걸판〉 문화권'은 언어도 종교도 생활
습관도 아닌 소비로 규정되는 것이 특징이다. 원래 일본에서는 '무엇
을 소비하는가?'가 개인의 아이덴티티와 직결되고 나아가 그 소비행
동이 미치는 인간관계의 포섭과 배제에 대한 영향이 두드러진다. 청
소년문제를 소비문화와 관련지어 분석하는 나카니시 신타로中西新太
郎는 '일본형' 문화의 대중소비가 '문화상품, 문화시장의 개발이 기업
사회시스템을 전제로 하여 지탱되어 자유롭게 전개되어 왔다'는 점에
주목하고 있는데[44] 덧붙여 말하면 소비자가 그 기업사회 시스템에 대

---

44) 中西新太郎『「問題」としての靑少年 現代日本の〈文化 社會〉構造』(2012년, 大月書

해서 자각적이고 그 위에 호의적이라는 점이 보다 '일본적'이라고 할 수 있겠다. 예를 들면 〈결판〉팬들의 블로그에서는 이벤트에서 우연히 눈에 띈 스기야마 프로듀서에 관한 글들을 종종 볼 수 있다. 그들에게 스기야마는 히어로인 까닭에 그것은 전능한 신처럼 애니메이션의 작품세계를 지배하는 미야자키 하야오 감독과 같은 존재로서가 아니라 기묘한 표현이지만 자신들에게 계속해서 새로운 놀이로써의 '임무'를 제공해 주는 우수한 '상사上司'로서 사모하는 것처럼 보인다. 팬들은 스기야마 프로듀서나 오아라이의 이벤트 기획자들에 대해서 '수고 하십니다'라는 격려의 말을 건넨다. 그것은 마치 기업사회시스템의 인사이고 스기야마나 기획자들이 그 시스템에 속해 있는 것을 인식하고 있을 뿐 아니라 팬 자신도 '수고 하십니다'라고 말함으로써 그 기업사회시스템의 일원으로 포섭=인지시키고 싶다고 하는 욕구를 표명하고 있는 것이 애처롭기까지 하다.

기업사회시스템을 포함한 사회시스템 일반이 보편적으로 갖는 포섭과 배제 다시 말하면 동원과 동조 압력의 기능은 구성원의 주체적 의사와 실천에 의해서 유지되어 간다. 친밀한 사회권을 '상호 이해'를 기조로 하는 '공감공동체'로 파악한 나카니시는 그 존재의 불안정성과 끊임없는 유지 작업에 대해서 다음과 같이 설명하고 있다.

(필자 주- 서로 이해할 수 있을 것이라는)예측에 근거한 소집단의 선택과 창출은 그 권내에서의 '상호이해' (포섭)관계 모두를 안정화시킬 수는 없다. (중략) '상호이해' 지향성의 공유를 구성원 모두가 확인

店) pp.130~133.

할 수 있고 납득할 수 있도록 가시화된 절차='공동화'의 작법이 필요하다는 것이다. 포섭에 관해서 기술한 공동적 자기 확증은 '이 애니메이션이 재미있다'고 느끼는 대상의 일치(공유)에 의해서 보장된다고는 할 수 없다. 그렇게 느끼는 자신의 자세를 상호 확인할 수 있는 구체적인 단서가 불가결한 것이다. 그럼에도 불구하고 느끼는 방식의 공유(공감)를 확인하는 작업(동기同期)은 상호주관적인 성격인 한, 불안정함을 면할 수는 없다. 상호 관련의 안정화로 정위定位된 '공동화'의 작법은, 따라서 필연적으로 규범적이고 의례적인 절차를 보다 촘촘하게 만들어내는 결과로 인도한다.[45]

산관민을 포섭하여 확장해 가는 〈걸판〉문화권'도 또한 이러한 불안정한 '공감 공동체' 중 하나이며 그들의 공감 확인 작업은 〈걸판〉 관련 상품 및 이벤트의 끝없는 개발과 소비에 의해 지속되고 있다. 팬들에 의한 상품이나 이벤트의 소비방식, 상점가 사람들에 의한 기획 방법, 지자체의 〈걸판〉 표상의 사용 방법은 어느 것도 서로가 비슷하고 소비방식을 일탈하지 않도록 견제하고 서로 감시하고 있는 것 같다. 그리고 그것이 공동체 멤버로서 '올바른' 행동이라면 다른 멤버로부터 '좋아요'라는 승인이 이루어진다. 〈걸판〉 문화권'에 '좋아요! 좋아요!'의 목소리만 올라오는 것은 결코 작지만은 않았던 지진, 쓰나미, 원전사고의 피해에도 불구하고 후쿠시마福島, 도호쿠東北와 지리적으로 가까운 탓에 기타간토에 속하는 오아라이초 상황이 상대적으로 과소평가되고 동시에 지역주민들도 도호쿠東北에 대한 배려로 꾹 참아온 경위도 음으로 양으로 영향을 미쳤을 것이다. 팬들은 그 지역에서

---

45) 각주42 책, p.284

의 소비가 부흥지원이 된다는 것을 인식하여 제작측도 지역상점에 대해서는 저작권사용료를 배려하고 있다.[46] 또한, 지자체에 대한 기부로 소득세나 주민세의 환급 및 공제받을 수 있는 '고향납세'에도 이바라키현 오아라이초는 호조를 보였고 '2015년12월에 TV애니메이션 〈걸즈 앤 판처〉와 제휴한 식품 등 230품목을 답례품에 추가한 결과, 신청이 급증했다. 2015년도의 수입건수는 7,266건으로 전년도비 약35배, 수입액은 2억64만6천엔으로 전년도비 약 26배가 되어 전국합계의 전년도비 크게 웃돌았다'[47]는 결과가 나왔다. 자위대의 협력 이유에서도 '지진재해 부흥'이라는 말이 들어 있고 지진재해 후에 일본전체를 뒤덮은 산관민의 '유대絆'이데올로기가 〈걸판〉 문화권'에 단단히 깃들어 있는 것을 확인 할 수 있다.

그러나 그 의도가 선의에서 출발했더라도 국가나 기업이 '유대絆'를 구가할 때는 아무리 봐도 순수하지 않은 것, 뭔가 석연치 않은 것이 섞이는 것도 사실이다. 국가에는 정치적 의도가 있고 기업에는 경제적 의도가 있다. 이것은 전시중의 익찬翼贊 체제나 보국회報国會와도 공통된 점이다. 당시는 전쟁이라고 하는 특수한 시대이고 사람들은 파시즘에 지배되어 있었다고 인식하기 쉽지만 '모두'가 군인을 응원하자, '모두'가 힘든 상황을 이겨내자, 라고 하는 천려淺慮이지만 소박하고 보편적인 감정이 국가에게 형편이 좋은 전체주의적 경향을 갖게 되어 버렸다는 측면도 다분히 있을 것이다. 재해피해지인 오아라이에는 이

---

46) 각주21 책, pp.133-134.
47) BIGLOBEニュース, 2016년6월16일자 「茨城縣大洗町のふるさと納稅額,ガルパン効果で前年の26倍 全国計4.3倍を大きく上回る」
   https://news.biglobe.ne.jp/domestic/0616/blnews_160616_4557985339.
   html(2018년3월18일 최종조회).

러한 전시중과도 비슷한 상황이 이미 있었고 앞에서 기술한 캔배지에
도 적힌 '감밧빼(힘내)!'라는 표어로 단결이 구가되었다. 이러한 움직
임은 당연히 '내셔널'이 될 수밖에 없다.

오아라이에서 전개된 '〈걸판〉 문화권'을 생각해 보면 경제효과의 혜
택을 누리고자하는 손익계산이 가장 먼저이고, 거기에 덧붙여 심정적
으로 〈걸판〉이라고 하는 '문화권'에 포섭되고 싶다거나 또는 배제되고
싶지 않다고 하는 경향이 국가가 추진하는 원자력산업을 가장 먼저
받아들였던 것처럼 원래부터 보수적인 지역에 강력하게 작용한 것으
로 보인다. 결국, '시류에 뒤떨어지지 마라'라고 하는 심리가 정치적,
경제적, 사회적으로 중층적으로 작용하여 '〈걸판〉 문화권'에 대한 동
원을 유지 및 가속시키고 있는 것은 아닐까. 〈걸판〉을 둘러싼 산관민
의 움직임이 전쟁과 직결되는 것은 물론 아니다. 여러 번 설명한 것처
럼 각각의 생각은 다르며 오히려 비정치적이라고도 할 수 있다. 그러
나 산관민이 함께 함으로서 결과적으로 생겨난 '내셔널'한 열광상태
에 기시감既視感을 동반한 일말의 위기감이 없다고는 장담할 수 없는
것이다.

마치며

근년은 서브컬처분야에 있어서 세계적으로 전차가 인기인 것 같다.
2010년 벨라루스에서 개발된 온라인 전차게임 〈World of Tanks〉는
일본에서도 인기가 있지만 전 세계의 1억 명 이상이 등록하고 있다고
도 알려져 있으며 〈걸판〉과의 콜라보도 진행되고 있다. 2015년2월에

배포된 이 게임의 스페셜 팩에는 전투음성이 〈걸판〉 캐릭터 보이스로 변경되었고 차량 외장이 〈걸판〉 사양으로 바뀌는 등 〈걸판〉의 세계관으로 〈World of Tanks〉의 전투게임을 즐길 수 있는 내용이 되었다.[48]

전차, 전함, 전투기 또는 전투로봇이나 안드로이드 등은 서브컬처의 상투적 모티브로서 반복적으로 재생산되어 소비되어 왔다. 전전·전중에도 다가와 스이호田河水泡의 만화 〈노라쿠로〉에서는 제국육군을 모델로 한 군생활이 그려졌고 장편 애니메이션 〈모모타로 바다의 신병桃太郎 海の神兵〉(세오 미쓰오瀬尾光世 감독)은 해군성의 지원에 의해 제작되었으며 미국에서도 디즈니에서 전시 중에 프로파간다 애니메이션이 제작되었다.[49] 오츠카는 '일본인의 만화 및 애니메이션의 미학이나 방법은 1931년부터 45년에 이르는 15년간의 파시즘 체제하에서 성립됐다'고 단언했다.[50] 이처럼 밀리터리와 서브컬처의 친교의 역사는 오래되었으며 이러한 계보로 자리매김해 본다면 〈걸판〉이라는 작품이 특별히 정치적이라고는 볼 수 없다.

그러나 다시 말하면 〈걸판〉에 있어서 산관민의 야합에는 괄목할만한 점이 있다. 또한 〈걸판〉에는 밀레니엄세대에서 속출했던 '세카이계セカイ系'라고 불리는 "사회"나 "국가"를 건너뛰어 "자신의 기분"이라든가 "자의식"이라든가가 미치는 범위를 "=세계世界"라고 인식하는 것

---

48) アキバ總研2015년2월25일
   https://akiba-souken.com/article/22878/(2015년5월3일 최종확인).

49) 군대에서 요청되어 1941년12월 이후에 제작되었다. DVD "Walt Disney Treasures : Walt Disney On The Front Lines - The War Years '(일본 미발매) 장편 1편, 단편 22편이 수록되어 있다.

50) 大塚英志『ミッキーの書式──戦後まんがの戦時下起源』(角川叢書, 2013년)p.9.

같은 세계관을 갖는 일련의 오타쿠계 작품'[51]의 영향을 볼 수 있다. '세카이계'는 독백獨白이 심하고 '싸우는 영웅'과 '아무것도 할 수 없는 나'와의 관계성이 '세계의 종말'로 직결되는 것 같은 특징을 갖기 때문에 〈걸판〉이 이것으로 분류되는 경우는 거의 없다. 그러나 아즈마東에 의하면 '10대의 평범한 주인공을 둘러싼 평온한 학원생활의 묘사로 이야기가 시작되고 그 위에 그 일상성을 유지한 채로 존재하면서(중략) 비현실적인 세계가 담담하게 그려지는'(방점은 원문)[52] 것도 또한 '세카이계'의 특징이며 〈걸판〉 속에서 자연스럽게 일상회화가 삽입되고 그 위에 사회에 대한 묘사가 전혀 그려지지 않은 점은 '세카이계'와 공통된다. 더구나 '싸우는 영웅'을 바라보는 '아무것도 할 수 없는 나'를 시청자인 팬에게 적용시키면 〈걸판〉을 포함한 작금의 '모에밀리'작품도 '세카이계'와 마찬가지로 폐쇄된 사회로 완결되는 이야기라고 간주하는 것도 가능할 것이다.

90년대 중반 이후의 네오내셔널리즘이나 역사수정주의의 움직임에는 타자를 향한 시선의 협소함이나 배양되어온 역사에 대한 경시가 분명히 존재한다. 〈걸판〉에서도 볼 수 있는 사회의식이나 국가관의 부재, 또는 한정성이라고 하는 일견 비정치적인 태도는 역으로 이러한 강한 정치성으로 전환하기 쉬울 것이다. 심지어 〈걸판〉은 자위대라는 현실적인 군사조직을 포함한 산관민이 함께 하는 형태로 '문화권'을 구성하고 있으며 비슷한 현상이 한층 대규모로 전개되는 '스토리'를 바탕으로 하여 일어날 경우 전시중과 같은 파쇼화로 향할 가

---

51) 각주43 책, p.28.
52) 東浩紀『ゲーム的リアリズムの誕生 動物化するポストモダン2』(講談社現代新書, 2007년)p.98. 주5

능성은 결코 적지 않다는 것이다. 또는 '스토리'가 별다른 힘을 가지지 않는다고 하더라도 오아라이에서 전개되고 있는 '소비커뮤니케이션'의 융성으로 인해 전시중의 근대적 파시즘과는 전혀 다른 포스트 모던적 파시즘이 생겨날지도 모른다. '커뮤니케이션'에 대한 열망 즉 타자와의 연결을 과잉으로 바라는 심리는 당연하지만 쉽게 동원으로 이끌려가기 때문이다. 작금의 서브컬처를 둘러싼 아즈마東에 의한 다음 분석은 이러한 가능성을 예측하게 한다.

포스트모던화의 진행과 정보기술의 진화에 힘입어 우리들은 이제 하나의 패키지로 하나의 이야기를 수용하기보다도 하나의 플랫폼 상에서 가능한 한 많은 커뮤니케이션을 교환하고 부산물로서 다양한 이야기를 동적으로 소비하는 쪽을 선호하는 그러한 환경 속에서 살기 시작했다. 다시 말하면 이야기보다도 메타meta- 이야기를, 이야기보다도 커뮤니케이션을 욕망하는 세계에 살기 시작했다.[53]

마에시마前島도 비슷한 지적을 하고 있다.

그러한 이야기(세카이계, 필자주)의 시대는 2000년대 후반에는 종언을 고하고 작품의 독해 그리고 창작에서 조차도 커뮤니케이션의 연쇄 속에서 행하여지는 시대가 도래했다.[54]

'세카이계'는 작품장르로서는 이미 시대에 뒤처졌다고 보는 마에시

---

53) 주52 책, p.152
54) 주43 책, p.214

마의 견해가 주류인 것 같은데 그것은 현실세계가 '세카이계'에 근접해버렸기 때문은 아닐까. 현대는 '나'의 세계관을 설명 없이 무리하게 관철시켜가는 '세카이계' 정치가들이 힘을 가진 시대이다. 그들의 조잡하고 난폭한 '이야기'에 앞 다투어 주체적으로 동원되지도 않고 또는 소비를 바탕으로 한 '커뮤니케이션'에 구애되지도 않고 '내셔널'이 아닌 사회적 연대를 상상=창조해 가는 길을 찾는 것이 긴요한 과제일 것이다. 근대의 히에라르키로부터 해방된 포스트모던의 자유와 다양성을 소비행동만으로 왜소화시키는 것은 민주적인 사회에 있어서 너무 위험이 많다.

3부

외래문화/자이니치문화

제6장

'한류 붐'에서 '혐한 무드'로

─ 대한對韓 내셔널리즘의 한 측면 ─

이치카와 고이치

들어가며

2000년대 초반 〈겨울 연가〉로 시작된 일대 '한류 붐'이 일었던 것은 잘 알려져 있다. 그런데 2010년대에 들어서자 일변해서 이번에는 '혐한 무드'가 들끓었다. 2014년 시점에 '혐한 무드'는 점점 그 세력이 거세진 것처럼 보였다. 현재의 일본사회를 뒤덮은 '혐한 무드'라는 것은 대체 무엇일까? 이 '혐한 무드'의 특질과 그 배경을 "혐한 서적의 범람"과 그 서적들이 베스트셀러가 되는 현상 등을 중심으로 검증하고자 한다.

이러한 혐한현상은 바로 하나의 "일본의 내셔널리즘" 그 자체이다. 더구나 순진하고 소박한 "알기 쉬운 내셔널리즘"이다. 이러한 "노골적 내셔널리즘"은 오늘날 일본의 시대적 정서=사회심리의 중요한 한 측면으로서 해명할 가치가 있는 대상이라고 생각된다. 조금 더 구체적으로 말하자면, 혐한현상의 실태, '혐한 붐'을 이끌었던 주체 등을 검토한 후에, '혐한 붐' '혐한 무드'가 무엇인지, 그 특질과 그 배경에 있는 요인을 분석하고자 한다. 또한 혐한서적에서는 무엇을 이야기하고 있는지, 그 주요한 논점을 정리하고 논평을 첨가하고자 한다.

1. 혐한현상의 여러 모습

2010년대의 혐한 현상

2010년 이후의 혐한현상에는 우선 2011년 8월 이후 몇 차례 행해졌던 '후지TV에 항의하는 혐한 데모'가 있다. 이 데모의 계기 중 하나로 들 수 있는 것은 같은 해 7월에 배우 다카오카 소스케高岡蒼甫/奏輔가 트위터에 쓴 메시지였다고 알려져 있다. '솔직히 신세진 적도 많지만 채널8후지TV은 지금 정말로 안 본다. 한국방송국인가라고 생각한 적도 자주 있다'라고 후지TV가 '한류 편중'의 방송 편성을 하고 있던 것을 비판했다.

이에 호응(?)하여 8월 7일에는 우선 '비공식 데모'가 후지TV 본사가 있는 오다이바お台場에서 진행됐다. 이때는 경찰의 허가가 나지 않았기 때문에 참가자는 '산책'이라고 칭했다. 참가자는 600명 정도였다.

이어서 8월 21일에는 본격적으로 대규모 데모 행진이 진행되었다. 전반(오전)과 후반(오후)의 총 참가인원은 5000명에 이르렀다고 한다. 데모 참가자 정보는 일반적으로 주최측 발표와 경찰발표의 숫자가 서로 다르고 그것을 보도하는 미디어에 의해서도 숫자는 차이가 난다('후지TV를 표적으로 "5000명 데모"의 깊은 까닭'『週刊新潮』2011년 9월 1일호). 후지TV 항의 데모는 그 후 9월 17일과 10월 15일로 한

달에 한 번 꼴로 이어졌다.

이런 뜻밖의 봉변을 당한 것은 카오花王주식회사이다. 카오 데모 공식사이트에 실린 '취지서趣意書'만으로는 '왜 카오인가'라는 점에서는 확실하지 않지만 유력한 스폰서라는 이유로 공격의 대상이 되었다. '후지TV에의 높은 광고비 지불', '단독 스폰서 프로그램, 드라마에 대한 수많은 문제가 부상되고 있다'고 추상적인 언급을 하고 있을 뿐 구체적인 이유는 하나도 밝혀지지 않았다. '콜센터의 조악한 대응'과 같은 항목도 이유로 들고 있다. 2011년9월16일 카오 본사 앞에서 1000명 규모의 항의데모를 시작으로 10월21일에 제2회, 2012년1월20일에는 제3회째 항의활동이 있었다고 한다. 데모 실행위원회에 따르면 최종적으로는 이러한 항의활동을 통해서 카오제품의 불매운동을 호소해 나가고자 한 것이다.[1]

스폰서 측에서 보면 2012년2월21일로 예정되어 있던 로토제약의 CM제작 발표 기자회견이 갑자기 중지되는 '사건'도 있었다. 기초화장품 〈유키고코치雪ごこち〉라는 제품의 CM으로 이 작품에는 한국인 여배우 김태희가 출연했었다.[2] 중지된 이유는 그녀에 대한 인터넷상의 비판적 댓글과 관련해서 예상치 못한 사태를 경계하기 위한 대응 때문이라는 것이었다.

김태희는 2011년10월23일부터 후지TV에서 방영된 연속드라마 〈나와 스타의 99일〉에도 주연을 하고 있었다. 앞에서 말한 10월15일

---

1) 카오 데모 공식사이트
   http://kaodoff.blog.fc2.com/blog-entry-61.html
2) "가장 아름다운 한국 배우"로서 일본에서도 인기가 높은 배우이다. 수많은 성형미녀들과는 선을 긋는 '정통파미녀'로서 평가가 높았다.

후지TV 항의데모는 그녀를 기용한 것에 대한 항의도 포함되어 있었다.

왜, 김태희에 대해 이러한 반발이 있었는가 하면 인터넷상에서는 그녀에게 '반일 여배우'의 딱지가 붙어 있었기 때문이다. 김태희는 '반일 행동'의 전력이 있기 때문이라는 것이다. 그것은 시간을 조금 거슬러 올라가 2005년의 일이다. 스위스정부의 관광국의 친선대사로 뽑혀 활동했을 때 남동생 이완과 함께 '독도는 우리 땅'이라고 쓰인 티셔츠를 입거나 나누어 주었다는 것이다.[3]

더욱이 연예인과 관련된 사건으로는 당시 이명박대통령의 독도방문 후이고 한국인 배우 송일국의 '독도 수영 문제'가 있다. 2012년8월 15일 광복절에 맞춰서 독도까지 릴레이로 수영하는 이벤트에 참가했던 것이 문제가 되었다. 그는 〈주몽〉〈해신〉〈바람의 나라〉 등 역사드라마로 일본에서도 높은 인기를 자랑하고 있었기 때문에 그 반향은 컸으며 그 다음 주부터 방송예정이었던 그가 주연을 맡은 한국드라마 〈신이라 불리운 사나이〉(BS닛테레일본TV)와 〈강력반〉(BS저팬)은 방송 보류 조치가 취해졌다.[4] 당시의 외무부剾대신이었던 야마구치 츠요시山口莊는 출연했던 민방 보도프로그램에서 '송구하지만 앞으로 일본에 오는 것은 어렵겠죠. 그것이 국민적인 감정이다'라고 발언했다(『아사히신문』2012년8월27일).

---

3) 이에 대해서는 스위스측도 항의를 했다고 한다. 단, 김태희 본인은 〈나와 스타의 99일〉 방영 전에 방일했을 때의 인터뷰에서는 스스로 '친일'적 행동을 강조했다(『msn 産経ニュース』2011년 11월 9일, 및 구로다 카츠히로(黑田勝弘)'서울에서 여보세요.'『産経新聞』2012년 2월 25일 참조).

4) 『msn 産経ニュース』2012년8월15일
   http://sankei.jp.msn.com/entertainments/news/120815/ent12081519540012-n1.htm
   송일국 어머니의 아버지는 반일활동가 · 정치가로 유명한 김두환이다. 2012년 3월에 태어난 세쌍둥이 이름을 '대한"민국"만세'로 지어 화제가 되었다.

알기 쉬운 예로, NHK 〈코하쿠우타갓센紅白歌合戰〉에 2012년부터 3년 연속으로 한국가수들의 출연이 제로가 된 사례를 들면 좋을 듯도 하다. 2011년에는 동방신기, KARA, 소녀시대 3팀이나 출연했기 때문에 그 낙차가 눈에 띈다.[5]

혐한현상이라고 하면 신오쿠보新大久保 등을 거점으로 한 '혐한 데모'도 잊어서는 안 된다. 신오쿠보에서의 '혐한 데모'가 사회적으로 주목받기 시작한 것은 2012년 여름 무렵으로 2013년 전반에는 더욱 격렬해졌고 2014년9월 무렵에는 종식된 것으로 알려져 있다('한류의 거리/ 계속되는 아픔/ 신오쿠보의 헤이트 스피치가 그쳐도'『東京新聞』2014년9월18일)

그 사이에 '카운타'라고 불리는 데모부대의 함성에 대항하는 사람들도 나타나 2013년6월16일에는 '재특회'(在特会=在日特権を許さない市民の会 재일조선인 특권을 용납하지 않는 시민의 모임)와 이에 대항하는 그룹 쌍방 모두 8명이 폭행 용의로 체포되는 사태로까지 발전했다('혐한 데모 과격화'『日本経濟新聞』2013년7월10일).

'혐한 데모' 참가자는 '조선인은 나가라!', '발퀴벌레 조선인을 죽여라!'등의 차마 듣고 있을 수 없는 차별적 증오 표현을 행한다. 이것이야말로 헤이트 스피치(차별 선동 표현)라는 관점에서 검토가 필요한 큰 주제이고 간단하게 다룰 문제가 아니기 때문에 여기에서는 자세히는 언급하지 않는다.

---

5)『産経WEST』2014년12월29일.
  http://www.sankei.com/west/news/141229/wst1412290005-n3.html

혐한 무드의 확립

이상에서 소개한 사례는 시기적으로 전후하는 것도 있지만 이렇게 조성되어 온 반한 무드의 결정적 계기는 이명박대통령의 과격한 언동이었다. 그 중 하나는 말할 것도 없이 2012년8월10일의 이대통령의 갑작스런 독도방문이다. 나아가 천황에게 사죄를 요구하는 발언이 뒤를 이었다.

한일간 트러블의 상징인 독도방문은 현역 대통령으로는 처음이었다. 정권말기 떨어진 지지율을 만회하기 위한 퍼포먼스였다는 견해가 일반적이었지만 너무나도 당돌한 행동으로 인해 커다란 충격이 감돌았다.

천황사죄요구는 천황의 방한문제와 관련해서 나온 것으로 거기에는 '일왕이 한국에 오고 싶다면 통석의 넘이라는 영문 모를 소리를 가져올 것이 아니라 먼저 독립운동가들을 찾아가서 무릎 꿇고 사죄해야 한다'는 역대급 모멸적 표현이 사용되었다. 이 발언은 8월14일 한국교육대학교에서 열린 강연 중에서 한 것이지만 그 과격한 표현에는 한국국민들 조차 놀랐다고 전해지고 있다(『シンシアリー』 2015년 29페이지). '무릎 꿇고'는 청와대의 기록에서는 삭제되었다고 하지만 군이 '천황'이 아니라 '일왕'이라고 한 것에 최대급 모멸의 의미가 포함되어 있다.

방한 일본관광객의 감소

이 '사건'의 영향은 일본인의 방한 관광객의 감소라는 형태로 확실히 드러났다. 2012년 방한 일본인 관광객은 약 352만 명이었던 것이 2013년에는 약 275만 명으로 약22% 대폭 감소하였고 2014년에는 약 230만 명까지 줄여들었다. 이것은 피크일 때와 비교하면 30% 감소된

수치이다.

한편, 중국인 방한 관광객은 역으로 급증하고 있고 2013년에는 약 433만 명에 달한다. 서울 관광명소에서는 그 때까지의 일본어를 대신해서 중국어만 들린다고 한다. 덧붙여서 2014년 방일 한국인은 270만 명이었고 방한 일본인 수를 상회하고 있다.[6]

신오쿠보 코리아타운이 한산한 거리로

한류 붐의 퇴조退潮를 알 수 있는 또 하나의 알기 쉬운 사례 중 하나가 "한류의 성지韓流の聖地"인 '신오쿠보 코리아타운'의 변모일 것이다. 이 문제를 취급한 커다란 기사가 연달아 2개의 신문에 실렸다. — '한겨울 연가 신오쿠보 코리아타운/ 붐 꺾임/ 활기부활 탐색'(『朝日新聞』2014년9월10일), '오쿠보 헤이트 스피치 그쳐도…/ 한류 거리/ 계속되는 아픔'(『東京新聞』2014년9월18일).

상징적인 사건은 가장 지명도가 높은 쇼쿠안도오리職安通り의 대형 한국요리점인 '대사관大使館'의 폐점이다(2014년8월). 한일 월드컵이 열렸던 2002년에 오픈 주차장에 양국 응원단이 모여 서로 응원했던 것으로도 유명해진 가게이다. 가게 앞에서 펼쳐진 헤이트 스피치 데모의 영향도 컸고 매상은 전성기 때의 절반이하가 됐다고 홍성엽 사장은 설명하고 있다. 오쿠보도오리에 있는 '한류백화점'도 영업은 계속하고 있지만 2014년4월에 민사재생법(民事再生法-2000년부터 시행된 재건형 도산법의 하나)을 신청하고 있다.

---

6) 「聯合ニュース」2015년1월7일
http://japanese.yonhapnews.co.kr/relation/2015/01/07/0400000000A
JP20150107000200882.HTML

손님이 떨어진 직접적인 원인은 데모나 가두선전 활동 때문이기도 하지만 폭발적인 인기는 일종의 "한류 버블"이었다고 보고 지역상점가들과 연계해서 착실하게 거리 재생을 도모하는 한국인 상점주들의 시도도 이루어지고 있다고 한다. 신오쿠보 거리는 중국계를 비롯하여 다양한 외국 가게가 진출하여 새로운 에스닉 타운으로 바뀌어가고 있다는 이야기도 있다.[7]

여론조사로 보는 혐한의식

이러한 '혐한 무드'라고 하는 대한對韓감정 · 대한對韓심리의 변화는 여론조사의 결과에도 확실히 나타나고 있다. 내각부가 매년 실시하고 있는 「외교에 관한 여론조사」에 의하면 '한국에 친근함을 느낀다'('친근함을 느낀다'+'친근함을 느끼는 편이다')는 2011년에는 62.2%였던 것이 2012년에는 39.2%로 격감하였고 2013년에는 40.7%로 조금 증가했지만 2014년 조사에서는 31.5%까지 감소했다. 지금까지 최고 수치였던 62.2%와 비교하면 정확히 절반으로 감소한 것이다.

이 정도로 알기 쉬운 형태로 수치가 나타나면 그 결과에 대한 의구심마저 들지도 모르지만 다른 여론조사에서도 같은 경향을 확인할 수 있다. 요미우리신문과 한국일보사가 2013년3월에 실시한 공동여론조사의 결과는 다음과 같다. — 우선 한일관계에 대한 평가인데 현재의 한일관계가 '나쁘다'(매우 나쁘다 + 나쁜 편이다)라는 대답이 일본측

7) 필자는 우연히 "한류 아줌마"의 안내로 2015년 3월 초에 신오쿠보 산책 투어(필드워크!?)를 가게 되었는데, 평일 낮임에도 불구하고 사람이 많고, 적어도 「파리가 날리는」한가한 분위기는 아니었다. "한류 아줌마"로 불렸던 중장년 여성의 모습은 역시 많지 않았지만 젊은 사람들과 겉모습으로 분명히 일본인과 달라 보이는 다양한 외국인의 모습이 눈에 띄었다.

에서는 71%로 지난 2011년의 27%에 비해 급증하고 있다. 한국에서
도 '나쁘다'고 생각한 사람이 78%(지난 조사 64%)로 올라 양국 모두
한일관계의 현상인식이 부정적이라는 것을 알 수 있다.

또한 상대 국가를 '신뢰할 수 없다'(별로 신뢰할 수 없다 + 전혀 신
뢰할 수 없다)라는 대답도 일본에서 역대 최고인 55%(지난 조사
37%), 한국에서도 80%(지난 조사 77%)로 상승했다. 특히, 일본인의
대한對韓의식이 급격하게 악화되고 있는 것을 엿볼 수 있다(『讀賣新
聞』2013년4월6일).

이상에서 알 수 있듯이, 일본에서의 혐한 현상과 혐한 무드가 행동
차원에서도 의식 차원에서도 확인할 수 있다.

2. 혐한의식과 미디어

매체로 보는 혐한 붐

그리고 이러한 혐한 현상의 확산에 대응하여 미디어도 당연히 이
주제를 빈번하게 다루게 된다. 표1은 '혐한''반한'을 키워드로 잡지 ·
주간지 및 신문기사 수의 추이를 나타낸 것이다.[8]

이것은 문자대로 단순한 키워드 검색이며 그 수치만으로는 안이하
게 논할 수는 없지만 큰 흐름만큼은 확인할 수 있다. '혐한''반한'관련

---

8) 잡지 · 주간지 기사에 대해서는 「大宅文庫」의 데이터베이스를, 『朝日新聞』은 「聞藏
Ⅱ」, 『每日新聞』은 「每索」, 『讀賣新聞』은 「ヨミダス歷史館」의 각각의 데이터베이스
를 사용했다. 또한, 2005년부터 2006년에 하나의 절정이 보이는데 이들 기사의 대
부분은 야마노 샤린(山野車輪)『만화 혐한류(マンガ嫌韓流)』(晋遊舍)의 베스트셀
러화에 관한 것이다.

기사는 분명하게 2013년부터 급증하고 있다. 표2의 혐한 서적 리스트에서도 발행연도별로 보면 2012년 5권, 2013년 15권, 2014년 44권으로 2013년부터 급증하고 있다.

　잡지 · 주간지에는 '혐한'(및 '혐중' 포함)기사가 쏟아졌지만 주간지 기사에 대해서는 재미있는 수치가 소개되었다. —2013년 1년간 발행된 『슈간분슌週刊文春』전 49호 중에서 표제에 '중국', '한국', '센카쿠', '위안부' 등이 붙은 기사는 48개호에 달했다. 『슈간 신쵸週刊新潮』의 경우는 49호 중 37호, 『슈간 포스트週刊ポスト』는 44호 중 38개호, 『슈간 겐다이週刊現代』는 46호 중 28개호였다고 한다('잘 팔리니까 혐중 증한 嫌中憎韓' 『아사히신문』2014년2월11일).

　즉 "꼰대 미디어"에 있어서 '혐한''혐중'기사가 차지하는 무게감은 경이적이다. 주간지가 중국 관련 기사를 빈번하게 취급하게 된 것은 2010년 센카쿠열도尖閣諸島 앞바다에서 있었던 어선충돌사건 무렵부터이고 한국관련 기사는 2012년 이명박 대통령이 독도를 방문 무렵부터라고 한다[9](同). "꼰대 미디어"로서는 석간신문의 존재도 무시할 수 없다. 『석간 후지夕刊フジ』의 기사와 관련해서 흥미로운 데이터가 있다. 2013년10월부터 2014년3월까지의 반년 동안의 기사 표제를 체크해서 리스트화한 것이다(헤이트 스피치와 쇼비니즘排外主義에 가담하지 않은 출판관계자회 편, 2014,46-49쪽).[10]

---

9) 2014년 중반부터는 아사히 배싱(bashing)기사가 급증했다. 아이러니하게도 그에 따라 혐한혐중 기사는 점차 감소하게 되었다.
10) 『9월, 도쿄의 노상에서(九月,東京の路上で)』(ころから, 2014)의 저자 가토우 나오키(加藤直樹)씨가 작성한 것.

[표1] 키워드 '혐한' 검색 결과

시기	오오야분코 大宅文庫	아사히신문 朝日新聞	마이니치신문 每日新聞
2005년1월~ 6월	0	0(0)	0(3)
2005년7월~12월	19	33(1)	1(1)
2006년1월~ 6월	17	14(3)	7(0)
2006년7월~12월	4	3(0)	4(3)
2007년1월~ 6월	0	3(3)	1(0)
2007년7월~12월	1	4(0)	0(1)
2008년1월~ 6월	3	3(1)	1(0)
2008년7월~12월	2	0(0)	1(0)
2009년1월~ 6월	1	1(0)	0(2)
2009년7월~12월	0	0(0)	1(1)
2010년1월~ 6월	2	5(1)	0(0)
2010년7월~12월	2	1(0)	0(4)
2011년1월~ 6월	2	0(1)	2(0)
2011년7월~12월	3	3(1)	0(1)
2012년1월~ 6월	3	1(0)	1(0)
2012년7월~12월	4	2(1)	1(1)
2013년1월~ 6월	7	3(8)	4(3)
2013년7월~12월	13	8(10)	9(7)
2014년1월~ 6월	23	21(4)	12(4)
2014년7월~12월	34	19(8)	28(6)
2015년	16(0)	57(2)	28(4)
2016년	0(0)	22(2)	11(0)
2017년	4(5)	21(2)	7(4)

참조) 괄호 안은 '반한'으로 검색했을 때의 숫자. 『요미우리신문』('요미다스 역사관')은 이 기간 전체에서 '혐한'21건, '반한'10건으로 적었다. '오야분코'의 경우도 ('반한'은 이 기간 전체 43건으로, '혐한'과 비교하면 절대수가 적었다.)

「혐한 무드」 그 이후

2014년, 그 이후의 움직임은 예를 들면 주요 데이터베이스에서의 키워드 '혐한'의 검색결과를 보더라도 2015년 이후는 감소경향이다. 일본인의 대한對韓의식은 '혐한'은 '무드'라는 말로 표현되는 일시적으로 유행하는 사회현상에서 '상용常用'레벨의 사회현상으로 전화轉化한 것이라고 볼 수 있지 않을까. '혐한'은 일시적인 열광적 현상이 아니라 일본사회의 일부로 완전히 정착되어 버렸다고 볼 수 있다.

매스미디어 차원에서는 '혐한 서적'이 베스트셀러가 되는 현상은 사라져간 대신 '혐한 언설'은 인터넷상으로 이동하여 그곳에서 헤이트 스피치로서 만연하게 되었다. 매스미디어 차원에서도 변함없이 특정한 출판이 발행하는 잡지나 서적 등 이른바 '혐한 미디어'라고 불릴 만한 것은 여전히 존재하지만 그것들은 일부 독자의 지지만을 얻고 있을 뿐이다. 한편, 한국드라마나 한국영화 등 한류콘텐츠는 변함없이 인기를 얻고 있다. 민방BS TV에서는 변함없이 많은 한국드라마가 방영되고 있다. '일시적인 팬'은 떠났지만 일정한 '핵심 팬コアなファン'은 확실하게 계속 존재하고 있다는 것이다. 대중문화의 차원에서 한일관계는 어떤 의미에서는 안정기에 들어갔다고 말할 수 있다.

'혐한 서적'의 범람

그리고 범람하는 '혐한 서적'의 갖가지. 사회심리 차원의 혐한 무드를 분석하기에는 오히려 앞서 기술한 잡지·주간지 기사나 석간신문의 기사 등을 대상으로 하는 편이 좋을지도 모르겠지만 이 연구에서는 이른바 '혐한 서적'을 다루겠다.

표2(213쪽)는 2010년대의 대표적인 혐한 서적 리스트이다. 물론 이

것이 전부를 망라한 것이라고 할 수 없고 그 중에는 한국이나 한국문화를 대상으로 하고 있을 뿐이고 '혐한 서적'이라고 분류하기에 적절하지 않은 것도 포함되어 있다.

일견하는 것만으로도 '익숙한 작가와 익숙한 출판사'라는 것이 첫인상이다. 확실히 혐한을 내세우는 신문이나 잡지, 주간지 이른바 '혐한 저널리즘'으로 불릴 만한 장르가 존재하는 것은 분명하다. 신문이라면 『산케이신문』, 석간신문의 『석간 후지』, 잡지라면 『세이론正論』(산케이신문 출판), 『SAPOIO』(쇼가쿠칸 출판 小學館), 『Will』(왓크 출판), 『레키시츠우歷史通』(와크 출판), 주간지라면 『주간분슌週刊文春』(분게이슌주文藝春秋), 『주간신쵸週刊新潮』(신초샤新潮社) 등이 있고 또한 출판사라면 혐한 서적 목록에 등장하는 산케이신문 출판, 후소샤扶桑社, PHP연구소, 왓크, 다카라지마샤宝島社, 신유샤晋遊舍 등등이다.

'혐한 붐'이라고 해도 그들은 결국 이러한 익숙한 필자나 매체에 의해서 유지되고 있는 일부의 한정된 언론활동이라는 식으로 보는 사람도 있을 것이다. 그러나 한편으로 이러한 언설이 명백하게 일정한 수의 사람들에 의해 지지받고 있다고 하는 사실도 확실히 존재하고 있는 것이다. 실제로 혐한 서적이 팔리고 그 중에는 베스트셀러가 되고 있는 경우도 엄연한 사실이다. 베스트셀러화化라는 것은 말할 필요도 없이 하나의 '유행 현상'이다. 모든 '유행 현상'에 주목하여 연구주제로 삼아 온 필자에게는 피할 수 없는 주제이다.

구체적으로 '혐한 서적' 중 베스트셀러에는 어떤 것들이 있을까. 앞에서 언급한 『아사히신문』의 기사에는 그 당시 잘 팔리는 '혐한 서적'을 소개하고 있다.

기사에 따르면 무로타니 가츠미室谷克實『매한론呆韓論』 20만부 및

『악한론惡韓論』 11만부, 구라야마 미츠루倉山滿『거짓말 투성이의 일한 근대사』 7만 4천부, 오선화吳善花『모일론侮日論』 3만부, 이 책들이 가장 많이 팔린 '혐한 서적'이다('팔리기 때문에 "혐중 증한嫌中憎韓"'『아사히 신문』 2014년 2월 11일).

다른 기사에서는 그 외에 다음과 같은 베스트셀러가 소개되었다. — 오선화『허언과 허식의 나라 · 한국』 9만부, 다케다 츠네야스竹田恒泰『실소할 정도로 질이 나쁜 한국이야기』 8만부, 김경주金慶珠『비뚤어진 나라 · 한국』 6만부, 이자와 모토히코井澤元彦 · 오선화『난처한 이웃 한국의 급소』 5만 5천부('한국 · 중국『해설본』 속속 간행'『산케이신문』 2014년 6월 4일).[11)]

또한 그 외의 '혐한 서적'의 베스트셀러에는 다음과 같은 책이 있다. 어느 것도 신문광고에서 소개되고 있는 숫자이기 때문에 어디까지 정확한가에 대해서는 유보되지 않으면 안 되지만 작금의 '출판 불황' 속에서는 커다란 숫자이다.

---

11) 과연 산케이신문이다. '혐한 서적'이나 '혐중 서적'이라고는 칭하지 않는다. 톱이 었던『매한론』은 후에 27만부의 베스트셀러(『산케이신문』 2014년 8월 16일 광고)가 되어 최종적으로는 「닛판 2014년 연간 베스트셀러」종합 20위에 랭크인, 「토한 TOHAN 출판종합상사 2014년 연간 베스트셀러」 신서 · 논픽션부문 제1위, 문고와 전집을 제외한 종합부문에서도 연간 17위가 되었다(『산케이신문』 2014년 12월 2일).

신문 광고란 ¹²⁾

> - 呉善花・石平『もう、この国は捨て置け! 韓国の狂気と異質さ』ワック、2014.2, 6万部突破(『産経新聞』2014年5月3日 広告)
> - 古田博司『醜いが、目をそらすな、隣国・韓国!』ワック、2014.3, 3万部突破(『産経新聞』2014年5月3日 広告)
> - 渡辺昇一・呉善花『「近くて遠い国」でいい、日本と韓国』ワック、2013.4, 4万部突破(『産経新聞』2014年5月18日 広告)
> - シンシアリー『韓国人による恥韓論』扶桑社、2014.5 わずか2か月で20万部突破!(『産経新聞』2014年7月16日 広告)
> - 室谷克実『ディス・イズ・コリア 韓国船沈没考』産経新聞出版、2014.7, 発売10日でたちまち6万部突破!(『産経新聞』2014年8月16日広告)
> - シンシアリー『韓国人による沈韓論』扶桑社、2014.9 シリーズ累計30万部突破!(『産経新聞』2014年10月20日 広告)
> - シンシアリー『韓国人が暴く黒韓史』扶桑社、2015.3 たちまち累計34万部突破! 待望のシリーズ第3弾(『朝日新聞』2015年3月17日 広告)

'혐한 서적'이 팔렸다는 것은 틀림없는 사실이다. 실제로 '혐한 서적'의 범람은 2014년 출판계의 최대 뉴스 중 하나로 총괄한 기사도 있다('회고, 지난 1년 출판'『시나노信濃 마이니치신문』2014년12월24일). 항례의 마이니치신문의 독서여론조사에서도 이 '혐한서적'이 거론되었다.

그렇다면, 다음의 관심은 '혐한 서적'을 읽는 사람은 어떤 사람들인가라는 문제이다. '혐한서적'의 독자・독자층은? ─ 이라는 점이다. 이

---

12)『아사히신문(朝日新聞)』에 후소샤(扶桑社)의 더구나 이런 종류의 광고가 실리는 것은 이례적이다.

것을 알면 '혐한 붐''혐한 무드'의 주체들, 그 지지자의 실상의 일단까지도 엿볼 수 있다는 것이다.

위 독서 여론조사에서도 상당히 대략적이긴 하지만 그것을 간파할 수 있다. '마이니치신문 제68회 독서 여론조사'에는 다음과 같은 질문 항목이 설정되어 있다.

한국이나 중국을 비판하고 문제점을 지적하는 이른바 '혐한', '혐중' 서적이 출판되고, 잡지에서는 '혐한', '혐중' 기사가 게재되어 있습니다. 이것들을 읽은 적이 있습니까?

이에 대한 대답은 다음과 같았다.

있다 …… 13% (남 18%, 여 9%)
없다 …… 86% (남 81%, 여 90%)

게다가 읽은 사람 중에 45%가 60대 이상, 20대는 8%, 10대 후반은 3%라는 결과가 나왔다(『마이니치신문』 2014년 10월 26일자).

결국 '혐한서적'의 주요 독자층은 중장년 남성이라는 것이다. 이것은 너무나 대충적인 일반적 경향을 보여주는 것에 불과하지만, 조금 더 자세하고 흥미로운 데이터가 있다. 혐한서적의 베스트셀러 중 대표적인 2권, 무로타니 가츠미室谷克實 『매한론呆韓論』(산케이 셀렉트, 2013년 12월 발매)과 신시아리『한국인에 의한 치한론恥韓論』(후소샤신서, 2014년 5월 발매)에 관한 독자(구매자) 데이터이다.

이에 따르면 두 도서가 각각 발매된 달의 독자를 보면, 전자의 경우 남성 50세 이상 39.8%, 남성 30~49세 35.0%, 여성 30~49세 9.7%,

그 외 15.5%, 후자의 경우는 남성 50세 이상 36.7%, 남성 30~49세 29.3%, 여성 30~49세 13.5%, 그 외 20.4%로 나와 있다. 완벽하게 같은 구성으로 되어 있다. 즉 '혐한 서적'의 독자의 중심은 중장년 남성이라는 것이다.

나아가 앞에서 인용한 내각부의 '외교에 관한 여론조사(2014년)' 결과와의 관련성도 보이고 있다. 이 조사결과에서는 한국에 대해서는 60세 이상에서 '친근감을 느끼지 않는다'(친근함을 느끼지 않는 편이다+친근함을 느끼지 않는다)라고 답한 사람의 비율이 현저하게 높다. 구체적인 수치는 20대 48.6%, 30대 64.0%, 40대 58.6%, 50대 60.7%, 60대 71.6%, 70대 이상 77.2%로 나와 있다. 또한 성별로는 남성이 69.7%, 여성은 63.5%이다.

그 내용으로 보면 혐한서적 붐은 이른바 '네트우요(인터넷 우익)'로부터 지지받고 있다고 생각하기 쉽지만, 이 기사에서는 '헤이트 스피치에 참가할 것 같은 협의의 네트우요는 혐한·혐중 서적 등은 구입하지 않는다. 그들은 인터넷에 있는 정보만을 믿고 가치관의 기준도 인터넷 안에 폐색되어 있다'라고 하는 코멘트가 소개되어 있다.[13] 이 지적은 단순한 사실을 나타낸 것이지만 매우 흥미롭다. '네트우요'는 선거도 하지 않고 책도 읽지 않는 것이다.

이에 혐한·혐중 서적 붐에 대한 한 가지 흥미로운 결론은 다음과 같다. - '…원래 독서습관이 있는 층과 한중 양국에 대해 거부감이 강한 층이 정확히 겹쳐진 지점에 혐한·혐중 서적의 붐이 생겨난 것이

---

13) 『인터넷 우익의 역습ネット右翼の逆襲』(總和社)의 저자인 평론가 후루야 츠네히라(古谷経衡)씨의 코멘토.

다'('애국 도서 독자의 정체'『주간 도요케이자이週刊東洋経済』2015년1월17일호).

혐한 붐은 평소 주간지나 석간신문에 접하고 독서경험이나 습관이 몸에 배인 중장년 남성이 그 주된 주체인 것이다.

[표2] 혐한 서적 리스트

- 井澤元彦·吳善花『厄介な隣人韓国人の正体』祥伝社, 2012.10
- 井澤元彦·吳善花『困った隣人韓国の急所』祥伝社, 2013.3
- 宇田川敬介『韓国人知日派の言い分』飛鳥新社, 2014.6
- 吳善花『虚言と虚飾の国·韓国』ワック, 2012.9
- 吳善花『「見かけ」がすべての韓流　なぜ, 大統領までが整形をするのか』ワック, 2012.3
- 吳善花『反日·愛国の由來』PHP研究所, 2013.11
- 吳善花『なぜ「反日韓国」に未來はないのか』小學館, 2013.12
- 吳善花『侮日論』文藝春秋, 2014.1
- 吳善花『「反日韓国」の自壞が始まった』悟空出版, 2014.11
- 吳善花·黃文雄·石平『日本人の恩を忘れた中国人·韓国人の「心の闇」』德間書店, 2013.12
- 吳善花·石平『もう, この国は捨て置け!　韓国の狂氣と異質さ』ワック, 2014.2
- 大高未貴『日韓"円滿"断交はいかが?』ワニブックス, 2014.4
- 岡崎久彦『なぜ, 日本人は韓国人が嫌いなのか』ワック, 2006.11
- 加瀬英明『中国人韓国人にはなぜ「心」がないのか』ベストセラーズ, 2014.5
- 金慶珠『歪みの国·韓国』祥伝社, 2013.6
- 倉山滿『嘘だらけの日韓近現代史』扶桑社, 2013.12
- 倉山滿『反日プロパガンダの近代史』アスペクト, 2014.2
- 拳骨拓史『韓国人に不都合な半島の歴史』PHP研究所, 2012.11
- 拳骨拓史『「反日思想」歴史の眞實』扶桑社, 2013.6
- 拳骨拓史『韓国「反日謀略」の罠』扶桑社, 2014.3

- 黄文雄『なぜ韓国人・中国人は「反日」を叫ぶのか』宝島社,2014.2
- 黄文雄『犯韓論』幻冬舎ルネッサンス,2014.3
- 黄文雄『悲韓論』徳間書店,2014.7
- 黄文雄『犯中韓論』幻冬舎ルネッサンス,2014.8
- 黄文雄『恨韓論 世界中から嫌われる韓国人の「小中華思想」の正体!』宝島社,2014.9
- 黄文雄『立ち直れない韓国』扶桑社,2014.10
- 黄文雄・呉善花・石平『賣国奴 なぜ中韓は反日を国是とするのか』ビジネス社,2013.1
- 黄文雄・呉善花・石平『日本人は中国人・韓国人と根本的に違う』李伯社,2013.4
- ご隠居『息をするように嘘をつく韓国』宝島社,2014.10
- SAPIO編集部編『日本人が知っておくべき 嘘つき韓国の正体』小學館,2014.3
- 櫻井誠『大嫌韓時代』青林堂,2014.9
- 産経新聞「新帝国時代」取材班『貶める韓国脅す中国 新帝国時代 試される日本』産経新聞出版社,2014.3
- シンシアリー『韓国人による恥韓論』扶桑社,2014.5
- シンシアリー『韓国人による沈韓論』扶桑社,2014.9
- シンシアリー『韓国人が暴く 黒韓史』扶桑社,2015.3
- 鈴置高史『中国に立ち向かう日本,つき従う韓国』日経BP社,2013.2
- 鈴置高史『中国という蟻地獄に落ちた韓国』日経BP社,2013.11
- 鈴置高史『「踏み繪」迫る米国「逆切れ」する韓国』日経BP社,2014.4
- 鈴置高史『「三面楚歌」にようやく氣づいた韓国』日経BP社,2015.3
- 石平・黄文雄・呉善花『日本人は中韓との「絶交の覺悟」を持ちなさい』李伯社,2014.1
- 竹田恒泰『面白いけど笑えない中国の話』ビジネス社,2013.7
- 竹田恒泰『笑えるほどにたちが悪い韓国の話』ビジネス社,2014.3
- 鄭大均『韓国が「反日」をやめる日は來るのか』KADOKAWA,2012.12
- 豊田有恒『どの面下げての韓国人』祥伝社,2014.4

- 豊田隆雄『本当は怖ろしい韓国の歴史』彩図社,2015.3
- 日本戦略ブレイン『誅韓論』晋遊舍,2014.8
- 古谷経衡『もう無韓心でいい』ワック,2014.8
- 某国のイージス『韓国とかかわるな!』アイバス出版,2014.6
- 某国のイージス『非韓五原則』アイバス出版,2014.12
- 古田博司『醜いが,目をそらすな,隣国·韓国!』ワック,2014.3
- 松木国俊『こうして捏造された「韓国千年の恨み」』ワック,2014
- 馬渕睦夫『「反日中韓」を操るのは,じつは同盟国·アメリカだった! 』ワック,2014.10
- 三橋貴明『愚韓新論 断末魔の経済と狂亂反日の結末』飛鳥新社,2014.2
- 宮家邦彦『哀しき半島国家韓国の結末』PHP研究所,2014.10
- 宮崎正弘『中国·韓国を本氣で見捨て始めた世界』德間書店,2014.9
- 宮崎正弘·室谷克實『仲良く自滅する中国と韓国』德間書店,2014.6
- 宮脇淳子『悲しい歴史の国の韓国人』德間書店,2014.12
- 室谷克實『惡韓論』新潮社,2013.4
- 室谷克實『呆韓論』産経新聞出版,2013.12
- 室谷克實『ディス·イズ·コリア 韓国船沈没考』産経新聞出版,2014.7
- 室谷克實·三橋貴明『「妄想大国」韓国を嗤う』PHP研究所,2014.4
- 八幡和郎『誤解だらけの韓国史の眞實』イースト·プレス,2015.4
- 渡部昇一 · 呉善花『「近くて遠い国」でいい,日本と韓国』ワック,2013.4
- 渡部昇一 · 呉善花『日本と韓国は和解できない』PHP 研究所,2014.9
- 別冊宝島『反日韓国ヤバすぎる正体』宝島社,2014.2
- 別冊宝島『日本人なら知っておきたい「反日韓国」100のウソ』宝島社,2014.8
- 別冊宝島『アホでマヌケな反日「中韓」』宝島社,2014．11
- 晋遊舍ムック『中国·韓国絶對に許せない100の惡行』晋遊舍,2014.12

그렇다면 '혐한서적'의 내용은 어떨까. 혐한서적의 리스트는 그 타이틀만 보더라도 무시무시하다.

'악惡' '혐嫌' '매呆' '우愚' '주誅' '허噓' '범犯' '치恥' '흑黑' 등등, 강력한 자극적으로 노출된 적의를 반영한 마이너스 이미지의 문자가 나열된다.

"내용은 뻔하다!"고 생각해도 좋다, 정독할 만한 책은 아니라고 치부해도 좋을지도 모른다. 그러나 그렇게 되면 논의가 안 되기 때문에 내용에 대해서도 검토하도록 하자.

제목의 과격함으로 치면 '주誅'가 가장 으뜸일 것이다. 어쨌든 '천주天誅(=천벌)'의 주이기 때문이다.『주한론誅韓論』의 겉표지 띠에는 '이것은 이미 살한론殺韓論이다!'라고 쓰여 있는 것처럼, '주誅'가 의미하는 것은 '죽이는 것'이다. 더 나아가 '그 반일 적성국가를 침묵시킬 수 있는 필살의 서적'이라고 쓰여 있다. 더욱이 이 책의 부제는 '악의 반일국가는 이렇게 무너뜨려라!'이다.

문제점을 밝히기 위해서는 일부러라도 가장 극단적인 것에 주목하는 것도 하나의 유효한 방법이다. 제목의 과격함에 대응해서 이 책은 내용도 무시무시하다. ― '지금은 많은 일본인이 깨닫기 시작했다. 한국이라는 나라는 "반일"을 국교로 하는 "카르트 교단"이고, 한국국민이란 그것을 신봉하는 "광신자 집단"은 아닐까'라고(3쪽) ― 머리말의 모두부터 이러한 문장으로 시작한다.

이명박 대통령의 독도방문과 자국령 선언, 천황모욕발언은 '일본국민에 대한 공공연한 도발행위'로 사실상 선전포고로 단정하고(13쪽), 결론은 '한국은 일본에 비정규전戰을 걸고 있는 현역 테러국가이고 한

국인은 테러리스트이다」(80쪽)라는 것이다.[14]

　그 밖의 혐한서적을 체크해 보면 몇 가지 공통 주제가 다뤄지고 있음을 알 수 있다. 이하에서 그 대표적 예를 들어 그에 대한 약간의 코멘트를 덧붙이고자 한다. 혐한서적의 대부분에서 즐겨 다루는 공통 주제는 한일 간의 현안인 '종군위안부문제' '독도문제' '교과서문제'라는 것은 말할 것도 없지만 여기에서는 사고와 가치관 등에 관한 조금 더 큰 주제에 주목하고자 한다.

3. 혐한서적의 주요 테마

　① 반일비판(반일적 태도)
　'반일'은 국시国是. '반일'은 일종의 종교('반일'교).
　② 소중화주의小中華主義 · 사대주의事大主義
　①과 ②는 분리할 수 없다. ①을 기초로 ②가 있다고 하는 관계로 양자는 이른바 세트로 되어 있다. 한국인의 반일 태도는 직접적으로는 제2차 세계대전 이후 일관되게 실시되어 온 '반일교육'의 산물이지만 오선화(2014) 등에 의하면 훨씬 뿌리 깊은 것이라고 한다.
　한반도에서 전통적으로 보이는 '모일관侮日觀'이야말로 그 근본적인 원인이고, 그것은 '왜인倭人'이나 '왜놈倭奴'등의 명칭에 단적으로 나타

---

14) 이 책에는 일본 측이 취해야 할 구체적 처방전으로 「주한(誅韓) 액션 플랜」이라는 것이 제시되었다. 그러나 거기에 나타난 상세한 대응책은 2015년 말에 '전시작전통제권'이 미국에서 한국으로 반환되는 것을 전제로 하고 있기 때문에 그것이 재연장된 지금으로서는 모두가 탁상공론이 되어 버렸다.

난다(4쪽). 그리고 그것을 지지하는 '사상'이 바로 '소중화주의'이며 '사대주의'라는 것이다. '소중화주의'라는 것은 자신들이 중국(중화제국)에 보다 가까이 위치해 있기 때문에 우수하며 변경의(!) 일본에 대한 우위성優位性을 과시하는 사고이다. 일본을 야만스럽고 문화적으로 뒤쳐진 국가로 멸시하는 '화이질서華夷秩序'의 세계관이라고 바꿔 말할 수 있다(96~97쪽).

③ '괜찮아요'정신
④ 안전의식의 결여

③과 ④도 중복된다. '괜찮아요'는 재미있는 말이다. 필자가 가장 먼저 외운 한국어이다. 한국인들에게 있어서 이 말의 뉘앙스가 어떤 것인지 정확하게 알 수 없지만, 필자는 영어 'Don't mind!' 'No problem!'에 해당할 것이라고 마음대로 해석하고 있다.

좋게 말하면 '느긋함' '낙천적', 궁극의 '긍정적 정신'이다. 한편, 나쁘게 말하면 '적당히'로 '대충', 신중함과 섬세함이 결여되어 있다. 일상적인 인간관계 속에서는 그러한 느긋함을 호의적으로 생각하는 경우도 적지 않다.

그러나 그것이 역효과가 나면 사안은 심각해진다. 제조업에서 적당히 대충하는 것이 만연하기 때문에 인재로서의 사고가 많이 발생한다. 인재로서의 사고가 많은 것이 한국사회의 특징이라고 말해버리면 그만이지만 2014년은 특히 큰 사고가 빈번히 발생했다(표3 참조). 이러한 것들은 '그것 봐!'라고 하면서 일본의 혐한 여론에 불을 지폈다.

아무튼 세월호 침몰사고는 심각했다. 수학여행을 떠난 고등학생을 중심으로 300명을 넘은 사망자, 실종자를 낸 사고가 대참사였던 것은 말할 것도 없지만 제일 놀라운 것은 승객을 방치하고 가장 먼저 자신만 도망친 선장의 행태이다.

물론 이것은 선장 개인의 자질과 관련된 것이지만 혐한파에게는 '그래서 한국사람은…'이라는 이야기가 되어버린다. 이 사고 자체는 물론이거니와 그 이후의 사고에 대한 대응은 박근혜 정권은 물론 한국사회 전체에 대한 평가를 크게 저해했음은 분명하다.[15]

[표3] 2014년 주요 사고

2월 17일 경주 체육관 붕괴사고, 10명 사망
4월 16일 세월호 침몰사고
5월 2일 서울 지하철 2호선 상왕십리역 추돌사고, 240명 부상
5월 12일 충청남도 아산시에서 완공 직전의 빌딩이 기울다
5월 26일 고양시(경기도) 버스터미널 화재사고, 7명 사망
6월 29일 현대백화점 천정 붕괴사고
7월 23일 강원도 태백시에서 열차 충돌, 1명 사망 92명 중경상
10월 18일 아이돌 그룹 이벤트에서 환기구에 관객이 전락하여 16명 사망

⑤ 우리지널 신앙

이것은 혐한서적의 대표적 간판 소재 중 하나이다. '우리지널'이란 한국어의 '우리'와 영어의 '오리지널'에서 만들어진 합성어로 모든 것

---

15) 개인적으로 가장 이해할 수 없었던 것은 이 사건에서는 배가 침몰하기까지 상당한 시간이 있었음에도 불구하고 누구나 탈출하려고 바다로 뛰어드는 등의 탈출행동을 하지 않았다는 것이다. 그 이유가 '수영을 못하기 때문이다!'라고 들었을 때는 아연실색했다. 해양경찰 멤버조차도 수영을 못하는 사람이 많다고 한다. 학교에 수영장도 없고 한국의 일반국민은 학교교육에서 수영을 배울 기회가 없다고 한다.

들의 기원(루츠)은 한국에 있다고 주장하는 언설이다. '한국의 뭐든지 한국기원설 "우리지널"망상'(『주간 포스트』2012년11월16일호) 등이라고 야유적으로 말해진다.

이 주제에 관해서는 SAPIO 편집부편 『일본인이 알아야 할 거짓말쟁이 한국의 정체』의 제2장 '우리지널 · 표절 대국'에 집약되어 있다. 여기에서 다루어지고 있는 한국기원이라고 하는 것에는 다음과 같은 것이 있다. - '다도' '꽃꽂이' '초밥' '검도' '가라테' '가부키' '종이 접기'등 등이다. 그 중에는 '한자는 한국 발상' '공자는 한국인'등의 진기한 이야기(珍説)도 있다.

'호전적인 이웃 "한국"과 교류하는 방법, 검도도 다도도 엔카演歌도 샤부샤부도 한국기원이라는 편의주의 — 일본 발상인 것을 한국기원이라는 "우리지널"'(『週刊新潮』2013년6월6일호), '그래서 한국은 미움 받는다! 반일의 정체, 읽으면 머리가 아파지는 "우리지널" 뭐든지 한국기원설, 그거 정말이야? 인류의 기원은 한국에 있다!? 가라테, 유도, 검도, 다도, 그리고 닌자忍者도…'(『宝島』2014년2월), '그래서 세상으로부터 조소 받는 '거짓과 날조의 OINK(온리 인 코리아)국가 · 한국' 뭐든지 '우리지널'(『週刊ポスト』2014년3월28월호)등과 같이 일상생활과 관계된 신변 문제인 만큼 잡지, 주간지에서는 즐겨 취급되고 있다.

이 주제와 관련된 키워드는 '야랑자대夜郎自大)'이다. 자신들 외에 넓은 세상이 있다는 것을 모르고 자신들이 강대하고 가장 뛰어나다고 착각하는 것이다. 넓은 시야로 사물을 보지 못하고 자신들의 좁은 사회의 기준에서만 사물을 판단하기 때문에 객관적인 판단을 할 수 없는 해학을 비유하는 말이다.

이것은 진정한 의미에서 오리지널을 갖지 못한 것에 대한 콤플렉스의 반동이라는 것이 일반적인 해석이다. 그래서 자주 인용되는 것이 '한국에는 노벨상을 수상한 사람이 한 명도 없다'는 에피소드이다. 야마모토 미네아키山本峰章『한국인은 왜 노벨상을 받지 못할까?』(베스트북, 2014)와 같은 책도 있다. 사실은 김대중대통령이 노벨평화상을 수상했지만 노벨상에서도 '평화상'은 여러 문제가 있어서 노벨상 안에 포함시킬 수 없다는 것이 정설(아무튼 일본의 사토 에이사쿠佐藤榮作 전 수상도 오바마 미국 대통령도 수상자이다!)이기 때문에 실제로는 제로인 셈이다.

하긴 일본인도 오리지널리티가 없기로는 정평이 나 있다. 일본인의 '원숭이 흉내'猿真似는 일본인론日本人論에서는 익숙한 주제이다. '일본인의 독자적 발명이라고 하면 "인력거"와 "가라오케"정도다!'라며 자조自嘲적으로 말하여지기도 한다. 그러나 한편으로 외래문화를 교묘히 일본화 하는 능력에 대해서는 긍정적으로 쓰이는 경우는 있지만 일본기원을 일부러 강조하는 경우는 없는 것 같다. 그런 일본인이 봤을 때 한국의 '우리지널' 신앙은 우스꽝스럽다滑稽고 느껴지며 가장 비난하기 쉬운 대상이다.

이 기원루트 자랑은 '본가다' '원조다'라고 하는 싸움과 비슷해서 어리석은 것이다. 앞의 책에서도 '원래 문화의 가치는 우열을 겨루는 것도 하물며 기원을 다투는 것도 아니다'(75쪽)라고 드물게 괜찮은 결론을 내리고 있다.

⑥ 준법遵法=順法 정신의 결여 : OINK

⑦ 사법의 폭주

⑥⑦도 중복된다. 'OINK'란, '온리 인 코리아'Only in Korea를 생략한 말로 원래는 구미의 금융관계자들 사이에서 생겨난 말이라고 한다. '한국에서만 일어나는, 일반적으로 일어날 수 없는 일'이라는 의미로 사용된다. 한국정부나 한국인의 국제상식을 분별하지 못하는 행동에 대한 분노와 경멸의 의미가 담긴 조어라고 한다(SAPIO편집부, 2014, 113쪽).

즉, 한국에서는 국제사회에서는 당연시되는 공통의 규칙이 통용되지 않는다는 것에 대한 비판의 의미가 담겨져 있다. 경제 영역도 물론이거니와 이것이 가장 뚜렷하게 나타나는 것이 법의 세계라고 할 수 있다. 많은 선진국에서는 공유되고 있는 법률의 기본적인 규칙이 한국에서는 지켜지지 않는 경우가 많다는 것이다. '법치국가가 아닌 방치국가'로 불리는 이유이다(역자주, 일본어로 법치法治와 방치放置는 동일 음 '호치'이다).

전쟁 중에 일본기업에 의해 징용된 개인에 대한 배상을 대법원(일본 최고재판소에 해당)이 인정한 '전시 징용공 문제'나 '친일반민족 행위자 재산의 국가 귀속에 관한 특별법(2005년)' 등이 그 대표 사례이고 후자는 근대법의 대원칙인 '법의 불소급'에도 반한다(SAPIO편집부, 115쪽).

'사법의 폭주'에 관해서는 보다 알기 쉬운 사례도 있다. 2013년 3월 대전지방법원이 내린 나가사키현 쓰시마시 관음사長崎縣對馬市觀音寺에서 도난당한 현縣지정 유형문화재 '관음보살좌상'에 관한 판결이다. 그것은 '관음사가 불상을 정당하게 취득한 것이 증명될 때까지 한국정부는 일본 측에 반환해서는 안 된다'라는 것이었다. 이것은 '점유자가 점유물에 대해서 행사하는 권리는 적법한 것이다'고 추정된다'

라는 민법의 기본원리에 반한다는 것이다. 민법규정에 의하면 본래는 '관음사가 부당하게 취득한 것을 한국 측이 입증하지 않으면 안 되는 것이다'(SAPIO편집부, 110~111쪽).

이 판결의 근거가 되는 것은 '이 불상은 본래 왜구倭寇에 의해 약탈된 것'이라는 불확실한 근거에 의한 것이지만 이것이 유명한 '반일무죄'라는 것이다. 여론에 영합한 판결이자 법의 논리보다도 국민감정을 우선한다.

또한, 정권의 의향을 헤아린 판단을 나타내고 정권에 아첨하는 사법의 존재 때문에 한국에는 '삼권분립'이 없다고 야유되기도 하는데 2014년 산케이신문 서울지국장을 둘러싼 '소동'문제는 한국을 비판하기에 딱 좋은 표적이 되었다.[16]

이 사례에 관해서는 '표현의 자유'라는 세계표준에서 보면 옹호할 수 없는 곤란한 케이스였다. 객관적으로 봐서 한국의 세계적 평가를 저해한 것은 사실로 인정하지 않을 수 없을 것이다.

⑧ 뿌리 깊은 우월감과 콤플렉스

이것은 ②소중화주의 · 사대주의와 중복된다. 일본인을 자신들보다도 야만스럽고 뒤떨어진 존재라고 하는 '모일론'에 대해서는 앞에서 다뤘지만 한국인의 강한 자존심과 열등감이 하나가 된 격한 대일對日

---

16) 2014년 8월 3일 산케이신문의 웹사이트 'msn산케이 뉴스'에 가토 테츠야 서울 지국장의 '추적~서울발'이라는 기사가 게재되었다. 『조선일보』칼럼을 인용하여 세월호 침몰 당일 박근혜 대통령 '공백의 7시간'문제를 언급하며 남성과의 밀회를 시사했다. 이 기사가 명예훼손으로 고소를 당하고 지국장은 불구속 기소되었다. 동시에 출국금지 조치가 내려졌으나 마침내 8개월 후인 2015년4월14일에 해제되었다.

감정에는 놀라울 따름이다.

그 근저에는 '문화는 모두 자신들이 가르쳤다고 하는 확신'과 보다 알기 쉬운 예로 말하자면 '한국은 형이고 일본은 아우, 아우가 형보다 위에 있는 것은 용납할 수 없다'라는 소박한 반발도 있다고 한다(오선화吳善花, 2014, 111~112쪽)

한국인 특유의 열등감에 대해서는 유순하柳舜夏, 2014가 거론한 '자격지심'에 대한 논의가 가장 납득 가능한 설명이었다. '자격지심'이란 본래 '자신이 한 일에 대해서 스스로 미흡하다고 여기는 마음'이라고 하는데 일상적으로 사용되는 의미는 '타인 때문이 아니라, 자신 때문에 격한 행동을 취하는 심리상태'이자 '타인이나 다른 대상과는 관계없이 자기 내부에서 일어난 감정의 양상'이고 '피해자의식, 패배감, 회한, 질투, 적개심 등이 포함되는' 것이라고 한다(180쪽).

그것은 2차적 발현으로서의 과잉방위로 이어져서 공격성을 띠게 된다. — 이러한 한국인 특유의 심리적 특성이 '반일심리'의 근저에 있는 것은 아닐까.[17] 그리고 이 '자격지심'은 대개는 '생산적이기 보다 자기소모적, 파괴적으로 작용한다'고 하는 것이다(181쪽). 이러한 지적은 중요한 포인트를 짚어주는 듯하다.

'자격지심'을 바탕으로 한 열등감이 일본과 일본인으로 향하게 되었을 때 과격한 '반일언설'이 발생하게 되는 것이다.

⑩ 성형대국

세속적인 화제로서는 자주 거론되는 것인데 이것은 상당히 흥미로

---

17) 한국인 특유의 심리적 특성인 「한(恨)」도 자주 등장하는 주제이다.

운 주제로서 한번은 제대로 연구대상으로 삼으려고 하고 있기 때문에 여기에서는 깊이 들어가지 않겠다. '신체발부 수지부모 불감훼상 효지시야身体髮膚 受之父母 不敢毁傷 孝之始也'는 유교의 중요한 가르침일터인데 한국인은 왜 자신의 신체에 칼을 대는 것에 거부감이 없을까? — 이 점을 유학생을 포함한 한국인에게 항상 질문하는데 좀처럼 납득이 가는 대답을 얻지 못했다. '외화내빈外華內貧', 즉 외모가 화려하면 보이지 않는 곳은 아무래도 상관없다는 가치관과 관련짓는다면 이해하기 쉬울지 모르겠다.[18] 확실히 한국 건물의 외견은 매우 현란하고 화려한 것이 많다.

4. 혐한서적을 둘러싼 출판동향

일본·일본인 찬미론

실은 출판계에서는 '혐한서적' 붐과 함께 '일본예찬 서적' 붐도 주목받고 있다. 앞서 말한 『아사히신문』 특집 기사에서는 이들 카테고리의 서적도 소개되었다.

가장 많이 팔린 다케다 츠네야스竹田恒泰 『일본은 왜 세계에서 가장 인기가 있을까?』(PHP研究所, 2011.1)는 무려 46만부, 동일 저자의 『일본인은 언제 일본을 좋아하게 되었을까?』(PHP研究所, 2013.10)은 14만부[19], 가와구치 만에미川口マ一ン惠美 『살아본 독일 8승2패로 일본

---

18) 외모 지상주의에 대해서 申昌浩「顔がすべてを決める外貌至上主義の時代」(『かお』現代風俗研究會年報, 34, 2014).

19) 상기 2권에 『일본인은 왜 일본을 모를까?日本人はなぜ日本のことを知らないの

의 승리』(講談社, 2013.8)는 16만부의 베스트셀러가 됐다.(「賣れるか
ら『嫌中憎韓』」『朝日新聞』2014년 2월 11일).

　「일본예찬 서적」「일본찬양 서적」에는 이 외에도 표4에 표시한 서적
이 있다.

[표4] 일본예찬 서적 리스트

- 川口マーン惠美『住んでみたヨーロッパ9勝1敗で日本の勝ち』講談社,2014.9
- 井上和彦『日本が戦ってくれて感謝しています』産経新聞出版,2013.10
- 池間哲郎『日本はなぜアジアの国から愛されるのか』育鵬社,2013.8
- 黃文雄『中国・韓国が死んでも隠したい本当は正しかった日本の戦爭』德間
  書店,2014.2
- 黃文雄『世界が憧れる天皇のいる日本』德間書店,2014.4
- 樋口清之『梅干と日本刀』祥伝社,2014.6(原著は1974)
- 樋口清之『續・梅干と日本刀』祥伝社,2014.10(原著は1975)
- 平川祐弘『日本に生まれて,まあよかった』新潮社,2014.5
- 櫻井よしこ『日本人に生まれて良かった』悟空出版,2015.2

　즉, 혐한서적 붐의 한편으로 "일본은 이렇게 대단하다!" "일본인은
이렇게 멋있다!"라는 '일본 및 일본인 찬양 서적·예찬 서적'이 많이
팔리고 있는 것이다. '혐한·혐중 서적 붐'과 '일본 예찬 서적 붐'은 표
리일체 이른바 세트로 붐이 일고 있다고도 말할 수 있다.

か』(PHP연구소, 2011.9)를 더한 시리즈 3권으로 누계 약 81만부가 팔렸다고 한다
(「일본예찬 서적: 혐한·혐중(嫌中)을 능가하는 기세? 붐의 이유를 찾다」『마이니
치 신문』2015년 2월 25일). 또한 다른 기사에는 『일본은 왜 세계에서 가장 인기가
있을까?』는 2014년 말에 누계 50만부로, 게다가 5만부 증쇄를 찍어서 다케다의 3
부작은 '이미 90만부를 넘어 100만부 달성을 내다보고 있다'는 출판사의 설명이
소개되고 있다(「애국 도서 독자의 정체」『주간 도요케이자이』2015년 1월 17일호).

그리고 TV방송의 세계에서도 이 움직임과 중복 현상이 보여진다. 〈도코로씨의 일본 출현〉(TBS), 〈세계가 놀란 일본! 굉장하네요!! 시찰단〉(테레비 아사히), 〈YOU는 뭐하러 일본에?〉(테레비 도쿄), 〈세계의 마을에서 발견! 이런 곳에 일본인이〉(테레비 아사히), 〈세계의 수수께끼 그곳에 일본인이?〉(테레비 도쿄), '일본의 좋은 점 재발견'이나 '세계에서 활약하는 일본인'을 테마로 하거나 외국인에게 일본을 칭찬받는 방송이 눈에 띈다(「『세계』가 테마 프로그램 증가」, 『産経新聞』 2015년 2월 3일, 「일본을 찬양하는 TV프로그램이 증가하는 것은?」, 『朝日新聞』 2015년 3월 13일).

일본인론의 계보에는 '일본인 우수론'과 '일본인 열등론' 두 가지 카테고리가 있다는 것은 잘 알려진 이야기지만, 이것들은 말할 것도 없이 '일본인 우수론'에 해당한다. 특히, 외국인에 의해서 쓰여진 '일본인 우수론'에 일본인은 매달린다(〈재팬 이즈 넘버원!〉). 외국인으로부터의 칭찬을 무엇보다 기뻐하는 것이다. 그러한 찬사는 일본인의 우월감을 흐뭇하게 긁어주기 때문이다.

그러나 이러한 심리는 콤플렉스의 반증이다. 다른 사람으로부터 항상 칭찬을 받지 않으면 불안해 지는 자신감 부재의 표시인 것이다. 따라서 '일본예찬 붐'은 일본사회에 만연해 있는 불안한 사회심리가 반영된 것이라고 말할 수 있다.

대항적 움직임

'혐한 서적'의 베스트셀러화는 일본의 출판문화의 문제이기도 하지만 '혐한 서적'이나 '혐중 서적'이 범람하는 출판 상황에 대해서는 출판계 내부에서 비판이나 그것을 걱정하는 목소리가 나오고 있다. 일본 출판계의 명예를 위해서라도 이에 대항하는 움직임이 있는 것을 소개할 필요가 있을 것이다. 폭주에 대해서 어떻게든 브레이크가 작동하는 것은 일본사회에 아직 '건전함'이 조금이나마 남아있다는 것이다. 그 대표적인 것은 다음과 같다.

① 선서 직판회選書フェア '지금 이 나라를 생각한다--"혐嫌"도 아니고 "매呆"도 아니다'

가와데쇼보신샤河出書房新社의 젊은 편집자 4명의 발안發案에 의한 기획으로 19명의 작가와 평론가의 협력을 얻어 전국 100곳 이상의 서점이 선정한 도서를 비치하게 되었다.

협력한 작가 · 평론가에는 다음과 같은 인물들이 이름을 올렸다. — 오구마 에이지小熊英二, 노마 야스미치野間易通, 기타하라 미노리北原みのり, 박순이朴順梨, 고바야시 미키小林美希, 사이토우 타카오齋藤貴男, 아마미야 카린雨宮處凜, 이토우 세이코いとうせいこう, 우치다 다츠루內田樹, 오카다 도시키岡田利規, 사이토 미나코齋藤美奈子, 시라이 사토시白井聰, 소다 카즈히로想田和弘, 나카지마 쿄코中島京子, 히라노 케이치로平野啓一郎, 호시노 토모유키星野智幸, 미야자와 아키오宮澤章夫, 모리 타츠야森達也, 야스다 코이치安田浩一(『每日新聞』2014년6월2일).

② 직판회 제2탄フェア第2彈 '"혐嫌"도 "비秘"도 아닌 미래를 만들다'

기타하라 미노리北原みのり · 박순이朴順梨『부인은 애국奥さまは愛国』, 스탠리 밀그램『복종의 심리服從の心理』, 아카사카 마리赤坂眞理『도쿄 프리즌東京プリズン』 등 자사(가와데쇼보신샤河出書房新社)의 6권에 더해서 8명의 작가, 평론가들이 각각 '지금 읽어야 할 책'을 추천하고 있다.

예를 들면, 헨미 요우辺見庸『기억과 침묵記憶と沈黙』(아사노 아츠코), 다나카 히로시田中宏『재일 외국인』(오기우에 치키荻上チキ), 모리 타츠야森達也『누가 누구에게 무엇을 말하는가誰が誰に何を言っているの』(모리 에토森繪都) 등이다 (『每日新聞』2014년12월1일).

③ 북 페어 '평화를 생각한다'

"'말'의 힘으로 평화와 인권을 회복하자'를 슬로건으로 헤이트 스피치 관련이나 한국과 중국을 멸시하는 잡지나 서적이 증가하는 현상에 위기감을 느낀 약 20곳의 중소출판사가 참가. 아케비쇼보あけび書房, 고분켄高文研, 킹요비金曜日, 코몬즈 등이 이름을 올렸다(東京新聞』2014년10월28일).

④ 반反'헤이트 서적' 출판

혐한·혐중 서적의 범람에 대한 출판업계 내부로부터의 이의신청은 한 권의 책으로 정리되어 출판된 것도 있다. 헤이트 스피치와 배외주의排外主義에 가담하지 않은 출판관계자회 편『NO헤이트! 출판 제조자의 책임을 생각한다』(고로카라, 2014.11). 이 도서는 동회와 출판노련勞連, 출판의 자유위원회가 공동개최로 2014년7월에 행했던 "혐중·증한 서적"과 헤이트 스피치— 출판물의 "제조자 책임"을 생각한다'라는 주제의 심포지엄을 중심으로 짜여진 것이다. '중국과 한국 등의 타국 또는 민족집단, 또는 재일 외국인 등 소수자에 대한 공격을 목적으로 한 출판물'을 '헤이트 출판'으로 정의하고 이런 종류의 도서가 다수 출시되는 배경을 고찰하고 있다.

편집자, 서점 점원, 작가 등 출판에 관련된 일을 하고 있는 실제 당사자들의 발언이기에 모두 절실한 마음이 느껴진다. 누구도 이런 종류의 도서가 범람하는 현상을 화가 치미는 사태라고 보는 점에서는 공통되지만, 한편으로는 '팔릴 책을 만들고 취급해야 된다'라고 하는 '상거래 논리'와의 사이에서 갈등하는 고뇌가 솔직하게 표명되어 있다.

그들 코멘트 중에는 이런 종류의 도서에 대한 독자의 실상이나 이런 도서가 팔리는 배경에 대한 코멘트도 포함되어 있으며, 실제 당사자의 경험과 실감을 바탕으로 얘기하고 있기 때문에 설득력이 있다. 책을 파는 쪽에서는 팔린다면 무엇이든 낸다. 상거래논리에서 보면, 이것은 유감이지만 피할 수 없는 것이다. '혐한 서적'중에는 분명히 붐에 편승한 것도 있다.

예를 들면, 오선화 『「겉모습」이 전부인 한류, 왜 대통령까지 성형을 하는가』(와크, 2012)는 『한류환상』(文藝春秋 2008)을 개제改題 및 개정改訂한 것이고, 오카자키 히사히코岡崎久彦 『왜 일본인은 한국인을 싫어하는가』(와크, 2006)는 『이웃나라에서 생각한 것』(中央公論社, 1983)을 개제 및 개정을 한 것으로 2012년에 제3쇄가 출판되었다.

전자는 '겨울연가 붐'에 대해서 정곡을 찌른 분석도 있고 하나의 한일비교문화론이 되어 있다. 또한 후자도 초보수파 우익논객으로 유명한 인물의 저작으로서는 의외로 온전한 것이다. 스스로 외교관으로서 한국에서 체재한 경험을 바탕으로 솔직할 때는 소박하리만큼 한국론이 전개되고 있다. 이러한 내용의 책에 일부러 자극적인 타이틀(혹은 서브타이틀)을 붙이는 것은 그 의도가 너무나도 명백하다.

출판은 비즈니스가 아니라 '뜻志'이라고 하는 것은 진부한 이야기이지만 이 문제는 출판이 안고 있는 궁극적인 딜레마이며 '출판사의 긍

지'가 의심되는 것도 있다.[20]

5. 혐한의 배경

혐한 붐, 혐한 무드가 확대된 배경에 대해서는 다양한 요인을 생각할 수 있겠지만, 양국의 정치상황도 그 중 하나인 것은 틀림없다.

2012년 12월에 성립된 아베정권과 2013년 2월에 취임한 박근혜대통령과의 궁합은 어떤 의미로 '최악의 조합'이었다. 한국측에서 보면 아베정권은 '극우정권'이며 박정권은 전대미문의 발족당초부터 '반일정권'이었다. 한국 대통령은 정권말기가 되면 하락한 자신의 지지율 회복을 위해 강경한 반일자세를 취하는 것이 통상적이었다. 그러나 박근혜정권은 처음부터 강경한 반일자세를 취했던 것이다(오선화, 2013. 14~15쪽).

이것은 일본에게는 의외였고, 기대에 어긋났다. 왜냐하면 아버지인 박정희대통령은 '친일적'으로 알려져 있었기 때문에 딸도 그럴 것이라는 소박한 인상평가가 일본 측에는 존재했기 때문이다. 그러나 이것은 큰 잘못이었고 '박정희대통령의 딸이라서 친일'이 아니라 '박정희대통령의 딸이기 때문에 반일'인 것이다. 박근혜대통령에게는 「친일적」 딱지가 붙여지는 것을 가장 피해야 했던 것이다. 그 때문에 오히려 강경한 대일對日 자세를 나타냄으로써 아버지와의 차이를 어필

---

20) 전설의 만화잡지 『가로ガロ』 출판사였던 세이린도青林堂가 혐한 서적의 출판으로 '전향轉向'한 것이 화제가 되었다('예전 "가로" 지금의 "헤이트 서적"'『東京新聞』2015년 1월 10일).

해야 했던 것이다.

'고자질 외교'라는 말은 이미 유명해졌지만 박근혜정권의 중국으로의 급 접근은 노골적이었고 아직도 한일 정상 회담은 실현되지 못하고 있다.

한편, 아베정권은 일강다약이라는 정치상황 아래, 하고 싶은 대로 제멋대로이다. '집단적 자위권' 문제, 미디어에 대한 노골적 개입 등 눈에 거슬리는 폭주 행태에도 불구하고 누구도 멈추게 할 수 없다. 아베정권이란 한마디로 말하면 '지성과 품성이 결여된' 정권이고 이것이 모든 것을 말해 주고 있다.

아베정권의 대한對韓외교는 '일부러 상대의 감정을 건드리는 것'투성이다. 말 그대로 '어른스럽지 못한' 대응이고 그것이 결과적으로는 크게 '국익'을 해치고 있는 것이다. 예를 들면, 외무성 홈페이지나 『외교청서』에서 한국에 대해서 종래에 사용해왔던 '기본적인 가치를 공유한다'는 표현을 삭제했다. 또한, 교과서에 영토문제를 명기하고 정부견해의 기술을 필수적으로 기입하도록 한 대응 등이 그것이다('일한의 "가치공유"삭제'『産経新聞』2015년4월4일, '교과서검정 한국으로부터 항의'『朝日新聞』2015년4월7일).

혐한 무드의 배경에는 양국의 사회상황도 그 요인 중 하나일 것이다. 두 나라 모두 격차사회화가 진행되어 사회 전체에 폐쇄감이 감돈다. 양국 모두 조바심이 만연하여 무관용사회의 양상을 노정하고 있다. 상대를 업신여기고 욕함으로써 속이 후련해짐을 느끼는 것은 가장 한심하지만 빠른 불만 해소의 방법이기도 하다.

"국내의 불만을 다른 곳으로 돌리기 위해서 밖에 적을 만든다"라고 하는 것은 위정자의 상투수단이다. 거기에 감쪽같이 넘어간 것이 '반일'의 격화이고 '혐한'이다.

"부자는 싸우지 않는다"라는 유명한 말이 있다. 그 반대는 "빈자소인貧者小人"이다. 너그럽게 어른스러운 대응을 할 수 있는 여유가 없다는 것이다.

일본인의 '열등화劣化'도 또한 혐한의 한 요인일지도 모른다. 최근 10년 정도 사이에 두드러진 현상이라고나 할까. 지금까지였다면 생각할 수도 없는 인위적인 실수에 의한 사고나 트러블이 발생하고 있다.[21] 혐한언설은 실은 일본사회의 열등화를 반영한 사회현상, 병리현상의 측면이 있을지도 모른다. 열심히 비난하고 공격하는 상대를 잘 보면 실제로는 그것이 '거울에 비친 자기 모습'이었던 경우도 있는 것이다.

상대를 깎아내려서 자신의 지위를 상대적으로 높이거나 높아진 것 같은 느낌이 든다(환상을 품다)는 것은 가장 유치한 '자기회복'의 수법이다. 사실은 본인도 자신이 없고 자신이 형편없다는 것을 어렴풋이 깨닫고 있을 것이다. 때문에 과하게 칭찬받지 않으면 불안한 것이다. 앞에서 언급한 일련의 '일본사람 대단하다!'의 TV방송의 역할은 바로 이런 점인 것이다.

또한, 혐한언설은 국내에도 존재하는 "고향 자랑"의 확대판인 것이다. 같은 국내에서도 지역별 경쟁은 존재한다. 그러나 그것은 더 큰 밖에서의 시선으로 보면 '도토리 키재기…'같은 것이고 실제로 '그게 그

---

21) 사이타마의 고등학생 22명(나중에 29명인 것으로 판명)이 서울의 쇼핑몰에서 일으킨 집단 도둑질 사건도 그 중 하나일 것이다. 사건이 발생한 것은 2015년3월27일, 밝혀진 것은 4월10일. 한국의 고등학교와의 친선경기를 위해 방한했던 사립 고등학교의 축구부 일원이었다.

거!'인 셈이다.

이러한 언쟁은 마지막에는 '결국은 "민도民度"가 낮기 때문이다!'라는 한마디로 정리되어 버리는 경우가 많다. 이것은 논쟁이 아니라 일방적인 '우위'의 선언으로 그 이상도 아니다. 감정적이고 단락적인 단정은 생산적이지 않다.

혐한언설은 또한 '상대가 보다 "심하다"고 비난·공격한다. 마이너스 경쟁'이다. 「위안부문제」에 대해서는 '그럼, 한국전쟁 시절 한국군의 위안부 부대는 어떤 것이었나?」「주한미군기지촌의 미군 위안부는?」「베트남 전쟁에서 한국군의 강간·학대문제는?」이라고 반론하는 것처럼 말이다.

다툼은 저차원의 분쟁이 될 것이 숙명이다. 보다 낮은 수준 쪽으로 수렴되어 가기 때문이다. 유치하고 차원이 낮은 '어린이 싸움'인 것이다. '어른스럽지 못한'것이다, 적어도 한쪽이 '어른'이 되지 않으면 어린아이 같은 감정적인 응수는 종식되지 않는다.[22] 증오가 증오를 부르는 '상호증오'의 악순환이다.

냉정한 사기평가와 논리적이며 합리적인 상호비판. 이것은 지난至難한 일이지만 그 이상理想을 추구하지 않으면 안 된다. 혐한서적이 다루고 있는 주제는 그 자체는 제대로 분석대상으로 삼는다면 흥미로운 주제들이 많다. 민족우월주의Ethnocentrism적이고 스테레오타입Stereo type의 딱지를 붙이는 것이 아니라 정통파 한일비교문화론이나 국민성론으로 바꿀 수 있다는 것이다.

---

22) 히로시마와 나가사키의 원폭투하를 "신의 징벌"이라고 쓴 『중앙일보』 칼럼(2013년 3월 20일)이라던가, 한일전 축구에서 한국 응원단이 안중근의 거대한 현수막을 걸었던(2013년7월28일) 것 등의 사례.

마치며

이상, 검토한 것처럼 '한류 붐'에서 '혐한 무드'로 전환하는 프로세스와 문제점은 일단 확인할 수 있었다. 한 시대의 사회심리는 때로는 크게 역방향으로 갈 때가 있다. '한류 붐'에서 '혐한 무드'로의 이동은 그 일례라고 할 수 있다.

모두에서 언급한 것처럼 한때의 '한류 붐'은 감정적 반발을 부를 정도로 기세가 강했다. '한류 붐'의 쇠퇴는 분명 그대로였지만 당시의 '한류 붐'이 오히려 비정상적인 버블 상태였다고도 할 수 있다. 버블은 꺼졌지만 오히려 진정되어 정상의 상태로 돌아오게 되었다고 하는 관점도 가능하다. 한류에 관해서는 소나기 팬은 멀어졌지만 핵심 팬은 남아있다는 견해가 실태를 바르게 파악하고 있다고 할 수 있다.

2012년 이후, 〈코하쿠우타갓센紅白歌合戰〉에 출전하는 한국인 가수는 계속해서 제로이다. 그러나 2013년에도 동방신기는 라이브로 90만 명을 동원했고 2014년 콘서트에 동원된 팬은 랭킹 상위 10위 중 2위(빅뱅)와 7위(동방신기)는 한국계가 차지하고 있다고 한다('한류 붐 10주년 전기轉機에'『日本經濟新聞』2014년 11월 29일).

현재도 BS민방채널을 중심으로 많은 한국드라마가 방영되고 있다. 필자 자신도 한국 역사드라마나 한국 영화를 여전히 즐기고 있다. "욘사마는 백 명의 외교관도 못한 일을 혼자서 이루었다."— 이런 말이 '한류 열풍'의 절정기에는 이야기 되어졌다. 그런데 반대로 한 명의 정치인이 그것을 깨뜨려 버릴 수도 있다.

그래서 일은 그리 단순하지 않다. 그러나 '대중문화 지상주의'의 신봉자인 필자로서는 그래도 대중문화(콘텐츠)의 힘을 소박하게 믿고 싶다.

〈참고문헌〉

• 小倉紀藏・小針進編『日韓關係の爭点』藤原書店,2014

• 北原みのり『さよなら,韓流』河出書房新社,2013

• 北原みのり・朴順梨『奥さまは愛国』河出書房新社,2014

• 木村 幹『日韓歴史認識問題とは何か』ミネルヴァ書房,2014

• 黑田勝弘『韓国 反日感情の正体』KADOKAWA,2013

• 黑田勝弘『韓国人の研究』KADOKAWA,2014

• 澤田克己『韓国「反日」の眞相』文藝春秋,2015

• 二日市壯『韓国擁護論』国書刊行會,2014

• 半藤一利・保坂正康『日中韓を振り回すナショナリズムの正体』
  東洋経濟新報社,2014

• 柳舜夏『韓国人の痛癢 日本人の微笑み』小學館,2014

제7장
1950년대 소비에트문화 수용
-문화운동과 일본적인 것과의 관련을 중심으로-

요시다 노리아키

들어가며

러시아혁명으로부터 약30년 후, 전후 일본에 유입된 소비에트문화
는 통상적인 루트가 아닌 언더그라운드 적으로 복수의 경로를 통해서
수용되어졌다. 필자는 1940년대 후반의 소비에트문화 사정에 대해 고
찰한 적이 있는데, 거기에서는 잡지, 영화, 노래, 노동조합 문화 등의
마이너적 경로가 소비에트문화 보급에 공헌했다고 지적했다.[1]

이후 1950년대, 이 외래문화는 비단 직수입되었을 뿐만 아니라 일
본적인 것과의 관련을 강화하면서 받아들여졌을 것이라는 가설 하에
이 내용에서는 당시의 수용 실태에 대해 고찰하고자 한다. 물론 '대중
문화'의 색채가 짙은 미국문화의 수용과 비교한다면, 소비에트문화

---

1) 吉田則昭「占領期雜誌におけるソビエト文化受容」山本武利編『占領期文化をひら
   く―雜誌の諸相』(早稻田大學出版部, 2006년).

수용은 '고급문화'로써 전전戰前부터 지식인들에 의한 문화수용의 유
산을 물려받은 부분도 컸을 것이라고 예상된다. 다만 안타까운 것은
러시아어 전문가들은 전후 일본과 소련의 문화교류의 보급과정에 그
다지 적극적인 관심을 보이지 않았다는 점이다. 음악, 연극의 취급에
대해서는 어느 정도 관계자 기록 등을 통해 찾아볼 수 있었지만 영화
에 관해서는 별로 남아 있지 않다.

   소비에트 문화수용과 일본적인 것과의 관련을 볼 경우, 예를 들어,
음악연구의 식견이긴 하지만 근대일본에 있어서 서양음악 수용에 대
해 생각해 보고자 한다. 명치기 도입 당시에는 근대국가에 어울리는
서양음악이 창도唱道되었다고 하더라도 하루아침에 모두가 서양음악
적인 감각을 익히거나 지방의 문화를 담당하고 있던 게이기芸妓, 예능
인들이 전부 사라지거나 하지는 않았다. 그 때문에 민중적인 경우일수
록 서양음악이 '토착화'되면서 뿌리내려졌다는 것이 선행연구에서도
지적되고 있다.

   일본은 서양의 음악문화를 그대로 수입해서 원숭이 흉내처럼 낸 것
   같은 이미지로 이야기되는 경우가 자주 있는데, 이제 와 생각해 보면
   (인용자 : 서양음악이 일본으로 도입된 때의 환골탈태 모습) 당시 사람
   들은 서양의 최첨단 동향을 자신들의 사회상황에 맞추어 임기응변으로
   '최적화'하려고 했던 것으로 생각됩니다. 그것을 단순한 '서양화'로서
   얘기한다는 것은 명분만을 생각하는 엘리트의 시점이며, 실제로는 문
   화가 대중적인 국면을 맞을수록 경우에 따라서는 명분도 유명무실해지
   는 방식으로 '토착화'가 진행되고 있는 것입니다.[2]

---

2) 渡辺裕『歌う国民 ―唱歌,校歌,うたごえ』(中公新書, 2010년) 242쪽.

본 내용은 주로 '영화' '우타고에 운동'에 초점을 맞추겠지만, 그 대상을 자세하게 보는 것보다 일본적인 것과의 관련이라는 문화 수용의 형식에 주목하고자 한다. 소비에트 문화를 이해하려면 당시 민중의 레벨에서 행해졌던 정치운동의 고조와도 무관하지 않고, 일본과 소련 양국의 국가 간 동향도 빼놓을 수 없다. 이들은 그 후 60년대 이후 '경제의 시대'에 있어서는 상용화도 되고 소비되어가는 운명에 놓였다. 과연 이 문화는 1950년대 일정정도의 제한적인 효과뿐이었을까, 또는 어느 정도 대중문화에 침투했을까를 유추해 보고자 한다.

1. 1950년대 전사前史 ― 전전/전후 점령기

1950년대 문화상황에 대해 거론하기 전에 전전 전후의 사정을 간단하게 돌이켜 보자. 전전까지 일본에 있어서의 소비에트 문화란 거의 인터내셔널혁명가, 구 소련국가国歌을 노래하였고, 마야콥스키가 시를 쓰고 에이젠슈테인과 푸도프킨이 참신한 영화를 만들었던 혁명 이후 거의 10년간(1917~1927)은 레닌의 러시아였고 또한 혁명 10주년 기념에 국빈으로 초대되었던 아키타 우자쿠秋田雨雀 등이 전한 러시아였다.

그러나 실제 이 시기는 혁명직후 외국의 침략과 국내전쟁(1917-1921), 신경제정책 (네프)의 시기를 거쳐, 스탈린의 일국사회주의 건설이 실천으로 옮겨져 제1차 5개년계획의 개시와 동시에 공업화가 진행된 시기(1929-1932)이기도 했다. 그 후 스탈린 헌법이 발포되었고 볼셰비키당의 역사가 편집되었으며, 스탈린상이 제정되는 등 스탈린 탄생 60년인 1939년이라는 해는 그의 지도권이 완전히 확립된 것처럼 보였다.

전전 소비에트문화의 수용은 1917년 러시아혁명을 기점으로 하여, 그 후 소련에 '대외문화연락협회'(VOKS=대문연對文連, 외무外務인민위원부의 감독 하에 둠. 초대회장 카메네봐는 트로츠키의 여동생으로 카메네후의 처)가 발족되어 외국의 대對소련 우호단체와의 문화교류를 목적으로 하는 단체로서 기능했다. 1925년3월 일본과 소련의 국교수립 후, 각국의 소련동지회가 조직되는 동향을 계기로 일본에서도 1931년에 '소비에트 동지회友の會'가 결성되는 등 좌익 지식인 뿐만 아니라 일정한 층에 의한 문화수용이 이루어졌다.

당시 일본에서는 신극운동新劇運動의 주류였던 프롤레타리아 연극운동이 때마침 무산운동의 발흥과 여기에 위기감을 느껴 적대감을 갖는 국가권력과의 틈새에서 운명적인 역사를 써가던 와중이었고, 그것은 화려하기도 했지만 결국 패배하는 자의 비애의 그늘을 남기는 과정이기도 했다. 그리고 그 후에 이어지는 점령기라 함은 패전을 계기로 연극인들이 오랜 탄압으로부터 해방됨으로써 소비에트문화 수용이 다시금 확산을 보이는 시기이기도 했다.

1945년10월 정치범, 사상범이 GHQ지령에 의해 잇따라 석방되는 가운데 연출가 히지카타 요시土方与志도 센다이 감옥에서 출옥하여 전후의 신극新劇 부흥의 길을 열게 되었다. 12월에는 모든 신극인들에 의한 합동공연에서 〈벚꽃 동산櫻の園〉이 상연되어 신극의 재출발로서는 큰 성공을 거두었다. [그림 1 : 히지카타 요시]

[그림 1 : 히지카타 요시]

[그림 2 : 소비에트 문화]

그해 말 소련에서 시모노프를 단장으로 고르바토프, 아가포후, 쿠도레와티후 4명의 작가로 구성된 대문연 대표단이 초토焦土의 일본을 방문한다. 당초에는 극동재판을 취재하기 위해서였지만 이 대표단은 이듬해 46년까지 3개월간 일본전국을 돌아다니며 각계 사람들뿐 아니라 농민과 노동자들 속으로까지 들어가 깊은 교류를 가졌다.

이 때, 안내 담당으로 동행한 이가 전전의 소련대사관 통역사였던 이노우에 미츠루井上滿와 유년기를 모스크바에서 보냈던 히지카타 요시의 장남 히지카타 게이타土方敬太였다.[3] 이 대표단의 일본방문을 계

---

3) 히지카타 게이타(土方敬太)는 히지카타 요시(土方与志)의 장남으로 전후 소비에트 문화 소개에 힘썼다. 게이타는 1930년대 후반을 아버지의 소련주재에 따라 중고등학교 시절을 소련에서 보내고 1941년에 귀국. 해군에서 종전을 맞이한다. 러시아어에 능통했기 때문에 전후 소비에트 관련 잡지에도 널리 관여하였고 집필한 잡지기사에는 1930년대 소련의 생활을 소개한 것 외에도 영화, 연극에 대한 것이 많다. 전후 1945년11월 소련작가의 방일(來日)의 수행통역 등을 담당했고, 46년부터 약1년, 마루노우치 미쓰비시 21호관(丸の內三菱21号館)의 소비에트 대표부 부속 독서실에 근무, 극동군사재판의 통역, 그 후 전국노동조합 연락협의회 근무를 거쳐 소련영화배급사 호쿠세이(北星)상사 설립에 참여하여 15년 정도 근무했다. 61년부터 4

기로 1946년5월 다양한 문화인들을 모아 양국의 문화교류를 목적으로 하는 소일문화연락협회(회장, 히지카타 요시)를 발족하였고, 동 협회에서 발행된 것이 전후 소비에트문화 소개의 선구자적 존재인 『소비에트 문화』라는 잡지였다.[4](그림 2 : 소비에트 문화)

2. 전후의 소비에트 영화 상영 재개

(1) 수입 할당제도 하에서의 〈시베리아 이야기〉의 성공

전후 점령기 소비에트 영화의 수입은 영국과 프랑스 두 나라보다 빨랐고, 1947년8월 소련영화수출협회에 허가가 떨어지자 9월에는 〈모스코의 음악 아가씨モスコオの音樂娘〉가 공개되었다. 전후 첫 공개된 영화는 1946년11월에 상영된 〈스포츠 퍼레이드〉라는 소비에트 체육대회의 기록영화였다. 1948년까지 공개된 소련영화는 불과 12편이었지만 그중 컬러영화가 3편이었고, 앞에서 언급한 〈스포츠 퍼레이드〉, 1947년 공개의 최초 컬러 극영화 〈돌 꽃石の花〉이 아그파 컬러AGFA colour(독일의 아그파사가 제조한 컬러필름, 1928년 완성, 역자 주)계 색채로 환상적인 인상을 준다는 평판을 받았고, 1948년 공개된〈시베리아 이야기〉가 그 뒤를 이었다. GHQ 측에서 보면 소비에트영화는 패전국민을

년간 타스통신 도쿄지국원으로 근무했다.

4) 「일소문화연락협회」에 대해서는, 미국 국립 공문서관 RG331「GHQ SCAP」 문서에도 기록이 있는 것처럼, GHQ는 그 동향을 일일이 체크했다. 또한 잡지 『소비에트문화』에 대해서는 요시다 노리아키(吉田則昭) 「『소비에트 문화』 총 목차 (해설)」(『大衆文化』立教大學江戶川亂步記念大衆文化硏究センター,第9号), 2013년)도 참조.

현혹시킬만한 퀄리티를 가진 킬러 콘텐츠로서, 또한 '마일드한 프로파간다'로서 경계되는 대상이었다.[9](그림 3 : 시베리아 이야기)

　GHQ는 각국의 요구에 맞추어 '1국1사一国一社'에 한하여 수입 업무를 인정하기로 하여 1947년8월에 영국, 9월에 프랑스, 연말에 소련이 참입할 수 있게 되었다. 그 결과 전후 2년이 지난 시점에 마침내 미국이외의 외국영화가 본격적으로 상영될 수 있게 되었다. 그러나 1947년도 국가별 수입 편수 틀의 내실內實은, 미국은 연간 100편, 영국은 20편, 프랑스는 16편, 소련은 겨우 6편에 불과했다. 그 때문인지 1946~47년 소련의 대일對日영화정책은 GHQ의 절차를 따르지 않고 직역職域노동조합 등에서 자국의 영화상영회를 개최하는 핀포인트적 게릴라적 방법으로 소련 신파(동조자)의 일본인 네트워크를 만드는 것이었다.

　소비에트영화의 상영도 처음에는 대형 배급시에 의존했지만 흥행적으로도 '거지가 주인의 인정에 매달리는 형편'(후쿠로 이페이袋一平)이었기 때문에 직영조직에 의한 소련 영화보급, 특히 '제일 중요한 문제는 상영조직의 민주적인 확립' (이와사키 아키라岩崎昶)를 생각해야 한다고 언급하고 있다.[6]

　점령초기에 소련영화 수입은 일소日蘇영화사, 영화배급사, 호쿠세이北星상사 3사의 취급으로 이루어졌지만, 앞에서 언급한 '1국1사'제도

---

5) 다니가와 다케시(谷川建司) 「점령기 일본의 미소 영화전 – 총천연색 영화의 유혹 (占領下日本における米ソ映画戰 —總天然色映画の誘惑)」('Intelligence "7) 75쪽. 원 자료는 다음과 같다. "Distribution of Soviet Films in Japan", November 29, CIA-RDP82-00457R003700120001-1, NARA.

6) 岩崎昶 · 山內達一 · 美作太郎 · 馬上義太郎 · 今井正 · 土方敬太 · 袋一平「座談會 ソヴェトの映画」(『ソヴェト文化』16号,1949年3月).

에 따라 관계자와 협의한 결과, 1947년11월에 호쿠세이상사로 일원
화하게 된다. 히지카타 게이타土方敬太는 소련영화수입 대리회사인 호
쿠세이상사를 설립, 1950년 이후 동회사에서 발행된 영화잡지『소비
에트 영화』에도 소속작가(스태프 라이터)로서 정렬적으로 집필한다.[7]

[그림 3 : 시베리아 이야기]　　　　　[그림 4 : 소비에트 영화]

당시의 상영 라인업 중에서도 영화 〈시베리아 이야기シベリア物語〉가
점령기 일본인의 심금을 울렸고 많은 청중을 확보했던 것은 잘 알려
져 있다. 소비에트 영화의 제1인자로서 히지카타 게이타가 영화감독
인 가메이 후미오龜井文夫와 함께 저술한『소비에트 영화사』(1952)에
서 줄거리를 인용해 본다.

---

7) 동 회사설립에 관해서는 히지카타 게이타(土方敬太)는 훗날 이렇게 기록하고 있
　다. 「소비에트 연구자협회, 일소문화연락협회, 영화단체, 삼자가 소비에트 영화를
　상영하기 위해 이 회사(인용자 - 北星상사)를 본인을 포함한 4명이 설립, 소연(ソ
　研)의 고우노 시게히로(河野重弘)씨가 전무가 되었습니다.」(「土方敬太氏に聞く」
　『日本とソビエト』1987年6月10・15日号).동회사에서『ソヴェト映画』(1950年2月
　~1954年6月)를 창간하지만, 기고자는『소비에트 문화』와 겹치는 경우가 많았다.

〈시베리아 이야기〉의 아름다운 선상 장면 — 주인공 안드레이가 연
주한 아코디언에 감동한 농민들은 '이것이야말로 음악이라는 것이다!'
라고 외친다. 안드레이에게 아코디언을 빌려준 젊은이는 '실은 이 아코
디언은 용돈을 모아 어제 거리에서 막 산 것인데 나에게는 돼지에 진주
격이다. 자네가 가져야 비로소 가치가 산다. 부디 받아 주게'라는 의미
의 따뜻한 말을 뱉었다. 안드레이는 '이런 비싼 물건을 ......'라고 하면서
거절한다. 하지만 그를 에워싼 농민들은 자신의 일처럼 기뻐하며 '괜찮
으니 받아 두게'라며 권한다. 이 아름다운 인간관계가 저 멋진 천연색
의 풍경과 민족색이 풍부한 음악 속에서 펼쳐지기 때문에 관객들도 무
의식중에 감탄을 쏟아낸다.

그러면 전 세계에서 일하고 있는 사람들에게 희망과 용기를 부여 주
었던 이 나라 영화의 환함은 어디에서 온 것일까?

그것은 단순히 천연색의 색채 효과와 음악의 아름다움 또는 배우 기
술의 능숙함 등 영화의 미학적 성공으로만 볼 수 없고, 오히려 소비에
트 영화가 가지는 높은 사상성과 진실성이야말로 첫번째의 원인으로
들어야 하는 문제라고 생각한다.[8]

그러나 이 영화의 사상성, 진실성을 호소한 히지카타 등의 해설과
달리 점령기의 잡지 기사에서 다뤄진 방식은 다면적이다.[9] 오늘의 시
점에서 보면 피아니스트로서의 꿈이 무너진 주인공이 부활하는 성공
스토리로, 또한 두 쌍의 커플이 만들어내는 연애 드라마로, 그리고 다
른 관점에서는 시베리아 벌목장 노동자들의 밝은 생활을 그린 작품으

---

8) 龜井文夫 · 土方敬太『ソヴェト映画史』(白水社, 1952년)21쪽.

9) 吉田則昭「對抗するソヴィエト文化」(谷川建司ほか編『占領期雜誌資料大系』大衆文
化編第3卷2章,岩波書店, 2009년)을 참조.

로 볼 수 있다. 또한 이 작품은 '음악과 인민의 연결'이라는 소련 공산
당 정치국원 지다노푸의 문화노선에 충실한 선전영화로 알려졌지만,
특히 중요한 것은 영화 속에서 불러진 〈바이칼호반〉 등 서정성 넘치
는 러시아 민요가 그 후에 '우타고에 운동'에서도 불러진 것이다.

그러나 왜 일본에서 〈시베리아 이야기〉가 널리 받아들여졌는지 지
금으로서는 그 문화 수용요인은 불분명하다. 소련 대문련의 카운터파
트로서 외국의 소련 우호단체의 활동, 영국의 영러소협회(1924년 설
립, Society for Co-operation in Russian and Soviet Studies, SCRSS)
와 조소朝蘇문화협회 (1945년11월 설립. 북부 조선의 신문『조소 특
보』, 잡지『조소 문화』발행)의 자료[10]를 보더라도 이 영화가 넓게 받아
들여진 흔적은 없다. 일본에 있어서 이 영화가 왜 히트했는지 요인과
수용과정의 해명은 다음 연구를 기다려야 한다.

(2) 1950년대의 영화산업, 일본적인 것과의 관련

1950년4월, 극영화의 '1국1사제'라는 원칙을 폐지하는 대신 GHQ
는 수입실적을 기반으로 외화수입제를 대장성大藏省으로 이관한다.
1951년도 이후의 외화수입은 '전년도 개봉 편수 이내'로 하는 통달(대
장성 통달 "외국 영화의 수입 방침에 대해", '주요 영화 수출국인 6개
국'에 대해서 ① 전전戰前 십년중 일본 수출이 가장 많았던 연간 편수,
② 1950년중 개봉 편수, ③ 1950년중 배급 수입 실적의 3요소 등을 고

10) 小林聰明「解放後北部朝鮮におけるメディアの成立」『アジア遊學』第54号, 勉誠出
版, 2003년, 128-129쪽 및 동「ソ連占領期北朝鮮における解放イベント」佐藤卓
己・孫安石編『東アジアの終戦記念日』筑摩書店, 2007년을 참조.

려하여 배분함」)이 나왔다. 그 결과, 개봉 편수는 미국 150편, 프랑스 15편, 영국 15편, 이탈리아 5편, 서독 5편, 그리고 소련은 3편의 틀 안에서 수입이 배분되게 되었다.[11]

이듬해 '1952년 전반기에도, 또 후반기에도 "전면적인 외교상 및 통상상의 정상적인 관계가 수립되어야"라는 이유로 대장성이 규정한 외국수입 할당 편수 중에는 결국 소비에트영화는 한편의 할당도 없었다."[12] 이 사실은 당시의 『소비에트 영화』에서도 다음과 같은 의미를 가졌다.

> 이미 독자 여러분이 알고 계시는 것처럼 일본 대장성은 결국 올해 상반기 소비에트 영화의 할당을 제로로 하여 버렸습니다. 전시기 군국정부가 "적성국가" 미영불의 영화를 밀어내고 히틀러와 무솔리니의 영화를 상당히 수입하게 된 직후에, 일본이 제2차 대전에 돌입한 것을 우리는 확실하게 기억하고 있습니다. 지금 소비에트영화의 공개가 금지되고 미국영화가 홍수처럼 범람하고 있는 그 다음에는 무엇이 찾아올까? 역사는 그 지긋지긋한 전쟁임을 명백히 가르쳐주고 있습니다. 그 역사를 되풀이하지 않기 위해서라도 이 잡지를 많은 분들이 읽어주셨으면 하는 마음으로 밤낮으로 노력하고 있습니다.[13]

한편, 1949년4월 일소문화연락협회日蘇文化連絡協會를 개조한 일소친선협회日蘇親善協會의 기록에 따르면, 1950년대 당시 소련 대문련으로

---

11) 『ソヴェト映画』(18, 1951년10월호)11쪽.
12) 龜井文夫・土方敬太『ソヴェト映画史』(白水社, 1952년)6쪽.
13) 「編集後記」(『ソヴェト映画』1952년4월호).

부터 동협회로 기증됐던 필름은 48종(35밀리 12종류[86권 중 컬러 79, 흑백7]와 16밀리 36종류[293권 중 컬러177권, 흑백116권])에까지 달해 있었다.[14)]

 앞에서 기술한 바와 같이 소비에트영화는 1952년에는 수입할당이 제로에까지 떨어졌지만 영화 상영은 호쿠세이北星영화와 긴밀히 협력하여 우호단체의 운동과 관계를 맺은 자주自主상영운동으로 전개된 결과, 한꺼번에 동협회에 의한 상영회는 52년도에는 70회 이상의 상영으로 10만 명을 동원하였고, 55년도에는 1390회 상영으로 54만 명이 관람하였다는 기록이 남아있다.

 잡지『소비에트 영화』지면에서는 수입할당이 제로까지 떨어졌던 1952년4월호에는 편집부 '소비에트 영화를 보기 위해서 어떻게 해야 좋은가'라는 상업적으로 영화공연이 불가능한 상황을 어떻게 타개할 것인지에 대한 기사가 게재되었고, 또 요시즈미 고로吉住五郎 '우리민족의 분노 · 긍지 – 힘과 투쟁을 그려라 – 민족적 국민영화 예술의 방향'은 민족투쟁을 강조한다고 하는 이 시점의 2대 테마가 다루어졌다.

 또한 이 잡지에서는 세키 아키코關鑑子에 의한 '지면 창가지도 紙面唱歌指導'가 총6회 연재되어 영화와 우타고에운동의 연계도 엿보인다. 이들은 지면상의 노래지도/ 카추샤(7호, 1950년10월), 시베리아대지의 노래(9호, 1950년12월), 오~ 카리나의 꽃이 핀다(10호, 1951년2월), 모스크바(오월의 모스크바)(13호, 1951년5월), '영화〈쿠반의 코사크에서クバンのコザックより〉옛날 그대로'(17호, 1951년9월), 수확의 노래(28호, 1952년 8월) 등의 곡을 소개한 것이다. 그 중에서도 〈시베리아

---

14) 日ソ協會編『回想 · 日ソ親善の步み』1974년, 82쪽.

대지의 노래〉는 영화〈시베리아 이야기〉의 가장 인기 있는 가곡으로 소개되었다.

그리고 이 잡지의 광고에서 눈에 띄는 것은 뒤표지(표3, 표4)광고의 대부분은 독립 프로덕션 영화작품의 광고였다는 점이다. 이러한 광고 사정의 배경에는 영화업계의 동향으로서 호쿠세이상사의 매출·경영 동향, 독립프로덕션의 양화번선洋画番線에의 참입 등이 있었다고 한다.

> 후쿠세이영화는 창립 이래 소련영화의 배급에 전념하여왔지만 소련 영화 수입편수가 적었기 때문에 51년도부터 새로운 분야의 개척을 일 본영화 배급에서 찾았고, '천만에 살아있다'どっこい生きてる(젠신좌前進 座·신세이新星영화 제휴작품, 51년7월 공개)를 제1진으로 방화(일본 영화) 독립프로덕션 작품의 배급을 시작했다.[15]

1951년9월부터 52년8월까지 1년 동안 호쿠세이상사가 〈하코네 풍운록箱根風雲錄〉(젠신좌, 신세이), 〈메아리학교山びこ學校〉(야기(八木)프로), 〈원폭의 아이原爆の子〉(근대영화협회)와 3편의 일본영화를 배급한 결과, 〈하코네 풍운록〉은 배급수입 3189만5천엔, 〈메아리 학교〉는 배급수입 5천만 엔에 달해 예상이상의 좋은 성적을 거뒀다. 나아가 독립프로덕션 각 사를 규합하고 한 달에 한 편 정도 각 프로덕션의 작품을 계획적으로 배급함과 동시에 각 프로덕션의 제작자금을 융자하는 계획을 세우고 신세이프로, 기누타프로, 야기프로, 근대영화협회, 현대배우협회, 제일영화프로, 긴다이좌近代座프로 등 7개 프로가 이 계획

---

15) 「北星映画」『映画年鑑』1953년.

에 찬동하고 협력한다고 했기 때문에 곧 실현할 수 있도록 준비를 갖추었다고 한다.

예를 들어, 이들 독립영화의 라인업 중에서도 영화〈메아리학교〉라는 작품이 있다. 영화제작 애초의 계기는 철자법운동의 주최자 · 코쿠분 이치타로国分一太郎에게 기록영화 작가인 노다 신키치野田眞吉가 불쑥 찾아간 것에서 시작된다. 초등학교 교사인 무차쿠 세이쿄無着成恭가 민주적 경향의 테마를 추구하고 있던 독립프로덕션에 의해 발굴되어 매스컴 속에서 점차 스타대접을 받는 가운데 〈메아리학교〉의 영화화를 위해 시나리오 작가 야기 야스타로八木保太郎와 리켄理研영화프로듀서인 와카야마 가즈오若山一夫가 우연히 야마가타현山形県 야마모토무라山元村을 방문하게 된다.

스텝은 감독 이마이 다다시今井正를 비롯하여 총 60명에 달했고, 대부분이 토호東宝쟁의에서 노조 측에 참가한 1950년 레드퍼지(red purge 공산주의자 추방)의 대상이 된 일본 공산당 주류파 영화인이었다. 이 쟁의는 1948년 '민족문화를 지켜라'라는 슬로건 아래, 경찰과 점령군에 의해 탄압받게 되는데, 이 때 '민족문화'에 대해 주목이 집중되었다. 그것은 문부대신文部大臣 아마노 테이유天野貞祐가 〈메아리학교〉를 시찰 방문한 3개월 후인 1951년10월에 영화 〈메아리학교〉의 촬영이 야마모토무라山元村를 무대로 하여 시작되었다.[16]

1952년1월부터 토호와 토에이가 배급제휴를 포기하여 전프로배급全プロ配給이 되었고 영화계가 5계통의 배급체제가 됨으로써 독립프로덕션은 활동기회가 많아졌다. 쇼치쿠松竹를 제외한 4개사는 모두 1년

---

16) 佐野眞一『遠い「山びこ」』新潮文庫, 2005년, 247쪽

에 52편의 제작능력이 없어, 독립프로덕션과의 제휴 또는 매입하는 방법으로 배급부족분을 보충했다고 한다.

극영화 4개사의 결손작품의 제작을 요구받았던 독립프로에게 있어서 1952년 이후 일어난 새로운 운동이란 호쿠세이영화사의 배급조직을 활용하여 외화번선洋画番線에의 잠식이었고, 전반기의 〈천만에 살아있어どっこい生きてる〉가 호쿠세이 배급으로 성공했기 때문에, 앞에서 언급한 바와 같이 1952년은 〈하코네 풍운록〉〈메아리학교〉〈원폭의 아이〉의 3작품이 배급되어 〈원폭의 아이〉는 기록적인 흥행성적을 거두었다. 52년 하반기에는 호쿠세이 영화가 중심이 되어 신세이, 야기, 기누타, 근대영협 등 각 독립프로덕션만의 배급망을 조직하게 되었다.

이처럼 소비에트 영화잡지와 일본방화 독립프로덕션과의 관계는 영화인의 레드퍼지, 그 관계자의 동향, 영화배급시스템 변경 등의 사태 속에서 상호 관련되면서 전개되고 있었다. 여기에는 물론 호쿠세이영화 측 문제, 토호쟁의의 정치적 성격, 업계로서의 작품제작 요청 등 각각의 사정이 있었던 것은 명백했다.

3. 소비에트 문화와 '우타고에 운동'

(1) 그 발단과 전개

전후 소비에트문화 수용과 거의 동시 발생적으로 일어난 '우타고에 운동'인데 이는 1940년대 후반, 전국 각지에서 기업의 노동조합을 모체로 하여 합창단이 많이 만들어져 합창제를 개최하는 등의 다양

한 활동을 나타내는 말이었다. 그러나 그 개념에 대해서는 다소 정리
해둘 필요가 있다. 간결하게 서술해보면, '우타고에 운동'은 '우타고에
카페' '우타고에 곡집'과 같은 의미가 아니라고 하는 것이다. 이 의미
는 '우타고에 카페' '우타고에 곡집'의 대부분은 포함되지 않는데, 이
운동이 가지고 있던 사정거리의 확장은 당연히 고려하지 않으면 안
된다. 앞에서 본 음악연구자 와타나베 히로시渡辺裕는 공장문화, 사회
주의국가의 문화를 우회하여 국민음악이 '우타고에 운동'으로 유입되
었다고 설명하지만, 그것에 대해서는 여기서는 언급하지 않는다.[17]

　1946년 이후 '우타고에 운동'은 메이데이 등에서 좌익운동과 밀접하
게 관계를 맺고, 그 문화정책의 일환으로 자리매김한 형태로 진행되어
왔다. 그 후 '우타고에 축제' 때에 내걸린 '우타고에는 투쟁과 함께' '우
타고에는 평화의 힘' 등의 슬로건이 상징적으로 보여 주듯이, 이 운동
은 정치적, 조직적 운동을 가리키는 고유명사적 개념이 되었다.

　그 발단은 세키 아키코關鑑子가 1946년 제17회 메이데이 노래 〈아
카하타赤旗〉〈인터내셔널インターナショナル〉을 지휘하고, 거기서 〈들어
라 만국의 노동자〉〈바르샤바 노동가〉〈단결의 힘〉〈동지여 굳게 맺어
라〉〈라 마르세이유즈〉〈증오의 도가니〉〈빙빙 도는 바퀴자국〉〈시바
우라芝浦〉〈사토고에게 당한 오케이〉〈오라오라 작은 동지〉 등의 곡이
불러진 것에서 시작된다.[18]

---

17) 渡辺裕『歌う国民―唱歌,校歌,うたごえ』(中公新書, 2010년) 227-228쪽
18) 세키 아키코(1899~1973)는 성악가(소프라노), 합창 지도자. 1921년 도쿄음악학
　　교 졸업, 동 연구과 수료. 솔리스트로 악단에서 활약하는 한편, 1926년 프롤레타리
　　아 예술 운동에 참가. 전후는 민주적 음악운동에 정력을 쏟아 1948년 중앙합창단
　　(中央合唱団)을 조직, 일하는 사람들을 대상으로 「노래(うたごえ)운동」을 일으켰
　　다. 이후 우타고에에서의 지도를 통해 민중의 싸움과 생활 감정과 결합된 합창운

또한 1946년 말에는 시베리아 억류자가 제1선船으로 귀국했고, 이후 억류자의 귀환이 급증하면서 이 운동을 뒷받침했다. 시베리아 억류 중에 결성된 귀환자 악단의 역할도 컸고, 당시 일본공산당이 대중문화운동을 위해 조직한 '문화공작대'의 활동에 커다란 영향을 미쳤다. 다만, 귀환자악단이 소비에트음악을 중심으로 취급해야 한다는 의견에 대해 일본의 소재를 중심으로 취급해야 한다는 견해도 있어서 공산당이 '민족문화'와 '국민문화'를 창조하는 데 적극적이었음에도 불구하고 문화운동을 둘러싼 일본의 전통, 특히 '민요'를 둘러싸고 노선 대립을 보였다.[19]

1947년 청년공산동맹 중앙코러스대(후에 중앙합창단)가 결성되어 세키 아키코가 공산당 중앙으로부터 요청을 받아 합창지도를 하게 되었다. 같은 해 5월 제18회 메이데이에는 세키가 신작 노동가 〈메이데이 야기부시〉를 선보였고, 이듬해 1948년11월에는 영화 〈시베리아 이야기〉가 공개, 도쿄에서 개봉된 때와 전후하여 러시아민요가 유행하고 직장을 중심으로 합창동아리 활동이 급속히 퍼졌다.

히지카타 요시土方与志의 차남으로 중앙합창단 창립 멤버이며 초대 서기장이었던 히지카타 요헤이土方与平는 합창단 창설을 회상하면서 1948년1월 '세계 노련勞連 대표 루이 싸이언 일행의 방일 1주년을 기념하는 집회'의 성공과 그 후 2월10일의 청공靑年共産同盟 창립 2주년

동을 전국적으로 전개. 1956년 국제 스탈린 평화상 수상. 일본 국제 콩쿠르, 국제 차이코프스키 콩쿠르 성악 심사위원을 맡았다(關鑑子追想集編集委員會編『大きな紅ばら 關鑑子追想集』(復刻,大空社,1996年)참조).

19) 西嶋一泰,「1950年代における文化運動のなかの民俗芸能——原太郎と「わらび座」の活動をめぐって」『Core Ethics』6,立命館大學大學院先端總合學術研究科,2010年)302쪽.

기념집회에서의 사건에 대해 말하고 있다.

코러스대원이면서 문화부의 전임專任전종사자이기도 했던 나와 K
군이 밤을 새워 집회의 입장권을 등사판으로 만들었던 것을 지금도 생
생하게 기억합니다. 그 집회를 위한 레퍼토리에 처음으로 일본민요 기
소부시木曾節가 게다가 원곡에 가깝게, 진짜 나무통을 두드리며 등장한
것은 특필할만 합니다.[20]

당초부터 '우타고에 운동'에는 야기부시八木節, 소란부시ソーラン節, 기
소부시木曾節 등 일본민요가 깊이 편입되어 있었던 것이다.

[그림 5 : 세키 아키코]

[그림 6 : 『청년가집』]

---

20) 土方与平『或る演劇製作者の手記』(本の泉社, 2010년)68-69쪽.

(2) 러시아 가곡과 일본적인 것과의 관련

'우타고에 운동'에서 중요한 역할을 했던 『청년가집靑年歌集』은 1948
년9월에 발행된 후 10집까지 간행되었지만, 가집의 95%는 널리 알려
진 세계민요와 일본노래였고, 나머지 5%가 노동운동과 민주적인 운
동 속에서 자주 불러지는 노래였다.[21] 그리고 우타고에 운동사에 수많
이 기록된 바와 같이, 1950~60년대 러시아가곡을 소개하고 있던 것
은 중앙합창단 시라카바白樺, 귀환자 악단 카추샤, 와라비좌わらび座 등
의 합창단이었다.

『청년가집』에 어떤 노래가 수록되었는지를 살펴보면 흥미로운 사
실을 알 수 있다. 〈라 마르세이유즈〉〈인터내셔널〉 등 프랑스혁명 이
후의 서양제국의 혁명가 · 노동가, 그것들을 모델로 하여 전후 일본에
서 새롭게 만들어진 〈원폭을 허락하지 말자〉〈젊은이여〉 등에서는 이
데올로기 색채가 강하게 느껴지지만, 이러한 누가 보더라도 '우타고
에 운동'이라고 보이는 레퍼토리는 물론 〈트로이카〉〈카추샤〉를 비롯
한 '러시아 민요'도 수록되어 있어서 이들은 당시 동유럽 노래집과 공
통된다고 여겨진다. 단지, '민요'라고 불린 것 중에는 실제로 당시 소
비에트의 국책에 따라 만들어진 동시대의 가곡 등이 상당수 섞여 있
었다고도 하지만 수록곡의 대부분은 〈오 수잔나〉〈산타루치아〉와 같
이 전전부터 '애창가집' 등의 제목이 붙여진 노래집으로 익숙해 있던
레퍼토리였다.

그리고 무엇보다 〈소란부시〉〈아이즈반다이산会津磐梯山〉 등의 일본

21) 矢澤寬『うたごえ靑春歌集』(社會思想社, 1997년) 293쪽.

민요가 상당수 수록되어 있다. 이렇게 보면 좌익 이데올로기적인 요소는 엿보이지만 그것이 가집 전체의 성격을 규정하고 있는지에 대해서는 미묘한 점이 있다.

한편, 관제 '우타고에 운동'으로 1955년에 문부성이 『청년가집』에 의한 '적화'를 우려해서 만들었다고 알려진 가집으로 『청소년의 합창』(문부성편)이 있다. 거기에 게재되어 있는 곡은 상당부분 『청년가집』과 중복된다. 〈도롯코후낫코〉 등 민요에서 유래된 곡이 겹치는 것은 당연하지만 '우타고에 운동'에서도 상징적인 역할을 했던 영화 〈시베리아 이야기〉의 〈바이칼호반〉이 포함되어 있다는 것은 흥미롭다.

더구나 여기에서 문화수용의 일례로 러시아가곡 번역에 얽힌 문제, 즉 하바롭스크 지구의 일본인 포로들로 구성된 귀환자악단 '카추샤'에 의한 번역 사례를 들어 보겠다.

이 악단에 의해 번역되어 보급된 러시아 소비에트 가곡으로 〈발칸의 별 아래에서〉 〈아름다운 봄의 꽃이여〉 〈조국의 노래〉 〈등불〉 외에 유명한 〈트로이카〉가 있다. '눈 속의 자작나무 가로수 / 석양이 빛난다 / 달려라 트로이카 / 명랑하게 / 방울소리 높게'라고 부르는 지금도 친숙한 〈트로이카〉의 번역가사는 원가사와 정반대로 번역되어 있다고 알려져 있다. 원가사를 충실하게 번역한 것은 세키 다다스케關忠亮, 세키 아키코의 동생로, 여기에는 '달리는 트로이카 하나 / 눈 속의 볼가를 따라'로 시작되는 '실연失戀의 노래'이다. 악단 카추샤의 번역은 연인에게 트로이카를 몰고 가는 '기쁨의 노래'가 되어 있다.[22]

---

22) 畠中英輔編 『まぼろしの樂譜 カチューシャ愛唱歌集』(ロシア音樂出版會, 2012년) 151쪽.

세키 다다스케가 번역한 〈트로이카〉의 원곡은 '우편 트로이카는 달린다'(도쿄대학 음감합창단 번역)라는 곡이다. 노래의 내용은 사랑하는 여자가 있는데도 그녀가 돈 많은 타타르인에게 시집 가버려 낙심하는 마부의 아픈 심정을 노래하는 것이었다. 시인 글린카에 의해 쓰여졌다는 자료도 있지만, 글린카가 쓴 것은 제목이 비슷한 〈Вот Мчится Тройка Удалая^{방종한 트로이카가 달린다}〉라는 노래로, 실제로는 작자미상의 러시아민요이다.

앞에서 서술한 바와 같이, 악단 카추샤에 의한 〈트로이카〉의 일본어 번역은 밝은 가사이지만 동악단이 표트르 브라포브의 시에 표트르 알렉셰비치가 곡을 붙인 〈트로이카〉(원제목 〈Тройка мчится, тройка скачет〉 트로이카가 달린다, 트로이카가 뛴다)를 번역했기 때문에 이런 가사로 정착되어 버렸다고 한다. 이 번역작업이 실수였는지 의도적인 것이었는지 현시점에서는 확인할 방도가 없다.

다만, 근대일본음악사에 있어서는 '카에우타(替え歌, 가사만 바꾼 노래)'라는 전통도 있고, 일률적으로 부정적 평가를 내리기에는 아직 이르다. 예를 들어, 『청년가집』 제3편에는 '우치나다^{內灘} 소란부시^{そーらん節}'라는 곡이 수록되어 있다. 말하자면 '소란부시'를 가사만 바꾼 것인데, 같은 가사만 바꾼 노래라고 하더라도 전전에 전쟁을 찬양하는 노래로 〈성전^{聖戰}민요집〉에 수록되어 있는 '소란부시'라는 곡도 있다. 전후 '우치나다 소란부시'는 이것을 전면 부정하고 180도 반대 방향으로 향하는 것처럼 보였지만, 여기에서는 성전과 '우타고에 운동'은 근거로 하고 있는 이데올로기가 다를 뿐 일본전통으로서의 '민요'를 바탕으로 하면서 그것을 '근대화'하고 '개량'하는 것을 통해서 새로운 시대에 맞는 '국민음악'을 확립하고자 하는 기본적인 방향성에 관

해서는 양자는 완전히 동일 선상에 있다고 해도 과언이 아니었다.[23]

결국, 이 〈트로이카〉는 귀환자악단의 번역이 압도적으로 보급되어 대중화되었다. 귀환자 악단이 가져온 소비에트의 앙상블형식과 그 내용은 그 후 일본에 정착하여 일본의 음악무도音樂舞踏를 다루는 방향으로 변하여 와라비좌, 카추샤악단과 같은 가무단으로 육성해 갔다. 앙상블형식은 중국과 조선 그리고 당시 사회주의 국가권圈에서는 가무단이라고 불렀고, 이에 따라 일본에서도 가무단이라고 칭하게 되었다.

'우타고에 운동'의 운동방침을 둘러싼 논의나 문서 중에는 '국민문화' '국민음악' 이라는 용어가 종종 등장한다. 그 뿐만 아니라 불러지고 있는 곡의 가사와 해설 등에도 '조국' '국토' 등의 단어가 빈출하고, 이 나라를 짊어질 존재로서의 '국민'이라는 자각을 촉구하는 방향성이 매우 강한 것을 느낄 수 있다. 이렇게 보면 전후 새로운 '국민문화'의 창출이라고 했을 때, 그것은 오히려 전전과는 한 획을 긋는 것에서 시작하려고 했던 다양한 문화운동, 특히 좌익적인 색채를 띤 움직임 속에서야말로 '국민'은 빈번하게 보였던 것이다.

(3) 우타고에 문화의 확산

'우타고에 운동'의 영향을 받아 우타고에 카페에서는 다양한 노래가 탄생하고 확산되었다. 그 초기 창립멤버이자 창가지도자였던 어머니를 둔 마루야마 아스카丸山明日果는 그의 저서에서 1950년12월 우타고

---

23) 渡辺裕『歌う国民─唱歌,校歌,うたごえ』(中公新書, 2010년) 262쪽.

에 카페 '도모시비'가 신주쿠에 오픈했을 때의 일을 기록하고 있다.[24] 카페가 유명해짐에 따라 매일같이 카페손님과 관계자로부터 다양한 노래가 반입되었다고 한다.

그 중에서도 최대 히트곡은 〈기타카미 야곡北上夜曲〉이었다. 전전부터의 노래였던 이 곡도 매스미디어에서 거론되기 이전부터 〈기타카미 가와의 첫사랑北上川の初戀〉이라는 제목으로 우타고에 카페에서 불러지고 있었다. 반입되었던 노래는 저작자라고 자칭하는 사람들이 많았는데 대부분 작자미상이고 일단 유행하게 되면 상용화를 위한 권리문제에 있어서 저작자를 특정지우는 것이 대단히 어려웠다고 한다.[25]

또한 우타고에 카페가 낳은 것은 노래뿐만 아니라 카미죠 쓰네히코上條恒彦, 다크 닥스, 포니잭스 등의 가수와 그룹들도 세상에 내놓았다. 그들이 러시아민요에서 세계민요, 일본의 서정가요로 레퍼토리를 넓혀간 배경에는 우타고에 카페의 영향이 있었다.

동시에 그 무렵 시작된 NHK텔레비전의 영향도 컸다. 프로그램〈민나노 우타〉가 이러한 곡을 선택하면서 상승효과 때문에 우타고에 카페는 더욱 번영해 갔다.

'우타고에 운동' 자체는 1955년 '제3회 일본 우타고에 제전'에 4만 명이 참가했고, 같은 해 『주간 아사히』 6월26일호에는 '알려지지 않은 베스트셀러 청년가집'으로 『청년가집』이 소개되었다. 1956년10월에는 일소공동선언(하토야마 이치로 수상鳩山一郎首相)이 나왔고, 1957년 간사이關西에 있는 파르나스 제과는 '모스크바의 맛'을 캐치 카피로 양

---

24) 丸山明日香『歌聲喫茶「灯」の青春』(集英社, 2002년).
25) 矢澤寬『うたごえ青春歌集』(社會思想社, 1997년) 297쪽.

과자를 출시하는 등 상용화의 흐름도 가속화되었다. 같은 해에 클래식음악, 서커스, 연극 등 소련예술단의 방일 러시가 시작되었고, 소련으로부터의 3S문화(무대예술stand Arts, 스포츠sports, 과학science) 공세라고 하여 당시 주간지에도 소개되었다.[26] 우타고에 카페에서는 1960년대 '우타고에'시리즈로서 레코드화도 진행되었다. 그야말로 전후에 유입된 소비에트문화가 이데올로기를 일단 접어두고 대중에게 받아들여지고 있었던 모습을 엿볼 수 있다.

[그림 7 : 우타고에 레코드 '若人のうたごえ']

나오며

1950년대의 소비에트문화의 수용동향을 영화와 '우타고에 운동'에서 살펴보았다.

우선 1950년대의 소비에트 영화의 자리매김을 보면, GHQ의 점령

---

26) 「ソ連文化攻勢の底力 世界一ねらう科學,芸術,スポーツ」(『サンデー毎日』1957년 12월1일호).

은 끝났지만 일본국의 수입할당제하에서 흥행실적을 남길 수 없는 상황이었다. 그 때문에 영화배급사 호쿠세이상사는 일본방화독립프로덕션 작품의 배급을 개시했다. 1950년대에 발행된 잡지『소비에트 영화』도 러시아 가곡을 거론하면서 적극적으로 독립프로덕션의 작품을 소개하고 있었다.

마침 1950년대에 영화인들이 레드퍼지 등으로 추방당했던 같은 시기에, 그들이 제작한 독립프로덕션 작품이 호쿠세이상사의 양화번선의 배급 라인업으로 유입되었다. 다분히 정치 지향적이었지만 소비에트영화 상영과 일본의 평화·민주주의 운동의 관련을 볼 수 있었다. 이러한 문화수용에서는 당연히 국가 간의 생각도 들여다 볼 수 있었다. 소련의 예술가가 일본을 방문한 적이 없었기 때문에 일종의 '문화 기아飢餓상태였다'는 것도 소련 측 공문서에서는 지적되고 있다.[27]

한편 음악에서는 세키 아키코와 함께 '우타고에 운동'의 중심적 존재였던 첼리스트 이노우에 요리토요井上賴豊는 기관지『우타고에 신문』에 '국민음악에 대해서'라는 기사를 썼다.[28] 기사에는 러시아민요를 노래한다는 것의 의의가 언급되어 있는데, 그 최대 포인트는 '국민음악은 대중의 생활과 음악을 창조의 원천으로 하여, 거기에서 탄생한 곡과 연주를 대중에게 돌려줌으로써 대중을 격려하는 적극적인 힘으로 삼고자' 한 점이라고 했다.

또한 이노우에는 자신의 시베리아 체험에 대해서도 언급하고 있다.

---

27) 半谷史郎「国交回復前の日ソ文化交流 1954-1961,ボリショイバレエと歌舞伎」(『思想』2006년7월35쪽.

28) 『うたごえ新聞』1966년11월10일호, 12월25일호.

일상생활에서 모두가 노래하는 것을 들을 때나, 볼 때에, 일본에서는 왜 이렇게 할 수 없는 것일까, 라고 생각하게 되었습니다. (중략) 내가 일본에 돌아가서 바로 우타고에 운동을 함께하게 된 것은 그때의 시베리아에서의 경험이 있었기 때문입니다.[29]

이노우에는 베르디나 비제에서부터 차근차근 설명하고, 러시아인이 자국의 민중음악의 유산을 어떻게 살려가면서 그것을 '예술'로 만들어 갔는지를 서술함과 동시에 이러한 '국민음악'의 가장 표본이 되는 예로 글린카에서 시작되는 러시아음악의 계보를 언급하였다.

마찬가지로 '우타고에 운동'의 일본민요에 대한 취급은 예로부터 음악수용의 축적을 바탕으로 해서 성립된 것이고, 우타고에 가곡은 일본 민중문화의 그러한 본래의 힘을 이끌어 내어 그 당시 사회에 적합하도록 전개시키는 것을 꾀했다고 볼 수 있다.

대중문화와 내셔널리즘은 관점을 바꾸어 생각해 보면 '민족'이라는 문제로, 특징적으로 보여지는 것일지 모른다. 1950년대 전반에 있어서 '민족'이 문제가 되는 경우에는 어디까지나 미국에 대한 반미애국 내셔널리즘, 좌익내셔널리즘으로서 발현되었다. 예를 들어, 1949년에 혁명을 달성한 중국인민의 내셔널리즘이 '민족'다운 것의 하나의 규범으로 간주되었다. 이것은 당시 지식인들의 글속에서도 자주 볼 수 있는데 거기에는 하나의 '전도轉倒'가 있는 것처럼 보인다. 자기들 자신이 '제국'을 위해 식민해 온 자로서의 입장에 대해 자각하지 못한 채 '내셔널한 무언가'라는 것을 생각할 때의 모델로서 1949년의 '중국'이

29) 『うたごえ新聞』 1966년11월10일호, 12월25일호.

나 한국전쟁하의 '조선'의 인민이 조정措定되기도 했다.

지식인이나 좌파 중에는 조선과 중국민중의 민족적 주체성을 모델로 하여 그것을 구가하며 선망의 대상으로 표명했다. 제국식민자임에도 불구하고 바로 그러한 '민족'이라는 레토릭에 공명共鳴하고 만다. 이처럼 식민에 대한 가해와 피해라고 하는 관계가 얽혀있는 형태가 1940년대부터 50년대까지 일본의 좌익문화운동, 나아가 소비에트문화 수용의 국면에서도 내재되어 있었고, 이 혼란상태가 정리되지 않는 채 다양한 요소가 혼재된 상황을 보였다. 물론 여기에는 좌익정치노선으로서의 '50년대 문제'도 있었지만, 본 연구에서는 정당 이데올로기보다도 민중의 자율적운동의 측면을 중시하는 입장을 취했다.

향후의 과제로 영화, '우타고에 운동'의 관련역사를 구체적 자료를 통해 조사함으로써 이 대중문화와 내셔널리즘의 관련을 정치화精緻化하고 싶다.

제8장
'자이니치在日'문화와 내셔널리즘

윤 건 차

'자이니치在日문화와 내셔널리즘'이라는 제목이지만, 우선 필자 나름대로 용어의 의미에 대해 기술해 두자. '자이니치'라는 것은 '재일在日조선인'을 의미한다. 1910년의 '한국병합'에 의해 일본이 조선을 식민지화 한 결과, 한반도에 살고 있던 조선인이 일본으로 건너가 일본에 정착한 사람들을 가리킨다. 일본에 이주했다고 해도 일본에서 공부하려고 한 사람, 생활고 때문에 어떻게든 일본에서 일을 찾으려고 한 사람, 가족이나 친척을 의지해 일본에 건너간 사람, 또는 아시아 태평양전쟁에서 패전 색이 짙어가는 1940년경부터 일본에 징용 또는 강제로 연행된 사람 등 다양하며, 또한 '도항渡航증명서'를 받아 '합법적'으로 일본에 건너간 사람, 또는 어쩔 수 없이 '밀항密航'한 사람 등 다양하다. 내셔널리즘이라는 것은 일본에서 일반적으로 많이 사용되는 용어이지만, 한반도의 남북과 '자이니치' 사이에서는 '민족주의'라는 용어가 자주 사용된다. 한국어로 말하는 '민족주의'는 일본어의 내셔널리즘이라는 말과 겹치기는 하지만 그것은 좋든 싫든 (비국민/비독립의)

식민지 근대성의 성격을 띤 것으로, 더욱이 본래는 (해방/독립의) 탈식민지화의 과제와 밀접하게 연관되는 것이라고 할 수 있다. 말하자면 억압·저항의 의미를 담고 있으며 그 의미에는 근대의 민족문제, 식민지 문제에 관련된 용어이다.

이러한 설명만으로도 이미 복잡하지만 그러나 내용을 더욱 음미해보면 '자이니치'에는 식민지시대에 조선에서 모국어를 습득한 1세와 일본에서 일본어를 모국어로 자란 2세, 3세 등과는 많이 다르다. 게다가 같은 1세라고 해도 식민지시대 초기에 도일한 사람과 1950년대, 1960년대에 '밀항' 등으로 도일한 사람과는 사정이 크게 다르다. 일본의 패전/조선의 해방의 1945년8월 시점에 일본에는 약 240만 명에 이르는 조선인이 있었지만 대량 귀국한 뒤 몇 년 후부터는 약 60만 명이 일본에 잔류했다. 게다가 남북분단 국가 하에서 '자이니치'는 국적(표시表示)만 하더라도 조선, 한국, 일본이라는 '3개 국가'에 걸쳐 있었고, 아이덴티티의 표시라고도 할 수 있는 호칭도 '자이니치在日', '재일조선인', '재일한국인', '재일조선·한국인' 또는 '재일코리안' 등으로 복잡하기 짝이 없다. 사회과학적인 의미에서 출신이나 계급, 빈부의 차이 등을 따지면 그야말로 '자이니치'의 용어 자체가 수습 할 수 없게 되어 버린다.

결국은 '자이니치'문화와 내셔널리즘 이라는 제목은 간결하고 이해하기 쉽게 느껴지지만 실제로는 그렇게 간단하게 작성할 수 없는 것이다라고 하는 의미이다. 게다가 '문화'란 무엇을 의미하는가를 따지게 되면 처음부터 손을 쓸 수 없게 된다. 그럼에도 '자이니치'문화와 내셔널리즘이라는 제목으로 무리라는 것을 알면서 고려해야 한다면 그 내용은 당연히 자의적이고 단편적이고 지극히 주관적인 것이 될 수밖에 없다. 그러나 그렇다고 하더라도 '자이니치'를 다루는 한 당연히 '민족'과 큰 관계를 가지고 그 '민족'이 어떤 의미 내용을 갖는가, 또는 어떻게 파악하는가에 따라 '문화'의 질적 내용도 적지 않게 달라질 것이라고 생각한다.

1. 식민지시대의 예술활동

우선 식민지시대의 예술활동에 대해 얘기하자면 일본의 완전 통치하에 있었던 조선인은 조선에서 활동하든 일본에서 활동하든 특고特高, 특별고등경찰 등의 일본관헌의 엄격한 감시 하에 있었으며 그 활동은 크게 제약되었다. 그러나 예술이기 때문에 우선은 연기하는 공간, 실력을 확보하는 것이 급선무였고, 그것이 생활을 유지하고 '예술가'다운 기초적인 요건이었다. '혁명가'든가 '운동가'라면 검거나 투옥이 되더라도 그것은 그것대로 의미가 있지만, 오해를 감수하고 말하자면 예술가는 예술을 해야만 예술가이고, 거기에 당연히 힘 있는 관헌과 미묘하고 그러나 험난한 관계를 유지할 수밖에 없다. 무엇보다 이것은 역사적으로 볼 때 조선의 예술가는 항상 '일본'을 연기해야하는 것이 아니라 때로는 '조선 붐'을 타거나 또는 일본권력의 기호에 부응하는 형태로 '조선'을 연기하기도 했다. 다만 그 경우에는 '조선'의 예술은 어디까지나 식민지 지배의 틀 안에서 그것을 보완하는 의미를 갖게 하는 것이다. 그것은 예를 들어 중국에서 전전 일본인이었던 야마구치 요시코山口淑子, 李香蘭가 영화에서 〈중국의 딸〉을 연기해서 만주 지배의 국책에 협력시키게 한 사실을 상기할 수 있다.

조선의 경우, 식민지시대, 문학은 별도로 하더라도 음악과 무용, 영화 등의 영역에서 '조선'의 예술이 표현되었다. 조선민족의 혼이라 할 수 있는 〈아리랑〉에 관해서 말하자면 아리랑은 조선 전국토 및 재외동포 사이에서 널리 불려져 세계적으로 잘 알려진 민요이다. 삼박자의 리듬, 2행1연二行一連의 단순함은 기억하기 쉽고 자유롭게 가사를 만들 수도 있어서 식민지시대는 물론 그 후에도 (재일)조선인 사이에서 계속 불러지거나 조선인과 일본인을 이어주는 연대가 되기도 했다. 아리랑은 〈진도 아리랑〉이나 〈밀양 아리랑〉을 비롯해 남북한, 해외 것을 합치면 가볍게 100종류를 넘어 가사에 있어서는 3000종을 넘는다고도 한다. 가장 일반에게 보급되어 있는 〈신 아리랑〉은 '나를 버리고 가시는 님은 / 십리도 못가서 발병난다'라고 '아리랑 고개를 넘어간다' 이별의 슬픔을 표현하고 있다. 망국, 추방, 투옥, 굴욕, 저항, 이별, 비애, 희망 그 외 인생의 여러 애환을 집중적으로 더욱 응축하고 있는 아리랑은 식민지시대를 살던 조선인에게 있어서 마음의 의지가 되었다.

아리랑이 조선 전역에 널리 알려지게 된 것은 1926년10월1일, 경성의 종로에서 나운규羅雲奎주연의 영화 〈아리랑〉이 상영되고 나서부터이다. 마침 조선왕조의 왕궁 앞에 10년의 세월을 들여서 완성한 조선총독부 신청사의 낙성식 축하연이 성대하게 행해진 날이었다. 영화의 주제가였던 민요 아리랑은 울분과 허무감이 넘쳐나는 시대의 분위기를 청렬淸冽한 민족정신으로 일신하고, 이후 항상 민중 속에 숨 쉬고 사랑받는 노래가 되고 조선인의 혼이 되었다. 조선총독부는 아리랑의 금창령禁唱令을 내리고 레코드를 압수하는 등 힘으로 억누르려고 했지만 탄압하면 할수록 반대로 아리랑은 이름 없는 잡초처럼 조선민족의

마음 깊은 곳에 아로새겨져 갔다.[1] 이윽고 그 아리랑은 일본으로 건너
간 조선의 민중과 지식인을 통해 일본 각지로 전해져 때로는 노동가
로서 또 때로는 연회석에서의 여흥으로 홀로 조용히 흥얼거리는 노래
로서 정착되어 갔다. 망향의 노래이자 비탄의 노래이기도 한 아리랑
은 때와 장소에 따라 환희의 노래, 희망의 노래가 되기도 했다. 노동합
숙소에서 들려오는 아리랑의 선율은 곧 일본인의 마음까지도 사로잡
아 조선인과 일본인의 정감을 이어주는 통로가 되기도 했다. 게다가
라디오방송 개시에 대항하려고 했던 콜롬비아 등 레코드 회사는 조선
에 이어 일본에서 연이어 〈아리랑 민요〉, 〈아리랑의 노래〉, 〈아리랑 고
개를 넘어〉, 〈아리랑 야곡夜曲〉 등의 유행가로 발매했다. 그것은 레코
드산업의 번영과 동시에 1931년 9월 '만주사변' 이후의 '대륙 붐'과도
관련이 있지만 아리랑은 일본적 색채가 짙어지는 것이 되기도 하였
다.

아리랑은 〈도라지〉 등과 함께 식민지시대를 수놓은 조선의 무용가
나 영화인에 의해서도 전파된다. 배구자裵龜子, 최승희崔承喜, 문예봉文
芸峰이 대표적인데, 그녀들은 일본에서의 무대공연에서도 아리랑을 춤
추고 노래했으며 조선인·일본인 관객을 기쁘게 하여 아낌없는 박수
를 받았다. 배구자는 무용가로서 활약하여 1935년에는 '동양극장'을
설립하여 아리랑 등의 무용극을 공연했다. 식민지시대의 복잡한 상황
하에서 배구자 가무극단이 (일본)내지 순회공연을 시작한 1930년대,
배구자는 약자로서 지배당하는 측으로 귀속을 선택하여 식민지주의
하에서 비참하게 훼손된 자존감을 회복하고 자기해방을 이루어 나가

1) 宮塚利雄『アリランの誕生』創知社, 1995년

는 노정을 걷고자 했다고 한다. 그것은 이른바 '인종화人種化'되어 표상되는 두 민족, 두 문화의 권력 사이에서 계속 찢겨졌던 고투의 궤적을 새겨가는 것이었다.[2]

최승희도 서양무용 등을 도입해서 자신의 조선무용을 더 풍부하게, 더 세련된 것으로 높여갔는데, 거기에는 '아리랑 이야기'도 포함되어 있었다. 물론 그 심중은 편치 않았지만 주연을 맡았던 무용영화의 제목에서 '반도의 무희'로까지 불렸던 최승희는 1944년1월27일부터 2월15일까지 도쿄 제국극장에서 총 23회 예술무용발표회를 행하여 만원사례의 극찬을 받았다. 객석에는 정장을 차려입은 조선인들이 대거 모여 조선어로 추임새를 넣으며 최승희를 격려하는 소리가 장내를 제압했다고 한다. 게다가 최승희는 항상 관헌으로부터 스파이 행위를 의심받으면서도 태평양전쟁이 격화됨에 따라 '만주' 중국 각지 순회공연을 강요받았다.[3] 그래도 예를 들어 2011년12월 도쿄에서 '탄생100주년기념 전설의 무희 "최승희 페스티벌"'이 개최된 것에서 알 수 있듯이 (재일)조선인의 내면 깊이 각인되어 온 존재이다.

무용가로서 활약한 문예봉文芸峰도 1935년 영화 〈아리랑 고개〉에 주연 여배우로 등장하면서 당대 최고의 영화스타가 되었다. 파란만장한 인생을 보낸 문예봉은 지금도 '고난의 시대의 은막 스타'로서 기억되고 있지만 일본식민지시대 말기에는 일본의 국책영화에 출연했다고 해서 비난의 표적이 되었고 그 때문에 국책영화에 출연하는 것을 몇번이나 보이콧하려 했다고 한다. 그러나 현실에서는 영화에 출연해야

2) 宋安鍾『在日音樂の100年』青土社, 2009年.
3) 高嶋雄三郎＋むくげ舍『崔承喜(增補版)』皓星社, 1981年.

만 영화스타나 예술가였고 실제로도 문예봉은 관헌으로부터 체포영
장을 들이미는 가운데 어쩔 수없이 감옥에 가는 기분으로 촬영장으로
향했다고 한다.[4]

이렇게 아리랑은 한국인 무용가나 영화인에게 있어서 일면 마음속
으로는 일본에 대한 '대항抗문화'의 은밀한 의미를 가지고 있었지만,
그러나 동시에 식민지하의 현실에서는 '내선융화'의 상징으로 이용되
어지기도 했다. 무용가에게 영화인에게 '춤추고, 노래하고, 연기하는'
공간을 확보 유지하는 것은 필수이며 그것은 불가피하게 시국의 흐름
속에서 자신을 위험에 노출시키는 것으로 이어졌다. 실제로 배구자는
식민지시대 말기에 모든 활동에서 물러나 해방 후에는 어머니 배정자
裵貞子가 악질 대일협력자로서 소추된 가운데 일본과 미국으로 건너간
다. 최승희 및 문예봉도 해방 후 그 친일 행위를 비난받고 월북하지만
그곳에서도 정치적으로 어려운 입장에 처하게 된다.

식민지시대의 예술가라고 하면 가수 김영길金永吉에 대해서도 언급
하지 않을 수 없다. 일본명 나가타 겐지로永田絃次郞는 명테너로서 일본
음악사에 새겨저있다. 1909년 평안남도 출신으로 1930년 수석으로
육군 토야마학교戶山學校를 졸업하고 하사로 군악대에 소속된다. 1933
년5월 제2회 음악콩쿠르 성악부문 차석이 되면서 폴리돌에서 〈국경
의 밤〉(조선어)으로 레코드데뷔를 했고 이윽고 군가 레코딩으로 이름
을 떨치게 된다. 한반도 출신의 명테너라고 불리며 결과적으로는 친
일파라는 지울 수 없는 과거를 남기게 되지만 〈긴아리랑〉이라는 노래

---

4) 『조선신보』2015년3월23일.

가 간신히 남아있다.[5] 해방 이후 김영길은 민족에 눈떠서 민족음악운동에 헌신하였고 곧바로 북한으로 귀국하여 역시 고난의 길을 걷게 된다.

2. 재일조선인 운동의 전개와 예술

일본의 패전 그리고 조선의 해방은 재일조선인에게 큰 전환점이 되었고 지금까지와는 다른 형태로의 명확한 민족운동의 시작이 된다. 이 경우, 재일조선인 운동은 '민족'을 주축으로 하는 것이었지만 그것은 '좌익'적 의미를 크게 띤 것이었다. 게다가 그 민족운동은 좋든 나쁘든 조선의 민족운동과 관련되어 있으면서도 그에 못지않게 처음에는 일본의 '좌익'운동, 특히 일본공산당과 깊은 관계를 갖는 것이었다. 민족 조직으로는 '좌익'으로는 재일본조선인연맹朝連과 그것을 잇는 재일조선통일민주전선民戰, 나아가서 북한 지지를 분명히 한 재일본조선인총연합회총련가 있고, '우익'으로는 재일본조선거류민단(이후 한국민단)으로 크게 나눌 수 있다. 여기서 식민지시대와 비교해 보면 해방전에는 같은 민족운동이라 하더라도 일본공산당과 공동 투쟁할 것인가, 아니면 독자적인 운동을 전개할 것인가 하는 '계급중시' 또는 '민족중시'라는 두 사고의 차이가 있었지만, 해방을 맞이한 이후 재일조선인에게는 '조국'이 눈앞에 나타나기 시작했다. '조국'은 각각의 마

---

5) 『甦る幻の名テナー 永田絃次郎(金永吉)』キングレコード, 2010年, 解説·李喆雨. 〈긴(長)아리랑〉은 경기도 지방의 민요로 길고 느리게 이별을 노래한 것.

음 속 깊은 곳에 그리움과 동경, 그리고 또한 앞으로의 인생과 직결되는 것으로 구상화具象化되었고, 그러나 또한 시간이 흐르면서 그 '조국'은 남북분단의 권력태權力態로서의 전위당前衛党(북조선노동당과 남조선노동당 등)이나 우익정당(한국민주당 등), 또는 마침내는 남북분단국가로서 서로 관련 있는 것으로 되어 갔다. 당연히 재일조선인의 문화도 당초에는 '좌익'적인 색채를 띠면서 일본공산당과 연계하는 경향이 있었지만 그 후에는 민족조직과의 관련에서 남북 어느 한쪽의 국가·사회와 깊은 관련을 갖는 형태로 변화하여 가게 된다.

그 이전에 해방을 맞이한 재일조선인에게는 고국의 해방을 기뻐하고 독립국가 건설에 매진하고자 하는 것을 전제로, 스스로의 내면에 자리잡고 있는 '황국 신민皇国臣民'의 잔재와 싸워 '조선인'으로 환생한다는 것이 지난한 일이었다. 특히 조선과 일본에서 황민화 교육을 받고 자란 젊은 세대는 조선어를 몰랐고, 대부분의 사람들이 '일본인'으로 사는 것에 의심을 갖지 않았다. 자기를 응시하며 조선인으로서의 내실을 획득하며 다시 태어난다는 것이 매우 어려웠던 해방 직후에 조신인으로서의 주체성을 형성해 가는 필사적 노력은 우선 조선이와 조선역사를 배우는 것이었고 실제로 일본 각지에 조선어학습을 위한 강습소 학교가 만들어져갔다. 그리고 동시에 조선의 문화를 익혀 나가게 되는데, 이 경우의 자이니치문화라면 장고와 무용, 마당극 등이 연상되지만 그것들이 구체적인 형태를 가진 것으로 나타나기까지는 상당히 나중의 일이며 처음에는 보고 흉내 내는 중에 터득한 '문화'를 접하게 된다. 실제 예를 들면 재일조선인의 민중문화를 창작하려 했던 양민기梁民基가 기록한 것처럼 해방 직후에는 양철통을 잘라서 장

고를 만들어 두드렸다고 한다.[6]

앞에서 김영길에 대해 언급했는데, 김영길은 해방 후 식민지시대의 친일 행위에 마음 아파하고 고뇌했기 때문인지 해방 후에는 완전히 바뀌어 민족조직인 조련朝連, 재일본조선인연맹의 문화 · 예술 운동에 매진한다. '속죄'의 의미도 있겠지만 조선의 대표적인 〈오페라 춘향〉 등에서 힘 있는 가성歌聲을 피로하였다. 생활이 궁핍했던 그는 한때 조선인 김영길을 '봉인封印'하고 후지와라 가극단의 전속 가수로 활약하지만 이윽고 1955년 5월의 총련 결성 후에는 산하단체인 재일조선중앙예술단의 초대 단장에 나가타 겐지로永田絃次郎 이름으로 취임하였다. 그러나 여전히 민족적 갈등을 지울 수 없었는지 김영길은 1960년 일본인 부인과 함께 귀국선(북송선)으로 북한으로 돌아가 대환영을 받는다. 김일성 앞에서 노래를 부르는 등 그 활동은 화려했고 '공훈功勳배우'로서 각광을 받았지만 점차 그 소식이 두절되어 갔다. 일본에서는 후지와라 가극단에서 〈오 솔레 미오〉 등의 서양가곡을 전문으로 했던 김영길이었지만 김일성을 예찬하는 북한에는 적응하지 못하여 결국은 무대활동에서 쫓겨나 한 때 강제수용소에 수감되었다고 전해지며 결국 조용히 죽음을 맞이했다고 알려져 있다.

조련朝連시대, 정치와 생활의 격동 속에서 문화활동은 그렇게 활발하지 않았다고 하지만 그래도 각종 문예잡지가 창간되어 영화제작, 음악무대 활동이 시작되어진다. 〈아리랑〉〈봉선화〉〈타향살이〉 등 생활 속에 뿌리내린 노래가 일상적으로 불러짐과 동시에 가요집 등도 발행되어 조직운동과도 관련하여 지방순회공연의 문공대文工隊 활동

---

6) 『みずからの文化を創りだす - 梁民基記錄集』梁民基記錄集編纂委員會, 2012年.

이 행해졌다. 음악단체나 미술단체가 서서히 조직되어 지역에 뿌리내린 연극운동에서는 청년들이 선두에 서서 일본의 청년들과의 공연도 적지 않았다고 한다. 민족조직과 관련해서 말하자면 총련總連 결성 한 달 후에 재일조선중앙예술단이 설립되어 그때까지 일본의 각지 각 분야에서 활약하고 있었던 재일예술가들이 한자리에 모이게 되었다. 정치적으로는 북한의 공화국을 지지하고 따라서 북한의 예술을 도입해 소개하는 역할도 담당하게 되었지만 한편으로 재일조선인의 예술활동을 한꺼번에 충실하게 만들어 가기도 했다. 나중에 '금강산 가극단'으로 재편성되지만 재일문화의 모습의 하나를 상징하는 것이었다.

3. 일상생활에 있어서의 문화 ─ 불고기, 김치

그런데 문화가 무엇인지 정의하기 어렵지만 '식문화'라는 말이 있듯이 음식에 관한 것도 중요한 문화인 것은 틀림이 없다. '민족주의'는 정치적인 이데올로기와 깊은 관계를 갖지만 그러나 '민족주의'는 일상생활 속에서 형성되는 것으로 특히 음식에 의해서 만들어진다고 알려져 있다. 한국 유학생이 일본에서 가장 먼저 어려움을 겪는 것은 음식이 담백하고 맛이 없는 것이었다고 한다. 속칭 '너무 싱겁다'는 것이지만 단적으로 말하면 김치가 없으면 밥이 맛있지 않다는 것이었다. 조선인이 김치 없이는 살 수 없다고 하면 김치는 분명히 '민족주의'의 의미를 가진 '문화'라고 하겠지만, 일본에서도 김치 없이는 밥이 맛이 없다는 사람이 많아진다면 과연 김치는 조선 특유의 '문화'일까, 이상해진다. 이것은 비단 김치뿐만 아니라 '야키니쿠(불고기)'와도 관련된 문제이다. 실제로 일본어 책을 검색해 보면『김치의 문화사』등과 함께『불고기의 탄생』이라든지『불고기의 문화사』와 같은 책이 많이 있다. 불고기, 김치는 지금은 매우 흔한 메뉴로서 일본의 식생활에 편입되어 있다.

확실히 시대를 거슬러 올라가면 일본에서는 육식이 거의 없었다고 하는 가운데 조선에서는 육식의 전통이 있었다. 육식민족이었던 몽고元가 조선을 지배했던 영향으로 불교문화의 육식금지는 거의 형해화形骸化되었고 덧붙여 조선왕조시대의 '숭유배불崇儒排仏'정책으로 육식은 공공연해졌다. 패전 후의 식량부족 속에서 재일조선인은 도축장에서 버려진 소나 돼지의 내장을 잘 요리해 맛있게 먹었다. 야키니쿠의 원점이라고도 할 수 있는 광경이었지만 그때부터 '야키니쿠 문화'가 시작되었다. 정대성鄭大聲에 따르면 일본의 야키니쿠 메뉴에서 소의 부위명 갈비カルビ는 조선어, '하츠'ハツ, heart 염통나 '탕'タン, tongue 혀은 영어, '호르몬'ホルモン, hormone, 곱창'은 독일어에서 유래했고 '미노'ミノ, 양는 일본어라고 한다.[7]

오구마 에이지, 강상중편『자이니치 1세의 기억』(小熊英二·姜尙中編『在日一世の記憶』集英社新書, 2008년)에 〈야키니쿠에 건 반평생〉이라는 제목으로 1928년생으로 6살 때 도일한 최일권崔一權의 인터뷰가 실려 있다. 해방 후 결혼한 이후에도 시계판매라든지 행상, 빠칭코의 구기시釘師, 못 조정사 등을 전전하지만 어떤 것도 오래 가지 못하고 빠듯한 생활을 어쩔 수없이 하게 되었다. 한국전쟁이 끝나고 자민自民당·사회社會당의 55년체제가 성립됐을 무렵 오사카大阪, 사카이

7)『朝日新聞』2015년1월5일.

堺에서 겨우 '호르몬야끼곱창구이'집을 시작했다. 혼자 포장마차를 끌고 철판에 내장을 구워서 먹게 하는 것이었지만 철판에 타서 눌러 붙어 점점 맛이 없어져 손님이 떨어져 버리게 되었다. 그런데 어쩌다 철망에 호르몬을 구워 봤더니 손님이 모이기 시작했다. 그래서 본격적으로 부인과 둘이서 '호르몬야끼'집을 시작해 김치와 조선한국요리도 내고 고기는 직접 도살장에서 구입하여 고기를 손질하는 방법도 연구했다. 양념도 연구했는데 고기를 재우는 양념과 구운 고기에 찍어 먹는 양념을 별도로 고안하기도 하고, 일본인한테 맞을 것 같은 양념과 조선인용 매운 양념 두 종류를 준비하게 되었다. 그 결과 고객이 몰려오게 되었고 포장마차를 그만두고 작은 가게에서 장사를 시작하게 되었다. 불법건축의 작은 가게였지만 1960년대 초반 70만 엔으로 마당이 달린 깨끗한 집을 살 수 있었던 시대에 월매출이 70~80만 엔일 때도 있었다고 한다. 소문 듣고 흉내 내서 야키니쿠집을 시작한 사람들이 잇따랐다. 동경올림픽, 퇴거, 새 점포 등, 그야말로 야키니쿠에 인생을 걸게 되게 되었다. 실제로 제1차 야키니쿠 붐은 고도경제성장이 시작된 1960년 전후였다고 한다.

이렇게 해서 생계수단으로서 일본각지에 조선인이 경영하는 야키니쿠 가게가 늘어갔지만 초기 고객층은 육체노동자나 중년남성으로 한정되어 있었다. 노무라 스스무『코리안 세계의 여행』(野村進『コリアン世界の旅』講談社, 1996년)에는 일본에서 야키니쿠가 보급되어 가는 경위가 간결하게 기록되어 있는데, 이에 따르면 고기를 구울 때 당연히 연기가 난다. 가게 안에 연기가 자욱했고 벽은 그을음과 기름으로 끈적거려 가게를 나서도 옷이나 머리카락에 야키니쿠 냄새가 배어서 없어지지 않았다. 이러한 야키니쿠의 난점을 해소한 것이 '무연

로스터'의 개발이었다. 1980년 무렵이라고 했는데 이를 계기로 여성 손님이 부쩍 늘고, 생리나 임신 등으로 어려웠던 여성종업원의 채용이 자연스럽게 가능해졌다. 말하자면 야키니쿠집이 처음으로 '시민권'을 취득하여, 일거에 전국 구석구석까지 보급되어 대도시의 상업빌딩이나 호텔 등에도 새롭게 개점하여 가게 된다. 1988년 서울올림픽 전후에 일었던 한국붐은 제2차 야키니쿠붐에 불을 지폈고, 일본인 1인당 쇠고기 소비량이 급증하게 된다. 이렇게 해서 불고기의 대중화가 한꺼번에 일어났는데 이는 무연로스터와 함께 '양념장タレ산업'의 급성장이 큰 기여를 했다. 한국에서 '야키니쿠'라고하면 보통은 '불고기'라고 불리는 것이었는데, 일본의 야키니쿠와는 전혀 다른 조리법이어서 반대로 일본의 야키니쿠가 한국으로 전파되게 되었다. 즉, '야키니쿠 문화'라는 것이 있다고 한다면, 그것은 재일조선인이 만들어낸 것이며 거기에는 새로운 조리법의 개발과 기술, 기기도입 등이 있었다. 지금은 야키니쿠는 일본요리라고 해도 이상하지 않을 정도로 보급되었고 그것을 '자이니치 문화'로 정의하는 것은 이미 곤란하다.

그렇다고 하더라도 야키니쿠는 피와 땀으로 가득 찬 재일조선인의 삶속에서 만들어낸 서민적이고 토착성이 있는 대중식품인 것에는 변함이 없다. 각본작가 정의신鄭義信이 '자이니치'의 가족애를 테마로 한 〈야키니쿠 드래곤〉은 '자이니치'문화와 내셔널리즘의 실정을 훌륭하게 묘사한 작품이다. 한일합동공연이 된 이 〈야키니쿠 드래곤〉은 오사카만국박람회 전후의 칸사이關西 조선인 집촌이 무대이며, 야키니쿠집 부부와 아이들, 단골손님들이 가난하지만 밝게 하루하루를 보내는 가운데 이윽고 국유지 개발에 따른 퇴거조치로 북조선과 한국, 또는 다른 도시로 흩어져가는 모습을 생생하게 묘사하고 있다. 극중에서 야키니쿠는 자이니치 가족이야기에 역사의 보편성을 새겨 넣은 축이 되었다.[8] 김치도 역시 '자이니치' 문화의 산물이지만 그러나 지금은 그 김치도 완전히 일본의 맛으로 변한 듯하다. 어쨌든 카레도 군만두도 라면도 이문화의 맛을 서서히 도입해가는 것이 일본인이다.

4. 일본이름의 스타들

회고록 등을 읽어보면 초기의 야키니쿠 가게에는 미소라 히바리美空ひばり와 역도산의 사진이 벽에 걸려 있기도 하였다고 한다. 그만큼 재일조선인에게 있어서 '동포'인 미소라 히바리와 역도산은 친숙해지기 쉬운 존재임과 동시에 일본인에게도 인기가 좋았던 스타였던 것이다. 패전 후 억눌려 있던 일본인에게는 일종의 '패전 내셔널리즘'이라는 것이 있었고 그것을 달래 주는 것이 '우리들의 일본인'이라고 할 수 있는 스타들이었다. '후지야마의 날치'라고 불렸던 후루하시 히로노신古橋廣之進, 노벨상을 수상한 유카와 히데키(湯川秀樹, 1949년 노벨물리학상, 이론물리학자, 일본인 노벨상1호), 가요계의 여왕 미소라 히바리, 그리고 가라데 촙의 역도산 등등. 미소라 히바리가 조선인이었는지 아니었는지에 대한 의견은 분분하지만 진위여부는 어떻든 아버지가 조선인이었다는 것은 한국 그리고 '자이니치' 사이에서는 꽤 알려져 있었다. 일본의 주간지에도 종종 보도되면서[9] 한국에서는 이미 상

---

8) 『朝日新聞』2009년 1월 14일.
9) 『週刊文春』1989年 8月 10日 号, 『週刊女性自身』1989年 9月 19日 号, 그 외 『噂の眞相』 등

식으로 받아들여지고 있었다고도 한다. 노래를 통해 전후일본의 서민의 역사를 장식해 왔던 미소라 히바리는 재일조선인에게 있어서는 특별한 존재였던 것이다.

미소라 히바리가 조선인의 피를 받았는지의 여부는 이미 확인할 방도는 없지만 역도산은 틀림없는 조선인이었다. 1954년2월, 신주쿠역 서쪽 출구 광장에 설치된 '가두테레비'에 일본 최초의 프로레슬링 국제시합이 방영되었고 세계태그챔피언인 샤프 형제와 역도산·기무라 마사히코木村政彦와의 태그매치가 사람들을 흥분시켰다. 일본 프로레슬링 아버지 역도산의 필살기 가라테 촙의 모습에 구름같이 몰려온 사람들이 매료되었던 것이다. 이른바 '천황 다음으로 알려진 사나이'라고 일컬어졌던 역도산은 패전으로 자신감을 잃은 일본인에게 용기와 긍지를 가져다주었고 그런 의미에서 일본 내셔널리즘의 허구를 나타낸 것이었다.

역도산의 실상이 밝혀진 것은 상당히 나중의 일이다. 나가사키현 출생으로 본명 모모타 미츠히로百田光浩로 되어 있었지만 사실은 식민지시대인 1924년 북한 출신으로 본명은 김신락金信洛이었다. 일본의 프로스모 관계자에게 스카우트되어 도일하게 되지만 그 전에 결혼해서 딸이 있었다. 일본에서 스모선수가 되어 세키와케關脇까지 승진하지만, 스스로 마게髷,일본인 머리모양의 상투를 자르고 스모계에서 물러났다. 오야가타親方,감독와의 불화설이 있지만 사실은 민족차별에 반발했기 때문이라고 알려져 있다. 일본국적을 취득하고 프로레슬러로 전향하여 미국으로 건너가 수행한 후 1953년에 일본프로레슬링 협회를 설립한다. 가라테촙을 무기로 큰 체격의 미국인 프로레슬러를 내던지는 모습이 TV방영이 시작되자마자 TV 중계로 방영되면서 일약 영웅이 된다. 역도산은 1963년 급사할 때까지 줄곧 일본인으로 행동했고 언론도 본래의 출신지를 금기시하며 계속 숨겼다. 역도산이 자신의 출신지를 공개하지 않았던 것은 생전에 제작된 영화 『역도산―남자의 영혼』(1956년)을 보아도 확실히 알 수 있다. 그러나 재일조선인은 물론 일부 일본인도 소문과 같은 형태로 그 사실을 알고 있었다.

　조선태생 자이니치 1세대였던 역도산의 내면 깊은 곳에는 역시 조선인의 혼이 있었다. 일본인 여성과 결혼한 역도산은 자택에 자신만 드나드는 방을 만들고 그곳에서 조선인으로서의 시간을 즐겼던 것은 결코 세간의 소문만은 아니었을 것이다. 분노와 슬픔, 투지와 고독, 좌절과 영광을 마음속 깊이 감추고, 출신을 말하지 않고 긍지를 가슴에 ―그것이 부각된 것은 역도산의 사후이며, 2006년에 공개된 한일합작영화 〈역도산〉에서였다. 역도산은 해방 전, 순회홍행으로 스모선수로 북한에 갔을 때 딱 한 번 딸을 만났다고 한다. 그리고 1959년12월 북한으로의 귀국사업이 시작되었는데 역도산은 1961년11월 니가타의 귀국선(북송선)상에서 딸과 대면했다고도 한다.[10] 이렇게 역도산은 사망하기 몇 년 선부터 조국을 그리워하는 마음을 구체적인 행동으로 보여주기 시작했는데 그것을 단순히 망향의 까닭이라고 해도 되는지, 아니면 그가 가진 어떤 형태의 '민족주의'와 관련된 것이라고 해도 좋을지.

　실력이 말해주는 스포츠계나 가요계에서 활약한 재일조선인은 많다. 게다가 그 대부분은 민족이름이 아닌 일본이름으로 였다. 일본사회에서 활약한다는 것은 실질적으로는 본명이나 출신을 숨기고 '일본

---

10) 『朝鮮新報』2013年12月2日.

인'인척 하는 것이었다. 차별사회 일본에서 '자이니치'스타들은 본인의 뜻에 반하는 형태의 '민족주의'로부터 자유롭지 못했다. 그런 의미에서 패전/해방부터 지금까지 일본이름으로 활동했던 코리안 파워들의 화려한 활동은 경탄할 만한 것이었으며 선명하고 강렬한 전후역사 자이니치의 역사를 아로새겨왔다고 말할 수 있다. 1918년 부산출생의 후지모토 히데오藤本英雄, 본명 이팔용은 패전/해방 전부터 자이언츠에서 활약한 프로야구 사상 최연소 감독을 겸임한 스타선수였다. 같은 프로야구에서는 그 뒤 가네다 마사이치金田正一, 본명 김정일와 하리모토 이사오張本勳, 본명 장훈가 대표적이다. 가요계에서는 더 많았는데 1923년 평양에서 태어난 오바타 미노루小畑實, 본명 강영철는 동포 테너가수인 나가타 겐지로永田絃次郎를 동경해서 16세 때 도일하여 고학하면서 성악을 배웠다. 아키타현 출신이라고 속여 〈유시마의 백매화湯島の白梅〉〈간타로 달밤노래勘太郎月夜唄〉로 신진기예新進気鋭 가수로 주목을 받았다. 전후에 본격적으로 활약하여 가요계 넘버원이 되어 NHK코하쿠우타갓센紅白歌合戦에도 제4회(1953년)부터 출전했다. 이 코하쿠우타갓센은 '자이니치' 없이는 존재할 수 없었다고 할 만큼 그 후에도 일본이름으로 활동한 자이니치 가수의 활약무대가 된다.

5. 제사와 조선사寺

'자이니치'의 문화를 이야기함에 있어서 장례식과 묘소, 그리고 제사는 중요하다. 일본 땅에서 살고 있는 이상, 장례식은 시대가 흐르면서 일본식이 되어갔고 또한 묘소도 드물게 조선식 분묘 같은 것도 있기는 하지만 대부분은 일본화되었다고 생각한다. 특히 1960년대 무렵부터 '자이니치'의 묘소가 모이는 영원靈園이 도시 근교에 설치되면서부터는 묘비의 형태가 대부분 일본식으로 되었다고는 하지만 묘비명에서는 가문의 내력과 매장자의 사적事蹟을 매우 간단하게 기록할 뿐이다. 그 점에서 일본에서 말하는 호우지法事와 같은 제사는 유교식의 조상공양 의식으로 고인을 추모하고 조상을 회상하는 관습이지만 '자이니치'의 시간의 흐름 속에서 그래도 비교적 큰 의미를 가진 것으로 생각된다.

제사에 대한 책이나 논문은 많지만 우선 이유숙李裕淑의 '재일코리안 사회속의 제사의 변용'(『한일민족문제연구』제22호, 2012년6월) 및 같은 저자의 '재일코리안의 제사 계승에 대하여'(『재일조선인사연구』 No.44, 2014년10월)가 참고가 된다. 앞에서 언급한 것처럼 재일조선인은 일본사회의 뿌리 깊은 차별 속에서 자신들의 정체성을 유지하기 위해서는 조국으로 연결되는 민족운동을 전개하면서 말, 문화, 관습을 지킬 필요가 있었다. 그 중에서도 정월이나 추석(음력 8월15일)은 고인을 추모하고 조상을 공경하는 제사는 중요한 기능을 담당해왔다. 특히 1세는 조선인인 자신들이 조선의 고향·동족과 같은 제사를 행하고 문화를 계승하는 것은 당연하다고 생각했다. 조상숭배의 유교적 제사는 도덕적으로도 올바른 일이라고 자부심을 가지고 있었지만, 그것은 유교적 가부장제의 가족·친족 관계를 유지하기 위해서라도 필수였다.

혈연관계만 보면 무엇을 가지고 '자이니치'라고 하는지는 규정하기 어렵지만 적어도 제사를 지내고 있는 가정은 '자이니치'라고 말해

도 문제가 없을 것이다. 물론 기독교 신자 등 종교상 문제나 기타 이유
로 제사를 지내지 않고 온 '자이니치'도 적지 않지만 대부분의 경우는
가정에서 오랫동안 제사를 지내왔다고 생각해도 좋을 것이다. 단지 1
세는 제사를 선조의 혼령을 맞이하는 성스러운 것이라고 생각해 왔던
반면, 2세, 3세로 세대가 교체되면서 제사는 친인척의 식사모임이나
친목회로 자리잡아가는 경향이 강해졌다고 할 수 있다. 실제로도 제
사 때 이외에는 평상시에 친인척과 식사를 하며 담소를 나눌 수 있는
기회가 없는 것이 일반적이기도 하다. 무엇보다 제사는 그 자체가 주
자가례朱子家札를 따른 것이기 때문에 가정 내에서의 남존여비를 고정
계승한다는 의미를 가지며, 젊은 사람에게는 익숙하지 않은 성질을
가지고 있다. 또한 최근에는 그 이상으로 '자이니치'를 둘러싼 환경 변
화, '자이니치'가족의 변용에 따라 가정내에서 행해지는 제사가 한층
보기 힘들어지게 되어 사라져가는 상황인 것으로 짐작된다.

　이러한 제사는 조상공양의 가정 내의 의식이지만 재일조선인의 역
사를 생각해 볼 때, 종교에 관한 것 중 또 하나 '조선사朝鮮寺'라는 것
을 상기할 필요가 있을지도 모르겠다. 이 '조선사'란 재일조선인에 의
해 만들어진 '샤머니즘과 불교가 혼합된 종교 활동 시설의 가칭이다'
라고도 정의되는데,[11] 1960년대부터 70년대에 걸쳐 오사카의 이코마
生駒ㆍ신기산信貴山 기슭을 중심으로 사원이 60여개에 달했다고 한다.
고베神戸ㆍ롯코산六甲山계에도 몇 군데 그리고 간토關東에서는 다카오
산高尾山 중턱과 사이타마埼玉현 오고세越生에도 몇 군데가 있었다고 한
다. 어느 것도 소규모로 한국의 불상이 안치된 본당과 굿방, 그 주위

---

11) 飯田剛史『在日コリアンの宗教と祭り』世界思想社,2002年.

에 칠성당七星堂, 산신당山神堂 등 한국사원 특유의 여러 당이 있다. 또한 대부분의 사원이 폭포 수행을 할 수 있는 장소가 있다. 이것은 전후 '자이니치'의 기도사들, 즉 신방무당과 보살, 스님僧任이 기존의 수험도계修驗道系의 폭포수행장에서 수행을 하고 후계자가 되거나 소유권을 얻어 자신의 사원을 마련한 데 따른 것이다. 자이니치 여성이 원주願主가 되는 경우가 많고 방황하는 조상의 영혼을 드라마틱한 의례로 구제해서 저 세상으로 보냄으로써 스스로의 불행과 고민이 해소된다고 믿어지고 있다. 즉 무속의례를 행하게 함으로서 고향생각을 하면서 자신의 행복을 기원하는 장소였다.[12]

내가 듣기로는 오사카 등 근교도시에서 장사를 영위했던 재일여성이 일상의 고민을 치유하기 위해 계속 다녔다고 한다. 장사를 하면서 생기는 문제를 타개하거나 또한 특히 정신적인 고뇌나 신체적 질환을 고치기 위해서 각지의 병원 등을 찾아다닌 끝에 마지막에는 이 조선사에서 구원을 얻을 수 있었다는 것이다. 그 공덕에 보답하기 위해서 한 번에 당시 돈으로 백만 엔이나 되는 거금을 지불한 경우도 있었다고 한다. 이렇게 보면 '문화'란 인간의 고뇌, 그리고 사업상의 이득과 깊게 관련된 것임을 알 수 있다. 2000년대에 들어선 지금에 와서는 이 조선사는 종교적 직능職能자와 신자 양자 모두가 고령화되어 사원의 감소가 뚜렷해졌고 계승 그 자체가 어려워진 상황이라고 한다.

---

12) 『在日コリアン辭典』明石書店, 2010年.

6. '민족축제' 그리고 예술에의 집념

현재의 시점에서 '자이니치' 문화라고 하면 당연히 2세, 3세에 의한 문화운동에 대해 이야기하게 된다. 1970년대, 80년대 이후, '자이니치' 젊은이에게 있어서 차별사회 일본과 싸우는 것은 물론, 조국통일을 바라는 것이 정체성의 근간을 계속 이루고 있었다. 과연 오늘날에는 그 기세가 조금 약해져왔다고 말할 수밖에 없다고 할지도 모르겠지만 그러나 문화를 논하고자 한다면 역시 기본적인 상황은 같을 것이다. '자이니치' 3세 정갑수鄭甲壽를 중심으로 한 '원 코리아 페스티벌'이 여러 자이니치 단체의 반목과 알력, 그리고 다중적인 경계를 뛰어넘어 오사카성 야외음악당에서 개최된 것은 해방 40주년인 1985년8월이었던 것이다. 그것은 축제와 문화를 통해서 통일의 꿈을 이야기하는 운동이었으며 '자이니치는 하나'를 소리 높여 구가하며 단결을 목표로 했던 운동이었다. 처음이었기 때문에 참가자는 적었지만 해를 거듭하면서 동참자가 확대되어 응원의 고리가 커져서 출연자도 '자이니치'뿐만 아니라 일본인 그리고 한국에서 온 친구들도 참가하게 되었다. 그리고 개최장소도 오사카뿐만 아니라 도쿄, 그리고 서울, 뉴욕 등 세계로 퍼져 나갔다.

앞에서 인용한 이이다 타케시飯田剛史의 과학연구비 연구성과 보고집에 『민족축제의 창조와 전개』(2014년)라는 연구가 있다. 오사카를 중심으로 한 연구로 보이는데, 「논고편」과 「자료편」으로 구성되어 있다. '민족축제'가 오사카의 재일코리안 사회 속에서 탄생된 것은 1980년대였다고 한다. '이쿠노生野 민족문화제', '원 코리아 페스티벌', '시텐노지 왓소四天王寺ワッソ'라는 전혀 성격이 다른 축제가 창출되었고

90년대 이후에도 '민족축제'는 다양화하면서 증가해 왔으며 그 수는 100개 이상이된다고 한다. 교토의 '히가시구죠 마당東九條マダン'이나 고베나 기타 지역의 축제도 포함되는데 처음의 취지로는 재일코리안의 민족문화, 민족적 정체성의 유지, 또는 남북통일을 내거는 축제가 많았지만, 그 후 국제교류나 다문화 공생 등의 표어를 내건 축제가 많아졌다고 한다. "'민족"은 배타적 작용을 하는 측면과 민족문화를 통해서 상호 이해로 이어진다고 하는 양의적兩義的인 작용을 지니고 있다. (중략) 민족축제는 상호이해와 공생을 추진하는 역할을 담당해 왔다'고 민족축제의 의의에 대해 기술하고 있다.

이미 설명한 바와 같이 재일조선인의 생활과 사상은 정치와 깊은 관계를 가지며 특히 차별사회 일본에 대한 저항과 남북분단의 극복이라고 하는 과제와 밀접하게 얽혀왔다. 그러나 남북분단의 고정/대립의 격화를 배경으로 세대교체와 맞물려 '자이니치'의 젊은이들 사이에서는 1980년대 이후는 특히 총련과 민단과는 거리를 둔 정체성의 탐구가 현저해져 왔다. 그 정체성 탐구의 매개가 된 것이 조국의 전통문화의 계보를 잇는 '민족문화'였다. 그 경우, 그 내실은 불고기와 김치 등의 '식문화'와 마찬가지로 일본 땅에서 적지 않은 변화를 이루어 일본화 되어 가지만 그러나 식문화와 비교하면 그 '순도'는 조국의 그것과 꽤 가깝다는 인상을 받는다. 춤, 장구, 마당극 그 밖의 전통 예술은 실제로는 '자이니치'의 젊은이가 한국에 유학하며 배우는 경우가 많고, 그만큼 한국의 예술과 '자이니치'의 예술은 직선적으로 연결되어 있는 것처럼 보인다. 총련 조직의 가무단의 경우에는 당연히 북한과 연동된 것으로 되어 있다.

이 민족축제를 논할 때에 중요한 것은 단순히 문화가 문화로서 정지 상태에 있는 것이 아니라 일상의 모순과 갈등, 고뇌, 대항, 투쟁과 같은 것과 불가피하게 연결되어 있다는 것이다. 단지 이문화가 아니라는 뜻도 되겠지만, 다문화 공생의 '공생'이란 '함께 살아가는' 것이라고는 해도 '자이니치'와 일본인은 조용히 있으면서 공생할 수 있는 것은 아니다. '공생'이란 '함께 싸우는' 것 없이 성립하지 않는 것이 '자이니치'와 일본의 역사이고 현실이다. 실제로 일본에 동화되고 게다가 일본인도 아니고 조선인도 될 수 없다는 정체성의 흔들림 속에서 '자이니치'의 젊은이들이 조선의 전통문화와 친숙해지기는 그렇게 간단한 일은 아니다. 거기에는 일상의 회의 속에서 출발하여 '자이니치'란 무엇인가라는 필사적인 의문, 무아몽중無我夢中 고통에 찬 정체성의 추구가 있다. 동시에 조선·'자이니치'에의 멸시관 속에서 자라난 일본의 젊은이도 반대 의미로 일본·일본인이란 무엇인가를 자문하면서 '자이니치'와 함께 활동하는 것의 의미를 깨달아가는 고삽苦澁에 찬 과정이 있다. 국제화·세계화의 지금이야말로 그러한 쌍방의 갈등과 고통은 조금은 누그러져가고 있을지 모르겠지만 본질적으로는 역시 그다지 변하지 않았을 것이라고 생각한다. 여기서 '문화'란 무엇인가, 특히 '자이니치'문화란 무엇인가에 대하여 다시 한 번 생각해 보지 않으면 안 되게 된다.

7. 민족명으로 활약하는 신세대

'자이니치'의 역사를 보면 1970년대 이후 특히 80년대에 들어서 개성적인 예술가가 많이 탄생했던 것 같다. "정치의 계절"이 여전히 계

속되고 특히 한국에서 민주화 투쟁이 격렬하게 전개되면서 그것과 연
동되어 남북과 '자이니치'의 관계가 흔들리고 '자이니치'의 젊은이들
의 정체성 탐구가 다양한 모습으로 변용해 가는 것과 관계가 있다. 물
론, 언뜻 보기에 그러한 정치와 관련 없이 순수하게 예술을 지향한 것
처럼 보이는 경우도 있다. 1948년생의 저명한 극작가, 연출가, 소설가
인 츠카코헤이(본명 김봉웅金峰雄)는 게이오慶應대학 재학 중에 아르
바이트했던 학원의 학생으로부터 부탁을 받아 연극의 희곡을 쓴 것이
연극에 빠져든 계기가 된다. 학생극단에 참여해 연극동료를 만나 대
학재학시절 때부터 안그라underground연극13) 제2세대의 극작가, 연출
가로 활동을 시작한다. 이후 주지하고 있는 바와 같이 1970년대부터
80년대에 걸쳐 일대 '츠카 붐'을 일으켰다. 그러나 그 츠카도 근저에는
'민족'을 둘러싼 아픔을 가지고 있었다. '츠카코헤이'라는 이름은 1960
년대에 활약했던 중핵파14)의 학생운동가 오쿠코헤이奧浩平에서 유래
한다고 하지만 '자이니치'에 대한 불공평에 대해 '이츠카 코헤이니(い
つか公平に, 언젠가 공평하게)'라는 생각도 담겨 있다고 한다. 이름을
히라가나로 한 이유에 대해서는 '일본어를 모르는 어머니도 이해할
수 있도록' '만화가 치바테츠야ちばてつや씨의 팬이어서 자신도 전부 히
라가나 이름을 썼다'라고도 답하고 있다.15) 그 사회를 보는 시점은 철
저하게 저변의 사람들에서부터였다.

정치와는 관련 없는 곳에서 예술을 탐구했다고 하는 의미로는 음악
가와 영화인, 화가 등 많은 분야에서 '자이니치'의 궤적을 볼 수 있다.

---

13) 1960年代 후반에 일어난 상업성을 부정한 문화·예술운동.
14) 中核派=革命的共産主義者同盟全国委員會,社會主義學生同盟—全學連.
15)『娘に語る祖国』光文社, 1990年.

바이올린 제작에 평생을 바치고 '동양의 스트라디바디'라고 불린 진 창현陳昌鉉도 그 중 한 사람이다. 14살 때 홀로 도일하여 고학으로 야학을 졸업하지만 조선인이라는 이유로 취직이 잘 되지 않고 우연한 계기로 바이올린 제작에 빠지게 되어 성공했다.[16] "백자의 화가"로 알려진 오병학吳炳學의 경우는 조선에서 지냈던 유년기부터 세잔과 고흐에 반해 그림을 그리고 싶은 마음만으로 도쿄에 가게 되었다. 신문배달 등을 하면서 미술전문학교에 다니다 22세에 도쿄미술학교(현 도쿄예술대학 미술학과)에 합격한다. 아르바이트로 생계를 하면서 힘들게 지냈지만 꿈꿔왔던 프랑스 유학도 국적문제로 이룰 수 없게 되고 조선학교에서 미술강사를 맡았다. 그러나 민족운동에 빠지는 일없이 어디까지나 화가로 정진하는 것을 삶의 보람으로 삼았던 그는 결국 비평가들로부터 '향기롭고 강인한 그림을 그리는' 화가로 평가받게 된다. 제재는 조선의 가면, 탈춤, 정물, 인물화 등으로 다채롭지만 그 속에는 인간의 역사와 숙명까지도 꾹 참고 살아남는다고 하는 기백이 있으며 과연 오병학은 고고孤高하고 열백裂帛의 화가였다고 한다.[17]

이러한 예술가도 자세히 보면 거기에는 역시 '민족'을 둘러싼 갈등이 있었다. 그러나 일본에서 태어난 자이니치 2세, 3세의 경우에는 스스로의 정체성을 확립할 수 없는 불우한 의식으로 고통 받고 그 갈등과 고뇌에서 벗어나려는 발버둥 속에서 무언가의 계기로 인해 예술에 눈을 뜨게 되고, 그곳에서 일본을 무대로 활약한다고 하는 과정을 거치는 경우가 적지 않았다. 이회성李恢成문학에서 말하는 '일본인'에서

---

16) 『月刊 環境ビジネス』2004年11月号.
17) 山川修平『白磁の画家』三一書房, 2013年.

'반 일본인(반 조선인)'을 거쳐 '조선인'으로라고 하는 새로운 생의 코스를 획득해 나가는 것 즉 일본사회로부터의 차별과 거절로 인해 갖게 된 '불우한 의식'을 '삶의 힘'으로 전화轉化시켜가는 것을 예술의 영역에서 걸어갔다라고 하는 것이다. 거기에는 1세보다 그 이상이라고 말해도 좋을 만큼 조선적/한국적이라는 국적(표시) 문제, 총련總連인가 민단民団인가라고 하는 민족조직의 문제가 적지 않게 얽혀있게 된다. 조금 다른 방식으로 설명해보자면 일본의 레이시즘(인종주의)과 남북분단이라는 난제를 떠안을 수밖에 없었던 2세, 3세는 시대적으로는 북한의 수령론首領論, '유일사상대계唯一思想大系'를 따라가지 못해 총련조직에서 이탈하여 또한 한국의 민주화 운동에 고무되어 일본사회에서 보다 더 넓은 방향으로 활로를 찾으려고 했다.

연극에서 활약한 김수진金守珍은 도카이東海대학 전자공학부 졸업 후, 조선적이라는 이유로 취직을 못하고 친구의 권유로 우연히 한청동韓国青年同盟 주최의 전국공연 〈진오기鎭惡鬼〉(김지하 원작)를 보고 감동한다. '연극 같은 건 연약한 것'이라고 생각했는데, 온몸에 전율을 느껴 즉시 연회비 1만엔을 내고 '민예회民芸友の會'에 입회하여, 요네쿠라 마사카네米倉齊加年의 〈제비야, 너는 왜 오지 않느냐燕よ, お前はなぜ來ないのだ〉 〈기적의 사람奇跡の人〉 〈당근にんじん〉 등에 빠지게 된다. 계엄령 하의 서울에서 김지하와 함께 공연(〈두 도시 이야기二都物語〉1972년)했던 이여선李麗仙과 가라 쥬로唐十郎가 마음 어딘가에 끌리기 시작하여 그 후 '잡동사니我良苦多'라는 아마추어극단에서 음향효과를 돕게 되면서 양로원 중심으로 공연한다. 그리고 니나가와 유키오蜷川幸雄의 〈오이디푸스〉를 보고 일본인을 바보 취급하고 있던 본인이 연극을 통해서 '일본인은 굉장하구나!'라고 감탄한다. 잡지『신극新劇』에 실린

'니나가와 유키오蜷川幸雄 교실'의 광고를 보고 바로 응모하는데 보기 좋게 떨어져 항의 편지를 썼다. 그때부터 조금씩 연극계에 들어가지만 자이니치사회, 한청동韓青同, 총련総連 등에 자신의 설 곳을 찾지 못하고 이윽고 '상황극장状況劇場'에 소속되면서 본격적으로 자신을 찾는 여행을 떠난다. 한국의 작가 황석영黃皙暎이 일본에 와서 마당극〈통일굿〉공연을 도우다가 마침내 1987년 6월에 스스로 명명한 '신주쿠양산박新宿梁山泊'을 조직했다. 연극인 조박趙博 등과 함께 연계하면서 '자이니치'와 '일본'을 계속 파고들어 묻는 작품을 만들어내는 것이 목표라고 한다. '신주쿠 양산박'은 이 두 바퀴로 달리면서, 어디까지나 '일본발發'문화를 만들어내서 현해탄을 건너 반도로, 대륙으로, 세계로 향하고 싶다는 포부를 밝혔다.[18]

여배우 김구미자金久美子는 학창시절부터 비교적 민족문화와 연극에 관심을 나타냈는데, 극단 까만 텐트黑テント와 신주쿠양산박 등의 일원으로 활약했다. 1989년에는 〈천년의 고독〉으로 많은 상을 수상하고 나아가〈애란愛亂〉에서는 주연을 맡았다. 영화, TV드라마 등에서 신비로움을 간직한 '연기파'로 활약하는데, 아쉽게도 45세의 나이로 요절한다. 소프라노가수 전월선田月仙은 도호桐朋학원대학 단기 대학부 예술학과를 졸업하고 동 대학의 연구과를 수료했다. 노력한 보람이 있어 세계무대에서 오페라나 콘서트에 출연하는 한편, 일본, 한국, 북한의 정상들 앞에서 독창을 한 유일한 가수로도 알려져 있다. 그 과정에서는 역시 '3개국' 사이에서 흔들리는 마음의 갈등이 있었다. 음악을 좋아하는 사람이라면 플루트의 김창국金昌国을 알 것이다. 그는 1942

---

18) 金守珍「我々は現代の河原乞食である」『在日總合誌 抗路』創刊号, 2015年9月.

년생으로 오랫동안 동경예술대학에서 교편을 잡았다. 일본음악계에서 활약한 세계적으로도 유명한 플루티스트이지만 공산권에 출입하고 취업 그 밖에 음악인생을 완수하기 위해 부득이 일본국적을 취득한 쓰라린 경험의 소유자였다.

가수로 활약하고 있는 '자이니치'는 많다. 아라이 에이이치新井英一, 박영일의 〈청하에의 길〉은 물론 '자이니치'의 노래이지만 '자이니치'라는 관이 씌워진 결과가 아니라 그가 마주친 이야기이다. 박보朴保는 록 보컬리스트이지만 그의 음악 영역은 록, 레게, 서울, 한국의 민족음악과 일본민요 등 폭넓고, 평화, 반핵, 반원전을 테마로 라이브를 중심으로 활동하고 있다.

영화 프로듀서인 이봉우李鳳宇는 교토태생의 조선적이었지만 한국영화 〈바람의 언덕을 넘어—서편제〉에 감동받아 일본에 배급하려고 한국정부가 발행하는 48시간 임시여권을 받아 첫 방한을 하게 된다. 일본에서 히트작품이지만 곧 '시네 캐논'을 설립해서 영화 〈박치기!〉를 만들어 서울상영을 성공시킨다. '자이니치'가 한일의 가교가 된 것은 이봉우뿐만 아니라 김수진 등 많은 재일예술가들의 공적이라고도 할 수 있다. 가능하면 북한과의 교류에도 내딛고 싶지만 그렇게 할 수 없는 것이 정치현실이다. 이런 점에서 음악프로듀서 이철우李喆雨가 '자이니치'와 북한뿐만 아니라 세계를 연결하기 위한 노력을 쌓고 있다는 것은 주목할 만하다. 총련의 재일조선중앙예술단(현 금강산가극단)에 소속되어 창작연주활동을 하고 있었지만, 좁은 범위에서의 활동에 불만을 느끼고 있었다. 마침내 독일에서 명성을 얻고 있던 작곡가 윤이상尹伊桑의 일본공연에서 그의 음악, 예술관, 인생관을 알고 경탄한다. 윤이상은 1967년 '동베를린사건'에서 한국정보부에 의해 서울로 납치된 체험을 가진 소유자이며, 독일 땅에서 조선민족의 뛰어난 음악전통과 사상과 정신을 완전히 체득하고 그것을 고도의 서양음악의 기법을 가지고 표현하는 세계적인 예술가였다. 이후 이철우는 남북한, 일본, 미국, 그 외 세계에서 현대음악의 가교가 되려고 하고 있다.

〈'자이니치'문화와 내셔널리즘〉에 대해 쓰기 시작하면 한없이 쓰게 된다. '자이니치'문화와 내셔널리즘. 그것은 '민족'에게 구애되면서도, '민족'을 극복하려고 하는 필사의 노력 속에서야말로 찾아낼 수 있는 중요한 테마라고 할 수 있지 않을까.

4부

스포츠

제9장

일본의 스포츠 내셔널리즘
- 프로레슬러 역도산力道山을 중심으로 -

박 순 애

들어가며

　제2차 세계대전 후 냉전기에 미국이 세계를 향해 민주주의와 자유주의 체제선전 및 반공정책을 펼쳐나가기 위한 도구로서 프로레슬링이 일본으로 도입되게 된다. 대중스포츠가 친미親美에 유익한 역할을 할 수 있다는 점에 착안한 미국은 대對아시아 문화정책에 편승하여 영화나 텔레비전과 같은 매체와 함께 프로야구와 프로레슬링을 보급시키는 것을 계획했다.

　일본에 있어서의 프로레슬링은 역도산에 의해 꽃을 피웠다. 그리고 역도산은 일본의 국민적 영웅hero이 되었다. 일본인은 역도산의 프로레슬링을 통해 '패전 콤플렉스'를 해소하려고 했다. 일본의 영웅 역도산은 10년간의 레슬러 생활에서 많은 성공담과 함께 또한 많은 과제도 남겼다. 역도산 사후 60년이 지난 지금도 역도산이라는 콘텐츠는 현재진행형이다. 역도산이라는 콘텐츠는 스포츠문화의 영역에 그치지 않고 매체론, 사회론, 자이니치在日문제, 인종차별문제, 대중문화론, 젠더문제에 이르기까지 그 지평이 새롭게 확산되고 있다.

종래의 분석에서는 역도산의 인기는 일본인의 '패전에 대한 반미反美내셔널리즘의 표출이다'라는 견해가 많았다. 과연 일본인의 반미가 프로레슬링을 통해서 역도산의 인기로 표출된 것일까. 전후 일본인에게 친미親美는 강력하게 존재하고 있었고 현재 진행형이라는 사실은 많은 연구와 통계데이터로 뒷받침되고 있지만 반미의 표출은 어느 정도 존재하였을까. 본 연구에서는 스포츠라는 대중문화에 있어서도 미국문화의 수용과 아시아문화의 배제논리가 동시에 존재하고 있었다는 것을 부상시키면서 미국문화의 수용과 인종주의racism 즉 민족차별문제를 역도산의 프로레슬링이라는 대중스포츠를 통해서 밝히고자 한다. 우선 먼저 역도산이 활약했던 당시의 상황을 개괄한 후 '대미對美내셔널리즘'과 '대한對韓내셔널리즘'의 관점에서 차례로 고찰하도록 하겠다.

1. 대중스포츠로서의 프로레슬링

1) 대중스포츠시대의 도래와 프로레슬링

패전 후의 빈곤한 삶을 영위하고 있는 일본인에게 할리우드 영화 속에서 엿볼 수 있는 미국인의 생활은 꿈속의 꿈이었다. 풍요로운 나라 미국은 일본인에게 동경의 이미지로 다가왔다. 그것은 일본영화와는 비교할 수 없는 스케일로 제작된 미국영화의 영향이 컸다. 당시 연간 150편 정도의 할리우드 영화가 일본에서 개봉되었다. 이러한 전후 대중문화의 유행을 무사고화無思考化 또는 우민화愚民化라고 비판하는 지식층도 있었다. 우민화의 중심에는 미국영화와 스포츠가 있다는 것이다.[1]

미점령기 일본에 있어서 대중스포츠의 활성화는 특히 프로야구와 프로레슬링에서 엿볼 수 있다. 1949년 즈음부터 대중스포츠에 대한 인기는 오즈모大相撲 프로스모에서 프로야구로 기울어져 갔다. 일본의 스포츠 대중화에 앞서 스모 팬들이 프로야구로 몰려들었기 때문에 항상 만원사례였던 오즈모의 관람객이 대폭 감소했다. 스포츠를 통한 미일친선이라는 명목 하에 1949년 샌프란시스코 실즈[2]가 방일해 요미우리 자이언츠를 비롯하여 일본팀과 시합을 했다. 이 미일친선 야구경기는 즉시 '젊은이의 꿈과 청춘을 건다'라고 하는 고교야구의 '고시엔甲子園의 꿈'으로의 열광적인 지지층을 정착시키는 계기가 되었다. 야구소년은 압도적으로 증가했지만 스모소년은 없었다. 스포츠에 대한 신앙이 정착하고 있었다. 이러한 스포츠 대중화의 배경에는 스포츠팬의 형성이 있었고 그 중에서도 프로레슬링 팬들이 가장 열광적이었다. 오야 소이치大宅壯一는 '일억 총 백치화一億總白痴化' 현상에는 무엇보다도 프로레슬링의 영향이 크다고 주장하였고 또한 주부연합회의 비판 등이 대두되게 되었다.[3]

---

1) 牛島秀彦. 1978.『もう一つの昭和史①, 深層海流の男·力道山 』. 每日新聞社, 89-95쪽 참조.
2) San Francisco Seals는 1903년부터 1957년까지 미국에 존재했던 퍼시픽코스트 리그 소속팀으로 현재 AAA에 속하고 있는 Fresno Grizzlies의 전신에 해당한다.
3) 日本テレビ放送網. 1988.『大衆とともに25年』. 沿革編, 64쪽.

2) 미국의 아시아 문화정책과 프로레슬링의 도입

프로레슬링이 일본에서 대중스포츠의 일익을 담당하게 된 배경에
는 미국의 대對아시아 문화정책이 있었다. 그 문화정책의 더 큰 배경
에는 반공정책이 있었다. 1948년1월에 가결된 미국 정보·교육 교류
법Smith-Mundt Act은 VOAVOICE OF AMERICA와 함께 일련의 미국선전을 위
한 것이었다.[4] 1951년에는 독일과 일본 양국을 반공의 요새로 만들기
위해 프로파간다를 목적으로 미국은 VOA에 텔레비전을 병용하는 '비
전 오브 아메리카VISION OF AMERICA'를 구상한다. 일본테레비NTV 닛테레
설치도 그 비전의 연장선상에 있었다.[5] 친미 반공선전을 위한 공작으
로서 당시 미국영화를 일원적으로 배급하고 있던 센트럴영화사Central
Motion Picture Exchange는 CIA의 심리·문화·전술戰術을 영화를 통해
서 행했다. 특히 일본에 있어서는 GHQ·G2가 M자금(위로비 자금),
CIA, 허리우드, 리더스 다이제스트, 외자계 석유회사, 디즈니영화 등
의 자금들이 움직였다.

당시 일본에는 패전에 의한 전쟁고아와 폭격에 의한 장애자가 많았
다. GHQ의 사회사업단은 재일미국인의 기부만으로는 자금이 부족했
기 때문에 자선慈善, charity사업으로서 프로레슬링 시합을 개최하게 된
다. 미국본토에서도 자선모금을 위해 음악콘서트와 함께 프로레슬링

---

4) 市川紘子「米国の對外文化政策研究理論の系譜」(『東京大學大學院情報學環紀要 情
報學研究』77, 2009년8月). The US Information and Educational Exchange Act of
1948 (Public Law 80-402). 이 SmithMundt Act는 USIA(United States Information
Agency)에 의한 대외문화정책의 존재를 법적으로 보장한다는 의미 외에 프로파간
다의 부정성을 극복하는 장치가 편입되어져 있다고 한다.

5) 日本テレビ放送網. 1988.『大衆とともに25年』. 沿革編, 8-10쪽.

시합을 행하는 것이 일반적이었다. 샌프란시스코 강화조약과 미일안
보조약이 조인된 것은 1951년9월8일인데 그 직후, GHQ의 사회사업
단, 트리이 오아시스 슈라인 클럽이 '세계 일류 프로레슬링 쇼'를 일본
에서 개최한다[6]. 지체부자유 아동의 구제를 목적으로 1951년9월30일
미국에서 프로레슬링 팀이 처음으로 일본에 도착하여 료코쿠兩国의
메모리얼 홀旧国技館에서 첫 자선흥행을 행한 것이다. 처음에는 미국인
프로레슬러가 일본주둔 미군과 그 가족을 관객으로 하는 자선시합을
시작했다. 그러나 일본인 레슬러가 출전하지 않았기 때문에 일본인
관객의 관심을 끌지 못했다고 하는 판단에서 일본인 레슬러의 참여를
호소했다. 일본인 중에서 그들 미국선수와 경쟁할 수 있는 레슬러를
찾았던 것이다. 당시, 역도산의 스승이었던 니쇼노제키二所ノ關 오야카
타親方와의 알력에 의해 상투를 자르고 스모계와 결별하고 있던 역도
산에게도 접근이 있었다. 미국의 프로레슬러 바비 브룬즈Bobby Bruns와
GHQ법무국 변호사 프란크스코리노스의 소개였다.[7] 1951년10월에
갑자기 참여하게 된 역도산의 첫 시합은 무승부였다. 이기지는 못했
지만 스모에서 닦은 기량을 가진 역도산은 프로레슬링에 매력을 느끼
게 된다. GHQ가 특별히 역도산을 선택한 것은 아니었다. 역도산은 참
가한 일본인 선수 중 한 명에 불과했다.

6) Torii Oasis Shriners의 Tokyoshrineclub.
7) 李淳馹.1998.『もう一人の力道山』. 小學館文庫. 海老原修「時代を映すスポーツ人
物 考7 冷戰戰略「健全な經濟」の狹間で—力道山プロレスの呪術性とその葛藤」『体
育の科學』50—10, 2000年10月, 822쪽.

3) 텔레비전시대의 개막과 프로레슬링

'스포츠 프로그램을 빼놓고 텔레비전의 역사를 얘기할 수 없다'[8]라고 말할 정도로 TV의 보급과 텔레비전 방송의 발전에는 스포츠 중계가 크게 기여했다. TV중계 스포츠 중에서 가장 인기가 있었던 것은 프로레슬링이었고 가두텔레비전 앞에 사람들을 모이게 한 것은 역도산이었다. 역도산이 가라테 춥을 휘둘러 프로레슬러로서 유명해진 직접적인 원인으로 TV중계를 들 수밖에 없다.

일본에서 NHK TV가 방영을 시작한 1953년2월1일은 프로레슬러 역도산이 미국에서 수행을 끝내고 일본에 상륙한 시기와 거의 일치한다. NHK도 프로레슬링 중계에 참입했지만 역도산의 레슬링을 콘텐츠로서 TV를 명실공히 대중화하는 데 성공한 것은 NTV[9]였다. 특히 프로레슬링 선풍이 일어났던 1954년은 역도산이 일본대중의 영웅이 된 해이기도 했다. 1954년2월19일부터 3월9일까지 5회에 걸쳐 중계된 역도산/기무라 팀과 미국의 샤프형제 팀과의 시합의 시청자 수는 5일간에 연인원 1000만 명에 달했다. 그 이유로서 '일본인 대 미국인이라는 시합이 대항의식을 왕성하게 한 것'[10] 등을 생각할 수 있다. 프로레슬링은 프로야구, 프로권투와 함께 TV프로그램으로서 확고한 지위를 확보하기에 이른다.

이 시기, TV수신기가 2만대에도 미치지 못하는 상황에서 1000만에

---

8) 日本テレビ放送網. 1988.『大衆とともに25年』. 沿革編 69쪽.
9) 日本テレビ放送網 Nippon Television Network Corporation. 일반적으로 니혼테레비(日本テレビ) 또는 닛테레(日テレ)라고 함.
10)『大衆とともに25年』. 71쪽.

달하는 시청자를 획득할 수 있었던 것은 가두街頭시청(사진1)에 의한
것이며 그 때문에 사고가 잇따랐다. 그러나 경찰도 '역도산 프로레슬
링은 국위선양으로 국가적 행사'라며 호의적이었다.[11] NTV의 쇼리키
正力사장은 '역도산 프로레슬링은 일본인에게 용기와 자부심을 갖게
했다'고 피력했다.[12] 가두수신기 1대에 최대 2만 명이 모이는 상황이
계속되는 가운데 프로레슬링의 대회장으로도 매일 관중이 쇄도하게
된다. 프로레슬링 붐의 영향으로 프로레슬링 방송은 달러 박스가 되
었고, 1952년 개국한 NTV는 프로레슬링을 방영한 1954년 상반기에
흑자로 전환되었다. 한편 NHK는 NTV와는 대조적으로 4년간에 16억
9000만 엔이라는 거액의 손실을 냈다.[13]

[사진 1] 1954년2월19일부터 3월9일까지 5회에 걸쳐 중계된 역도산
레슬링을 보기 위해 가두TV 앞에 모인 일본의 대중

---

11) 田鶴浜弘. 1957.『日本プロレス20年史』讀賣新聞社. 인용은 牛島秀彦. 1978.『もう
一つの昭和史①, 深層海流の男・力道山 』126~127쪽.
12) 牛島秀彦.「茶の間の英雄・力道山の光と影(もう一つの戰後史發掘)」『潮』220.
1977年9月 272쪽.
13) NTV는 매월 평균 3000만엔의 실적을 올리고 54년도 1,300만엔, 55년도 5,100만

1955년4월, 마이니치신문사 계열의 KR테레비(현TBS)국이 출범하
자 그때까지 NTV가 독점하고 있던 역도산 프로레슬링은 후원신문사
의 관계로 NTV와 KR테레비가 중계방송을 병행하는 사태가 발생했다.
동일 서비스지역에서 동일 프로그램을 단독스폰서가 2곳의 방송국을
통해 방영한다고 하는 사태까지 벌어진 것이다. 그렇게 하지 않을 수
없을 정도로 프로레슬링의 인기는 가열되고 있었다.[14] 당시 한 달에 4
회 정도 프로레슬링 중계에 2억에서 3억 엔의 비용이 들었다. 이에 대
하여 강력한 스폰서로서의 역할을 미쓰비시전기三菱電氣가 자청했다.[15]
프로레슬링 발전은 일본의 텔레비전 및 가전산업의 발전과 서로 의존
하는 관계였다.[16]

　1957년 말에 프로레슬링의 TV시청률은 87%에까지 오른다.[17] 역도
산 인기의 절정기에는 TV로 프로레슬링 시청 중에 흥분한 나머지 쇼
크사한 시청자도 나올 정도였다. 이 사건을 아사히신문은 '프로레슬

엔, 56년도 2억 3,000만엔 그리고 57년도 상반기에 3억이 넘었다. NHK TV는 53
　년도 3억 6,000만엔 적자, 54년도 5억 5,000만엔 적자, 55년도 5억 1,000만엔 적
　자, 56년도 2억 7,000만엔의 적자를 냈다(『大衆とともに25年』. 49~51쪽).
14) 1955년과 1956년 사이에 전국에서 108국이 잇따라 TV방송을 시작했다(牛島秀
　彦. 1977.「茶の間の英雄・力道山の光と影(もう一つの戦後史發掘)」『潮』220. 276
　쪽).
15) 미쓰비시 전기(三菱電氣)는 1957년부터 72년까지 15년 동안 프로레슬링을 후원
　했다. 물론 미쓰비시가 프로레슬링의 스폰서가 된 것은 가전 부문의 확충을 위한
　전략이었다. 당시 미쓰비시 선전부 예산의 절반 정도의 약 20억 엔 이상이 프로레
　슬링 육성에 투입됐고 하쿠호도(博報堂)에 지불한 금액보다 역도산에게 지불한
　금액이 더 많았다(牛島秀彦. 1977.「茶の間の英雄・力道山の光と影(もう一つの
　戦後史發掘)」『潮』220. 278쪽).
16) いいだもも.「力道山一暴力を商品化した大和魂」『現代の眼』14-7. 1973.7. 94쪽.
17) 1957년말 덴츠(電通)조사. 牛島秀彦.『潮』220. 1977年9月 275쪽. 프로레슬링 중계
　는 NTV가 오후 7시, NHK가 오후 8시로 2중 중계였다.

링은 유해한 프로그램이기 때문에 중지해야 된다'고 하는 캠페인을
벌였다. 아사히신문사는 당시 직영 TV국을 갖지 못하고 프로레슬링에
관한 신문기사도 그다지 게재하지 않았다.[18] 그런데 일본교육TV(테
레비 아사히의 전신)를 발족시킨 후에는 프로레슬링의 중계에 참입
하려고 역도산에게 집요하게 접근했지만 '3사 협정'을 근거로 거절당
했다.[19] 도쿄스포츠신문東ㅈ포[20]은 프로레슬링 전문지로서 솔선하여
역도산의 프로레슬링을 취급했다. 1960년 발간당시는 4만부였는데
1963년12월의 역도산 사망당시에는 30만부가 발간되고 있었다.

2. 대미對美내셔널리즘Nationalism

1) 반미反美내셔널리즘의 환상

일본에서의 프로레슬링 붐은 1954년2월 역도산/기무라 태그팀과
샤프형제 팀과의 시합부터 시작되었다. 그리고 같은 해 8월9일에 열
린 '범태평양 프로레슬링 선수권 시합'에서는 슈나벨과 뉴먼조가 악
역을 맡아 반칙을 범한 결과, 역도산/엔도 태그팀이 초전에서 패배를

---

18) 예를 들어 역도산의 활동 기간 동안 역도산 관계 기사를 검색해 보면 요미우리신
    문은 400여 건 있는데 대해 아사히신문은 40건으로 그 10% 정도이다. 그 속에서
    도 순수한 역도산의 레슬링에 관한 기사는 20건 이하로 프로레슬링과 관계없는
    '폭력'이나 '난동' 등의 사생활의 부정적인 내용이 10여 건이다.
19) 주12의 책(牛島秀彦『潮』220. 1977年9月) 277쪽.
20) 『東京スポーツ』(東スポ)는 1960년 자본금 1000万円으로 兒玉譽士夫가 경영. 나
    중에 『大阪スポーツ』『九州スポーツ』『中京スポーツ』로 기반을 넓혔다. 1977년 총
    110만부에 달한다(牛島 1977-09, 276쪽).

마셔버렸다. 경기장을 가득 메운 15,000명의 대관중은 군중심리가 작
용하여 집단 히스테리를 일으켜 '와~ 죽여라!'라고 외치면서 링을 향
해 달려들었다. 슈나벨 팀은 놀라서 범태평양선수권대회 트로피를 내
던지고 달아나 버렸다. 일본인 관중들은 흥분을 더했고 대회장은 수
습할 수 없을 정도로 대혼란에 빠졌다. 관중은 외국인 레슬러의 반칙
에 흥분한 나머지 폭도화 하는 예도 있었고 텔레비전의 브라운관을
두드려 부수기까지 하는 시청자도 있었다. 이날은 하라주쿠原宿 경찰
서에서 경찰관 1개 중대를 투입했다고 한다. 미국 캔사스 출신이었던
슈나벨은 '지금까지 여러 시합을 해 왔지만 이 시합만큼 무서운 장면
에 부딪친 적은 없다'고 술회했다.[21] 이러한 일본의 프로레슬링 팬의
흥분은 반미내셔널리즘의 발로였던 것일까.

　다른 스포츠에서도 비슷한 현상이 나타났는지 살펴보도록 하자. 위
에서 서술한 바와 같이 프로레슬링에 앞서 1949년10월에 스포츠를
통한 미일친선이라는 명목하에 GHQ 최고사령관 맥아더의 초빙으로
샌프란시스코 실즈가 방일하여 요미우리 자이언츠를 중심으로 하는
일본프로야구팀과 시합을 치렀다. 경기는 실즈가 전승했다. 신문기사
등을 검색해 보아도 이때 대중의 관전 태도가 특히 격화했다는 내용
은 별로 눈에 띄지 않는다. 그러나 마루야마 마사오丸山眞男는 1951년
「일본에 있어서의 내셔널리즘」이라는 논고에서 다음과 같이 지적하
고 있다. 미일야구의 미국팀과의 경기에서 열광하는 대중을 보면 '전
전戰前의 전통적 내셔널리즘은 소멸한 것이 아니라', '과거의 내셔널리
즘 즉 반미가 소멸하거나 변화한 것은 아니고 저변에 분자화分子化되

---

21) 牛島秀彦『潮』220, 273쪽.

어 있었던 것'이었다고 한다.[22] 대중스포츠에 있어서 내셔널리즘의 표
출은 위로부터 강요받은 전전의 반미내셔널리즘의 연장선상에 있다
고 하는 까닭일 것이다.

이와 같이 종래의 연구에서는 대중스포츠 관람시의 흥분, 특히 미
국인 팀과의 야구나 프로레슬링 시합에서의 관중의 행동을 패전 콤플
렉스에 의한 반미내셔널리즘으로 결론지어 버리는 경향이 강하다. 과
연 일본대중은 1950년 당시 반미내셔널리즘을 계속 가지고 있었던 것
일까.

일본인에 대한 백인의 유색인종 차별에 관한 조사가 있다. 1951년
1월에 시미즈 이쿠타로淸水幾太郞가 발표한 논고 「일본인」에 인용된 미
국의 조사데이터이다. 미국인들은 다른 '인종과 결혼할 생각이 있습
니까' 라는 질문에 영국인과는 93.7%, 캐나다인과는 86.9%가 결혼 가
능이라고 답한 반면, '일본인과 결혼 가능'이라는 응답은 2.3%에 불
과했다. 이 결과에 대해 시미즈는 '일본인이란 무엇인가?'라고 의문을
던지면서 '필리핀인, 터키인, 중국인, 조선인, 인도인과 함께, 그리고
니그로 및 흑백 혼혈아와' '상호 거의 구별되지 않은 숫자', '아니, 제로
에 가까운 숫자'라고 말했다. 미국의 지성과 양심을 대표하는 1725명
에 따르면 '일본인은 아시아인이다'라고 기술한 시미즈는 미국에 의
한 인종차별을 강렬하게 의식하게 된다.[23]

---

22) 오구마 에이지(小熊英二)는 '미국 팀 매도에 열광하는 대중'이라고 하여(小熊.
2004.『日本人の境界』, 新曜社, 534쪽), 마루야마가 말하려고 한 일본인의 내셔널
리즘을 다소 확대 해석한 면이 있다. 그러나 마루야마도 일본인의 광란 모양이 도
를 넘었음을 우려했던 것이다(丸山眞男「日本におけるナショナリズム」『中央公論』
1951年1月号,『現代政治の思想と行動』(未來社, 1964年)에 수록, 167~8쪽 참조).
23) 조사는 미국의 심리학자 보가더스 (Emory Stephen Bogardus, 1882-1973)가

　나아가 1951년5월5일 점령군 맥아더원수는 퇴임 후 미상원 군사외교위원회에서 일본의 민주주의 성숙도에 대해 '미국이 이미 40대인데 비해 일본은 12세 소년, 일본이라면 이상理想을 실현하는 여지는 아직 있다'고 말했다.[24] 그 내용이 5월16일이 되어서야 일본에서 보도되게 되었고 '일본인은 미숙하다'라는 부정적인 의미로 받아들여져 일본에서의 맥아더에 대한 열기가 식어가게 된다. 일본정부에 의한 맥아더에 대한 '종신 국빈대우 증정', '맥아더기념관 건설' 등이 보류되었고 일본인의 미국에 대한 분위기가 미묘하게 냉랭함이 강해졌다.

　그리고 1951년9월, 샌프란시스코 강화조약회의 직전에 행해진 일본인의 타민족관에 관한 조사가 있다. 「일본인의 이민족에 대한 호불호」의 조사 자료를 보면,[25] 전 16민족 중에 호의를 느끼는 순위 1위가 미국인이고 일본인의 49%가 좋아한다고 대답했다. 미국을 싫어하는 사람은 2%에 그쳤다. 2위가 프랑스인으로 34%, 3위는 영국인 31%, 4위가 독일인 24%, 5위는 이탈리아인 7%였다. 이 조사 자료에 의하면, 신기하게도 일본인은 반미는커녕 미국인을 가장 좋아한다. 미국인이 단연 1위라는 것도 그렇지만 1위부터 5위까지 모두 서양인이다. 싫어하는 순서로는 '니그로 인'(16위), 조선인(15위), 러시아인(14위), 호주, 필리핀인, 안남(베트남)인, 시나(중국)인, 인도네시아인, 버마인,

---

　1725명의 미국인을 대상으로 조사한 질문 기록이다(시미즈(淸水幾太郎) 저작집 제10권 6~7쪽. 小熊英二, 『〈民主〉と〈愛国〉, 戦後日本のナショナリズムと公共性』, 275쪽).

24) 「일본과 독일의 점령의 차이」에 대한 답변.

25) 조사 시기는 1951년9월2~3일, 샌프란시스코 강화협약 회의가 개최되는 전날과 전전날, 조사는 泉靖一(「日本人の人種的偏見」『世界』1963年3月号), 샘플은 도쿄도내 25개소에서 15명씩 총344 답변이 얻어진 것이다. リー・トンプソン「力道山と「日本人」の呈示」(岡村, 2002, 76~77쪽).

태국인, 인도인의 순이었다. 이 조사에서도 일본인은 서양인을 선호하고 아시아인을 싫어하는 구도가 확인된다.

패전에 의한 굴절된 반미사상이 전혀 없었다고는 단언할 수 없지만 60년안보투쟁이 격화된 세태 속에서조차도 일본인의 대미의식은 반미는 아니었다. 1960년 당시의 여론조사에서도 '좋아하는 국가'로 미국 47.4%, '싫어하는 국가'로는 미국 5.9%에 불과했다.[26] 이어서 미국에 친근감을 갖는 일본인은 1978년 72.7%, 80년 77.2%, 85년 75.6%, 90년 74.2%, 95년 71.2%, 2000년 73.8%, 2005년 73.2%, 2010년 79.9%로 일본인의 70% 이상이 미국에 대해 계속 호감을 가지고 있었으며 2010년대에 들어서는 2012년 84.5%, 2013년 83.1%, 2014년 82.6%로 80%를 넘어 매우 '안정적인 친미 사회의 모습'을 보이고 있는 셈이다. 미국에 대한 호감도는 전 세계적으로 하락하는 경향이지만 일본 아베정권에서는 상대적으로 높은 수치를 유지해 왔다.[27]

---

26) 吉見俊哉. 2007.『親米と反米』岩波新書(室谷克實「日本人の「好きな国・嫌いな国」『中央調査報』五七五号,2005年9月).

27) 내각부「외교에 관한 여론조사」(http://survey.gov-online.go.jp/index-gai.html). 2019년12월 조사에서도 18세부터 60세까지는 80%이상이 미국에 친근감을 느끼고 있으며 젊은 층일수록 높았으며60세 이상의 고령자에서 대미친근감이 70%대로 약간 낮다. 2018년은 75.5%, 2019년은 78.7%로 나타나 10년전 수준으로 되돌아간 느낌이다. 吉見俊哉. 2007.『親米と反米』. 9~12쪽 (2002년 조사에서는 미국에 대한 호감에서 한국이 53%인 반면 일본은 72%였다 (『아사히신문』 2003년1월 15일). 2006년 미국의 여론조사 기관이 세계 14개국을 상대로 미국에 대한 호감을 조사한 결과, 일본이 63%로 최고였다. 영국 56%, 프랑스 39%, 독일 37%, 터키 12%였다(『요미우리신문』, 2006년 6월 15일자).

2) 미국화Americanize

진주군進駐軍에 대한 반미감정이 역도산 붐을 뒷받침한 면이 있었다
는 틀에 박힌 의견도 있다. 진주군에 의해 반미감정이 초래될 가능성
이 있는 요인 중 미국에 대한 종속의 '상징적 존재'로서 "팡팡"[28]이 있
다. 1950년6월25일에 한국전쟁이 발발하자 동년 9월14일 미국의 트
루먼대통령은 대일강화 촉진 성명을 발표하고 1951년9월8일에는 샌
프란시스코 강화조약이 조인되었다(52년4월 발효). 이에 따라 일본
은 독립했다. 점령기에는 점령군에 의한 검열로 보도 및 출판이 자유
롭지 않았던 것도 사실이었다. 점령이 끝나자 일본의 언론인과 작가
들에 의해서 미군 지배하의 사회문제였던 매춘과 성폭력을 소재로 한
다수의 논픽션이 출판되게 된다. 50년대에 많은 남성작가들은 미군에
의해 범하여진 일본여성들을 묘사하는 〈점령문학〉을 계속 출판한 것
이다. 점령문학의 특징은 자신들의 남성성, 그것을 바탕으로 한 민족

---

28) 팡팡의 기원은 1945년으로 거슬러 올라간다. 8월15일의 패전에 의해 일본에 점령
군이 상륙하게 된다. 히가시쿠니(東久邇)내각은 1945년8월18일「占領軍兵士によ
るわが婦女子に對する犯罪予防對策」을 세우고 일본여성을 보호하기 위한 방편
으로 점령군을 위한 위안부를 모집했다. 특수위안시설협회(RAA : Recreation and
Amusement Association)에 의해 조직된 매춘부 즉 일본정부 공인의 점령군 위안
부 '팬서'가 탄생했다. 점령군의 중추적 시설이 있었던 긴자에는 RAA본부가 설치
되고, 호프집, 카바레, 바 등 다양한 위안부 시설이 집중적으로 개점했다. 제2차 세
계대전 중 일본군병사가 조선반도, 중국, 아시아 각지의 여성들에게 범해온 조직
적인 성폭력이 이번에는 점령군병사에 의해 일본인 여성에게 이뤄질 것으로 생
각한 일본지배층의 결정에 의해 전시기 일본군병사를 위해 실시한 수법으로 미군
을 위해 일본정부가 앞장서서 위안부를 조직했다(小熊英二,『〈民主〉と〈愛国〉, 戰
後日本のナショナリズムと公共性』, 275~280쪽 및 吉見俊哉. 2007.『親米と反米』
104~114쪽).

주의적 주체를 어떻게 재구성해 갔는지를 묘사했던 것이다.[29] 다양한
장르로 표상된 '매춘'이 1950년대 당시 일본사회의 대중여론에 강력
한 영향을 주었다.

대표적인 점령문학으로서 커다란 반향을 불러일으킨『일본의 정조
日本の貞操』[30]는 베스트셀러가 되어 그 반향으로 선정적扇情的인 '팡팡물
パンパン物'의 출판이 속출했다. 이『일본의 정조』소설의 대부분이 일
본인 남성을 '무력한 것'이나 '거세나 불능 등의 성적 메타파'로 묘사
하고 있다.[31] '팡팡'은 일본인의 자존심을 상처 입히는 존재이기도 하
고 '일본 남자'들에게는 한심함을 느끼게 하는 존재이기도 했다. 그리
고 '팡팡'들이 주도하는 새로운 시대의 아메리카니즘은 일본의 축을
이루는 남성성을 위협하는 것으로 인식되어지고 있었다.

점령기의 일본사회는 보도의 자주규제自主規制, 점령군에 대한 비
판의 자주규제, 심지어 미군이 일으킨 교통사고의 보도까지 흐지부
지 끝냈다. 일본인은 열등감에 사로잡혀 '술에 취한 일본인이 미군에
게 맞았다'와 같은 신문기사가 하루에도 몇 개씩 보도가 나오는 때였
다.[32] 이러한 울분을 일본인은 격투기로 풀게 된 것일 것이다.

미일친선 프로야구에서는 미국이 압도적 우위임에도 불구하고 대
미내셔널리즘은 그다지 강하게 나타나지 않았다. 그런데 프로레슬링

---

29) 마이크·모라스키─『占領の記憶/記憶の占領』鈴木直子譯, 靑土社, 2006(吉見俊哉
『親米と反米』110~111쪽 참조).

30) 水野浩編『日本の貞操─外国兵に犯された女性たちの手記』蒼樹社, 1953.

31) 吉見 2007, 112쪽.

32) 미군의 폭행은 일본 정부가 대신에 위문금을 지불한 경우만 해도 1950년에는
1112건, 1952년 2374건에 달했다. 이른바 '단념'의 경우는 그것보다 훨씬 많았다
(小熊英二, 『〈民主〉と〈愛国〉, 戦後日本のナショナリズムと公共性』, 274쪽).

에서는 역도산이 맹렬한 기세로 '거대한 미국인'을 쓰러뜨렸다. 역도
산의 매력은 일본의 남성성을 발현시켜 주었다는 점이다. 역도산이
가라데 춉을 난발했을 때 일본관중은 미국인을 해치운다고 하는 남성
성의 회복을 외친 것이다.

한국전쟁으로 인한 '특수特需'가 수출의 70%를 차지하고 일본의 경
기회복으로 이어졌다. 1946년에 일본전국에 7만에서 8만이었던 '팡
팡'의 숫자도 52년에는 한국전쟁의 격화에 따라 15만 명으로 증가했
다.[33] 56년에는 매춘방지법의 시행에 의해서 '팡팡'은 감소했지만 베
트남전쟁으로 60년대 후반까지 미군기지 주변에 존재했다. '팡팡'은
군사적인 '미군병사들의 성폭력의 피해자'[34] 또는 '미국에의 종속의
상징적 존재'[35]에 그치지 않고 일본의 도시풍경 속에서 문화정치적 상
징성을 띠고 있었다. '팡팡'의 아메리카니즘은 물질 제일주의, 소비 지
상주의의 선구이기도 했다. '팡팡'들의 벌이도 그 획득에 공헌했을 것
인 외화에 의해[36] 경제발전도 가속화 되었고 아메리카니즘의 수용은
'태양족'이라는 현상으로 눈에 띄게 나타났다.

당시의 아메리카니즘은 '팡팡'을 선구로 태양족으로 이어진다. 젊은
이의 아메리카니즘은 태양족의 출현에 의해서 그 양상을 대변하게 된
다. 1956년 이시하라 신타로石原愼太郎가 단편소설『태양의 계절』을 발
표하고 '태양족'붐이 일어난 것도 기지문화의 영향인 동시에 일본 젊
은이들의 아메리카니즘의 대중적 소비와 밀접한 관계가 있다. '남녀

33) 小熊, 『〈民主〉と〈愛国〉』, 275~280쪽. 吉見. 『親米と反米』104~114쪽.
34) 吉見. 『親米と反米』110쪽.
35) 小熊, 『〈民主〉と〈愛国〉』, 275쪽.
36) 1951년 외화 수입은 조선전쟁의 '특수'가 전체의 70%에 달했다. 팡팡이 벌어들인
2억달러는 생사 수출액의 3배에 달했다(小熊, 『〈民主〉と〈愛国〉』, 277쪽).

관계와 관련된 라이프스타일'에 있어서 '적어도 미군병사가 주둔하고 있던 도회지에 있어서는' 괄목할만한 변화가 청년 남녀 사이에서 일어났다.[37] 폭력과 성문화, 소비로 상징되는 '태양족'이 대중문화의 중심에 자리매김한 것이다. 진무경기神武景氣에 의한 고도경제 성장기가 시작되고 56년에는 경제기획청의 경제백서에 '이미 전후가 아니다もはや戦後ではない'라고 하는 기술이 유행어가 되었다. 가전 중심의 내구소비재 붐이 일고 텔레비전문화에 대한 '1억 총 백치화'大宅壯一도 유행어가 되었다.

역도산은 미국문화를 적극적으로 도입하여 '각계角界에서 으뜸가는 국제파'라고 형용되었다.[38] 일본인에게 역도산이라고 하면 연상되는 코드가 있었다. 오토바이, 미국산 승용차, 알로하셔츠, 올백 헤어스타일, 포마드, 체크코트, 그리고 역삼각형 스타일의 체형은 모두 미국화된 것들이다. 역도산이 소유하고 있는 대표적인 표상은 아메리카니즘이 응축된 것들이다. '미국의 스포츠로 아메리칸 스타일의 역도산이 미국인을 응징한다.' 일본인의 '패전 콤플렉스'의 감정 속에서 역도산이 행한 드라마투르기dramaturgy는 단순한 스포츠의 영역을 초월한 것이었다. 그것은 전후 일본의 사회상 및 사상적 모순을 있는 그대로 보여주는 것이기도 했다. 프로레슬링은 미국문화이다. 미국문화이기 때문이야말로 일본에서는 융성할 수 있었다.

37) 鶴見俊輔. 1984. 「占領―押し付けられたものとしての米国風生活様式」, 『戦後日本の大衆文化史』. 岩波書店. 22~23쪽.
38) 小野原敦子「黒く覆われた脚―力道山ファッションを考える」(岡村正史編『力道山と日本人』. 121쪽).

역도산 인기의 요인을 '인간 본래의 전투성과 잔인성'이라고 말하는
사람도 있었고 그의 '성적 매력'을 드는 사람도 있었다.[39] 그 중에도 프
로레슬링 융성의 가장 큰 이유의 하나는 일본남성의 남성성의 자극이
었을 것이다. 즉 1950년대 역도산 인기는 반미내셔널리즘의 발로라기
보다는 기지주변의 매춘문제 등 일본남성성의 자극에 원인이 되는 것
이며 오히려 일본대중에게 있어서는 점령의 실체를 현실로 실감하게
된 것으로 반미내셔널리즘 바로 그 자체는 아니었던 것이다.

3. 대한對韓내셔널리즘

1) 역도산의 정체성identity

역도산은 조선인 콤플렉스가 강했다고 하는 지적이 있다.[40] 역도산
은 주변 사람들에게도 아들들에게도 자신의 출생에 관한 것을 일체
언급하지 않았다고 한다.[41] 역도산은 프로레슬러 데뷔 당시 1951년10
월에는 이미 일본에 귀화하고 있었다. 나가사키현 오무라시長崎縣大村

---

39) 牛島秀彦. 1977. 「茶の間の英雄・力道山の光と影(もう一つの戦後史發掘)」『潮』
    220. 09. 111쪽.
40) 朴一. 1999. 『〈在日〉という生き方──差異と平等のジレンマ』. 講談社, 9쪽(岡村.
    2002, 13쪽 및 109쪽).
41) '아무리 친해져도 역도산의 입에서 민족에 관한 이야기는 없었다' 「力道山が朝鮮
    出身ということは,記者のあいだではタブーだった」(『力道山がいた』305쪽),東京
    スポーツ文化部長櫻井康雄「力道山が嫌がることは書かないという雰囲氣があっ
    た」(井出耕「追跡!力道山」「Number」1983年3月5日号)(リー・トンプソン「力道山
    と「日本人」の呈示」『力道山と日本人』90~91쪽).

市 태생의 모모타 미츠히로百田光浩라는 호적을 작성하고 일본국적을 취득하고 있었던 것이다.[42] 식민지시대의 창씨개명 정책에 목숨을 걸고 저항했던 역사적 사실에서도 엿볼 수 있는 것처럼 '혈통'을 중시하는 조선인이 국적을 바꾸는 것은 예사롭지 않은 결단이 필요했을 것으로 생각된다.[43] 역도산 본인은 성뿐만 아니라 국적까지 바꾼 것이기 때문에 골수부터 일본인이 되려고 한 것이 틀림없다. 그리고 그 후 일본국적을 가지게 되었기 때문에 출생에 관한 것을 일부러 언급할 필요성을 느끼지 못했을 터이다.

역도산이 일본으로 귀화한 계기가 '스모계에서 조선인이라는 이유로 차별 당했다'고 하는 언설에는 이론異論도 있는 것 같지만[44] 스스로 상투를 자른 사실과 그 후 실패로 끝나긴 했지만 후원회 회장의 닛타 신사쿠新田新作를 통해 스모계로의 복귀 공작을 시도한 것 등을 전제로 하여보면[45] 역도산이 진심으로 스모를 그만두고 싶었던 것은 아니고 순위표番付 및 승진 등에 불만이 있었던 것이 사실인 것 같다.

이와 같이 역도산이 일본국적을 취득하게 된 것은 일본사회의 차별을 피하기 위해서였다고 생각된다. 그런데 주위의 많은 사람들이 역

42) 1950년11월에 가족관계등록신고(就籍届け)를 냈다.
43) 조선인에게 '혈통'이라는 것은 성(姓)을 조상으로부터 물려받은 것을 의미한다. 일본과 달리 조선에서는 양자제도가 흔치 않은 이유도 성을 바꾸는 것은 조상 즉 부모를 부정하는 것으로 성을 바꾸는 것은 '유교적인 죄'로 여겨졌기 때문이다.
44) 朴一. 1999. 『〈在日〉という生き方—差異と平等のジレンマ』. 講談社, 9쪽. 오카무라 마사시는 '담론의 유포'라고 부정적으로 서술하고 있다(岡村. 2002, 109쪽 참조).
45) 스모계의 인종차별 문제는 종종 사회문제화 되는 사례가 있었다. 1992년 하와이 출신인 고니시키(小錦)가 요코즈나로 승진하지 못하고 오오제키로 은퇴하자, 뉴욕타임스에 고니시키에 의한 스모협회의 인종차별 발언의 인터뷰 기사가 게재되어 미일간 미묘한 분위기가 조성되기도 했다.

도산은 조선인이라고 하는 사실을 알고 있었다. 일본제국주의의 강점기 조선어교육의 폐지와 신사참배, 창씨개명 등 '황민화정책'이 극한을 맞이한 1940년, 스모에 입문한 당시의 역도산은 '김金'이라는 본명으로 불리고 있었다.[46] 당시의 역도산은 조선출생을 감추려하지 않았다.[47] 전후 46년11월 시합에 역도산은 '가나무라 미쓰히로金村光浩'로 개명하고 나가사키현 오무라 출신이라는 태생 변경을 하고 스모를 계속하게 된다. 1950년9월 스모 폐업 후의 11월에는 모모타 미노스케百田巳之助의 양자 모모타 미쓰히로百田光浩가 되었다. 특히 매스컴관계자는 역도산의 조선태생을 '알고 있으면서도 말하지 않았다.' 즉 역도산의 출생에 관해서는 터부시되어 있었다고 한다. 금기시되었던 그 사실이야말로 주목할 필요가 있다.

매스컴관계자들에게 역도산의 출생에 대하여 '말하면 안 되는 것'으로 되어 있었다.[48] 그것이 상식이었다. 『스포츠 닛뽄スポーツ日本』의 당시 기자였던 데라다 시즈츠구寺田靜嗣는 '당시는 굳이 폭로하는 것은

---

46) 시코나(스모선수 이름호칭) 역도산, 본명 김신락(金信濟), 출신지 조선, 信濟는 信洛의 오타, 나이는 만16세. 스모협회발행『스모』40년7월호 '신 제자 검사 합격자' 중에 역도산의 이름이 있다(「同和するしか道はなく,海峽の力道山2」『朝日新聞』1994年12月14日付). 井出耕「追跡!力道山」(「Number」1983年3月5日号). トンプソン「力道山と「日本人」の呈示」(『力道山と日本人』85쪽).

47) 이타가키 류타(板垣龍太)는 1942년 순위표의 출신지와 이름의 표기가 「나가사키 역도산 미츠히로」로 되어 있어 (『야구계』 1942년) 역도산 스스로 출신을 은폐했다고 주장한다(板垣龍太. 2011.「力道山」『東アジアの記憶の場』. 河出書房. 199~200쪽(한국어: '동아시아 기억의 장소로서 力道山'『역사비평』95. 2011여름. 127-160)).

48) 스포츠 닛폰 전기자의 발언 '역도산이 조선출신이라는 것은 기자 사이에서는 금기였다'(『力道山がいた』305쪽). 도쿄스포츠 문화부장 櫻井康雄은 '역도산이 싫어하는 것은 쓰지 않는다고 하는 분위기가 있었다'(井出耕「추적! 역도산」「Number」1983年3月5日号). トンプソン, 90~91쪽.

본인도 나도 그리고 독자도 바라지 않는 것이었다'[49]고 술회한다. 그런데 언론의 본래의 임무는 진실을 보도하는 것이고 오히려 숨겨진 것이나 숨기고 있는 사항을 적극적으로 폭로하는 것이 그 본질일 것이다. 그럼에도 불구하고 알면서도 말하지 않았다. 무엇 때문에 말하지 않았는가? 알면서도 말하지 않았다는 것은 어떤 의미에서는 '은폐隱蔽'하고 있었던 것이다. 은폐의 책임은 누구에게 있는 것인가?[50]

지금까지 역도산의 출생에 관한 의견의 태반은 '철저하게 자신의 출신을 끝까지 숨기려고 했다'라는 것이다[51] 그러나 역도산이 조선인임을 숨기고 있었다고 하는 표현은 일본사회의 차별 뒤집기이다. 그 중에는 '역도산이 싫어하기 때문에', '취재를 거부당했다' 등 은폐의 원인을 역도산에게 돌리고 있다. 이는 일본사회의 모순을 역도산에게 그 책임을 씌워버리는 논리이기도 하다. 또한 많은 일본인은 '알고는 있지만, 모르는 것으로 되어 있다'라고 하는 이중구조 위에서 역도산을 의식하고 있었다[52]고 하는 핑계는 대단히 모순된다. 1950년대 일본의 대중심리는 일본의 영웅 역도산의 존재를 필요로 했다. 하지만 조선인은 싫다. 그래서 역도산 조선인실의 보도를 계속 피해 왔다고 하는 까닭이다.

역도산에 한정되지 않고 일본에 있던 조선인은 조선인이란 이유로

49) 「あえてあばきたてることは,本人も私も,そして讀者も望まないことだった」(『力道山がいた』305쪽). 「영웅의 일본인 전설, 해협의 역도산 3」, 『아사히신문』 1994년12월17일자.

50))「記者たちは,隱蔽に積極的に協力していた.むしろ力道山の「日本人」と認めることが出來る口實を探っていた」(リー·トンプソン「力道山と「日本人」の呈示」(岡村, 91쪽).

51) 笹倉千佳弘「金信洛としての力道山」『力道山と日本人』114쪽.

52) 川村卓「演じられた「力道山」,演じられた「日本人」」(岡村, 57쪽).

심한 차별을 받았다. 앞에서 서술한 1951년9월에 실시된 일본인의 타
민족관에 대한 조사에서[53] '일본인의 이민족에 대한 선호도'를 보면
호의를 느끼는 순위에서 조선인은 16민족 중 15위로 2%였다. 16위는
'니그로인'이 1%로 최하위였다. 그러나 '니그로인'이라는 민족은 없다
(이 조사에서는 사용하고 있었다). 나아가 내용을 들여다보면 '니그로
인'을 싫다는 19%에 지나지 않은 반면, 조선인 싫다는 44%로 훨씬 웃
돈다. 참고로 러시아인 싫다는 31%, '시나인(중국인)' 싫다는 22%였
다. 당시 일본사회에서 조선인이 여하히 차별을 받고 있었는지 엿볼
수 있다.

2) 자이니치在日의 정체성identity

대부분의 자이니치들도 역도산이 조선태생임을 알고 있었던 것 같
다. 자이니치 공동체사회에서 역도산은 조선인이라고 소곤거려지고
있었으며 '민족의 영웅'이라고 자랑스럽게 생각하고 있었음이 틀림없
다. 자이니치들도 일본사회에서는 일본이름(通名)을 사용하고 있었
기 때문에 집안에서만 화제로 삼았을 것이다. 자이니치가 일본사회
에서 산다는 것은 싫든 좋든 어쩔 수 없이 일본이름으로 생활할 수밖
에 없었다. 이미 서술한 바와 같이 일본사회의 차별이 일본이름을 사
용하지 않을 수 없는 상황을 만들었던 이유이기도 하다. 일본사회의
요구이라기보다는 그 사회에서 빠져나오지 않기 위해 일본이름으로
사는 것이 해방이후 수십 년 동안은 일반화되어 있었고 귀화와는 다

---

53) 이 조사는 주23을 참조.

른 형태의 생존방식이었다.

　자이니치在日란 일본국적을 가지지 않고 한반도에 호적을 가진 사람들이다. 일제강점기 일본의 국적이었던 조선인은 호적의 출신지 란에 '조선'이라고 기재되어 있었다. 즉, 호적의 출신지 란에 '조선'이라고 기재되었던 사람들은 패전 후 다음과 같은 경위로 일본국적을 박탈당했다. 1947년에 제정된 포츠담 명령의 하나인 외국인등록령(칙령 제207호)이 시행되어 일본에 거주하는 조선호적 등재자는 일본국적을 갖고 있으면서도 국적 등의 란에 출신지 '조선'이라고 기재되었다. 1948년에 대한민국 정부가 수립되었을 때 GHQ/SCAP에 대해 요청이 이루어져 재일조선인은 한국국적을 취득하게 된다고 하여 1950년 이후 본인희망이라는 조건부로 '조선'에서 '대한민국'으로 변경하는 조치가 취해졌다. 1952년 샌프란시스코 강화조약의 발효에 의해 소위 평화조약 국적이탈자로서 공식적으로 일본국적이 상실된다. 그리고 외국인 등록법이 공포 시행되게 되었지만 1965년 한일기본조약의 체결에 의해 스스로 한국국적으로 변경절차를 취하지 않은 재일조선인은 국적 란에 '조선'이라고 표기된 채로 남게 되었다. 같은 해 1965년 한국과의 국교정상화로 인해 한반도 남반부만을 점유한 대한민국만을 합법적인 정부로 인정하는 것이 조약의 조건이었기 때문이다. 현재 실시되고 있는 외국인등록의 국적 란에 '조선'으로 표기되어 있는 자는 한반도 출신자로 반드시 그것이 국적을 나타내는 것은 아니다. 둘로 분단된 한반도에 고향을 둔 자이니치에게는 남쪽 또는 북쪽 어느 쪽의 국적을 선택하지 않으면 안 되었다. 그렇지만 선택하지 않는 사람들도 많이 존재한다. 그 이유는 두 개의 조국을 인정하고 싶지 않은 사람부터 사상관계, 사업관계, 귀화, 어떻게 해야 할지 방도를 모르는 사람들까지 여러 이유가 있었다. 2013년 한국외교부의 통계에 따르면 자이니치(재일교포)는 약 52만 명으로 그 중 한국국적취득자는 48만 명 정도였으며 남한도 북한도 선택하지 않은 무국적자인 '조선'표기 국적은 4만 명(7.7%) 정도이다.

일반적으로 재일코리안(자이니치)은 북한(총련 在日本朝鮮人總聯合會=朝總連) 아니면 한국(민단 在日本大韓民国居留民団 = 民団) 어느 한쪽에 소속하도록 되어 있다.[54] 그러나 조총련에도 민단에도 역도산의 적(籍)은 없다. 역도산이 일본국적을 취득한 것이 1950년 11월로 일본의 외국인등록법이 실시되기 직전이었던 것과 관련이 있다. 역도산은 일본국적을 취득하고 있었기 때문에 일본을 지지하는 내셔널리즘에 가담한 것으로 되어 있다. 역도산은 민족적 귀속으로부터 자유로워지려고 했던 것은 아니었을까.

남한과 북한 그리고 일본, 역도산의 삶에 대한 평가가 3개국과 두 민족의 사이에서 흔들리고 있다. 자이니치 사이에서는 '역도산은 동포'라는 사실이 입소문으로 퍼져 있었다. '일본에서 사는 어려움을 알고 있는 자이니치들은 역도산의 입장을 이해하고 따뜻한 시선을 보내고 있었다. 우리에게는 일본에서 영웅이 된 조선인이 있다는 것, 그것이 재일교포 한 사람 한 사람의 마음의 버팀목이 되어 있었다는 사실이 중요합니다'라고 르포라이터 황민기黃民基씨는 말한다.[55]

---

54) 총련에도 민단에도 속하지 않은 조선인 4만여 명은 무국적자라는 입장 때문에 여권을 취득하지 못하고 현재에도 일본 밖으로 나올 수 없다.
55) 「재일 조선인들의 역도산 전설」을 쓴 르포라이터 황민기(「在日朝鮮人たちの力道山伝説」を書いたルポライターの黃民基(「在日一人一人の支えに 海峽の力道山 5」『朝日新聞』1994年12月17日付). 동아일보(1963년1월8일자)는 일시 귀국한 역도산은 '귀화해도 한국인의 혈통을 자랑스럽게 생각하고 "나는 어디까지나 한국

3) 일본인의 정체성identity

일본대중은 역도산에게 '일본인'이라는 내셔널리티의 가운을 입히고 링 위로 계속 올려 보냈다. 대미 콤플렉스가 현재화顯在化되어 있던 시절, '외국인이 일본인에게 당했다'고 하는 스테레오타입이 공유되는 데에는 그렇게 많은 시간을 요하지는 않았다. 미국을 이길 수 있는 사나이, '돌연 출현한 역도산이라는 존재가 하룻밤 사이에 영웅'이 되어 버린 셈이다.[56] 물론 일본인의 외국인 콤플렉스에 그치지 않고 동경의 대상이기도 한 '강한 미국인'을 해치운 일본인이 있다고 하는 사실에도 놀라움이 있었던 것이다. 역도산은 자신을 위해 스포츠를 하고 있었지만 일본대중은 '리키カ는 일본을 위해 힘을 내고 있는 거다'라고 굳게 믿고 있었다. 일본대중은 링 위에서만큼은 역도산이 일본인임을 기대했다. 링 위에서나 TV브라운관 속의 역도산에게 그의 국적은 불문에 붙여졌다.

거기에는 정치인이나 여론형성에 영향을 끼친 오피니언 리더들이 가세한 구도도 있었다. 일본테레비NTV 회장 쇼리키 마쓰타로正力松太郎는 TV중계 해설자 다즈하마 히로시田鶴浜弘에게 '역도산이 백인을 내던지는 프로레슬링은 일본인에게 용기를 준다'고 하는 해설을 하도록 주문하기도 하고 프로레슬링의 프로듀서 도마쓰 노부야스戸松信康에게는 '전쟁에 패한 일본대중에게 일본인의 강함을 보여주자'[57]라고 말하

인"이라고 말했다'고 환영기사를 썼다. 1963년 한국방문을 계기로 민족적 아이덴티티가 부활하게 되었는가?
56) 川村卓「演じられた「力道山」,演じられた「日本人」(岡村編, 43쪽).
57) 田鶴浜弘『日本プロレス30年史』(日本テレビ放送網,1984年)40쪽. 川村卓의 논문 49쪽에서 재인용.

는 등 프로레슬링의 TV중계를 여론조작에 이용했다. 1923년 관동대지진 때에는 유언비어가 원인으로 자경단自警団에 의한 조선인 학살이 있어났을 때 쇼리키는 당시의 경시청 책임자였다.[58] 즉, 공안과의 강력한 연결고리를 가지고 있던 인물로 대중의 여론조작에 상당히 능했던 인물이다. 그는 역도산을 영웅으로 치켜세우고 일본대중에게도 선동적으로 작용시켜 용기와 꿈을 갖도록 하게 하는 프로파간다에 역도산을 이용했던 것이다.

일장기를 등에 업고 싸운 프로레슬러 역도산은 지금으로 말하면 야구나 축구에서 일본국적을 취한 외국인 선수처럼 일종의 용병 스포츠 선수와 같은 입장에 있었던 것일까. 역도산은 링 위에서는 '일본인'임을 기대 받았다. 1963년12월15일 역도산의 사망 전후 몇몇 기사나 책에는 '역도산은 조선 태생'이라는 사실을 쓰고 있었다. 일본대중은 역도산의 조선인설을 알고도 모르는 척 했던 것인가. '영웅은 역시 일본인이 아니면 안 된다'라고 역도산과 친분이 있던 전 스포츠 닛폰 기자였던 데라다 세이시寺田靜嗣는 말한다.

역도산의 출생에 관한 내용을 매스컴이 정면으로 다루게 된 것은 역도산 사후 10년이 지나고 나서 1973년과 1977년경 부터였다.[59] 그

---

58) '조선인 폭동의 소문'의 유언비어를 흘려 자경단에 의해 조선인이 학살된 것에 대해 쇼리키 마쓰타로(正力松太郎)는 1944년 경시청 강연에서 허위 보도였음을 인정하였고 경시청은 사태 대응에 실패했다고 인정했다(石井光次郎著『回想八十八年』カルチャー出版,1976). 이 때에 살해당한 조선인은 3000명이상이었고 또는 6000명이 넘는다는 연구도 있다.

59) 佐野美津男「力道山物語」(『朝日ジャーナル』1973年4月13日号). 牛島秀彦「力道山の出自に關する記事」(『潮』1977年8月・9月号). 牛島秀彦『深層海流の男・力道山』(『力道山物語 深層海流の男』德間文庫,1983年). 石井代藏「巨人の肖像—双葉山と力道山」(『小説現代』講談社,1980年).

리고 그 때부터 다시 10년이 지난 1983년, 역도산의 아들들이 '아버지가 일본인이 아니었다면 그토록 열광적인 붐은 일어날 리가 만무하다'[60]라는 코멘트를 했다. 그 이후 몇몇 매스컴은 역도산이 조선인임을 공개적으로 언급하게 된다. 이렇게 일본사회가 역도산의 조선인설을 받아들이게 되기까지는 사후 거의 20년에서 30년의 세월이 걸린 셈이다. 거기에는 '일본의 영웅'을 간단히 일본인이 아닌 방향으로 양보하고 싶지 않다고 하는 일본대중의 심리를 엿볼 수 있다.

'"일본인"이 아니라고 해서 역도산의 "국민적 영웅"으로서의 인기가 흔들리는 일은 없었다고 생각한다'[61]라는 평가도 있다. 과연 그랬을까? 역도산의 조선출생이 공개적으로 언급되지 않았지만 역도산이 '진짜 일본인'이 아니라고 하는 공기는 스포츠 관계자들 사이에서 항상 감돌고 있었다. 그 때문에 '가짜 일본인' 대신에 '진짜 일본인'을 찾는 분위기가 배태되어 있었다. 프로레슬링협회는 역도산에게는 비밀로 요코즈나 히가시후지橫綱 東富士를 일본을 대표하는 프로레슬러로 내세우려 했다. 그러나 결과적으로 히가시후지는 기대만큼 성적이 좋지 않았다.

정체성/아이덴티티로서의 일본인의 조건은 국적이 아니다. '일본인'의 조건으로서 국적은 충분조건은 아니다. 일본국민이라는 것만으로는 즉 '일본인'이 아니라는 것이다. 국적보다 혈통이 더 중요하다는 것이다.[62] 일본국적을 가지고 있더라도 핏줄이 요구되는 예는 이외에

60) 百田義浩·百田光雄『父·力道山』(勁文社,1983年). リー·トンプソン「力道山と「日本人」の呈示」『力道山と日本人』77쪽).
61) 川村卓「演じられた「力道山」,演じられた「日本人」(岡村, 57쪽).
62) トンプソン「力道山と「日本人」の呈示」『力道山と日本人』71쪽.

도 많다.[63] 당시의 프로레슬러 요시노사토芳の里는 '어찌되었든 리키역
도산씨는 스모선수 시대에도 힘세고 후배를 많이 생각하고 예의 바르
고 한국인이라고 나는 전혀 생각하지 않았다'[64]라고 한다. 여기에서
'예의 바르고' 후배에게 친절한 사람은 '일본인'이라고 하는 이데올로
그가 작동하고 있는 것이다.

　매스컴, 정치인, 지식인의 프로레슬링에 대한 비판의 측면을 살펴보
도록 하자.

　스포츠계, 전자산업계, 그리고 방송관계와 스포츠신문 등 저널리즘
까지가 프로레슬러 역도산을 비즈니스 영역으로 삼아 취급하는 과정
에서 역도산 프로레슬링은 일본의 대중에게 착실하게 뿌리를 내렸다.
그러나 대중문화, 특히 대중스포츠인 역도산 프로레슬링이 저항 없이
받아들여진 것은 아니다. 프로레슬링을 경시하고 스포츠로서 인정하
고 싶어하지 않았던 매스컴과 저널리스트도 있었다. 역도산을 전후의
흑막, 즉 폭력단이나 GHQ가 지정했던 암흑사회와 연결시키려고 하
는 풍조도 있었다.

　일본인의 무사상화, 우민화의 배경에는 스포츠(프로야구, 고교야
구, 프로레슬링)와 미국영화가 있다고 비판했던 오야 소이치는 '평화
가 염불처럼 외쳐졌던 시대, 울적한 에너지를 내뿜기 어려운 시절에

---

63) 예를 들어, 커리어 경제관료 출신으로 중의원의원 아라이 쇼케이(新井將敬)는 16
　세 때 일본국적을 취득했다. 1983년 도쿄도 오타구에서 입후보했지만 선거포스터
　에 '1966년에 북한에서 귀화'라는 검은색 스티커가 부착되어 낙선했다. 같은 선거
　구에서 당선된 자는 이시하라 신타로(石原愼太郎, 훗날 동경도지사)이다. 검은색
　스티커에는 '북한'이라고 쓰여져 있었지만 정확히는 편의상 '조선'국적이지만 아
　라이 쇼케이는 한국이나 북한의 국적을 가지고 있던 것은 아니다. 귀화는 65년에
　한국과 수교정상화한 이듬해 66년이다.
64) トンプソン「力道山と「日本人」の呈示」『力道山と日本人』85쪽.

도전한 것이 프로레슬링이며, 이시하라 신타로이며, 창가학회創価學會
였다'고 일갈했다. 그는 또한 역도산의 죽음을 '폭력을 판매한 남자가
폭력으로 쓰러진 것은 아이러니다'라고 비꼬았다.[65] '쇼와의 간류지마
巖流島의 대결'(사진2)이라고 칭하여진 기무라 마사히코木村政彦와의 시
합 보도행태도 스모 대 유도의 대결 구도라고 보도했던 매스컴들도
프로레슬링에 대한 비판으로 넘어간다. 매스컴은 프로레슬링을 '규칙
이 있는 싸움'이라고 규탄하며 역도산의 승리 후에는 '살인마저 일으
킬 수 있는 미천한 장르'라는 비판 기사가 따라다녔다.[66]

[사진2] 쇼와의 간류지마(巖流島)의 대
결'이라고 칭하여진 기무라 마사히코(木
村政彦)와의 시합

[사진3] 1954년12월1일 일본선수권에
서 기무라 마시히코와의 시합에서 승리
한 후의 역도산

65) 牛島秀彦. 1977.「茶の間の英雄・力道山の光と影(もう一つの戰後史發掘)」『潮』
220.
66) 村松友視.「スポーツジャンルの鬼っ子力道山の"傷"」(『文藝春秋』1980.09), 184쪽.

한편 당시의 자민당 부총재였던 오오노 반보쿠大野伴睦는 '패전에 의해 황폐해진 국토, 그리고 점령 하에 있던 정세 하에서 커다란 신체의 외국인 레슬러를 두드려 눕히고 내던져지는 것에 의해 당시의 울적한 감정의 폭발을 역도산군이 대변해 준 것도 있겠지만 당시 일본인에게 용기를 가져다 준 공적도 잊지 말아야 한다'고 말했다.[67] 역도산이 활약한 시기에는 점령은 끝난 상태이지만 당시는 점령의 연장선상의 감각이었는지도 모른다. 전 총리였던 나카소네 야스히로中曾根康弘의 중의원 시절의 교류 등 그 외에도 적지 않은 정치인들이 역도산과 교류하고 있었다.[68]

지식층의 프로레슬링에 대한 비판이 계속되는 가운데 역도산과 같은 몸을 소지하고 싶다는 욕망을 감추지 못했던 작가 미시마 유키오三島由紀夫는 보디빌딩을 시작했다. 근육과 'M 플러스 M의 남성미'를 동경하여 "역도산 같은 육체를 만들려고" 했던 미시마는 평소 '신체적 열등감이 상당히 많았다'고 털어놓았고, '작가文士도 결국은 체력이다. 쉰, 예순이 되어도 작가활동을 할 수 있도록'이라고 말하고 있었다.[69]

67) 力道山光浩. 1962.『空手チョップ世界を行く—力道山自伝』(ベースボール・マガジン社刊) 서문에 기고한 내용임.
68) 당시 리키 맨션아파트 건물에는 나카소네 야스히로(中曾根康弘)의 사무실도 있었다. 역도산의 장례위원장은 오오노 반보쿠(大野伴睦)(방한 때문에 고다마 요시오(兒玉譽士夫)가 대행), 분향의 멤버는 고노 이치로(河野一郎) 자민당 중의원 의원, 다루하시 와타루(樽橋渡) 자민당 중의원 의원 등도 있었다.
69)『讀賣新聞』1955年9月8日付.

4. 나오며

근대일본의 개국 이래, 어느 시대에 있어서도 아메리카니즘은 하나의 중요한 테마였다. 근대화 이후, 미국에 대한 인식과 수용 등 그 영향과 전략적 관계에 있어서 초기의 대미인식은 친미적이었다. 근대국가시스템은 유럽의 수용까지를 꾀하기도 하였지만 대중문화에 있어서는 아메리카니즘이 주류였다. 일찍이 1920년대의 대중소비문화의 확대 중심에 미국문화 수용이 있었다. 할리우드영화, 재즈, 야구 등 미국의 라이프 스타일을 포함한 미국문화의 수용은 적극적이고 친미親美적이었다. 이민문제, 만주문제, 황화黃禍론, 켈리포니아주 배일排日토지법 등 대미감정이 악화하기도 했지만 반미적이었다고 말할 수 있는 시기는 태평양전쟁기의 극히 단기간이었고 그것도 국가정책에 의한 강제적인 측면이 강했다고 말할 수 있다. 전시기 아메리카니즘은 일시적 중지일 뿐 대중문화에서의 아메리카니즘은 차단된 것이 아니었다. 전쟁이 끝나자 할리우드 영화가 홍수처럼 밀려들어와 친미적인 미국대중문화의 수용은 계속된다.

그리고 맥아더 원수는 패전 후 일본의 군주제를 존속시킨 가장 큰 공로자였다. 점령체제는 천황을 포함해 지배층의 전쟁책임을 회피 할 수 있도록 아메리카와 일본과의 상호보완적인 상황을 제공했다. 또한 냉전기 동아시아 국제정세 속에서 미국의 전면적인 군사적 보호와 경제 지원으로 일본은 경제대국으로 성장할 수 있었다. 전후의 전략적 미일관계는 이와 같은 미국의 압도적인 혜택 제공에 의해서 가져온 일본의 친미의식의 유지를 기반으로 하고 있다.

쓰루미 슌스케鶴見俊輔는 1945년 이후 미국과 일본은 '서로 어깨를 맞대고 서로의 전쟁범죄를 감추기 위해 협력'해 왔다고 하며 가해자에 대해 진지한 자각이 없는 한 일본인의 국제화는 어렵다고 주장한다.[70]

전전, 전후를 불문하고 일본의 미국 중시, 아시아 경시정책은 변하지 않았다. 종래부터 미국 일변도의 일본의 자세가 조금도 변하지 않았음을 보여주고 있는 점과 함께 아베정권이 집단적 자위권 문제, 나아가 헌법9조 개정문제 등을 내외적으로 무리하게 추진해 온 점은 재고되어야 할 것이다.

이 논문에서는 일본인의 대중문화를 소비하는 과정에서 부상하는 민족주의에 초점을 맞추려고 했다. 역도산이 일본의 영웅이 된 것에는 사회적 상황이 선행하고 있었다. 당시의 일본사회는 강한 자에 대한 신화가 만들어지기 쉬웠던 것이다. 그것이 마치 역도산 스스로 치밀한 계획하에 완벽하게 연기했다고 하는 시나리오를 전제로 분석하는 것은 지양되어야 한다.[71]

역도산의 국적이 북한인지, 한국인지, 일본인지, 이 물음에 답하는 것은 의미가 없다. 그것보다는 역도산이 일본국적을 취득하게 된 근본 원인을 이해해야한다. 일본의 조선침략 결과가 초래한 한반도의 분단으로 북한과 한국의 대립 관계가 형성되었고 동아시아의 긴장이 계속 조성되게 되었다는 사실을 우선 인식해야 되지 않은가. 또한, 일본은 한반도 강점이 가져온 결과에 의해 형성된 자이니치의 존재를

---

70) 츠루미 슌스케(鶴見俊輔) 「시민 불복종의 국제적 연대」(요시미, 221페이지 재인용).

71) 「반미를 연기하다」 「식민지 출신이 연기하는 「일본인」이라는 퍼포먼스」(요시미,178페이지) 등 용어 놀이를 다하는 것에는 저항을 느낀다.

인식하고 자이니치에 대한 인종주의적 관점에서의 차별의식을 없애는 교훈으로 삼아야 할 것이다.

사카이야 타이치堺屋太一가 말하는 '좋은 것만 취하기ええとことり'는 대중스포츠인 역도산프로레슬링에서도 적용되었다. 이異문화로부터 '좋은 것'만 도입하는 속성은 '조선인'은 싫어도 '역도산'은 영웅으로 만들 수 있었던 것이다. 이러한 이율배반적인 일본인의 의식이 작금을 불문하고 일본사회의 이중구조를 극복해야만 하는 자이니치在日의 이전 세대Old-comer와 차세대New-comer의 고난의 역사는 현재진행형이다.

제10장
전후 일본의 인기 스포츠와 내셔널리즘

데라사와 마사하루

들어가며

스포츠는 예능과 함께 대중으로부터 가장 사랑받는 대중문화의 한 장르이다. 덧붙여서, TV 시청률 역대 랭킹을 들여다보면, 상위를 차지하고 있는 것은 '코하쿠우타갓센紅白歌合戰' 외에는 대부분이 스포츠 중계이다. 그리고 시청률이 높은 스포츠 종목은 시대에 따라 다양하게 변화하고 있다. 즉, 대중이 좋아하는 스포츠는 반드시 고정되어 있는 것이 아니고 시대의 변화에 대응해서 변화하고 있는 것이다.

그런데 2015년 일본은 '전후 70년'을 맞이했다. 전쟁이 종결된 날짜에 관해서는 미즈리호에서 항복문서가 조인된 1945년(쇼와20년)9월 2일이라는 주장도 있고 연월에 관해서도 국제법 형식에 따라 샌프란시스코 강화조약이 발효된 1952년4월28일이라고 하는 주장도 있다. 또한 "종전終戰"이라는 말에 대해서도 현실을 명확하게 표현한 "패전敗戰"으로 불러야 한다는 주장도 있다. 그러나 이 지적들의 사상적 현실적인 의미를 이해하고 난 후, 대다수의 일본국민과 마찬가지로 천황의 종전조칙詔勅이 방송된 쇼와20년 8월15일을 '종전의 날'로 봐도 좋을 것이다.

그 이후 70년, 일본인의 관심을 끈 스포츠는 어떻게 변화했을까? 그리고 그 스포츠에 일본인의 내셔널리즘은 어떻게 표출되고 있을까? 이 논문은 '전후 일본의 인기 스포츠와 내셔널리즘'을 고찰하는 시도이다.

1. '스포츠'·'내셔널리즘'이란

본론으로 들어가기 전에, 이 논문의 키워드인 '스포츠'와 '내셔널리즘'에 대해서 간단히 고찰해 보기로 하자.

'스포츠'를 둘러싸고

먼저 스포츠에 대해서. '스포츠'라는 말의 어원은 라틴어의 deportare '무거운 짐(우울)을 제거하다, 항港(일상)을 떠나다'로 거슬러 올라가 그것이 고대 프랑스어의 desport '기분전환을 하다, 놀다, 즐기다'를 거쳐 영국으로 건너가 현재의 sport'스포츠'가 되었다는 것이다.

지난 세기의 산업혁명을 거친 19세기 영국에서는 "왕성한 기독교도 운동"이나 운동에 의한 인격 형성론의 대두를 배경으로 신흥 시민 계급과 귀족·지주 계급에 의해 협회·연맹 등 운동을 총괄하는 조직이 결성되고 경기의 룰이 정비되게 되었다. 그리고 그 조직과 룰 하에서 시합이나 대회가 운영되고 그 결과가 기록되게도 되었다. 이리하여 '우열·승패(경기력)를 겨루는 신체운동'인 '근대 스포츠'가 성립 된 것이다. 스포츠는 현재는 올림픽이나 월드컵 등의 세계적인 대회를 통해 또한 그것을 방송하는 미디어를 통해 전 세계로 확산되고 있다.

세계의 다른 지역과 마찬가지로 일본에 있어서도 현대의 스포츠와 같은 경기적 신체운동은 오래전부터 행해져왔다. 일본 각지의 고분에서 출토된 인형이나 『고사기』 『일본서기』의 기술에 의해서 확인되는 일본 최고의 스포츠는 스모이다. 스모는 고대 통일국가가 성립된 8세기 전반, 궁중의 연중행사 "스모절相撲節"로서 정해져 12세기까지 계속되었다. 궁중은 7월의 스모절 이외에도 정월의 "사례(射礼)"와 5월의 "기사騎射"를 연중행사로 정하여 "삼도절三度節"이라 했다. 그밖에 궁중에서는 '축국蹴鞠'도 고래부터 즐겨왔다.

가마쿠라 시대에 들어서자 무사가 그 신체문화(무예·무술)를 발전시키게 된다. 중세 무사의 신체운동 문화의 중심은 "마상삼물馬上三ツ物"이라 불리는 유적마流鏑馬, 입현笠懸, 견추물犬追物로 활과 말의 무예였다. 그밖에 스모는 전투자인 무사에게는 불가결의 수련법이며 궁중 문화의 축국도 배워둬야 하는 교양으로 장려되었다.

역사학과 민속학의 발전에 의하여 예로부터 전승되어진 근세 서민의 신체문화가 해명되게 되었다. 농촌 서민의 신체운동은 연중행사에 편입되어 종종 풍작을 기원하는 의식으로서 행하여졌고 남녀 대항 줄다리기와 스모가 인기 있는 경기였다.

도시에 있어서도 인기가 있었던 것은 역시 스모였다. 스모는 에도시대 초기에 막부에 의해 금지되었지만 후에 사사봉행寺社奉行의 관리하에서의 흥업이 허가되어 후카가와深川의 도미가오카 하치만구富岡八幡宮 경내나 혼죠本所의 에코인回向院에서 개최되었다. 에도시대에는 교토, 오사카에서도 흥행하였고 에도스모를 능가하는 기세였다. 그러나

19세기 초에는 에도막부가 에도스모가타江戸相撲方의 취재역取締役을 요시다츠카사吉田司 가문에게 인정하여 줌으로서 막말에 이르기까지 에도스모가 성황을 이루어갔다.

태평시대였던 에도시대의 무사는 성 주변에서 생활하는 관료로 변하였고 무사의 신체운동 문화였던 무예는 종가宗家. 家元에 의해서 기술을 닦아 여러 유파로 분화해 갔다. 수련·수행의 의미도 전장戰場을 향한 실천에서 무사의 "소양"으로 변화해 갔다.

막말의 개국부터 메이지유신에 이르는 근대국가 일본의 형성에 대응하여 구미에서 다양한 '근대 스포츠'가 전래되어 보급되어 갔다. 근대 스포츠도 다른 서양문화와 마찬가지로 정부에 고용된 외국인이나 서양에서 귀국한 일본인에 의해서 대학·고등학교·사범학교 등의 고등교육기관에 이입되었고 학교와 신문을 통해서 보급되어갔다.

근대스포츠의 전개에 있어서 전통적인 신체운동은 때로는 쇠퇴하기도 하고 때로는 부득이하게 변용되기도 하였다. 그러나 청일·러일전쟁의 승리 등으로 고양된 민족의식에 의해 재생된 것도 있다. 예를 들어, 무예·무술은 무사의 신체문화에서부터 심신수양을 위한 국민문화 "무도"로서 부흥한다. 유술柔術을 계승하여, 가노지고로嘉納治五郎가 창시한 유도와 대일본무덕회大日本武德會에 의해서 총괄되어 마침내 검도라고 칭하게 되며 검술로 대표될 수 있었다.

메이지시대에 이입된 구미의 근대스포츠도 제1차 세계대전 후의 1920년대부터 30년대에 육상, 수영 등 일부 종목과 테니스에서는 구미 일류선수들과 대등하게 경쟁할 수 있는 선수도 출현하였고, 올림픽에서 금메달을 획득할 수 있게 되었다. 그러나 이러한 발전에도 도쿄올림픽의 중지와 같이 전쟁으로 인해 중단이 부득이했다.

'내셔널리즘'을 둘러싸고

다음은 내셔널리즘에 대해서이다. 내셔널리즘이란 '자기가 속한 네이션(민족 · 국민 · 국가)을 구별해서 의식하고 그 통일 · 독립 · 발전을 지향하는 사상 또는 운동'이다 (江口朴朗「ナショナリズム」『社會學辭典』有斐閣, 1958). 약간의 보충을 해가면서 내셔널리즘을 재규정해 보도록 하자. 내셔널리즘이란 인간의 내셔널한 자기인식과 자기주장이며 민족주의 · 국민주의 · 국가주의이다. 그리고 내셔널리즘에는 독립이라고 하는 대타對他적 측면과 통일이라는 대자對自적 측면이 있고 사상이라는 정신적 측면과 운동이라는 행동적 측면을 포함하고 있다. 단지, 내셔널리즘에는 "민족으로서의 긍지"나 "애국심" 등의 부정형不定形이며 애매한 심리적 요소도 포함되어 있다. 그 까닭에 '사상'이라고 하기 보다는 보다 광의의 '관념'이라고 하는 쪽이 더 적절할 것이다.

내셔널리즘의 개념을 보다 명확하게 하기 위해, 민족 · 국민 · 국가의 개념을 규정 해 보자.

'민족nation'이란 언어 · 문화의 공통성, 전통과 역사의 공유를 기초로 민족의식을 매개로 하여 그 독립 또는 통일과 발전을 지향하는 인간의 집합이다. 때로는 신념적인 혈연의 공통성이 강조되는 경우도 있을 것이다. 문화의 개념을 광의로 이해한다면 민족이란 근대국가 성립 이전 또는 이후의 "문화공동태態"이다. 그리고 민족의식 성립 이전의 지역적 · 신분적으로 보다 소규모의 문화적 집합을 '에스닉 그룹'이라고 부르기로 하자.

이에 대하여 '국민nation'은 근대국가를 전제로 한 개념이며 근대국가를 구성하는 "시민"또는 "인민"이 동시에 "국민"이다. 따라서 국민의 개념을 보다 명확하게 하기 위해서는 국가의 개념을 명확히 하지 않으면 안 된다는 것이다.

'국가state'란, 첫째로, 시민사회 위에 홀립屹立하여 사회를 지배·통치하는 '국가 권력'이며, 국가권력은 사회에서 외화外化·소외된 사회의 "공동 의지", 즉 "국가 의지"와 그것이 실체화 된 "국가기구"의 총체로서 구성된다. 그리고 그 국가권력에 의해 시민사회는 통괄되고, 시민이 국민으로서 일체화됨과 함께 국가와 국민도 일체화 된다. 이렇게 성립된 정치공동체가 "국민국가" 또는 단순히 "국가"라고 하는 근대 주권국가이다. 그 까닭에 '국가'란 둘째로, '국민국가'nation state이다. 그리고 서구의 언어에서의 "nation"에, 민족과 국민 쌍방의 의미가 포함된 것에서 알 수 있듯이, 근대국민국가는 적어도 이념적으로는 민족을 기반으로 그 발전으로서 성립되었다라고 여겨지고 있는 것이다.

근대국가는 근대 초두 유럽에 있어서 절대주의 권력에 의한 중앙집권적 민족국가의 형성으로서 개시되었다. 그리고 프랑스혁명기 이후 서구에서 중남구·동구로 전 유럽에서 본격적으로 전개되었다. 그 과정에 있어서 내셔널리즘은 인민주권의 원리와의 결합 또는 국가 권력의 계몽에 의해 권력 내부의 관념과 행동으로부터 민족적·국민적인 것으로 확대되어 갔다. 나아가 19세기 후반 이후의 제국주의의 전개에 의해서 식민지 또는 반半식민지화 되어 있던 아시아·아프리카의 여러 민족은 제2차 세계대전 후, 잇따라 독립하여 국가를 형성해 갔다. 이렇게 하여 현대세계는 다수의 국민국가가 병존하면서 존립하고 있는 것이다.

일본에 있어서의 내셔널리즘과 국민국가의 형성을 고찰해 보자. 근대적인 민족의식의 발생은 구미열강의 극동진출에 대한 위기감을 계기로 하여 18세기 말 국방론으로까지 거슬러 올라간다. 그리고 역사는 막말의 존왕양이尊王攘夷에서 개국으로, 그에 계속된 명치유신으로 전개되어 근대일본 통일국가가 성립된다. 명치 중기에는 국가기구의 정비가 완료되고, 청일 · 러일전쟁에서 승리함으로서 내셔널리즘은 국민 사이에도 침투되어 갔다. 이리하여 근대 일본은 국민국가로서 완성되었던 것이다.

근대일본이 발전하고 구미열강과 어깨를 나란히 하게 되자 이해관계나 가치관 등 열강이나 근린과 대립하는 면이 현재화되게 되었다. 쇼와가 시작되고 1930년대가 되자 대립은 더욱 현저해졌다. 일본의 내셔널리즘은 군부 · 관료의 주도권 장악과 전시체제가 강화됨에 따라 항진되었고 40년대 전반 미일전쟁기, 특히 전쟁 말기에는 극한적인 형태로 전개되었다. 이 시기의 내셔널리즘은 독선적 · 배외주의적인 〈국가 · 민족지상주의 내셔널리즘〉이라고 할 수 밖에 없지 않을까.

2. 종전에서부터 1960년대 초까지 – 〈패전국 내셔널리즘〉시대

시대 상황

전후 일본의 역사는 1945년의 패전 · 점령을 시작으로, 이듬해 극동국제군사재판(도쿄재판) 개정開廷과 일본국헌법 공포를 거쳐 51년의 샌프란시스코 강화조약과 미일안전보장조약(미일안보)의 체결, 그리고 52년의 주권회복으로 전개된다. 세계정세는 동서냉전이 본격화되는 속에서 일본은 56년 국제연합으로의 가맹을 인정받는다. 국내 상황을 보면 경제 부흥되어 55년체제가 성립되고 호경기를 배경으로 냉전의 국내 버전이라 할 수 있는 보혁 대립이 계속된다. 그 정점이 60년 안보투쟁과 안보개정을 거쳐 고도경제성장의 시대로 전개된다. 국민 생활은 패전직후의 최저 수준에서 탈피하자 급속하게 상승하여 갔다. 이러한 시대상황을 배경으로 전후 일본의 스포츠는 어떻게 출발한 것일까.

스포츠의 부활·재개

전후 일본의 스포츠는 항복문서 조인 후 얼마 되지 않은 9월23일, 다이산 고등학교三高와 간사이 럭비클럽의 대항시합에 의해 개시되었다. 11월에는 오즈모 가을 경기大相撲秋場所가 지붕이 파손된 료고쿠兩国 국기관国技館에서 개최되어 라디오를 통해 전후 처음으로 스포츠가 방송되었다.

이듬해 봄에는 프로야구가 재개되었고 여름에는 제1회 국민체육대회国体가 개최되었다. 그리고 이듬해 47년 정월에는 도쿄 하코네 간 왕복 간토대학 에키덴驛伝 마라톤 경기대회箱根驛伝가 부활하였고, 봄에는 전국선발 중등학교 야구대회가 부활하는 등 수 년 사이에 다양한 스포츠 경기가 부활·재개되었던 것이다.

"후지야마의 도비우어飛び魚" 후루하시 히로노신古橋廣之進의 활약

전쟁이 끝난 직후 점령기에 해당하는 이 시기에 패전에 의해 억눌린 일본인의 마음에 희망의 등불을 밝히고 첫 국민적 영웅이 된 사람은 수영선수 후루하시 히로노신古橋廣之進이다. 후루하시는 국제수영연맹으로부터 일본이 제명되어 있었기 때문에 공식기록으로는 인정받지 못했지만 1947년 여름 400미터 자유형을 시작으로 계속해서 세계

기록을 경신해 갔다. 일본의 참가가 허락되지 않았던 1948년 런던 올림픽 · 수영 결승과 같은 날에 개최된 일본선수권 400미터와 1500미터 자유형에서는 런던올림픽 금메달리스트의 기록과 당시의 세계 기록을 웃도는 기록으로 우승했다. 이듬해 1949년에는 일본국제수영연맹이 복귀를 인정받아 후루하시는 8월에 하시츠메 시로橋爪四郎와 함께 로스앤젤레스에서 개최된 전미全美선수권대회에 초대되었다. 거기에서도 후루하시는 400미터, 800미터, 1500미터 자유형에서 연이어 세계 신기록을 수립하여 미국신문에 "The Flying Fish of Fujiyama(후지야마의 도비우어)"라고 칭송받았던 것이다.

일본인 최초의 복싱 세계 챔피언 시라이 요시오

후루하시에 이어 그 시대의 국민적 영웅이 된 사람은 일본인 최초의 복싱 세계챔피언 시라이 요시오白井義男이다. 시라이는 1952년5월에 열린 다도 · 마리노(미국)와의 세계 플라이급 타이틀 매치에서 승리하여 왕좌를 획득, 이후 4번의 방어에 성공한다. 시라이는 GHQ(연합국군총사령부)의 직원이었던 앨빈 · 칸 박사의 과학적인 지도에 의해서 그 재능을 개화시켰다. 그 후 칸 박사는 일본에 영주했는데 시라이 부부는 은사를 마지막까지 돌봤다고 한다. 또한, 54년5월30일에 개최된 파스칼 · 페레스(아르헨티나)와의 리턴 매치(전 챔피언의 왕좌 부활전)의 텔레비전 시청률은 96.1%를 기록했다. 방송국 수나 TV 보유율은 다르지만 이 수치는 현재까지도 깨지지 않았다.

전후 최대의 히어로 역도산

이 시대의 일본인 대중을 열광시킨 최대의 국민적 영웅은 프로레슬링의 역도산이다. 역도산은 TV방송이 시작된 이듬해인 1954년2월 미국에서 샤프형제를 초빙하여 유도 사상 최강으로 알려진 기무라 마사히코木村政彦와 태그를 이루어 싸웠다. 그 경기가 중계되자 역도산의 프로레슬링에 국민들은 열광했다.

역도산은 태평양전쟁이 시작되는 전년 1940년에 머나 먼 고향을 떠나 스모계에 입문했다. 44년에 주료十兩, 46년에는 마쿠노우치幕內로 승진했고, 이듬해 6월 시합에서는 우승 결정전에도 출장했다(우승은 하구로야마). 49년에 세키와케로 승진했지만 함락, 이듬해 50년 세키와케로 화려하게 복귀했지만 돌연 스스로 마게(일본식 상투머리)를 자르고 폐업했다.

한동안 스모계를 후원했던 건설회사에 근무하게 되었지만 연합국군 위문을 위해서 일본을 방문한 레슬러를 알게 되어 레슬링으로 전향을 결심한다. 52년 하와이, 로스앤젤레스 등 미국에서 프로레슬링을 수행하고 이듬해 귀국해서 일본프로레슬링협회를 설립한다. 다음해 54년 TV프로에 의한 프로레슬링 방송이 시작된다. 역 앞의 가두TV에 몰린 대중의 모습은 TV와 스포츠의 미래를 예측할 수 있는 텔레비전 여명기를 상징하는 영상이라고 할 수 있겠다.(301쪽 [사진1] 참조)

프로레슬링이란 무엇인가? 프로레슬링의 기원은 19세기 후반 미국에서 서커스 프로그램 중 하나로서 행해지던 카니발 레슬링에 있다. 따라서 순수한 스포츠라기보다는 보여주는 것을 전제로 한 '쇼 · 스포츠'이다. 라고 하더라도 그 구체적인 모습은 경기성이 강하게 부각되는 것부터 오락성을 전면에 내세우는 것까지 다양한 스타일로 행하여진다. 어떠하든 대중심리에 깔려있는 말하자면 무의식적인 "본심本音"에 호소하여 그것을 도발 선동하여 관객을 흥분시킨다. 그리고 관중

의 정신적 에너지를 충만시킨 다음 절정에서 관중이 기대하는 결착決
着을 제공하여 그 에너지를 단숨에 폭발시키는 것이다.

역도산은 당시 미국의 프로레슬링계에서 일본인에게 고전을 면치
못했던 "다고사쿠田吾作스타일"로 소금으로 상대의 눈을 못 뜨게 하는
비겁한 일본인이라는 고정관념을 거부하고 가운을 입고 등장해서 검
은색 롱 타이즈로 싸웠다. 대부분은 미국의 백인으로 이루어진 거대
한 외국인 레슬러의 반칙공격을 견디고 견뎌 마지막에는 "노도怒濤의
가라데 춉"으로 그들을 격퇴하였다. 승리 후의 웃는 얼굴도 멋있었다.
패전 · 점령으로 인해 자신감과 긍지를 잃고 있던 일본인에게 스스로
의 육체를 통해서 그들을 회복시켜주는 드라마투르기Dramaturgie였다.

역도산은 1963년 말 폭력단 구성원에게 칼로 찔린 것이 원인이 되
어 사망했지만 마지막 호적수였던 더 · 디스트로이어와의 세계선수권
시합의 시청률은 64.0%를 기록했다. 또한, 역도산은 한반도 출신이지
만 그것이 널리 알려지게 된 것은 사후 20년 이상이 지난 후였고, 한국
전쟁이 발발한 1950년에는 일본호적을 작성하고 일본으로 귀화했다.

텔레비전 여명기의 인기 스포츠

일본 TV방송 여명기에 있어서 국민대중의 인기를 획득한 스포츠는
프로레슬링, 프로야구, 오즈모(프로스모) 3경기였다.

프로야구는 미국의 의도도 있었고 패전직후 "가와카미川上의 적赤
배트, 오시타大下의 청青배트"를 비롯하여 샌프란시스코 실즈의 방일,
세 · 퍼(센트럴 · 퍼시픽) 두 리그제의 성립 등 인기를 고조시켜 왔다.
그러나 프로야구의 인기를 한층 높일 수 있었던 것은 58년 6대학 야
구 홈런기록을 경신한 나가시마 시게오長嶋茂雄의 요미우리 자이언트

巨人입단, 이듬해 천황관전시합天覽試合과 그 경기에서의 왕(王貞治, 대만출신)과 나가시마의 "아베크 홈런"일 것이다. 이렇게 왕·나가시마가 전성기를 맞이한 60년대 중반부터 70년대 초에 걸쳐 요미우리 자이언츠는 V9의 황금기를 맞이했다.

국기国技 오즈모는 50년대 후반의 인기 요코즈나 도치니시키栃錦, 와카노하나若乃花의 "도치와카 시대栃若時代"부터 60년대의 가시와도柏戸·다이호大鵬의 "하쿠호 시대柏鵬時代"로 이어져 중장년층을 중심으로 꾸준한 인기를 얻고 있었다. TV가 대부분의 가정에 보급된 60년대 고도경제성장기에는 당시 어린이에게 인기 있었던 것의 대명사 '교진(巨人 요미우리)·다이호(오즈모)·다마고야키(계란말이)' 라는 말도 유행했다.

전후 초기 스포츠에 나타난 내셔널리즘

일본의 패전과 연합군에 의한 점령은 일본인, 특히 일본인 남성에게 충격적인 체험이었다. 일본인으로서의 긍지와 자신감을 잃어버리고 패전·점령이 외상체험(트라우마)이 되어 비소감卑小感과 콤플렉스(복합감정, 열등감)가 형성되었다. 막말 이후 구미欧美인에 대한 콤플렉스도 앙진昂進되었을 것이다. 그리고 일본국민의 국가에 대한 일체감은 와해되었지만 국민으로서의 일체감, 같은 일본인이라는 감각은 아직 잃지는 않았다.

그런 일본인의 심리를 보상하는 기능을 담당한 것이 일본인 스포츠 선수의 활약이었다. 우리들 일본인 대표가 세계를 상대로 싸워 승리한다. 패전에 망연자실했던 일본인의 원망願望을 체현하고 한순간이라도 일본인에게 용기를 주고 자신감과 긍지를 회복시킨 것이다. 역도산의 프로레슬링에 대한 열광으로 대표되는 이 시기의 일본의 스포츠에는 내셔널리스틱한(민족주의적인) 심정이 가득 차 있었던 것 같다. 그것은 잃어버린 자긍심을 회복하고 싶다고 하는 '패전국 내셔널리즘'이었다라고 불러야만 하는 것은 아닐까.

3. 1950년대말부터 70년대 중반까지-〈경제성장 내셔널리즘〉의 시대

시대 상황

일본경제는 1950년대 후반부터 성장의 시대로 이행되어 '진무神武경기',[1] '이와토岩戶경기'[2]를 거쳐 60년대의 10년간을 중심으로 석유위기가 있었던 1973년까지 고도성장노선에 매진했다. 60년대 전반에는 환율자유화, OECD(경제개발협력기구)에의 가맹과 도쿄올림픽 개최로 선진국의 일원으로서 인정받게 되었고, 후반의 '이자나기경기'[3] 기간에는 자유주의세계 제2위의 '경제대국'이 되었다. 세계정세는 냉전구조가 완화되기도 했지만, 쿠바위기와 베트남전쟁 등 위기적인 상태가 계속되었다. 국내상황은 경제성장을 배경으로 안정된 자민당정권이 계속되는 가운데 학생들의 반란과 혁신 지사知事의 탄생, 공해문

---

1) 1955년경의 호경기를 일컫는 말. 진무(神武)는 일본개국의 신(天皇).
2) 1958년7월 61년12월의 호경기. 이와토(岩戶)는 일본신화의 천상에 있다는 동굴의 이름.
3) 1965년11월~1970년7월 5년간 계속되었던 일본경제의 호황기를 이르는 용어. 이 기간 중 GNP가 미국에 이어 세계 제2위에 올랐고 소위 경제대국을 이루었다. '이자나기'는 일본신화의 신 아마테라스 오카미(天照大神)의 아버지.

제 등 그에 반하는 사태도 분출하고 있었다. 일본인의 의식은 전후 10년이 경과된 1955년 무렵부터 전후적인 의식이 우세해지기 시작하여 '평화와 민주주의'라고 하는 전후적 가치관은 그 후 20년을 경과하여 일본인들 사이에 정착되어 갔다.

일본 복싱의 황금시대

이 시대의 일본스포츠의 중심이 된 것은 말할 필요도 없이 올림픽이지만 올림픽을 보기 전에 1960년대부터 70년대 거처서 "황금시대"를 맞이한 복싱을 보도록 하자.

시라이 요시오白井義男가 세계왕자의 타이틀을 잃은 1954년 이후, 카네코 시게지金子繁治 · 미사코 히토시三迫仁志 · 야오이타 사다오矢尾板貞雄 등과 같은 좋은 선수가 다수 활약하고 있었지만, 자금부족으로 세계왕좌에 도전할 기회가 적어 왕좌 획득은 이루지 못했다. 62년 파이팅 하라다原田가 세계 플라이급 챔피언 폰 · 킹 핏치Pone Kingpetch에 도전하여 러쉬lash 전법으로 KO승, 일본인으로는 두 번째로 7년10개월 만에 세계 챔피언이 탄생했다. 하라다는 전왕좌와의 리턴 매치에 패배하지만 바로 '가미소리면도기 펀치'의 에비하라 히로유키海老原博之가 폰 · 킹에 KO승, 챔피언은 다시 일본인 손에. 에비하라도 리턴매치에서 패하여 타이틀 방어에 실패하지만 일본복싱계는 황금시대를 맞이하고 있었다.

60년대 전반 텔레비전 보급기, 복싱중계는 주10편이 넘었고 세계적으로 유명한 챔피언이 방일하여 방어전을 치렀다. 다수의 일본인 도전자들은 묻혀 사라졌지만 일본인 복서의 경기력도 향상되었다.

1965년 파이팅 하라다原田는 '황금의 밴텀'이라고 불렸던 무패의 챔

피언 에델·조프레에 도전하여 그를 판정으로 꺾고 두 계급째 제패했다. 하라다는 리턴 매치에서도 승리하고 4번의 방어에 성공했다. 하라다의 타이틀 획득 이후 60년대 후반에는 하와이 출신의 '해머 펀치' 후지 다케시藤猛, 누마타 요시아키沼田義明, 고바야시 히로시小林弘, '신데렐라 보이' 사이죠 쇼조西條正三가 세계를 제패하였고 70년대에 들어서자 오바 마사오大場政夫, 시바타 구니아키柴田国明, 와지마 고이치輪島功一, 갓츠 이시마츠石松, 구시켄 요고具志堅要高 등 개성적인 챔피언을 다수 배출했다. 1970년 전후, 사와무라 타다시澤村忠 등의 킥복싱과 복싱 극화 애니메이션 〈내일의 죠あしたのジョー〉가 젊은이들 사이에서 열광적인 인기를 끈 것도 첨언해 두고 싶다.

이 시대가 되면 패전국으로서의 내셔널리스틱한 요소는 희박해지고 개성적인 선수 각자가 팬들의 취향에 대응하여 인기를 모았다. 그렇다고는 해도 당시의 일본인 대중의 심금을 울리는 선수와 시합은 확실히 존재하고 있었다. 파이팅 하라다와 조프레와의 시합, 3계급 제패를 목표로 했던 조지 파메숀전, 와지마 고이치가 잃어버린 타이틀을 탈환한 오스카 알바라도, 유제두와의 시합이 이에 해당할 것이다. 빈곤 때문에 어린 시절의 고생, 절대적 강자가 아닌 기교와 노력 끝에 잡은 영광, 그리고 몇 번이나 쓰러져도 다시 일어서는 "근성". 요컨대 80년대 초 TV드라마 〈오신〉과도 공통점이 있는 "나니와부시浪花節"였던 것 같은 생각이 든다.

일본 복싱계에서는 70년대까지 16명의 세계챔피언이 탄생하였고 80년대 이후 2015년6월까지 60명 이상의 챔피언이 탄생하였다. 80년대 이후의 챔피언 중에서도 수많은 명선수가 포함되어있음은 틀림없다. 그러나 계급과 단체의 증가 때문에 챔피언의 가치가 저하된 것도 인정하지 않을 수 없지 않은가.

올림픽과 일본인

고대올림픽은 고대 그리스 올림피아에서 기원전 9세기부터 기원후 4세기까지 천년 이상에 걸쳐 스포츠축제로서 4년에 한 번 개최되었다. 19세기말에 프랑스의 쿠베르탱남작이 그것을 모방한 평화의 축제로 세계적인 스포츠대회를 제창했다. 그것을 바탕으로 1896년 제1회 근대올림픽이 그리스 아테네에서 개최되었다. 그 이래 두 차례의 세계대전으로 인해 수차례 중단된 적이 있지만 현재까지 계속되어 2020년 대회는 도쿄개최가 결정되었다(COVID19로 연기됨. 2021년 개최). 동계올림픽은 제1회 대회가 1924년 프랑스 샤모니에서 개최되었고 일본은 72년 삿포로, 98년 나가노 두 차례 개최했다.

일본의 올림픽과의 관련은 상당히 오래되었고, 쿠베르탱 남작의 권유를 받았던 일본인 최초의 국제올림픽 위원회(IOC)위원 가노 지고로嘉納次五郎의 노력으로 1912년 제5회 스톡홀름 대회의 참가가 실현되었다(여자선수의 참가는 28년 암스테르담 대회부터). 이 대회에 출전한 마라톤 선수 가나쿠리사시金栗四三가 레이스 도중에 실종되었는데 55년 후 그것을 알게 된 스웨덴 올림픽위원회가 가나쿠리를 기념식전에 초대하였다. 가나쿠리가 골 테이프를 끊자 '지금 기록은 54년 8개월6일5시간32분20초3, 이것으로 제5회 스톡홀름 대회는 모든 경기가 종료 되었습니다'라는 방송이 흘렀고 가나쿠리가 '먼 도정이었습니다. 그동안 손자가 5명 생겼습니다'라고 스피치한 것은 꽤 괜찮은 이야기였다.

일본은 '나치 독일의 국위발양發揚대회'로 악명 높은 1936년 베를린

대회에서는 육상과 수영에서 금6개, 은4개, 동8개의 메달을 획득했다. 이 대회부터 시작된 라디오방송에서 "마에하타前畑 힘내라!」가 연호된 것은 매우 유명한 에피소드 일 것이다. 이 대회에 관해서 소개하고 싶은 에피소드는 그밖에도 많지만, 지면의 여유가 없다.

4년 후인 1940년 제12회 대회는 하계는 도쿄, 동계는 삿포로로 개최가 결정되어 있었다. 1940년은 일본기원2600년이 된 해이기도 했다. 그러나 중일전쟁의 장기화와 제2차 세계대전으로 인해 어쩔 수 없이 개최를 반납하게 되었다.

전후 일본은 1948년 런던올림픽에는 초대받지 못했고 일본의 올림픽 참가가 인정받게 된 것은 52년 동계 오슬로대회와 하계 헬싱키대회부터이다. 54년에는 60년 하계올림픽 개최지로 도쿄가 입후보했지만 55년 IOC총회에서 로마에 패했다. 1940년의 개최지 반납을 딛고 일본 비원悲願의 도쿄올림픽 개최가 결정된 것은 1959년5월에 뮌헨에서 개최된 IOC총회에서였다. 그 후, 1970년대 중반까지 일본인이 가장 관심을 가진 스포츠는 세계적인 종합 스포츠대회, 올림픽이다.

도쿄올림픽의 성공

제18회 올림픽 도쿄대회는 1964년10월10일 전날 내린 비가 거짓말처럼 활짝 갠 도쿄국립경기장에서 개막했다. 일본은 역도, 레슬링, 유도, 체조 등에서 금16개, 은5개, 동8개의 메달을 획득했다. 금메달 수는 미국과 소련에 이어 세 번째였다.

일본인이 감동한 장면을 몇 가지 소개하도록 하자.

주요 경기인 육상과 수영에서는 함께 마지막 날 동메달 획득에 그쳤지만 남자마라톤 츠부라야 고키치円谷幸吉의 달리기는 압권이었다.

체력에서 뒤떨어진다면 일본인은 정신과 기술에서 우위에 서지 않으면 안 된다. 사무라이나 일본 군인을 연상시키는 풍모로 자위대 소속이었던 츠부라야는 마라톤 경험이 많지 않았기 때문에 그다지 기대되진 않았다. 그런 츠부라야가 지칠대로 지친 모습이었음에도 불구하고 2위로 국립경기장으로 들어왔다. 바로 뒤에는 영국의 히틀리가 따라붙었다. 츠부라야는 '남자는 뒤를 돌아봐서는 안 된다'는 아버지의 교훈을 우직하게 지켜 트랙에서 추월당하고 만다. 3위이었지만 국립경기장에 유일하게 일장기가 휘날렸다.

그 후 츠부라야는 고립무원 상황에 몰리게 되고 요통 등으로 컨디션이 악화되어 예전처럼 달릴 수 없게 되어버렸다. 그리고 멕시코올림픽이 개최된 1968년1월에 스스로 목숨을 끊었다. 그때 그의 유서. '아버님, 어머님 밋카토로로(설날 3일째 참마를 갈아서 만든 음식) 맛있었습니다. (중략) 고키치는 완전히 지쳐버려서 달릴 수 없습니다. (중략) 고키치는 부모님 곁에서 살고 싶었습니다.' 고지식하고 순수하고 금욕적이며 책임감이 강하고 예의바른 고풍의 일본청년이 떠오르는 문장이다.

라이트급輕量級·미들급中量級·헤비급重量級에서 압승한 일본유도는 유도본래의 무차별급에서 61년 세계선수권대회 패覇자 안톤 헤싱크와 맞붙게 된다. 일본인 대표는 가미나가 아키오神永昭夫. 결승전에서 헤싱크는 9분22초, 발목걸이支釣込足에서 가사조르기裂裟固め로 가미나가를 이겼다. 이때 네덜란드 관계자가 시합장으로 뛰어 올라가려고 하지만 헤싱크는 이것을 막았고 승자와 패자 모두 상대를 칭찬했다. '예로 시작해서 예로 끝나는' 유도정신의 조용하고 아름다운 표현처럼 느껴졌다.

헤싱크의 우승에 의해 유도는 국제경기로서 인증 받아 세계로 보급되어 갔다. 72년 뮌헨올림픽에서는 위렘 루스카가 무차별급과 해비급 두 계급에서 우승했다. 이후, 유도는 점점 세계로 확산되었고 현재 세계유도연맹에는 200전후 국가와 지역이 가입하고 있다. 그러나 유도는 세계적으로 보급되었기 때문에 Judo화, 스포츠화 되면서 멋진 기술로 한판승을 지향하는 것으로 상징되는 무도적인 정신은 희박해져 가는 것 같이 여겨진다.

도쿄올림픽 전일본 여자배구팀은 "동양의 마녀"로 불렸던 니치보가이즈카日紡貝塚 여자배구팀을 주체로서 형성되었다. '회전 리시브' 기술과 "오니노다이마츠鬼の大松"라고 불린 감독의 혹독한 훈련을 견뎌낸 "근성"으로 소련 여자팀을 물리치고 금메달을 획득했다. 도쿄대회는 위성중계로 올림픽이 세계로 방송된 최초의 대회인데 여자배구 결승전의 일본의 시청률은 66.8%를 기록했다. 이 숫자는 텔레비전 방송체제가 갖추어진 60년대 이후 스포츠 중계 중 최고 기록이라고 한다.

경기가 종료된 10월24일의 폐막식은 땅거미가 지고 이슬비 내리는 국립경기장에 쇼와천황과 황후의 참관으로 진행됐다. 각 국의 플래카드와 국기가 입장한 후 국가별로 정렬된 선수단이 입장할 예정이었다. 그러나 경기의 중압으로부터 해방된 선수들은 이를 기다리지 못하고 뒤섞인 채 경기장에 입장했다. 기수 최후미의 일본인 선수는 외국인 선수에게 목마를 타고 있다. 다양한 국가와 인종의 선수들이 뒤섞여 어깨동무와 팔을 끼고 입장했다. 동그라미를 만들어 춤을 추는 선수도 있고 퍼포먼스로 주위를 웃기는 선수도 있었다. 무질서했지만 즐겁고 화기애애한 분위기는 '평화의 제전' '세계는 하나, 도쿄올림픽'

이 눈앞에 펼쳐진 듯한 광경이었다. 그 후 올림픽에서는 이러한 "도쿄 방식"을 채용하고 있다.

삿포로 동계올림픽

고도성장도 종언에 이르게 된 1972년에는 삿포로에서 제11회 동계 올림픽이 개최되었다. 일본의 경기결과는 70미터급 스키점프에서 가 사야笠谷 · 곤노金野 · 아오치靑地의 "일장기 비행대日の丸飛行隊"가 금 · 은 · 동메달을 독점 한 것이 최대의 쾌거였다(그 때까지 동계올림픽 에서 일본인이 획득한 메달은 스키의 이가야 지하루猪谷千春의 은메달 하나 뿐). 그러나 그 외에는 "은반의 요정" 재닛 린의 미소와 엉덩방아 가, 그리고 트와 에 모와의 〈무지개와 눈의 발라드〉가 기억에 남는 정 도이며 굳이 말하자면 동계올림픽의 수수한 인상이 남는 대회였다.

고도성장기의 스포츠에 나타난 내셔널리즘

경제성장과 올림픽의 개최와 성공으로 일본인은 상당한 정도의 자 신감과 긍지를 회복했다. 그로인해 일본인 사이에서도 내셔널리스틱 한 감각이 다소나마 고양되었다. 일본인에 대해서 항상 전쟁기에 대 한 반성을 다그치는 『아사히신문』 8월15일의 사설에서조차 유일하게 이 시기만큼은 일본의 내셔널리즘을 적극적으로 주장하고 있다. 이 시기의 일본의 내셔널리즘은 전전의 내셔널리즘의 부활이 아니라 부 정적인 요소는 거의 포함되어 있지 않다. '평화와 민주주의'라는 전후 가치관이 국민사이에 정착해 가는 시기이고 그것과 결합되어 있기 때 문이다. 올림픽에 나타난 일본인의 내셔널리즘은 국제사회를 전제로 마이너스 상태에서 출발한 전후 일본이 국제사회 속에서 "명예로운

지위"를 얻을 수 있었다고 느낀 일본국민의 기쁨의 발현이라고 생각
된다. 이것을 〈경제성장 내셔널리즘〉이라고 부르기로 하자.

4. 1970년대 중반부터 90년경까지 ─ 내셔널리즘 부재 非在의 시대 ─

시대 상황

1970년대 전반, 외환쇼크와 석유위기에 의해 고도경제성장은 종언
되고 세계는 동시불황에 빠진다. 선진국 정상회의(서밋)가 개최되고
각국이 경제협조를 도모하지만 그 가운데 일본만이 불황에서 탈출하
고 안정성장의 노선을 추진하여 자타가 인정한 경제대국으로 발전되
어 갔다. 세계정세는 미·중이 접근하지만 소련의 아프간 침공과 중
거리 핵무기를 둘러싼 냉전 상황이 악화되었다. 일본국내의 상황은
70년대의 보혁백중保革伯仲에서 80년대 자민당의 안정정권으로. 70년
대 후반에는 전후세대가 다수파가 되고 경제성장의 성과가 일본전체
로 파급되어 간다. 80년 즈음부터는 국제사회로의 공헌을 요구받기도
하지만 일본은 국내에 충족되고 80년대 후반에는 '대형경기大型景氣'에
돌입하여 경제대국의 번영을 구가하고 있다.

올림픽의 변용

올림픽은 세계적인 대회로 성장하면서 여러 문제가 발생하게 되었
다. 예를 들면, 1968년 멕시코대회에서는 표창식表彰式이 흑인차별에
대한 호소의 장이 되고 72년 뮌헨대회에서는 이스라엘선수에 대한 테

러사건까지 발생했다. 76년 몬트리올대회는 아프리카 22개국이 보이
콧하고 80년 모스크바대회는 소련의 아프간 침공에 반대하여 서방국
가들이 보이콧하였다. 나아가 84년 로스엔젤로스대회는 지난 대회의
보복으로 소련과 동유럽이 보이콧을 했다. 또한 올림픽이 거대해지면
서 개최도시의 재정부담도 증대되고 76년 대회에서는 큰 폭의 적자를
떠안는 사태가 되었다.

이 재정적 부담에 대처하기 위해서 84년 대회는 조직위원장 피터
유베로스의 지휘하에 올림픽의 상업화, 쇼 비즈니스화를 추진하여 흑
자전환에 성공하였다. 그리고 그 흐름을 타고 선수의 프로화도 진전
되었던 것이다.

이러한 올림픽의 변용에 따라 일본인의 올림픽에 대한 생각도 변화
해 갔다. 올림픽을 이전과 같이 이상화·신성시하는 것은 없어졌으며
스포츠경기의 큰 대회 중 하나에 불과하고 일본인선수가 활약하면 관
전해 보려고 하는 냉정하고 객관적으로 보게 되어 온 것이다.

프로야구의 전성숲盛과 고교야구의 인기

구미에서 이입移入된 근대스포츠 중에서 일본인에게 가장 친숙한 스
포츠는 뭐니 뭐니 해도 야구일 것이다. 일본에는 1871년에 전해졌다
고 알려져 있기 때문에 상당히 오래되었다. 야구가 고등학교로 전해
지고 보급된 경위도 있고 전후 1950년대까지는 동경6대학을 중심으
로 한 학생야구가 '직업야구'라고 불렸던 프로야구보다 권위도 인기
도 있었다. 그러나 50년대 후반부터는 텔레비전 방송과 나가시마長嶋
와 오우王貞治를 시작으로 하는 많은 스타선수의 등장에 의해 프로야
구 중심으로 변화했던 것이다.

1965년부터 73년의 페넌트 레이스 일본시리즈 9연패(V9)를 중심으로 70년대 중반쯤까지는 교진巨人 일변도였지만 프로야구의 인기는 다른 구단으로도 국민 전체로도 확대되어 갔다. TV방송을 의해서 경기의 룰이나 선수가 널리 알려지기 시작했고 60년대의 만화나 애니메이션의 영향도 있었을 것이다. 히로시마 카프의 팬에 의해 시작된 일본의 응원 풍경으로 정착한 관객참가의 악기와 함께 응원하는 영향도 있었을 것이다. 오우 사다하루가 홈런 기록을 세우기도 하는 등 일본에 있어서 프로야구 인기는 교진 인기의 시대를 포함하여 반세기 이상 계속되고 있는 것이다.

고교야구가 국민의 주목을 받게 된 계기는 60년대 말 제51회 전국 고교야구 선수권 결승에서 마츠야마 상업松山商業과 미사와 고등학교三澤高校가 연장 18회의 사투를 펼친 것일 것이다. 혼자서 끝까지 던져서 패한 미사와의 오타 코지太田幸司는 일약 "비극의 영웅"이 되었다. 그 후에도 고시엔甲子園에서는 에가와 스구루江川卓, 아라키 다이스케荒木大輔, 구와타 마스미桑田眞澄, 기요하라 가즈히로淸原和博, 마츠자카 다이스케松坂大輔를 비롯하여 많은 화제의 선수가 등장했다. 고교야구의 인기는 국내 로컬리즘(지역주의) 요소가 작동하고 있는지도 모르겠다.

스모 인기의 고조

50년대의 "도치와카栃若시대", 60년대의 "하쿠호우柏鵬시대"를 거친 오즈모大相撲 프로스모는 70년대에는 첫 학생출신 요코즈나橫綱 천하장사 와지마輪島와 몸이 크고 힘이 센 아이였던 기타노우미北の湖의 "린코輪湖시대"를 맞게 된다. 이 시대에는 오제키大關 2번째 장사 다카노 하나貴ノ

花도 스모 인기를 한층 높였다. 또한 72년에는 동아시아 이외에서 처음으로 마쿠우치幕內 선수인 다카미야마高見山가 마쿠우치 최고 우승을 차지했다. 제시 다카미야마는 큰 몸집으로 강할 때는 압도적 파워를 발휘하지만 약할 때는 하반신의 약함을 드러내 간단하게 패한다. 애교 있는 성격과 모두가 인정하는 인내심으로 일본인 누구에게나 사랑받았다.

80년대에 들어서자 70년대의 탈구脫臼벽을 극복하고 근육 갑옷을 몸에 두른 날쌔고 정한精悍한 얼굴생김의 치요노후지千代の富士가 젊은 세대 특히 여성들로부터 지지를 받아 "울프 휘바wolf fever"를 일으켰다. 81년 정월 시합의 마지막 날千秋樂 기타노우미와의 우승 결정전에서 승리하여 첫우승을 차지했던 날 TV시청률은 오즈모大相撲 최고시청률인 52.2%를 기록했다.

82년에 입문한 미국출신 고니시키小錦는 신제자新弟子검사에서 체중계로 잴 수 없을 정도의 중량을 살려 스피드 출세하자마자 마쿠우치에 오른지 두 번째 시합 84년9월 시합에서 첫 대면한 치요노후지와 다카노사토隆の里로부터 승리金星를 빼앗아 12승 3패로 수훈상殊勳賞·감투상을 획득, "흑선도래黑船襲來"라 불리며 일본인에게 충격을 주었다. 200킬로를 훌쩍 넘는 사상 최대의 체구로 '스모는 싸움fight'라는 과격한 발언으로 "품격"이 문제가 되기도 했다. 86년 오제키大關 승진을 건 기타오北尾와의 대전에서 오른쪽 무릎 인대를 다친 이후 후유증으로 고생하게 되었다. 2시합을 쉰 후, 5시합을 연속 10승 이상의 좋은 성적을 올려 외국출신 리키시力士로서 첫 오제키 승진을 달성했다. 나아가 천하장사 요코즈나에 도전은 89년부터 시작된다. 같은 해 11월 시합에서 소원하던 마쿠우치 우승을 장식하고, 요코즈나 첫 도전을 했지만 10승 5패의 성적으로 끝나면서 실패. 치요노후지의 은퇴 후, 91년 11월에 두 번째 우승, 다음 해 92년 첫 시합에서는 준우승, 그 다음시합에서는 3위로 12승3패, 3월 시합에는 13승 2패로 세 번째 우승. 요코즈나에 천거되었어도 이상하지 않을 성적이었다. 그러나 '오제키로 두 시합 연속 우승'이라는 내규를 충족하지 못한 것도 사실이다. 당시 "인종차별"이라고 비판하는 의견도 있었지만 그것은 반드시 타당하다고 할 수 없다.

프로레슬링 인기의 부활

역도산 사망 후의 프로레슬링계는 짧은 도요노보리(豊登)시대를 거쳐 자이안트 바바ジャイアント馬場와 안토니오 이노키アントニオ猪木의 BI포砲, 유도의 사카구치 세이지坂口征二, 요시무라 미치아키吉村道明, 오오키 킨타로大木金太郎, 김일 등에 의해서 인기를 되찾았고, TV중계도 1960년대 말에는 다국 방송체제가 되었다.

70년대에 들어서자 72년에 이노키가 새로운 조직 신일본 프로레슬링을 설립했다. 바바는 전일본 플로레슬링을 설립했다. 안토니오 이노키는 전 국제프로레슬링의 스트롱 고바야시ストロング小林와 에이스 대결, 오오키 킨타로와의 설욕전이나 칼 곳치Karl Gotch, 빌 로빈슨Bill Robinson과의 스트롱 스타일 시합을 통해서 인기를 높여 갔다. 76년의 유도 금메달리스트인 윌리암 루스카William Ruska전을 시작으로 복싱 세계챔피언인 무하마드 알리Muhammad Ali전, 80년 "곰죽이기熊殺し" 윌리 윌리엄스Willie Williams전으로 이어지는 일련의 '격투기 세계제일의 결승전'은 긴장감 있는 경기였다. 신일본 플로레슬링의 매트에는 사카구치 세이지坂口征二 · 후지나미 다츠미藤波辰巳 · 쵸슈리키長州力 · 타이거

마스크 등 인기 레슬러도 등장하고 있다.

한편 자이언트 바바의 전일본프로레슬링은 '인간발전소' 브르노 산마르치노Bruno Sammartino, '철의 손톱' 브리츠 펀 에릭Fritz Von Erich 등등 화려한 외국인 레슬러를 계속해서 초빙하여 미국 스타일의 프로레슬링을 전개했다. 허술했던 일본세勢는 뮌헨 올림픽 프로레슬링 일본대표였던 츠루타 토모미鶴田友美가 미국 훈련에서 귀국하여 점보 츠루타 ジャンボ鶴田라는 이름으로 출전했다. 바바, 츠루타 외에도 텐류天龍, 와지마輪島, 오니타 아츠시大仁田厚, 미사와 미츠하루三澤光晴도 합류했다.

강호 외인 레슬러 대 일본인이라는 구도는 1950년대 역도산시대부터 60년대·70년대를 거쳐 변화하지 않았다. 그러나 고도경제성장을 거쳐 70년대 일본대중의 의식과 50년대 서민의 감각과는 전혀 달랐다. 패전국 콤플렉스는 거의 소멸했고 관객과 레슬러와의 일체감, 관객끼리의 일체감도 사라졌다. 일본인 레슬러의 체격도 외국인에 비해 크게 뒤지지 않았고 링네임만 해도 순수하게 일본적이지도 않다. 팬의 의식에 있는 것은 각각의 개성을 가진 강력한 레슬러에 대한 개인적인 공감과 동경이다. 때문에 스턴 한센Stan Hansen이나 브루저 브로디 Bruiser Brody 등의 외국인 레슬러도 많은 일본인 팬을 확보하고 있었던 것이다.

시대가 1990년대로 바뀌게 될 즈음, 위대한 프로레슬러들이 일선에서 물러났다. TV방송은 골든타임에서 심야시간대로 이행되게 되었고 중계 회수도 감소, 이윽고 철수하게 되었다. 종합격투기나 K1 등의 다른 격투기에게 그 지위를 빼앗기기도 했다. 이렇게 해서 현재의 프로레슬링은 많은 단체가 임립하여 특정 애호가가 경기장에서 즐기는 흥행으로 변화되었다. 허전한 일이다.

대학 럭비의 인기

영국의 퍼블릭 스쿨인 럭비학교 발상의 럭비풋볼은 19세기 후반에 손의 사용을 둘러싸고 축구와 결렬하여 다른 길을 걷게 된다. 나아가 럭비는 '유니온'과 '리그'로 분기한다. 유니온은 옥스퍼드대학과 캠브리지대학의 대항전으로 대표되는 것에서 나타내고 있듯이 영국 남부의 상류·중류계급을 모체로 하여 15인제로 몰과 럭을 인정하여 1995년까지 아마추어리즘을 표방해 왔다. 일본의 럭비는 물론 이 유니온 쪽에 속한다.

전후 일본럭비는 60년대에 들어서 캐나다·뉴질랜드로 원정이 본격적으로 재개되었다. 뉴질랜드 원정에서 당시 '재팬'이라 불리게 되었던 전全일본은 사카타 요시히로坂田好弘의 활약으로 올블랙스 주니어에게 승리했다. 나아가 일본대표는 69년에 개최된 제1회 아시아선수권과 이듬해 70년 제2회에 연승하고 71년에는 일본을 방문한 잉글랜드대표를 상대로 3대 6으로 크게 건투했다. 70년대 중반 무렵까지 일본럭비는 프랑스, 오스트레일리아 등의 강호국과도 꽤 선전하고 있었다.

대학럭비에서도 일본 최강을 결정하는 대학선수권이 64년부터 시작되어 출전범위가 관동 2개교, 관서 2개교에서 점차 확대되어 갔다. 70년대 후반에는 대학 진학자 증가를 배경으로 대학럭비의 인기가 비등해졌다. 소게이전早慶戰, 와세다·게이오대학, 소메이전早明戰, 와세다·메이지대학 등 전통교의 대항전은 매회 국립경기장에 초만원의 관중을 모았다. 사회인 럭비도 78년부터 마츠오 유지松尾雄治의 신닛테츠 가마이시新日鐵釜石, 88년부터 히라오 세이지平尾誠二의 고베제강의 7연패로 인기를 모아 실력적으로는 학생을 능가하게 되었다.

1980년 전후의 "대학 럭비 붐"에 반하여 70년대 후반이후의 럭비 일본대표는 아시아 이외에서는 거의 승리할 수 없는 상황이 계속되었다. 87년에는 4년마다 개최되는 '유니온'월드컵도 시작되어 '재팬'은 이후 8대회 모두 출전하고 있다. 제7회 대회까지 성적은 짐바브웨에 1승, 캐나다와 2번 무승부였을 뿐이고 95년에 뉴질랜드전의 대패를 포함해서 21패이다. 그러나 2015년 제8회 대회에서는 우승후보 남아프리카를 비롯해 사모아, 아메리카에 승리하고 결승전에 올라가진 못했지만 약진을 이루었다고 볼 수 있다.

내셔널리즘 부재의 시대

이 시대 일본의 인기 스포츠는 정기적으로 TV에서 방송되는 야구와 스모, 프로레슬링이고 일본사회 전체가 일본국내에선 충족되고 경제적 번영을 향수하던 상황을 배경으로 일본 스포츠도 국내에서 충족되고 있었다. 전후세대가 국민의 과반수를 차지하게 되고 개인주의적 감각이 만연하고 있었던 것도 배경에 있었을 것이다. 이 시대의 일본 스포츠에는 내셔널리즘적인 요소, 특히 타자에 대항하는 내셔널리즘은 거의 존재하지 않았던 것으로 생각된다.

한신 우승 때의 랜디 바스Randy William Bass나 오즈모의 다카미 야마高見山, 밀 마스카라스Mil Máscaras나 펑크스Funks 등의 외국인 레슬러는 일본스포츠에 활력을 불어넣어 일본인으로부터도 사랑받았다. 유일하게 고니시키小錦가 한때 반발을 샀지만 나중에는 인기인이 되었다.

5. 헤이세이平成시대-"보통 내셔널리즘" 대두의 시대

시대 상황

1989년헤이세이 원년은 쇼와 종언의 해이면서 천안문사건 · 동유럽의 민주화 · 베를린 장벽의 붕괴가 진행되었고 동서냉전이 종결된 해이기도 했다. 이후 세계는 보더리스 글로벌리제이션borderless Globalization, 지구화의 진행과 동시에 민족 · 국가의 이해 대립이 현재화되고 테러나 분쟁으로 분출하는 시대가 되었다. 일본국내에서는 버블경제가 붕괴하고 긴 헤이세이 불황에 빠지면서 55년 체제의 종언, 정치적 혼미가 계속되었다.

2000년대에 들어서자 고이즈미小泉수상의 인기에 힘입어 국내정치는 일시적으로 안정되었지만 자민당과 민주당 사이에서 2번의 정권교체가 이루어졌다. 세계정세는 이슬람의 "동시다발 테러"에 의해 격동의 시대로 돌입한다. 일본 주변에서도 북한에 의한 일본인 납치가 명확해졌고, 1980년대 이후 중국 · 한국 양국과 일본의 일부 매체의 반일적 발언이 강경해졌고 근년 한중 양국은 그 행동을 더욱 격화시키고 있다.

헤이세이 시대의 오즈모 – 와카若 · 다카貴 VS 하와이세勢

외국인으로 첫 요코즈나가 된 아케보노曙는 1988년3월 시합에서 첫 씨름판을 밟았다. 동기로 입문한 선수는 와카노하나若乃花, 다카노하나貴乃花, 가이오魁皇 등이 있다. 아케보노는 2미터가 넘는 체격과 긴 팔을 이용한 츳빠리突っ張り 기술로 90년3월에 신쥬료新十兩, 같은 해 9월 시합에서는 와카하나다若花田 후에 若乃花와 동시에 신뉴마쿠新入幕 첫등판를 결정지었다. 뉴마쿠入幕 등판야말로 다카하나다貴花田 후에 貴乃花에게 약간 뒤지긴 했지만 92년5월 시합에서는 13승2패로 첫 우승을 차지하여 오제키大關로 승진한다. 이례적으로 빠른 출세이다. 신오제키新大關 시합에는 훈련 중에 발가락을 골절하여 할 수 없이 결장했다. 다음 시합에서 오제키 탈락의 위기를 겨우 면하고 11월 시합에서 두 번째 우승. 다음 해 93년 첫 시합 최종일 마지막 한 판에서 세키와케關脇 다카하나다를 압도, 오제키로 두 시합 연속 우승을 하고 제64대 요코즈나로 천거推擧되었다. 요코즈나 자리가 계속해서 공석이기도 했고 "수월하게" 승진이 정해졌다. 요코즈나로 승진했던 해는 세 번째 시합인 여름 시합夏場所부터 3연패, 연간 최다승도 차지했다. 또한 다음 해 11월 시합까지 11시합에 걸쳐 1인 요코즈나의 중책을 훌륭하게 수행했다.

　제45대 요코즈나 초대 와카노하나若ノ花를 백부로 두고 오제키 다카노하나貴ノ花를 아버지로 둔 와카노하나若乃花와 다카노하나貴乃花는 1988년3월 첫 씨름판을 밟았다. 다카하나다는 수많은 최연소기록을 갱신하고 93년 첫 시합 후에, 아케보노의 요코즈나와 동시에 오제키에 승진, 아버지와 같은 이름 다카노하나貴ノ花로 개명했다. 오제키 승진 후에 다카노하나貴ノ花는 3회 우승하고 요코즈나 획득에 도전했지만 실패하거나 보류되어 츠나도리綱取り, 橫綱 까지는 이르지 못했다. 다카노하나는 94년9월 시합에서도 사상 최연소로 첫 전승우승을 기록했지만 요코즈나심의회에서는 유보되고 다카노하나로 개명한다. 그리고 이듬해 11월 시합에서도 전승을 이루고 오제키로서 두 시합 연속 전승우승, 이견 없이 요코즈나로 천거되었다.

　형 와카하나다도 88년 봄 시합春場所 첫 경기. 동생 다카하나다에게 한 발 뒤쳐졌지만 93년3월 시합에서 14승1패로 첫 우승을 차지하고 와카노하나로 개명한다. 다음 시합에서 신新세키와케로 10승5패, 다음 여름시합에서는 13승2패로 요코즈나 아케보노・오제키 다카노하나와 함께 우승 결정전에 출전했다. 우승은 못했지만 3역三役으로 3시합에서 합계 37승8패라는 좋은 성적을 내고 오제키로 승진했다. 오제키시절에는 나름대로의 성적을 남겼지만 부상에 시달리는 경우도 많아 이듬해에는 와카노하나若乃花로 개명한다. 95년11월 시합에서는 동생 다카노하나와 우승 결정전에서 승리하여 두 번째 우승. 97년 첫 시합에서도 우승했지만 결국 츠나도리는 실패하였고 '요코즈나는 기대할 수 없는가'라는 말이 나오기도 했다. 그러나 98년3월 시합에서 14승1패로 우승하고 5월 시합도 12승3패로 우승, 두 시합 연속 우승을 차지했다. 후자는 낮은 레벨의 우승이라며 보류해야 한다는 의견도 있었지만 시합이 끝나고 제66대 요코즈나로 천거되었다. 사상 첫 "형제 요코즈나"가 탄생하였다.

아케보노와 같은 하와이 출신의 무사시마루武藏丸는 1989년9월 첫 경기. 91년 신뉴마쿠, 92년 신고무스비小結・신세키와케로 순조롭게 승진하였고 93년은 조금 답보상태였으나 94년 첫 시합이 끝나고 오제키로 승진한다. 같은 해 여름시합에서는 외국인 리키시로서 첫 전승 첫 우승도 달성했다. 그 때는 츠나도리에 실패하였고 이후 두 번의 츠나도리에도 실패했다. 그러나 99년3월 시합 마지막 날, 무사시마루・다카노나미貴ノ浪가 승점이 같은 두 오제키의 결승전에서 승리하여 13승2패로 우승하였고 시합이 끝나고 제67대 요코즈나로 천거되었다. 오제키 재위 32번째 시합에서 승진, 외국인 출신 선수 두 번째 요코즈나 탄생이었다.

1992년에서 첫 시합에서 2002년9월 시합까지 와카노하나(5회), 다

카노하나(22회), 아케보노(11회), 무사시마루(12회)로 4명의 리키시
가 50회의 우승을 달성했다. 1990년 헤이세이 초기에는 국기 오즈모
를 대표해서 각계角界 굴지의 혈통을 계승하는 "와카다카 형제"와 "하
와이세勢"의 대결 양상을 보였고 와카·다카 두 사람이 간신히 국기로
서의 면목을 유지한 형태였다.

21세기의 오즈모 – 몽골 리키시 석권

2000년대에 들어서 고토오슈琴歐州, 불가리아 08년5월 시합 우승, 하루토杷
瑠都, 에스토니아 12년 첫 시합 우승 등, 유럽출신 스모선수도 합류했다. 그러
나 2000년대 이후 특필할만한 사항은 뭐니 뭐니 해도 몽골인 스모선
수의 석권일 것이다. 교쿠슈잔旭鷲山, 교쿠텐호旭天鵬, 12년5월 시합, 37세8개
월에 첫 우승 등 1990년대부터 대두하고는 있었다.

1997년 일본고등학교로 스모유학을 온 아사쇼류朝靑龍는 99년에 스
카우트되어 와카마츠베야若松部屋소속으로 입문하게 되었다. 다양한
기술과 스피드로 2001년 첫 시합에서 신뉴마쿠, 5월 시합에서 신고무
스비를 차지하면서 출세가도를 달렸다. 02년 첫 시합에 몽골출신 스
모선수로서 첫 세키와케. 세키와케를 4시합에서 통과하여 오제키로.
신오제키 시합에서 10승5패로 끝났지만 다음 11월 시합에서 14승1패
로 첫 우승을 하자 03년 첫 시합도 14승1패로 연속 우승을 차지하게
된다. 요코즈나로 승진할 때는 그의 품격을 문제 삼는 의견도 있었지
만 몽골인으로서 처음인 제68대 요코즈나가 탄생했다. 요코즈나 승진
후에는 가끔 문제를 일으키긴 했지만 05년 연간 6시합 완전우승과 7
연패 등 수많은 기록을 경신하였다. 2010년 첫 시합, 아사쇼류는 13승
2패로 25회째 우승을 달성한다. 그러나 시합이 끝나고 시합기간 중에

폭력사건을 일으켰던 것이 발각되어 은퇴를 표명했다.

몽골스모의 요코즈나이자 몽골 첫 올림픽 메달리스트의 아버지를 둔 하쿠호白鵬는 2000년에 일본에 왔다. 당시 체구가 작았던 하쿠호를 받아들이는 헤야部屋소속팀는 없었지만 지인의 도움으로 연고를 찾아 약소한 미야기노베야宮城野部屋의 입문을 허락받았다. 입문 후에는 체격도 급격히 커지고 훈련도 열심히 해서 빠르게 소질을 꽃피워갔다. 04년5월 경기 신뉴마쿠, 05년 첫 시합에서 신3역新三役, 3월 시합에서는 세키와케로 승진한다. 오제키에는 실패하고 일단 히라마쿠平幕로 떨어졌지만 이듬해 06년3월 시합 최종일 13승2패로 아사쇼류와의 우승결승전에 임했다. 아사쇼류에게 패했지만 시합이 끝난 후 오제키 승진을 이룬다. 이 결정판의 몽골국내 시청률은 93%에 달했다고 한다. 신오제키 5월 시합에서 첫 우승을 하지만 츠나도리에는 실패했다. 잠시 정체하였지만 07년2월에 결혼한 후, 3월 시합과 우승결정전에서 아사쇼류를 누르고 두 번째 우승. 5월 시합은 첫 전승으로 연속우승을 달성하였고 제69대 요코즈나로 천거되었다. 하쿠호는 요코즈나 승진 후에도 안정된 힘을 계속 보여줬고 후타바야마双葉山의 69연승에 이어 63연승을 기록, 타이호大鵬가 보유하고 있던 32회 우승 횟수를 경신하는 등 수많은 기록을 갈아치웠다.

아사쇼류·하쿠호 이후에도 12년 가을시합에서 하루마부시日馬富士가 두 시합 연속 전승우승을 달성하였고 14년 봄시합에서는 가쿠류鶴龍가 이전 시합에서 14승1패로 준우승, 동시합에서 14승1패로 우승했는데 각각 제70대·71대 요코즈나로 천거되었다. 4대 연이어 몽골출신 요코즈나가 탄생했고 현역 요코즈나 3명 전원이 몽골출신인 것이다. 그에 대해 "국기"오즈모라고 하면서 제66대 와카노하나 이래 일본

인 요코즈나는 한 사람도 탄생하지 않았고 마쿠우치 우승자도 2006
년 첫 시합 도치아즈마栃東 이후 나오지 않고 있다. 일본인 스모선수의
대두를 기다리는 소리도 많지만 후원기업 현상금이 증가하고 "만원사
례"가 되는 경우도 많고 TV시청률도 안정되고 있다.

축구와 일본

　1860년대에 통괄조직과 통일 룰이 정립된 축구soccer는 대영제국의
세계제패와 함께 유럽각지에서 남미·아시아 그리고 세계각지로 전
파되어갔다. 현재 국제축구연맹(FIFA)에는 209개의 국가와 지역 축구
협회가 가맹되어 대부분의 국가에서 국가대표 선수단(내셔널 팀)이
결성되어 있다.

　축구soccer는 성립당초의 1870년 잉글랜드와 스코틀랜드 사이에서
첫 국제경기가 열린 이래 국제적인 시합이 성행하였다. 최초로 개최
되었던 축구세계대회는 올림픽이다. 1896년 제1회 아테네대회부터
수회는 공개경기로, 1908년 런던대회부터는 공식경기로 채용되었다.
그러나 올림픽헌장에는 아마추어 조항이 있어서 프로선수의 참가가
금지되어 있었기 때문에 올림픽 우승국을 세계최강으로 볼 수는 없었
다. 그래서 1904년에 결성된 FIFA는 1930년에 진정한 축구 세계최강
국을 결정하기 위해서 월드컵을 개최했다. 덧붙이자면 제1회 월드컵
우승국은 우루과이이다.

　일본으로 축구가 전래된 것은 몇 가지 설이 있지만 1873년 영국해
군군사고문단이 도쿄의 해군병학교 기숙사에 소개한 것이 시초라고
알려져 있다. 그 이후에 고베·요코하마 등의 항만도시에서 외국인에
의해 행해졌지만 고베시의 효고현신죠兵庫県尋常 사범학교(고베대학

전신)에 도입되었고 동경고등사범학교(현 츠쿠바대학교)를 시작으로 전국의 사범학교 · 중등학교 · 고등학교로 보급되어 갔다.

1917년에는 동경고등사범학교가 제3회 극동선수권 싸커경기에 출전했는데 이것이 일본대표 팀이 처음으로 참가한 국제시합이라고 알려졌다. 18년에는 후에 전국고등학교 싸커 선수권대회가 되는 축구대회가 개최되어, 21년에는 일본싸커협회의 전신인 대일본 축구협회가 창설되었다. 천황배 전일본싸커 선수권대회의 전신, 아식축구association football전국 우승경기대회가 개최된 것도 같은 해이다. 23년 제6회 극동선수권시합은 일본에서 첫 국제 A매치로 인정되었고 27년의 제8회 대회에서는 필리핀을 꺾고 국제대회 첫 우승을 차지하게 된다. 29년에는 FIFA에 가맹했지만 제2차 세계대전 때에 구미스포츠가 "적성문화敵性文化"로 여겨지는 풍조가 있어서 FIFA를 탈퇴했다. 그리고 제2차세계대전후 1950년에 대일본축구협회는 일본축구협회로 명칭을 변경하여 FIFA에 재가입 했다. 일본싸커가 월드컵 예선에 처음으로 참가한 것은 전후 54년 제5회 대회이다. 대만中華民国이 출전을 포기하고 한국과의 결전이었지만 일무일패로 본선 진출을 하지 못하였다.

일본싸커 대표는 올림픽 첫 출전인 1936년 베를린올림픽에서 우승후보중 하나인 스웨덴을 꺾었는데 이 시합은 "베를린의 기적"이라고 칭하여져 많은 사람들의 기억에 새겨져 있다. 1964년 도쿄올림픽. 일본은 예선그룹에서 강호 아르헨티나에 역전승, 베스트8에 올랐다. 다음 해 일본싸커 리그의 창설. 그리고 68년 멕시코 올림픽. 대회 득점왕이었던 가마모토 구니시게釜本邦茂와 스기야마 류이치杉山隆一의 활약으로 일본은 아시아 첫 동메달을 획득했다. 일본팀은 스포츠맨십도 칭찬받아 첫 페어플레이 상도 수상했다. 1970년대와 80년대는 일본 축구가 침체되었던 시대이고 "겨울의 시대"라고 평가되고 있다.

J리그의 탄생과 "도하의 비극"

1993년 일본에도 프로싸커 리그 'J리그'가 탄생했다. J리그는 일본싸커의 수준향상과 축구보급뿐 아니라 국민심신의 건전한 발달에 기여, 풍요로운 스포츠 문화의 진흥, 나아가서 국제사회에 있어서 교류와 친선에 공헌한다고 하는 장대한 이상을 내걸고 지역에 밀착된 10개의 클럽 팀으로 출발했다. 개막시합은 시청률 32.4%를 기록, "J리그 붐"을 불러일으켰다. 붐은 수년 만에 수습되지만 '백년 구상'아래 참가팀을 착착 늘려 99년에는 2부제로 이행, 2014년에는 J3를 신설하여 20년 현재 국내 37개 지역都道府県에 본거지를 둔 J1(18), J2(22), J3(12) 계52팀이 J리그에 가맹되어 있다.

그러나 J리그 탄생이상으로 일본인에게 충격을 안겨준 것은 같은 해 10월28일 심야, 카타르에서 있었던 "도하의 비극"이었다. 94년 월드컵을 향한 아시아 최종예선 마지막 시합 이라크전. 이 한 시합만 이긴다면 첫 월드컵 출전이 결정되는 일본은 후반 45분까지 2대1로 이기고 있었다. 곧 경기가 종료되는 로스타임, 쇼트 코너에서 센터링에 맞춰 이라크 FW 오와이란의 헤딩 볼이 일본골대로 빨려 들어갔다. 이 시합에서 무승부였던 일본대표는 거의 다 잡은 염원의 월드컵 본선 출전을 놓치고 무너지고 말았다. 이 시합의 시청률은 48.1%를 기록했지만 이것을 목격한 일본인들은 국제시합의 스릴과 흥분을 알게 되었다. 환희와 낙담과 충격을 알게 되었다. 그리고 국제시합으로 인한 국민의 일체감을 알게 되었던 것이다.

그 후, 일본대표는 "조호르바르의 환회"로 이란과의 플레이오프에서 승리하여 98년 프랑스월드컵에 첫 출전. 이후 5회 연속출전을 달성하였고 2002년 한일대회와 10년 남아프리카 대회에서는 예선리그를 돌파하여 베스트16에까지 진출했다. 2002년 제17회월드컵은 한일양국의 "공동개최"로서 일본과 한국에서 진행되었다. 또한, 올림픽 남자축구는 90년대 이후 U23(23세 이하)대회가 되었는데 일본은 96년 애틀랜타올림픽에서 멕시코올림픽 이래 28년 만에 출전을 이루어 이후 5회 연속 출전하고 있다.

여자축구와 '나데시코(일본여성)'의 활약

여자축구는 1970년대 이후 여성해방의 추세로 인해 잠시 폐쇄되었던 경기개최가 다시 개방되어졌고 유럽이나 미국을 중심으로 발전하고 있었다. 그리고 90년대에 들어서 91년 제1회 여자싸커 세계선수권 (후에 FIFA 여자월드컵으로)이 중국에서 개최되었고 96년 애틀랜타 올림픽에서는 정식경기로 채용되었다.

일본에서도 70년대부터 여자축구팀이 탄생하였고 79년에 일본여자싸커연맹이 설립되어 80년에는 전일본여자싸커 선수권대회도 개최되었다. 81년 제4회 아시아여자선수권이 열릴 즈음 처음으로 정식 여자대표팀이 결성되자 대표는 국제시합의 경험을 쌓아 서서히 경기력을 향상시켜 갔다. 2000년대에 들어서 "나데시코"의 애칭하에 국제대회에서도 좋은 성적을 거두었다. 그리고 2011년 여름 제6회 여자월드컵 · 독일대회에서 세계가 놀란 '패스싸커'로 우승, 사와 호마레澤穂希가 대회 MVP와 득점왕에 빛났다. 일본여자의 우승은 동일본 대지진으로 망연자실했던 일본인들에게 힘과 용기를 주었다. '나데시코'는 국

민영예榮譽상을 수상하였고, 다음 해 12년 런던올림픽에서도 은메달을
획득, 나아가 15년 캐나다 월드컵에서도 은메달을 획득했다.

헤이세이시대의 야구

쇼와 종반의 버블기에 최전성기를 맞이했던 일본프로야구는 세·
파(센트럴 리그와 퍼시픽 리그) 양리그의 리그전과 일본시리즈의 인
기에 의해 일본국내로 충족했지만 1995년 노모 히데오野茂英雄가 메이
저리그에 들어가 "토네이도 선풍"을 일으켰다. 이에 자극받아 이후 50
명 정도의 일본인이 메이저리그에 도전했다. 전체적으로 투수진은 좋
은 컨트롤과 변화구를 살려서 상당히 건투했지만 타격진은 파워가 부
족하여 이치로 이외는 그다지 좋은 결과를 내지 못했다. 마츠이 히데
키松井秀喜조차도 홈런을 양산하고 있지는 못했다.

싸커의 국제성에 대항하는 까닭도 있어서 2006년에는 야구의 국제
대회 제1회 WBC(월드 베이스볼 클래식)가 개최되었다. 대회의 결승
전은 일본과 쿠바의 대결에서 일본이 우승을 장식했다. TV시청률도
43.4%를 기록했다. 09년 대회에서도 결승에서 일본이 한국을 꺾고 2
연패를 달성했다. 그러나 2013년 제3회 대회결승은 도미니카공화국
대 푸에르토리코로 일본은 3위로 만족해야 했다. WBC는 메이저리거
의 대부분이 출장을 사퇴하는 등 많은 과제를 안고 있어 본 고장인 미
국에서는 거의 주목받지 못했다. 일본에서의 관심도 점차 저하되고
있다.

프로야구의 인기는 21C에 들어 급속하게 저하되고 있다. TV시청률
은 하락하였고 통상의 리그전에서 20%를 넘는 일은 없어졌으며 지상
파 중계수는 삭감되었다. 그것이 상승작용하여 현재는 프로야구의 지

상파방송은 격감하였고 시청률이 10%를 넘는 일도 드물어졌다. 일본 여자가 금메달을 획득했던 런던대회를 마지막으로 야구와 소프트볼은 올림픽 정식경기에서 제외되었다. 신문·TV 등의 매스미디어의 지원이 있기 때문에 보도량은 여전히 많지만 야구가 위기적 상황에 놓여있다는 것은 부정하지 않을 수 없지 않은가.

근년의 인기스포츠

근년 인기 있는 스포츠를 보도록 하자.

피겨스케이트는 동계경기 중에서는 하라다 마사히코原田雅彦·후나키 가즈요시舟木和喜 등이 금메달을 획득했던 스키 점프, 시미즈 히로야스清水宏保가 금메달을 획득했던 스피드 스케이트 500미터와 함께 이전부터 인기 있는 종목이었다. 70년대에 활약한 와타나베 에미渡辺繪美, 89년 세계선수권 우승과 92년 알베르빌 올림픽에서 은메달을 획득했던 이토 미도리伊藤みどり, 2006년 토리노 동계올림픽 여자피겨 싱글에서 아시아인 최초 금메달을 획득했던 아라카와 시즈카荒川静香 등의 선수가 활약했다.

2005년 세계주니어 피겨스케이트 선수권에 첫 출전한 아사다 마오淺田眞央는 동 대회에서 첫 우승했다. 다음 해 06년 올림픽에는 연령제한에 의하여 출전하지 못했지만 전일본선수권에서는 우승했다. 아사다는 여자선수로서 최고도의 기술을 보유, 일본인이 좋아하는 사랑스러운 외모로, 이후 10년간에 걸쳐 피겨스케이트 인기를 이끌었다. 그간 경기규정의 개정으로 고생하였고 2010년 밴쿠버 동계올림픽에서는 한국의 김연아에 졌지만 은메달을 획득하였다. 세계선수권에서 3번, 전일본 선수권에서는 6번의 우승을 차지했다. 14년 소치올림픽에서는 쇼트 프로그램의 실수로 13위로 뒤쳐졌지만 프리에서 6종류 8번의 3회전 점프를 뛰어 스스로 '최고의 연기'라 할 만한 내용으로 6위에 입상했다. 그리고 3월 세계선수권에서는 3번째 우승을 이루었다. 아사다는 시즌 종료시 1년간의 휴식을 발표하고 그 후 일정에 대해서는 태도를 보류했지만 15년5월 현역을 속행하겠다는 의사를 표명했다. 또한, 아사다는 여러 '좋아하는 스포츠 선수' 랭킹에서 여성 1위로 뽑혔다. 현재 일본에서 가장 인기 있는 여성스포츠 선수이다.

피겨스케이트 팬에 여성이 많았던 점이나 좋은 성적을 올리게 된 점에서 남자 피겨스케이트의 인기도 높아졌다. 다카하시 다이스케高橋大輔는 2010년 올림픽에서 동메달을 획득하고 같은 해 세계선수권에서는 아시아인으로서 첫 우승을 이루었다.

하뉴 유주루羽生結弦는 주니어 부문에서 활약했는데 2011년 열 여섯 살 때 고향인 센다이에서 동일본 대지진을 조우하게 된다. 그 충격에서 벗어나 시니어가 된 하뉴는 11년 말 전일본선수권에서 3위로 진입, 대표로 선출된 후 이듬해 봄 세계선수권에서도 3위를 차지하면서 2위인 다카하시와 함께 시상대에 올랐다. 하뉴는 12년 말 전일본선수권에서 첫 우승을 장식하였고 이듬해 13년에도 ISU그랑프리 파이널 첫 우승에 이어 전일본 선수권 연패, 일본왕자로서 2014년2월 소치동계올림픽과 3월 세계선수권에 임했다. 소치에서는 프리 연기가 뜻대로 되지 않았지만 아시아인 첫 금메달을 획득. 우승 인터뷰는 열아홉 살이라고는 믿기지 않는 성숙함과 겸손함, 섬세한 감수성으로 이번 승리를 말했다고 칭찬받았다. 이어지는 세계선수권에서는 쇼트 프로그램에서 뒤쳐졌지만 프리에서 거의 완벽한 연기로 우승. 이 시즌에서 하뉴는 GP파이널·올림픽·세계선수권의 주요대회 모두를 제압하고

3관왕을 달성했다.

일본의 테니스는 1920년대와 1930년대에 황금시대를 맞이하지만 전시기 국제무대에서 퇴장했다. 전후 51년에 복귀하였고 55년에는 전미선수권 남자 더블스에서 미야기 아츠시宮城淳 · 가모 코세이加茂公成 조가 우승했다. 그 후에는 73년에 가미 와즈미神和住가 전후 첫 테니스 토너먼트 프로가 되어 70년에서 80년대에 걸쳐 세계적으로 활약했다.

여자선수로는 1975년 윔블던선수권 더블스에서 사와마츠 가즈코澤松和子 · 안 기요무라アン清村조가 첫 우승을 차지했다. 90년대에는 다테 기미코(伊達公子)가 등장하여 95년 일본인 최고 세계랭킹인 4위를 기록했다. 2000년대에 들어서는 스기야마 아이杉山愛가 04년 8위에 랭크되면서 일본여자 두 번째 톱10 진입. 스기야마는 더블스에서 높은 평가를 받아 2000년과 03년에는 세계 1위에 랭크되었다.

남자선수로는 1995년 마츠오카 슈죠松岡修造가 윔블던 남자싱글에서 베스트8까지 진출했지만 그 이후에는 세계 톱 레벨에서 활약하는 일본인 선수는 보이지 않았다. 그때 등장한 선수가 니시코리 케이錦織圭였다. 니시코리는 2008년 18살의 나이로 일본인 최연소 ATP투어 우승을 이루고 14년 전미오픈에서 아시아인으로 첫 결승 진출, 연말에 있었던 ATP월드투어 파이널에서 아시아인으로서 첫 출전하여 준우승까지 진출하였고 15년에는 세계 랭킹 4위를 기록했다. 니시코리의 약진으로 테니스 인기도 높아지고 있다.

매년 정월 2일과 3일에 행하여지고 있는 도쿄 하코네간 왕복 대학 에키덴驛伝경주는 1920년에 시작되었다. 100주년을 맞이하게 되었는데 제2차세계대전 중에 일시 중단되었지만 1947년에 부활하여 56년 제32회 대회부터 1월2일 · 3일 개최하게 되었다. 대학 진학자가 증가하고 단카이団塊주니어세대가 대학생이 되기 시작했던 80년대 후반부터 전국방송에서 전 구간 TV중계가 되면서(완전중계는 89년부터) 국민적인 설날의 "풍물시風物詩"가 된 셈이다.

현재 높은 시청률을 확보하는 스포츠중계는 남녀 싸커 일본대표의 시합, 남녀 피겨 스케이트와 하코네 에키덴 등 3개이다.

"보통 내셔널리즘"의 대두

국가와 국가가 대항하는 팀 스포츠는 내셔널리즘이 가장 많이 발현되는 스포츠이다. 부족의 군단과 군단이 접근전으로 싸우는 원시전쟁의 정취가 있기 때문이다. 그 까닭에 전 세계에서 시합이 진행되고 국가와 국가의 대항으로 시합이 이루어지는 축구의 세계대회 월드컵에 전 세계가 열광한다. 시합 전에는 국기가 올라가고 국가가 연주되며 페어플레이를 맹세한다. 그 위에 더 긴장감이 고조된다. 시합이 시작되면 국민은 자기들의 대표와 일체화되어 함께 싸우고 있는 감각이 된다. 관객을 시합에 끌어 들이는 축구의 매력이기도 할 것이다. 함께 성원을 보내는 일본인끼리의 일체감도 고양된다. 이렇게 국민전체가 승리하면 함께 환희하고 패하면 분해서 의기소침해진다.

그러한 내셔널리스틱한 심정은 권력이나 이데올로그와는 전혀 관계가 없다. 어느 나라에서도 보이는 "보통의 내셔널리즘"의 자연스러운 발로인 것이다. 그때까지 내셔널리즘을 그야말로 '편협'하고 '불건전'한 '악'으로 생각해서 자국의 응원도 조심스러워했던 일본인도 보통으로 일본과 일본인을 응원하게 되었다. 그런데도 상대의 멋진 플레이에는 박수를 치는 정도이기 때문에 아직 공평하고 억제되어 있기도 하다. 스포츠의 세계는 일상을 떠난 세계이다. 아무것도 문제될 것이 없다고 생각된다.

마치며
– 전후 일본의 내셔널리즘과 스포츠

전후 일본에서 특히 매스컴이나 언론계에 있어서 일본의 내셔널리즘은 GHQ에 의해 '군국주의적인 것과 일본적인 가치관'에 관한 언급이 통제된 점령기 이래, 거의 항상 부정적으로 논해져 왔다. 예를 들면, 일본의 여론을 대표하는 『아사히신문』의 새해 첫 날과 8월15일의 '사설'을 더듬어 봐도 일본의 내셔널리즘을 다소라도 긍정적으로 다루고 있는 것은 일본이 주권을 회복한 50년대 초두와 경제성장으로 인해 선진국의 일원으로 인정받게 된 60년대 중반뿐이다. 특히 8월15일의 사설은 70년대의 것을 효시로 하여 80년대 이후는 전전·전중의 '가해자로서의 일본'을 집요하게 추궁하고 있다. 일본의 내셔널리즘에 가장 부정적인 매스컴도 스포츠란이나 스포츠 코너에서는 독자·시청자 획득을 위해서 내셔널리스틱한 감정을 부추기고 있긴 하지만 전쟁의 비참함을 뼈저리게 알게 된 일본국민도 권력자에 의해 강요된 국가주의적 내셔널리즘에는 본능적으로 거부감을 느껴왔던 것이다.

그러나 향토나 동포에 대한 애착과 일체감patriotism은 자연스러운 것이고 현대세계는 다수의 국민국가가 병존하는 세계로서 존재하고 있다. 그리고 일본이라는 '국가'와 '민족'은 고대에 있어서 통일의 역사와 섬나라라는 지리적인 조건에 의해서 상당히 오래된 시대에 형성되었다고 하는 감각이다. 따라서 일본인에게 있어서 일본이라는 나라와 민족에 대한 애착과 일체감, 일본인으로서의 일체감, 즉 내셔널리즘은 자연적·현실적인 근거가 있는 감각인 것이다. 그 까닭에 전후 일본인의 기저에도 내셔널리스틱한 감각은 확실하게 존재했고, 50년대 초두와 60년대 중반에는 어느 정도 고양되었다.

전후 일본의 스포츠도 그것이 전후의 일본사회를 배경으로 일본의 문화, 스포츠문화 속에서 행해져 온 이상, 거시적으로 보면 〈패전국 내셔널리즘의 시대〉·〈경제성장 내셔널리즘 시대〉·〈내셔널리즘 부재의 시대〉·〈보통 내셔널리즘 대두의 시대〉로, 전후 일본의 사회와 문화를 반영해 온 것 같이 생각된다.

그런데 최근 일본에서는 내셔널리즘이 고양되고 있다고 한다. 마지막으로 근년 일본의 내셔널리즘을 고찰해 보기도 하자.

전시기 일본에 대한 비판이 재개되었던 것은 70년대부터이다. 특히 80년대 이후, 역사교과서문제·야스쿠니신사 참배문제·위안부문제를 둘러싸고 일본매스컴과 중국·한국의 반일 언설이 강해지고, 90년대에는 더욱 그것이 과격화되었다. 거기에 대해서 일본은 90년대 "고노담화河野談話" "무라야마담화村山談話"로 대표되는 것과 같이 '사죄'를 반복해 왔다.

매스컴과 한중양국의 공격에 대한 반론은 일부의 정치가와 지식인에 의해서 80년대부터 행해졌지만 지식인의 반론은 90년대 후반 이후, 강화·확대되어 간다. 그 사이 일본인은 속죄의식도 있어서 내셔널리스틱한 발언에는 일관되게 억제적이었다. 21세기에 들어서 일부에서는 "한류 붐"현상도 보였지만 한편에서는 2002년 월드컵 때처럼 내셔널한 감정이 발현되어오기도 했다. 이 무렵부터 보급된 인터넷을 통해 그때까지 거의 보도되지 않았던 정보에 많은 국민이 접하기도 했을 것이다. 매스컴이 주장하는 여론과 국민여론의 괴리가 보다 명확해졌다. 그리고 2009년 정권교체에 의해 탄생한 민주당정권 아래 센카쿠 제도·독도의 영유권을 둘러싸고 중국·한국의 반일적 행동이 격화되었다. 특히 12년 여름 한국의 이명박대통령의 독도상륙과 일본천황 모욕발언은 일본인의 내셔널리즘을 자극했다. 이후 박근혜 대통령은 취임 때부터 강경한 반일태도를 지속했다. 거기에 대응해서 일본인의 내셔널리즘도 보다 많은 일본인 사이에 확산되어 "반중"·"혐한" 감정으로 분명히 고조되고 있다. 그러나 그것은 어디까지나 반발적·방위적 내셔널리즘이고 극히 일부를 제외하면 과격화 된 것도 아니다. 또한 국민으로부터 괴리된 권력에 의한 정치적 이데올로기가 아닌 이상 불건전한 것도 아니다. 무엇보다 내셔널리즘은 억제심을 잃게 되면 바로 그러한 함정에 빠져버리게 되는 감정이라는 것도 틀림없지만.

전후 70년이 경과된 현재, 일본은 주변의 국제환경에의 대응과 국제사회에 대한 공헌이라고 하는 2가지 측면에서 내셔널리즘이 질의받고 있다. 현실을 바르게 인식한 후에 그것을 냉정하고 객관적으로 평가하는 것이 긴급한 과제일 것이다. 스포츠에 있어서는 2020년에는 동경올림픽을 앞두고 있다. 멋있는 대회가 되기를 기대한다.

〈참고문헌〉

- 井上俊『武道の誕生』吉川弘文館
- 岡村正史編著『力道山と日本人』靑弓社
- 後藤健生『日本サッカー史―日本代表の90年(資料編)』双葉社
- 寒川恒夫「日本のスポーツ」『スポーツの歴史[新版]』白水社
- 高畑好秀『根性を科學する』アスペクト
- 谷川稔『国民国家とナショナリズム』山川出版社
- 玉木正之『されど珠は飛ぶ』河出書房新社
- 寺澤正晴『日本人の精神構造』晃洋書房
- レイモン・トマ(藏持不三也譯)『スポーツの歴史[新版])』白水社
- ロバート・ホワィティング(松井みどり譯)『ガイジン力士物語― 小錦と高見山』筑摩書房
- 「ウィキペディア日本語版」 스포츠관련 다수항목

찾/아/보/기

에필로그

국민통합, 국민동원을 위한 언론, 사상, 문화의 통제방법으로 검열, 금지, 삭제 등 소극적(negative)인 방법이 있고 정책, 사상, 문화를 보급할 때에는 국가 권력이 생산자로서 적극적(positive)으로 참여하는 방법이 있다. 프로파간다는 적극적으로 관여하는 포지티브한 방법이다. 적극적인 방법으로서 프로파간다의 범주를 국가와 민간의 경계로 규정지을 수 있을까. 이 물음에 답하기 위해서 '일본대중문화와 내셔널리즘'의 연구서는 다음과 같은 취지로 집필되었다.

국가나 에스닉 그룹의 경계를 없애고 '공감의 공동체'를 만들어내는 대중문화는 때로는 내셔널리즘과 공범관계를 맺는다. 강한 구심력 뒤에 복잡한 양상을 엿볼 수 있는 대중문화를 간파하기 위해 한국과 일본의 논자들이 모였다. 2014년 1년간의 연구회(국제일본문화연구센터)를 거쳐 2016년6월에 『대중문화와 내셔널리즘』(일본어판)을 발간하였다. 이번에 수정 가필한 원고를 모아서 한국어판 '일본대중문화와 내셔널리즘'으로 출간하게 되었다.

일본의 혐한의식이 무르익고 있는 가운데 이명박대통령이 방일에 이어 독도를 방문하고 난 후 한국내의 인터뷰에서 일본천황을 일(본)

왕이라고 칭한 것이 일본국민의 혐한분위기에 기름을 부었다. 이를 두고 '최대급 모멸의 의미가 포함되어 있다'라고 제6장 집필자 이치카와 교수는 서술하고 있다(200쪽). 이치카와 교수는 편자의 히토츠바시대학 사회학연구과의 선배이고 30년 지기이자 인격적으로도 매우 뛰어난 연구자이다. 일부러라도 비판을 피하고 싶은 입장이다. 굳이 이 천황-일본왕의 호칭에 주석을 달고자 하는 것은 이 문제야말로 한국과 일본 사이에 존재하는 이(異)문화의 갭이기 때문이다. 한국인은 일본과 한국을 동등한 선상에서 평등한 입장을 취하기 위하여 일본왕이라고 칭한다. 예로부터 한국에서 우리들의 임금님(나라님)을 왕이라고 칭하고 있기 때문에 그와 동일한 입장에서 일본의 임금에 해당하는 천황도 한국의 왕과 동일한 개념으로 사용할 뿐이다. 이러한 점을 일본인들도 이문화 이해의 입장에서 바라봐야 한다. 한국인의 일본왕 칭호는 일본인들에게 모멸감을 느끼게 하려는 의도된 발언이 아니다. 한국에서 일본의 천황을 일왕(일본왕)이라고 칭하고 있는 것은 일본을 깎아 내리려는 의도가 결코 아니라는 의미이다.

　물론 엄밀히 말하면 중화사상에서 왕과 황제는 역사적으로 상하개념으로 사용되었다. 필자는 일본문화나 역사를 강의할 때마다 일본천황의 호칭에 대해 거론한다. 일본역사나 일본문화를 논할 때 천황제에 대해 논해야 할 경우에 맞닥뜨린다. 그럴 때면 왜 일본천황의 단어를 그대로 사용하는지에 대한 설명을 해왔다. 중국역사에서의 황제는 용으로 표현되었고 제후국의 왕은 봉황으로 표현했다. 따라서 한국역사 특히 조선시대에 임금님은 용으로 상징되었지만 중국과의 외교관계에서는 중화사상의 위계질서가 적용되어 봉황으로 상징했다. 폐하의 폐(陛)가 경복궁의 폐는 봉황이지만 덕수궁의 폐는 용이다. 청일전쟁 이후에 고종황제로 칭하여졌고 폐의 상징도 용이 되었던 것에 입각한다.

왕조시대에 국왕은 국내적으론 항상 용으로 상징되었다. 경복궁 근정전 천정에도 덕수궁 중화전 천정에도 임금의 상징으로 용이 조각되어 있고 임금님과 관련된 모든 물건에는 용의 그림과 용龍자가 사용된다. 중국과의 관계에서만 외교적으로 봉황으로 상징되어 온 사실이 있다. 중화사상도 하나의 문화일 뿐이다. 한반도의 삼국통일 후 8세기 초부터 동아시아 힘의 정치power politics가 바뀌는 시기에 일본에서는 천황의 칭호를 채용하였고 근대이후의 정치시스템으로서 천황제를 도입하게 된 것도 하나의 정치문화인 것이다. 한국문화에서는 황제나 천황의 개념은 그리 중요하지 않으며 타국문화에 불과하다. 모든 문화는 그 특징만이 존재할 뿐이다. 결코 문화를 논하는데 있어서 우열 優劣이 있을 수 없다. 한 국가의 국내적 문화개념은 국제적 속성을 뛰어 넘는 개념이다.

후기

마지막으로 안타까운 이야기를 하게 되었다. 제3장 집필자 전미성 씨는 2014년 일문연에서 만났을 때에 '학부 때, 교수님의 책, 일본문화와 사회의 책을 읽고 학습 했습니다'라는 얘기를 했었다. 참고로 25년전에 발간된 일본문화와 사회의 강의록은 현재 『일본입문-일본문화와 사회』(시사일본어사, 칼라개정판)로 발간이 계속되고 있다. 그러니까 20년 이상 연령 차이가 있는 학자와 연구회를 같이한 셈이다. 여기에 실린 논문의 집필 당시 2016년 전미성씨는 고베대학에서 박사학위를 하고 고베대학 교수를 거쳐 동지사대학의 교수를 역임하고 있었다. 전미성씨는 이 책의 집필을 마지막으로 암으로 타계하였다. 타국에서 얼마나 많은 스트레스를 받아가며 연구생활을 했을까가 가히 짐작이 간다. 고인이 된 아까운 젊은 학자의 명복을 빈다. 이 책의 출간이 늦어진 이유는 부모님께서 1년 간격으로 하늘의 부름을 받으셨

다. 황망한 마음을 추스르기가 힘들어 겨를을 내기가 어려웠다. 코로
나 팬데믹이 계속되어 출판환경이 최악인 상황에서도 쾌히 출판을 해
주신 지식과교양에 감사드린다.

2021년 8월
박 순 애

편자/저자 소개

*편자/저자 소개는 집필 당시의 약력임

〈편자〉

박순애朴順愛
호남대학교 교수, 사회학박사

야마다 쇼지山田獎治
일본국제문화연구센터日本国際文化研究センター 교수, 종합연구대학원대학 교수

〈집필자〉

제1장 **다니카와 다케시**谷川建司
와세다早稲田대학 정치경제학술원 객원교수

제2장 **신창호**申昌浩
교토세이카京都精華대학 인문학부 교수

제3장 **전미성**全美星
도시샤同志社대학 글로벌지역문화학부 준교수

제4장 **다케우치 유키에**竹内幸絵
도시샤同志社대학 사회학부 교수

제5장 **수도 노리코**須藤遥子
츠쿠시筑紫여학원대학 현대사회학부 준교수

제6장 **이치카와 고이치**市川孝一
메이지明治대학 문학부 교수

제7장 **요시다 노리아키**吉田則昭
릿교立教대학 사회학부 겸임교수

제8장 **윤건차**尹健次
가나가와神奈川대학 명예교수

제9장 **박순애**朴順愛
호남대학교 인문사회대학 교수

제10장 **데라사와 마사하루**寺沢正晴
가나가와神奈川대학 인간과학부 교수

〈역자〉
가다 레이코(호남대 조교수)
염미란(나고야대학 박사)

일본대중문화와 내셔널리즘

초 판　인 쇄 ｜ 2021년 10월 8일
초 판　발 행 ｜ 2021년 10월 8일

편　　　　저　박순애/야마다쇼지

책 임 편 집　윤수경

발　행　처　도서출판 지식과교양
등 록 번 호　제2010-19호
주　　　　소　서울시 강북구 우이동108-13 힐파크103호
전　　　　화　(02) 900-4520 (대표) / 편집부 (02) 996-0041
팩　　　　스　(02) 996-0043
전 자 우 편　kncbook@hanmail.net

ISBN 978-89-6764-175-7 93830
정가 28,000원